CB078082

Rede de mentiras

Rede de mentiras

David Ignatius

TRADUÇÃO
Iva Sofia Gonçalves

AGIR

Título original
Body of Lies

Copyright © 2007 by David Ignatius

Copidesque
Clara Diament

Revisão
Jorge Fernando Amaral
Patrícia Reis

Produção editorial
Juliana Romeiro

CIP-BRASIL. CATALOGAÇÃO-NA-FONTE
SINDICATO NACIONAL DOS EDITORES DE LIVROS, RJ.

I27r Ignatius, David, 1950-
Rede de mentiras / David Ignatius ; tradução de Iva Sofia Gonçalves.
– Rio de Janeiro : Agir, 2008.

Tradução de: Body of lies
ISBN 978-85-220-0796-7

1. Romance americano. I. Gonçalves, Iva Sofia. II. Título.

08-3794. CDD: 813
CDU: 821.111(73)-3

Todos os direitos reservados à Agir Editora Ltda. – uma empresa Ediouro Publicações S.A.

Rua Nova Jerusalém, 345 – Bonsucesso
Rio de Janeiro – RJ – CEP 21042-235
Tel.: (21) 3882-8200 Fax: (21) 3882-8212/8313
www.ediouro.com.br

Para Eve

Nota do Autor

A guerra descrita nestas páginas é bem real, mas este livro é um trabalho de ficção. Os personagens, os acontecimentos e as instituições são fictícios. Dei ao meu serviço de inteligência jordaniano o mesmo nome do verdadeiro, e um pouco do seu estilo, mas o resto é inventado. Estou imensamente em débito com amigos de vários países, que compartilham meu fascínio e aflição sobre o Oriente Médio, e que, por muitos anos, tentaram me apontar a verdade. Essas pessoas corajosas, que arriscam suas vidas para tentar melhorar as coisas naquela parte do mundo, são os heróis secretos deste livro.

Devo agradecimentos especiais a diversas pessoas: ao meu amigo, há quarenta anos, Jonathan Schiller, que generosamente me ofereceu uma mesa em seu escritório de advocacia, Boies Schiller & Flexner, onde pude me esconder e trabalhar exaustivamente neste livro durante vários meses; a Eve Ignatius e a Garrett Epps, que leram os primeiros esboços do original; aos meus incomparáveis agentes literários, Raphael Sagayln, Bridget Wagner e Eben Gilfenbaum, que me encorajaram e incentivaram; a Bob Bookman, da Creative Artists Agency, que me deu sábios conselhos sobre o livro e os personagens; ao meu editor na Norton, Starling Lawrence, que ministra uma aula magistral sobre a escrita com suas ácidas anotações às margens do texto; e, finalmente, ao meu amigo e chefe no *Washington Post*, Donald Graham.

"Ludibriar e desorientar o inimigo sempre foi um dos princípios cardeais da guerra. Conseqüentemente, *ruses de guerre,* de uma espécie ou de outra, desempenharam um importante papel em quase todas as campanhas, desde o episódio do cavalo de Tróia, ou talvez até muito antes disso. O jogo vem sendo jogado há tanto tempo que não é fácil pensar em novos métodos para disfarçar o poderio ou as intenções do participante. Além disso, deve-se tomar um cuidado meticuloso no planejamento e na execução dos planos. Caso contrário, longe de enganar o inimigo, eles simplesmente os denunciam."

Lorde Ismay, prefácio de *O homem que nunca existiu*, 1953

Demorou cerca de um mês para descobrirem o corpo certo. Roger Ferris fez exigências bastante específicas: queria um homem próximo dos trinta anos, com bom condicionamento físico, de preferência louro, mas certamente e indiscutivelmente caucasiano. Não deveria ter sinais evidentes de doença ou de trauma físico. E também nenhum ferimento à bala. Isso poderia complicar bastante as coisas.

Ferris passava a maior parte do tempo em missão no Oriente Médio, então coube a seu chefe, Ed Hoffman, cuidar dos detalhes. Hoffman não acreditava que seus colegas pudessem achar um corpo sem que pensassem em notificar um comitê do congresso, colocando tudo a perder. Mas sempre se podia achar alguém nas forças armadas que fizesse quase tudo naqueles tempos, então Hoffman entrou em contato com um coronel ambicioso da equipe J-2 do Comando de Operações Especiais, na base aérea MacDill, na Flórida, que já havia ajudado em outros assuntos. Explicou-lhe que precisava de um favor, mas dessa vez era um pouco estranho. Precisava de um homem branco, com aproximadamente 1,80 metro, no começo da meia-idade, bastante musculoso para se passar por um agente de campo, mas não muito exagerado, para que não parecesse um brigão. O candidato ideal não deveria ser circuncidado. E tinha de estar morto.

O coronel achou um corpo três semanas depois em um necrotério no sul da Flórida. Recorrera a uma rede de oficiais aposentados que trabalhavam com segurança particular e que, segundo eles, podiam resolver qualquer coisa. O morto se afogara no dia anterior, enquanto praticava windsurfe ao largo da costa do Golfo, perto de Naples. Era um advogado de Chicago em férias. Atendia às especificações físicas: cabelo castanho, sem doenças, e possuía prepúcio. Chamava-se James Borden e tinha, ou tivera, 36 anos. O corpo era completamente adequado, exceto por um detalhe: deveria ser cremado em uma casa funerária em Highland Park,

Illinois, dentro de dois dias. Isso representava um desafio. Hoffman perguntou ao coronel se alguma vez ele tinha participado de alguma operação escusa, e o coronel respondeu-lhe que não, mas que estava à disposição para qualquer coisa. Era uma declaração que Hoffman raramente ouvia na CIA.

Resolveram o assunto do corpo com uma versão inspirada no jogo do monte de duas cartas. Um cadáver foi despachado como carga em um avião em Fort Myers e um outro desembarcou no aeroporto de O' Hare. O caixão era igual, mas quem estava lá dentro agora era um executivo aposentado da área de seguros, de 78 anos, que morrera de um ataque cardíaco. O coronel enviou um oficial subordinado à casa funerária em Highland Park para garantir que ninguém resolvesse abrir o caixão no último minuto para uma última despedida. Tinham preparado uma história, caso alguma coisa desse errado — algo como a companhia aérea ter cometido um engano terrível e confundido os dois caixões em trânsito, e que já não restaria mais nada a fazer porque o outro corpo já tinha sido cremado em Milwaukee. Mas nada disso foi preciso.

O cadáver de James Borden não era perfeito, mas era quase. A parte superior do corpo era musculosa, embora a barriga já estivesse começando a cair, além de já ser um pouco careca. Descobriram que um dos seus testículos não descera. Quanto mais Hoffman pensava nessas imperfeições, mais gostava delas. Eram os detalhes reais, humanos, que poderiam dar um ar de credibilidade a uma grande farsa. A cilada perfeita inclui equívocos.

A esse cadáver Hoffman agregou então uma história. Ele virou Harry Meeker, não James Borden. Alugaram um apartamento para Harry Meeker em Alexandria e arranjaram-lhe um número de telefone fixo e um de celular. Usando a foto da carteira de motorista de Borden, expedida pelo estado do Illinois, conseguiram uma carteira do estado da Virgínia, e depois um passaporte, e então alguém do Suporte falsificou os selos e os vistos pertinentes. Para a foto do passaporte, um colega de Hoffman, Sami Azhar, entrou no site do escritório de advocacia em que Borden trabalhava e conseguiu uma foto que fora usada na mala-direta da firma.

A ocupação de fachada de Harry Meeker seria com a Agência Norte-Americana para o Desenvolvimento Internacional (Usaid). Arranjaram um cartão de identificação da Usaid e fizeram cartões de visita, com o número do seu ramal privativo. O prefixo estava correto — 712 —, mas, quando se discava o número, a gravação saía com um som abafado, não exatamente a voz de uma secretária de verdade, e sim como se alguém estivesse se passando por Meeker. Arrumaram-lhe uma vaga no estacionamento no subsolo do quartel-general da Usaid, no Edifício Reagan, na avenida Pennsylvania, e um cartão de lembrete para a carteira, caso ele esquecesse o número da vaga. Essa era a parte fácil; nada mais do que a agência fazia normalmente quando construía um disfarce completo. Agora eles precisavam transformar Harry Meeker em uma pessoa de verdade.

Harry precisava de roupas. Hoffman não ligava para moda e usava qualquer coisa que sua mulher pegasse na Target, portanto era a pessoa errada para fazer compras. Azhar foi despachado para a Nordstrom, que fazia mais o gênero dos emergentes do estado nortista da Virgínia. Estiloso, mas sem erro. A imagem mental que tinham criado para Harry Meeker era a de um funcionário da CIA em ascensão, lotado no Centro de Contra-terrorismo do Quartel-general, um homem em meio de carreira tentando mostrar serviço — um cara elegante com um quê de árabe e a prática para conduzir um caso delicado. Ainda não sabiam exatamente onde o corpo apareceria, mas provavelmente seria em algum lugar na fronteira ao norte do Paquistão, onde estaria frio. Assim, Azhar comprou um paletó para um homem de peso médio, calças Dockers pregueadas de lã, uma camisa branca esporte e um par de sapatos com solas de borracha, que podia ser usado em viagem ou na cidade. Levou as roupas várias vezes à lavanderia até perderem o ar de novas, mas os sapatos eram um problema. Pareciam novos demais, mesmo depois de arranhados de propósito. Os sapatos precisavam passar a impressão de que pés verdadeiros e suados estiveram dentro deles. Azhar usou-os durante uma semana, com mais de um par de meias, para não arranjar uma bolha.

E quanto à vida íntima de Harry Meeker? Ferris já tinha determinado que ele deveria ser divorciado; esse era o único detalhe biográfico que qualquer um podia presumir sobre um agente da CIA — que ele se livrara da primeira mulher e agora ciscava em qualquer terreiro. Para insinuar o divórcio, Azhar esboçou uma carta de um advogado que representava a ex-mulher fictícia de Meeker, "Amy", orientando-o a mandar a pensão alimentícia para um novo endereço e advertindo-o para não entrar em contato pessoalmente com ela. Será que Meeker era um mau-caráter, ou será que sua mulher já tinha alguém? Funcionava dos dois modos.

Agora Harry Meeker precisava de uma namorada. Tinha de ser bonita; e sensual também. Todo mundo já tinha visto os filmes de James Bond, incluindo o pessoal das Jihads, e as pessoas já presumem que um espião americano de verdade deve estar trepando com uma gata gostosa. Hoffman queria a foto de uma loura de peito grande, de biquíni, mas Azhar disse que seria muito óbvio, meio Pamela Anderson. Ela devia ser sensual, mas com cara de que também pudesse trabalhar para a agência. Ferris teve uma sacada esperta: a namorada deveria ser afro-americana. Aquilo era tão improvável que seria inteiramente convincente. Hoffman sugeriu sua secretária — uma bonitona com a pele da cor de cacau e um sorriso fascinante. Perguntou-lhe se ela se incomodaria em posar para uma foto com uma blusa bem decotada. Chamava-se Denise, o que parecia adequado. E assim, quando a foto foi revelada, Hoffman pediu-lhe que escrevesse no verso, "te amo, amorzinho. Denise", com um pequeno coração.

Ferris imaginou uma carta de amor, mas achou que poderia parecer falsa. Ninguém mais escreve cartas de amor; agora mandam e-mails. Harry Meeker não estaria carregando um computador, então Azhar sugeriu torpedos no celular dele, o que pareceu perfeito. Mandaram duas do telefone de "Denise". Uma dizia apenas "amoreco querido". A outra, "mozin, xga logu. morta saudad. bjs.de". Sensual, mas não imoral. Hoffman disse que Harry deveria ter um preservativo na carteira, para sugerir que talvez estivesse dando umas voltinhas fora de casa.

O celular foi um desafio. Azhar programou o número de Denise e o do quartel-general da Usaid, e depois acrescentou um número para uma outra namorada fictícia, que ele chamou de "Sheila", e um outro para um amigo imaginário, "Rusty", cujo número, na verdade, era da casa do próprio Azhar. Para lançar umas iscas, Azhar ligou de vários ramais diferentes da CIA para o celular de Meeker, com o reconhecível prefixo 482. Colocou outras provocações em "ligações recebidas" e em "ligações efetuadas" — um par de restaurantes de McLean, próximos ao Quartel-general da Agência, vários telefones do Pentágono, o da embaixada americana em Islamabad, o da embaixada americana em Tbilisi. O celular de todo mundo é um registro digital da vida do usuário. Ninguém precisaria gastar muito tempo com o celular de Harry Meeker para suspeitar que aquele homem estivesse levando uma vida secreta.

Vestiram o cadáver em um dia no fim do outono, em uma sala fria que Hoffman construíra especialmente para esse propósito, sob o estacionamento do lado norte da CIA. A pele de Harry estava ficando de um marfim amarelado, cor de luz de néon desbotada, gélida ao toque. O cabelo estava um pouco desgrenhado, então cortaram bem rente para lhe dar um ar de Bruce Willis. Harry jazia nu na maca, com seu testículo que não desceu e todo o resto.

— Santo Deus, ponham umas roupas nesse cara — disse Hoffman. Sugeriu uma cueca tipo sunga, mas Azhar não concordou, então eles acharam uma cueca tipo boxer bem surrada e a vestiram nele. Discutiram um instante se Harry deveria usar uma camiseta por baixo, e decidiram que não, seria muita afetação. Vestir a camisa e as calças foi fácil, mas calçar os sapatos foi difícil. Os pés estavam rígidos da morte e do frio, sem flexão nos dedos e nos tornozelos. Hoffman mandou uma secretária sair e comprar um secador de cabelos, que usou para aquecer os pés o suficiente para ficarem maleáveis.

Por fim, puseram o lixo nos bolsos — os pequenos pedaços de papel e a carteira que fariam com que o disfarce convencesse ou o entregariam de vez. Arranjaram uma nota do Afghan Alley, um restaurante de McLean freqüentado pelos agentes da CIA na hora do almoço, debitada no Visa de Meeker. Hoffman acrescentou uma segunda conta, do restaurante favorito da agência (e também o mais caro), o Kinkead's Colvin Run Tavern, em Tyson Corner — aproximadamente duzentos dólares em um jantar para dois. Talvez Harry estivesse ficando seriamente interessado em Denise. Ferris colocou o cartão de uma joalheria em Fairfax, com a anotação à mão, "dois quilates — US$ 5.000???" Harry estava pensando em ficar noivo, mas se preocupava com o dinheiro. Azhar sugeriu um recibo de lavagem a seco da Park's Fabric Care, no shopping de McLean. As pessoas sempre esquecem de pegar as roupas na lavanderia antes de saírem para viajar. E um recibo do posto de gasolina da Exxon na Route 123, bem na entrada do Quartel-general. Foi um toque muito bom. Assim como o cupom para uma lavagem grátis do carro em um posto em Alexandria, perto do apartamento de Harry.

Hoffman queria que Harry tivesse um iPod, então eles discutiram de que tipo de música seu agente imaginário poderia gostar. Mas então Azhar teve uma idéia brilhante — eles não deviam baixar as músicas no iPod, e sim um curso de árabe. Quem achasse o corpo passaria horas intrigado com as frases — imaginando se elas seriam um código secreto — e depois descobrindo que era só um treinamento para falar árabe. Aquilo seria exatamente o que um ambicioso agente de campo, autodidata, levaria consigo — algo tão verdadeiramente, irritantemente americano. Hoffman tinha uma entrada usada de uma partida de decisão dos Washington Redskins, e também a colocou em um dos bolsos do paletó.

Os toques finais seriam dados depois: os documentos que Harry Meeker levaria para seu contato na Al-Qaeda; as fotos e os radiogramas que explodiriam, tal como bombas de tempo virtuais, assim que abrissem seu caminho pela rede — a prova de que as células do inimigo tinham sido descobertas e reveladas. O que eles estavam construindo com tanto cuidado era uma pílula de veneno, embalada de uma maneira tão convincente e tantalizante que o inimigo a engoliria. A pílula de veneno era Harry Meeker, e ela podia romper qualquer gânglio ou vaso capilar no corpo do inimigo. Mas, primeiro, eles tinham de engolir a mentira.

1

Berlim

Quatro dias depois que o carro-bomba explodiu em Milão, Roger Ferris viajou para Berlim com o chefe da inteligência jordaniana, Hani Salaam. As mensagens captadas pela base de Amã eram uma tempestade digital, com o sétimo andar esbravejando que mandassem qualquer coisa sobre quem tinha jogado as bombas em Milão para que o diretor pudesse levar ao presidente. Mas eles estavam sempre esbravejando sobre alguma coisa no Quartel-general, e Ferris achou que a viagem com Hani era mais importante. Quanto a isso, estava certo.

Ferris ouvira histórias sobre as proezas do serviço de inteligência jordaniano. Os agentes da CIA os chamavam de *Hearts* (corações), em parte por causa do codinome, QM HEART, e em parte porque se ajustava ao estilo de suas operações. Mas até a viagem a Berlim, Ferris não os presenciara em ação. O lance não teve nada de extraordinário. O planejamento consumira meses, mas, quando a operação foi executada, foi bem simples. Era uma pergunta que só tinha uma resposta. Ferris, na hora, não pensou muito na complexidade por trás do que via: a confusão fora armada de uma maneira tão perfeita que ninguém pensava em questionar se ela fazia parte de uma confusão maior; o caminho de saída brilhava tanto que nem se pensava em imaginar que fosse mesmo uma entrada para algo maior.

Abriram caminho para um edifício de apartamentos nos subúrbios a leste de Berlim, uma área dizimada pelo Exército Vermelho em 1945 e que nunca fora totalmente recuperada. Um pálido sol de outubro dava um tom metálico desmaiado às nuvens, e uma cor de sujeira dominava a localidade: a cor da lama do reboco das paredes, a gordura das poças de água suja que enchiam os buracos das ruas; a ferrugem de um velho Trabant estacionado junto ao meio-fio. Mais embaixo, na rua, alguns garotos turcos chutavam uma bola de futebol, e ouvia-se o barulho do tráfego da Jakobstrasse, a um quarteirão de distância, mas, se não fosse por isso, a rua era silenciosa. Em frente, havia um conjunto deprimente de apartamentos, construído décadas atrás para os operários da fábrica das redondezas; agora eram ruínas urbanas, habitadas por imigrantes, invasores e alguns alemães idosos desnorteados ou debilitados demais para se mexer. O cheiro que vinha das poucas janelas abertas não era de repolho ou de costeletas de vitela, e sim de alho e de azeite barato.

Ferris tinha menos de 1,80 metro, cabelo preto espetado e feições suaves. Sua boca abria-se facilmente em um sorriso, e seus olhos possuíam uma centelha que fazia com que parecesse estar interessado mesmo quando não estava. Sua imperfeição mais óbvia é que ele mancava, resultado de um lança-rojão RPG disparado contra seu carro em uma estrada ao norte de Balad, no Iraque, seis meses antes. Ferris teve sorte; sua perna foi atingida por estilhaços da bomba, mas ele sobreviveu; o agente iraquiano que dirigia o carro morreu. Dizem que os bons agentes da inteligência são grisalhos, pessoas cujos rostos passam despercebidos em uma sala cheia de gente. Por esses parâmetros, Ferris estava na profissão errada. Ele era agitado e impaciente, como quem busca algo que ainda não tem.

Ferris caminhou atrás de Hani e de seu assistente, Marwan. Pisaram cuidadosamente, contornando o lixo que transbordava do latão na ruela, em direção à porta dos fundos. A parede era coberta de grafites, com letras de fôrma gordas, com palavras que misturavam alemão e turco. A palavra junto à porta parecia que era "Allah". Ou talvez fosse "Abba", o grupo de rock sueco. Hani pôs os dedos sobre os lábios e apontou as janelas do terceiro andar. Podiam-se ver luzes através das cortinas marrons manchadas. O alvo estava em casa, mas não era surpresa. Os homens de Hani vinham observando o lugar há vários meses, e eles não cometiam erros.

Hani Salaam era um jordaniano educado, elegantemente vestido. Seu cabelo era de um preto brilhoso, muito preto para um homem no fim dos cinqüenta anos, mas as manchas grisalhas no bigode revelavam sua idade. Era o chefe do GID — o Departamento Geral de Inteligência, como era conhecido o serviço de inteligência da Jordânia. Era um homem imponente, de fala educada, e as pessoas costumavam dirigir-se a ele pelo título honorífico otomano "paxá Hani", que pronunciavam com o som de "b", "báxa". No começo, Ferris o achou intimidante, mas depois de algumas semanas começou a pensar nele como uma versão árabe do cantor Dean Martin. Hani Salaam era impecável, desde o polimento brilhoso dos sapatos até as lentes esfumaçadas dos óculos escuros. Tal como a maioria dos homens bem-sucedidos do Oriente, ele possuía um ar reservado, quase tímido. À primeira vista, seus modos elegantes poderiam parecer britânicos, uma reminiscência do semestre que passara em Sandhurst, há muito tempo. Mas a base do seu caráter era o espírito generoso, embora comedido, de um líder tribal beduíno. Era o tipo de homem que nunca dizia tudo o que sabia.

Na primeira vez que recebeu Ferris e o apresentou ao GID, em Amã, Hani brincou que os jordanianos tinham tanto medo dele que se referiam ao seu quartel-general como a Fábrica de Unhas. "Você sabe como essa gente é tola", disse com um gesto de mão que expressava seu repúdio. É claro que ele não permitia que seus homens arrancassem as unhas das pessoas. Não funcionava; os prisioneiros diziam qualquer coisa para acabar com a dor. Hani não se incomodava que as pessoas o achassem cruel, mas odiava a idéia de que o achassem ineficiente. Ele explicou a Ferris, naquele primeiro encontro, que, quando eles faziam um novo prisioneiro da Al-Qaeda, mantinham o rapaz acordado durante alguns dias na sala de interrogatório, que os jordanianos chamavam de "o hotel azul", e depois lhe mostravam a foto de um de seus pais ou de um irmão. Quase sempre bastava. A família consegue fazer o que os milhares de golpes do guarda da prisão não conseguem, confidenciou-lhe Hani. Eles minavam a vontade de morrer e reforçavam a vontade de viver.

O pessoal em Langley sempre descrevia Hani como um "pro". Havia um quê de condescendência nisso, tal como um branco descrevendo um negro bem-falante como "articulado". Mas os aplausos para Hani encobriam o fato de que a Agência passara a depender mais dele do que deveria. Como atuante chefe de base, esperava-se que Ferris estabelecesse uma conexão com o diretor. Assim, quando "Dean Martin" o convidou pessoalmente dois dias antes para se juntar a uma operação na Alemanha, foi um ótimo negócio. Os burocratas da divisão do Oriente Médio objetaram e disseram que ele deveria ficar em sua mesa e responder aos rádios sobre as bombas de Milão. Mas Ed Hoffman, o chefe da divisão, interveio.

— São uns idiotas — disse ele sobre os subordinados que tinham tentado impedir a viagem de Ferris. Disse a Ferris para lhe telefonar quando a operação terminasse.

O jordaniano abriu cuidadosamente a porta dos fundos e fez sinal para Ferris e Marwan avançarem. O corredor era escuro; as paredes cheiravam a mofo. Pisando na ponta dos pés calçados em mocassins da rua Jermyn, Hani subiu as escadas de concreto. O único som era o chiado dos seus pulmões de fumante. Marwan foi em seguida. Parecia-se com um valentão das ruas que se limpara um pouco por causa de Ferris. Possuía uma cicatriz no lado direito do rosto, próxima do olho, e seu corpo era magro e sarado como um cachorro do deserto. Ferris seguiu-o; coxeava, mas quase imperceptivelmente, embora sua perna continuasse a doer.

Marwan levava uma pistola automática; seus contornos eram visíveis sob o paletó. Enquanto subiam as escadas, tirou a pistola do coldre e a manteve na mão. Os três ficaram juntos, movendo-se em harmonia. Hani congelou quando ouviu uma porta se abrindo no andar de cima. Fez sinal para Marwan, que acenou com a cabeça concordando e firmou a arma contra a perna. Mas era só uma velha alemã que saía com seu carrinho de feira. Ela passou pelos três homens na escada sem olhar para eles.

Hani continuou a subir as escadas. Tudo o que tinha contado a Ferris, ainda em Amã, é que ele vinha preparando a operação há muitos meses.

— Venha e veja-me puxar o gatilho — disse ele. Ferris não sabia se Hani e Marwan iam realmente atirar em alguém. Aquilo seria ilegal, tecnicamente, mas o Quartel-general não iria se incomodar se ele redigisse o relatório do modo como acontecera. Há muito deixaram de se importar com esse tipo de coisa. A América estava em guerra. Em tempos de guerra, as regras são diferentes. Ou, pelo menos, era o que Hoffman lhe dizia sempre.

O jordaniano fez um sinal para pararem quando chegaram ao terceiro andar. Tirou um celular do bolso, colocou-o no ouvido e cochichou alguma coisa em árabe. Então acenou com a cabeça para eles e os três se moveram, em silêncio, em direção à porta do apartamento marcado "36". Hani sabia que Mustafa Karami estaria ali naquela tarde. Na verdade, sabia praticamente tudo sobre ele — seu trabalho, seus hábitos, seus amigos de escola dos tempos de garoto em Zarqa, seus parentes em Amã. Sabia em que mesquita ele rezava em Berlim, quais os números de celular que usava, qual *hawala* lhe remetia fundos de Dubai. Principalmente, sabia quando Mustafa Karami tinha ido ao Afeganistão, quando se juntou à Al-Qaeda, quem confiava nele na organização e com quem se comunicava. Hani aprendera tudo sobre ele, por assim dizer, e agora estava na hora da formatura.

Marwan levantou sua pistola quando Hani se aproximou da porta. Ferris ficou escondido nas sombras, poucos metros atrás. Tinha sua própria pistola em um coldre de ombro sob o casaco, e agora pôs sua mão direita no cabo de metal granulado. Lá de cima, vinda de um outro apartamento, ouvia-se a lânguida dissonância da música árabe. Hani levantou a mão para sinalizar que estava pronto. Deu uma batida firme na porta, esperou um momento e então bateu novamente.

A porta foi entreaberta com um rangido, e uma voz grunhiu em alemão, *Bitte*? Karami tinha uma corrente na porta, mas espiou desconfiado pela fresta. Tentou bater a porta quando viu os rostos estranhos, mas Hani rapidamente calçou a porta com o pé.

— Oi, Mustafa, meu amigo — disse Hani em árabe. — Deus é o altíssimo. A paz esteja contigo. — Marwan posicionou a perna de modo a poder derrubar a porta, se precisasse.

— O que deseja? — respondeu a voz dentro do apartamento. A corrente continuava passada.

— Tem alguém aqui que quer falar com você — disse Hani. — Pegue este telefone, por favor. Asseguro que é apenas uma ligação. Não tenha medo. — Passou o telefone lentamente pela fresta da porta. Karami, a princípio, não tocou nele. — Pegue o telefone, meu querido — disse Hani suavemente.

— Por quê? Quem está me ligando?

— Fale com sua mãe.

— O quê?

— Fale com sua mãe. Ela está no telefone esperando para falar com você.

O jovem árabe colocou o telefone no ouvido. Ouviu uma voz que não ouvia há três anos. No começo teve dificuldade de entender. Ela estava dizendo o quanto se orgulhava dele. Ela sempre soube que ele seria um sucesso, mesmo quando era um menino, em Zarqa. E agora ele estava fazendo coisas importantes. Tinha lhe mandado dinheiro, uma geladeira e até mesmo um novo aparelho de TV. Com o dinheiro, ela poderia agora encontrar um novo apartamento, onde pudesse se sentar em sua cadeira e observar o sol descer sobre as montanhas. Estava muito orgulhosa, agora que ele era um sucesso. Ele era um ótimo filho, graças a Deus. Era o sonho de uma mãe. Uma bênção de Deus. Ela estava chorando. Quando se despediu, Mustafa também estava chorando. Por causa da alegria de ouvir a mãe, é claro, mas também pela aflição de saber que tinha sido apanhado.

— Você é o sonho de sua mãe — disse Hani.

— O que vocês fizeram com ela? — Mustafa limpou as lágrimas dos olhos. — Eu não fiz nada disso que ela disse. Vocês a enganaram.

— Deixe-me entrar para poder conversar.

Mustafa fez uma pausa, como se estivesse imaginando algum meio de escapar, mas já estava em poder de Hani. Soltou a corrente e abriu a porta. Os três homens entraram na sala. Era assustadoramente desprovida de móveis e enfeites, com apenas um colchão encostado na parede e um tapete de oração voltado para Meca. O corpo macilento de Mustafa era flácido e enrugado, como um terno fora de uso.

— O que você quer? — perguntou. Suas mãos tremiam.

— Ajudei sua mãe — disse Hani. Agigantou-se sobre o jovem homem. Não precisou declarar o corolário óbvio, que podia machucá-la, assim como a tinha ajudado.

— Você a enganou — repetiu Mustafa. Estremeceu ligeiramente ao dizer isso.

— Não, nós a ajudamos. Demos a ela vários presentes e lhe dissemos que tinham sido enviados por seu filho, que ela ama. O que fizemos foi *hasanna*, uma boa ação. — Hani deixou as palavras suspensas no ar.

— Ela está presa? — perguntou Mustafa. Suas mãos continuavam trêmulas. Hani deu-lhe um cigarro e o acendeu.

— Claro que não. Ela deu a impressão de que estava presa? Ela está feliz. E eu gostaria que ela permanecesse dessa maneira, durante todos os seus dias.

Ferris observava, com os olhos bem abertos, de um canto. Não movia um músculo, por medo de que pudesse quebrar o ritmo de Hani. Seus empregadores tinham lhe patrocinado esse show, por assim dizer, mas ele era apenas um membro da platéia.

O silêncio estendeu-se por alguns segundos, enquanto Mustafa avaliava sua situação. Eles estavam com sua mãe. Fizeram dele um herói. Podiam destruí-lo, e também a mãe dele, se quisessem. Esses eram os fatos.

— O que você quer que eu faça? — Mustafa perguntou finalmente. Ferris esforçou-se para ouvir o árabe, para se certificar de ter captado cada palavra. Teve a sensação de estar assistindo a uma antiga encenação de uma obra-prima. Hani não tinha encostado em seu alvo, nem o ameaçara abertamente, e nem mesmo o forçara a nada. Aquela era a beleza da operação. Hani abrira a comporta pela qual sua presa estava sendo arrastada involuntariamente, inexoravelmente.

— Gostaríamos que você nos ajudasse — disse Hani. — E é bem simples o que você tem de fazer. Queremos que continue a levar sua vida, como antes. Não queremos que você seja um traidor, ou um mau muçulmano, nem que faça nada que seja *haram*. Só queremos que você seja nosso amigo. E um bom filho.

— Você quer que eu seja seu agente.

— Não, não. Você interpretou mal. Falaremos sobre isso depois. Mas primeiro, quero lhe dar um telefone especial, para que você possa falar comigo. — Hani entregou-lhe um pequeno telefone sem fio. Mustafa olhou-o desconfiado, como se fosse uma granada que pudesse explodir. — Vamos nos encontrar amanhã, em um local seguro, para podermos conversar — Hani continuou. Entregou-lhe um cartão de visita, com um endereço no subúrbio de Berlim. — Por favor, decore este endereço, e depois me devolva o cartão.

Mustafa desviou o olhar, querendo escapar, de algum modo, da rede que se fechava em torno dele.

— E se eu disser não? — perguntou. Havia um tremor em sua voz.

— Sua mãe ficaria triste. Ela tem tanto orgulho de você. Você é uma bênção de Deus para uma mulher idosa. É por isso que sei que você não vai recusar.

As palavras eram suaves, mas a expressão nos olhos de Hani não. Mustafa podia perceber que não havia saída. Voltou ao cartão de visita e observou o endereço durante dez segundos, depois fechou os olhos.

— Devolva-me o cartão, se já decorou — disse Hani.

O jovem examinou-o pela última vez e o devolveu.

— Bom garoto. — Hani dirigiu-lhe um sorriso de encorajamento. — Então estamos combinados, vamos nos encontrar amanhã na Handelstrasse 114, às quatro. Você tem de bater no quarto 507 e perguntar se Abdul-Aziz está. Vou responder perguntando se você é Mohsen, e você diz que é. Esse é o código de reconhecimento. Eu serei Abdul-Aziz e você será Mohsen. Se não puder ir amanhã à tarde, vá ao mesmo endereço às dez horas do dia seguinte. Use os mesmos nomes. Entendeu?

Mustafa fez que sim com a cabeça.

— Se tentar nos enganar e fugir, nós o seguiremos. Se tentar entrar em contato com seus amigos, nós saberemos. Estamos vigiando você dia e noite. Se fizer qualquer coisa estúpida, vai se machucar e também aqueles a quem você ama. Não seja idiota. Entendeu?

O homem fez um segundo sinal de concordância com a cabeça.

— Repita os nomes, horas e endereço.

— Abdul-Aziz e Mohsen. Amanhã, às quatro da tarde, ou se eu não puder ir, às dez do dia seguinte. O endereço é Handelstrasse 114, quarto 507.

O chefe da Inteligência jordaniana pegou a mão de Mustafa e o puxou para perto de si. Mustafa, obedientemente, beijou o homem mais velho nos dois lados do rosto.

— Que Deus o proteja — disse Hani.

— Graças a Deus — disse o homem mais moço, tão baixo que mal se podia ouvi-lo.

Naquela noite, em uma mesa silenciosa de um restaurante quase deserto, longe da Kurfurstendamm, Ferris fez uma pergunta a Hani. Uma parte dele não desejava dizer nenhuma palavra, apenas saborear as últimas notas tocadas pelo maestro, no silêncio depois que a música parou. Mas ele precisava perguntar.

— Aquele cara vai nos ajudar com Milão? — Era a única coisa que interessaria aos burocratas da divisão do Oriente Médio.

— Acredito que sim. E, se não for com esse caso de Milão, será com o próximo, ou com o seguinte. Essa guerra é longa. Haverá muitos ataques. Temos um novo pedaço do fio em nossas mãos agora. Vamos segui-lo. E, quando descobrirmos aonde ele vai, talvez venhamos a entender todos os casos semelhantes aos de Milão. Você não acha?

Ferris concordou com a cabeça. Não era bem uma resposta, pelo menos não uma resposta que os parasitas da divisão do Oriente Médio pudessem entender. Perguntariam por que Ferris tinha acompanhado o jordaniano o tempo todo até Berlim se não conseguira nada. E essa seria uma pergunta razoável.

— Por que você me convidou para acompanhá-lo? — aventurou-se Ferris. — Eu fui só um peso.

— Porque gosto de você, Roger. Você é mais esperto do que a turma que Ed Hoffman normalmente envia a Amã. Queria que você visse como nós operamos, para que não cometa erros como os outros. Não quero que você seja arrogante. Esse é o mal americano, não é mesmo? Não quero que você morra disso.

Hani estava encoberto pela fumaça diáfana e azulada do seu cigarro. Ferris olhou para ele. O verme estava se mexendo. Um mês antes da bomba de Milão, tinha havido uma em Roterdã. Estavam usando carros-bomba regularmente na Europa agora. Esses ataques deviam ter facilitado a captura dos membros da rede, mas eles tinham ficado mais astuciosos. O inimigo mudara sua ordem de batalha. Havia uma nova intensidade no planejamento operacional — a mão de alguém novo. Ferris estava certo de que Hani percebera isso — aquele era o fio, não era? Foi isso que os levara a Berlim naquele dia.

— Você está atrás de quem? — perguntou Ferris, baixinho.

Hani sorriu através dos anéis de fumaça.

— Não posso lhe contar, meu querido.

Mas Ferris achava que sabia. Hani e Ferris estavam caçando o mesmo homem — o homem cuja presença ele sentira pela primeira vez meses atrás, em um esconderijo ao norte de Balad, alguns dias antes de sua perna esquerda ser estraçalhada por uma granada. Quando Ferris fechava os olhos, podia ver a figura bruxuleante na câmera de sua retina — a do homem que estava enviando as bombas para as capitais que as pessoas ainda queriam acreditar que era o mundo civilizado. Não havia uma foto; não havia uma localização; não havia nem mesmo a certeza de que ele existisse. Havia apenas um nome, e, quando o agente iraquiano de Ferris o pronunciou naquele dia perto de Balad, sua voz sussurrara furtivamente. "Suleiman", disse o agente iraquiano. Ele quase engoliu a palavra, como se ela pudesse matá-lo se fosse audível. Suleiman. Era esse o nome do terror.

2

Amã

Amã parecia nervosa e inquieta quando Ferris voltou no dia seguinte, mas, na época, a maioria dos lugares possuía aquele nervosismo. A América tinha tropeçado em um ninho de marimbondos no Iraque, e eles estavam zumbindo em cada mercado e em cada mesquita do mundo árabe — e em breve, em todas as lojas e shoppings do Ocidente. Os analistas de Langley chamavam essa proliferação do terrorismo iraquiano de "sangria". No vôo de volta de Berlim, pela Royal Jordanian Airlines, Ferris ouviu por acaso dois árabes bem-vestidos na fila da frente da dele, na Classe Premium, conversando com conhecimento de causa sobre as bombas de Milão. O carro-bomba era exatamente igual ao de Roterdã; não, era maior, e havia cilindros de propano no carro para aumentar a explosão. Foi trabalho da Al-Qaeda; não, foram os xiitas passando-se pela Al-Qaeda; não, era de um grupo novo, mais aterrorizante do que qualquer um deles. Não tinham certeza sobre nada, exceto que era culpa da América.

Até a comissária de bordo mostrava-se arisca. Vestia uma saia vermelha que apertava seu traseiro, um casaco vermelho justo e um chapéu *pill-box* vermelho, do tipo que ninguém mais vê, exceto nas comissárias de bordo. Era o que cativava na Royal Jordanian: como a própria Jordânia, ela havia parado no tempo. Mas não respondeu quando Ferris tentou puxar assunto, e desviou o olhar com uma leve careta quando serviu sua refeição. Seus modos diziam: a culpa é de vocês, americanos.

Ferris pôde perceber os olhares hostis quando passou pelo controle de passaporte em Amã. O vôo de Tel-Aviv tinha chegado na mesma hora, e os jordanianos encaravam furiosamente qualquer um que parecesse israelense ou americano. Os judeus. Os cruzados. Para os árabes, eles tinham se tornado a mesma coisa. Ferris queria começar a trabalhar, fazer alguma coisa útil que pudesse evitar que todas aquelas pessoas raivosas causassem ainda mais estragos. Era fim de tarde, e a maioria das pessoas na embaixada ainda estaria no trabalho. Podia ligar para Hoffman, checar seus recados, responder os radiogramas que tivessem chegado, pensar no que iria dizer quando lhe perguntassem o que ele, Roger Ferris, estava fazendo para acabar com os carros-bomba, antes que eles chegassem a Peoria e a Petaluma.

A rodovia que ia do aeroporto até Amã estava repleta de anúncios que podiam enganar qualquer pessoa, levando-a a pensar que o mundo ainda estava em uma curva ascendente: propaganda de redes concorrentes de telefonia celular, de imóveis à beira-mar em Dubai, do Citibank e do Hotel Four Seasons, e toda a cornucópia de serviços com que o mercado global adornara aquelas montanhas áridas do deserto árabe. Só quando se viam os cartazes gigantescos do jovem rei — parecendo ligeiramente cômico nas roupas tribais árabes, que ele jamais deve ter usado na vida real, ou abraçando seu falecido pai nas fotos que viraram amuletos nacionais, fingindo que o velho homem ainda vivia —, só então é que se percebia como todo mundo andava nervoso. Aquela ainda era a terra das mentiras e dos segredos, onde a sobrevivência era o único objetivo real da política.

Ferris gostava de Amã por causa de tudo isso. Seus prédios brancos como giz davam à cidade um ar monástico, aquela pureza árida do deserto, atordoante, que mais ou menos a cada milênio leva as pessoas a uma tal loucura que elas acabam inventando uma religião. Até mesmo ao meio-dia no meio do verão, Amã era como uma sauna revigorante, em contraste com o banho de vapor debilitante que Ferris se lembrava do Iêmen, ou a implacável fornalha de Balad. E a cidade conservava muitas das exóticas tradições populares do mundo árabe; até mesmo na estrada do aeroporto, meninos em barraquinhas improvisadas apregoavam frutas e legumes, e preparavam o café árabe amargo e perfumado em pequenas xícaras. Rebanhos de carneiros andavam pelas estradas, levados por pastores em túnicas esvoaçantes, como se tivessem saído de uma cápsula do tempo. Embora tentasse bastante se parecer com o Ocidente, a Jordânia ainda era o Oriente. Em seus mercados havia mercadores de especiarias, além de cartomantes e traficantes de armas — toda uma vida secreta que estava ligada a um sistema diferente do mundo do *fast-food*.

Viver confortavelmente podia não ser a melhor vingança, mas era a única então disponível para os palestinos, que agora formavam a maioria da população.

Tinham voltado de Doha e Riad com pequenas fortunas, que usavam para construir propriedades enormes em Amã, onde podiam receber uns aos outros, maquinar acordos comerciais e exibir suas esposas, vestidas à maneira ocidental. A cirurgia plástica se transformara em uma indústria de ponta na nova Amã; uma mulher não acontecia até ter feito o nariz ou as mamas. Era como Los Angeles, sem o oceano. Amã tinha até uma revista chamada *Living Well*, com anúncios que diziam às jovens mulheres árabes onde comprar biquínis, os DVDs da série *Sex and the City* e móveis antigos. Os recentes refugiados iraquianos tinham acrescentado seus temperos característicos àquela mistura; ofereciam lances mais altos por imóveis locais e arranjavam trabalho para milhares de bandidos protegê-los dos outros bandidos.

O jovem monarca parecia entender que a cupidez era a liga nacional da Jordânia. Sob seu reinado, a nação passara da corrupção discreta dos velhos tempos para uma corrupção barroca, ao estilo libanês — em que até mesmo alguns generais do exército tinham seus próprios homens da mala. As figuras principais eram tão conhecidas que suas identidades eram um segredo que todos conheciam, comentado por toda a cidade, mas jamais publicado. A hipocrisia era absolutamente imprescindível.

E a Jordânia tinha o Islã, a inspiração e o tormento secreto de todo país árabe. Aquela era a maior preocupação da base de Amã, além de servir ao jovem rei. Os jordanianos eram sunitas, e a rede de mesquitas administradas pelo Estado era tão fossilizada quanto a Igreja da Inglaterra. A grande mesquita de Hussein, listrada de rosa e branco, na parte antiga da cidade, ficava praticamente vazia às sextas-feiras. As pessoas religiosas iam às pequenas mesquitas nas favelas e nos campos de refugiados fora da cidade — ou em Zarqa, a grande cidade industrial ao norte de Amã, que era a principal zona de recrutamento para as organizações secretas. Muitas vezes, parecia que os xeques fundamentalistas eram as únicas pessoas que diziam a verdade nessa sociedade: ridicularizavam a corrupção e a decadência da nova elite — verbalizando a raiva que todos sentiam quando viam os automóveis Mercedes-Benz e BMW passando, mas que nunca podia ser expressa abertamente. O jovem rei podia estar recebendo os titãs do Fórum Econômico Mundial nos elegantes hotéis de lazer à beira do mar Morto, mas, nas ruelas de Zarqa, vendiam-se tapetes com a imagem de Osama bin Laden e ouviam-se fitas cassete com sua declaração de guerra à América.

Ferris tinha chamado tudo isso de "Oleoduto" em um rádio para Hoffman, algumas semanas depois de sua chegada. Havia uma rede da Jihad que passava por Zarqa, transportando as pessoas para dentro e fora do Iraque, introduzindo-as furtivamente nos nodos linfáticos do mundo árabe e depois na corrente sangüínea global. Ferris procurava por uma rede que tinha um nome — o nome pelo qual pagara um preço altíssimo no Iraque e que vinha rastreando desde sua chegada a Amã, dois meses antes. Conhecia a localização do esconderijo em Amã em que seu agente iraquiano fora recrutado; sabia o nome de algumas pessoas que viajavam entre Zarqa e Ramadi. Esses fragmentos de informação quase lhe tinham custado a vida, mas eram um ponto de partida.

Desde o seu primeiro dia em Amã, Ferris vinha brandindo esses poucos fatos como um cinzel, que podia se quebrar nas entranhas do submundo. Colocara uma vigilância permanente em um esconderijo em Amã. A NSA, a Agência de Segurança Nacional, estava interceptando todas as chamadas e mensagens de computador de qualquer pessoa que tivesse se aproximado da casa algum dia. Rastreava a conversa dos carros que saíam da propriedade. Ferris não contou a Hani quem era o seu alvo, mas suspeitava de que não precisava. Em Berlim, tinha tido certeza de que estavam caçando o mesmo homem.

A embaixada americana era uma fortaleza vistosa perto de Abdoun, fora do centro da cidade. Tinha uma fachada de mármore branco que se abria no centro para um jardim em forma de lua crescente, decorado em pedra rosa salmão. Era agradável à vista, mas proibida. Veículos jordanianos com pessoal armado ficavam estacionados na frente, tripulados por membros com narizes de gavião das forças especiais jordanianas, em seus uniformes camuflados azuis. Parecia a embaixada de uma nação sitiada, o que era quase exato. O carro da embaixada conduziu Ferris para dentro e ele se dirigiu ao andar de cima, onde funcionava a base secreta da CIA. Ainda havia muita gente em suas mesas quando ele chegou. Talvez quisessem impressioná-lo, mas, para Ferris, era um sinal de que não tinham nada melhor para fazer do que ficar na embaixada.

Ferris fechou a porta de sua sala e ligou para Hoffman na linha restrita. Tinha enviado uma mensagem de Berlim, mas não conseguira falar diretamente com o chefe da sua divisão. Aprendera, nos últimos anos, que era um erro presumir que se sabia o que Hoffman desejava. Tal como a própria agência, ele era uma série de compartimentos. A pessoa podia estar em um determinado ponto, achando que tinha entendido toda a situação, e de repente descobria que o verdadeiro interesse de Hoffman estava em um outro compartimento, sobre o qual ela sabia alguma coisa ou não sabia nada. Ferris tinha aprendido a chamar o oficial supervisor quando queria chegar ao chefe. O pessoal da divisão do Oriente Médio sempre parecia ter dificuldades de rastreá-lo — embora fosse difícil saber se eles não estavam ajudando de propósito ou se realmente não sabiam. O supervisor colocou Ferris na linha.

— Eu estava esperando — disse Hoffman. — Onde diabos você se enfiou?

— Em um avião. Depois em um carro. Mas agora estou aqui. — Ferris esperava ter de fazer um resumo verbal da operação de Berlim, mas, diante do tom abrupto de Hoffman, isso evidentemente não era necessário.

— O que Hani está procurando? É isso o que quero saber. Essa coisa de Berlim vai nos levar para dentro da tenda?

— Não posso garantir ainda. Hani não vai me dizer muito. Você o conhece melhor do que eu, mas acho que ele se move na sua própria velocidade. Não gosta que o apressem.

— Hani tem duas velocidades, lenta e marcha à ré. Mas isso não vai funcionar agora. Essa merda de lentidão tem de acabar. Temos de fazer com que ele ande em uma marcha diferente. As bombas de Milão deixaram todo mundo nervoso. O presidente está berrando com o diretor, perguntando por que não conseguimos deter esses caras, e o diretor está berrando com a gente. Ou comigo, para ser mais exato. Temos de acabar com essa rede. Já. Diga isso a Hani.

— Ele ainda não voltou. Ainda está em Berlim.

— Perfeito! Quer dizer que está trabalhando seu novo contato sem a gente. Isso não vai dar certo. Quem ele acha que está pagando as contas?

Ferris hesitou um instante e então resolveu dividir suas suspeitas com Hoffman.

— Acho que ele está atrás do mesmo cara que eu. Não tenho certeza, mas acho que essa operação de Berlim é isso.

— Suleiman?

— Sim, senhor. Se não for, não consigo imaginar por que razão ele está trabalhando tanto para resolver isso. Ou por que me convidou para ir com ele. Tem de ser a rede de Suleiman que ele está tentando penetrar.

— Então é isso — disse Hoffman. — Vou até aí ver você. Temos de resolver essa. Do contrário, o presidente vai me comer vivo. E a você também, não que alguém se importe. Vou mandar por você umas coisas interessantes para Hani, para mostrar que o amamos. Tente acalmá-lo quando ele voltar. O papai vai aparecer em breve para terminar o serviço.

— Tem certeza de que isso faz sentido?

Ferris teve uma sensação de desânimo, em parte por achar que estava perdendo o controle sobre a operação de Berlim e em parte por causa de alguma coisa que não conseguia pôr em palavras, nem para si mesmo. Não era assim que as coisas funcionavam naquela parte do mundo. Não se podia dar um chute no rabo de alguém e depois imaginar que ele fosse cooperar. Aquilo não era a KGB. Os árabes colaboram porque confiam em você. Podem fazer qualquer coisa por um amigo e nada para um estranho; e menos do que nada para alguém que os trate com desrespeito. Ia tentar dissuadir Hoffman da viagem quando ouviu o clique do outro lado da linha, e percebeu que seu chefe tinha desligado.

3

Balad, Iraque

Quando Ferris ouviu o nome de Suleiman pela primeira vez, estava começando o que imaginava ser uma designação de um ano na base da CIA em Balad, no Iraque. A princípio, Hoffman resistira a lhe entregar a base do Iraque, por desejar mantê-lo perto como seu assistente de operações, mas Ferris insistiu. Se alguém tinha de ir ao Iraque, esse alguém era ele: falava a língua e compreendia a cultura. Vinha rastreando seu alvo, de um jeito ou de outro, há uma década — desde que passara a se interessar pelos radicais islâmicos, quando estudava na universidade de Columbia.

— O Iraque está fodido — Hoffman declarara.

— E daí? — Ferris respondera. — É o que o torna interessante.

Ferris não estava interessado em política. Isso era para o Departamento de Estado, ou para as pessoas nos programas de entrevista na TV. Ele era a única pessoa na América que não queria falar sobre como o Iraque era um desastre. Queria estar lá. Trabalhando junto a Hoffman, tinha ajudado a planejar os procedimentos e os disfarces que mantinham vivos os jovens agentes. As túnicas e os panos de cabeça, o bigode escuro; os sapatos baratos; os calhambeques, com as contas islâmicas penduradas no retrovisor e a música árabe berrando nas fitas cassete e nas rádios. Para um certo tipo de pessoa, aquele era o único emprego interessante. Hoffman sabia que não podia deter seu protegido, portanto lhe arranjou uma designação que realmente pudesse significar alguma coisa.

— Seu trabalho é alimentar a máquina — Hoffman disse a Ferris, antes de despachá-lo.

Ferris não entendeu o que aquilo significava até o dia em que chegou à base aérea de Balad, cerca de oitenta quilômetros ao norte de Bagdá. A pequena frota de Predadores da Agência estava baseada ali, e a maioria dos membros da base da CIA passava seus dias assistindo ao que eles gostavam de chamar de "Predador

Pornô". Eram imagens em tempo real, enviadas pelas câmeras dos três veículos aéreos não-tripulados que cruzavam lentamente o Iraque. Ferris foi apresentado a eles pelo chefe da base, que o acompanhou à sala de operações e apontou-lhe uma tela gigante que pairava sobre eles.

— Meus principais agentes — disse o chefe da base. Debaixo da tela, expostos em letras de fôrma ao estilo militar, havia três nomes: "CHILI", "SPECK" e "NITRATE". Pareciam nomes de animais de estimação ou de personagens de desenho animado, mas eram as designações em código dos três Predadores que operavam fora de Balad. Em uma tela menor, apareciam as imagens de três aeronaves operadas por radiocontrole remoto, estacionadas sobre o Afeganistão: "PACMAN", "SKYBIRD" e "ROULETTE". As imagens atraíam a atenção, mesmo que não se soubesse para o que se estava olhando. Ferris deu uma olhada na tela do Iraque e viu um carro escuro movendo-se lentamente em uma estrada de mão dupla e depois entrando em uma estrada secundária em direção ao deserto. O Predador partiu atrás dele, mil pés acima, silencioso e invisível. Ferris perguntou o que eles estavam perseguindo.

— O oeste do Iraque, próximo à fronteira da Síria — respondeu o chefe da base. — Achamos que o carro vai pegar algo de grande valor. — Ficaram juntos ali, de pé, observando o carro durante uns dez minutos, e depois a tela ficou escura. O chefe da base falou com um dos operadores e então informou a Ferris: "Poço seco". Significava que o alvo, fosse qual fosse seu valor, apesar de tudo não estava no carro. Foi nesse momento que Ferris começou a entender o problema.

O chefe da base foi convocado para uma videoconferência com Langley e deixou Ferris sentado em sua cadeira na plataforma de comando, no centro da sala de operações. Havia um zumbido baixo na sala, com as pessoas sentadas lado a lado com os olhos grudados nos monitores de tela plana, fazendo o trabalho rotineiro de planejar, observar e avaliar. O oficial supervisor, sentado perto de Ferris, monitorava meia dúzia de grupos diferentes de conversa *on-line* sobre as últimas informações não processadas vindas de todas as fontes e escutas clandestinas do mundo todo. Aquele era o zumbido indistinto do trabalho da inteligência, até que houve um farfalhar repentino e a atenção de todos se voltou para a tela do Afeganistão.

— Cheque PACMAN — cochichou um oficial da Força Aérea na mesa ao lado de Ferris. Naquela tarde específica, PACMAN sobrevoava lentamente o

Waziristão, a noroeste do Paquistão, procurando por algum dos esquivos líderes tribais da Al-Qaeda. A aeronave estava quase parada, sobre uma caverna no alto das montanhas inexploradas, aguardando sua presa surgir, pairando, procurando, dando voltas lentamente no espaço acima das encostas íngremes e dos cumes nevados.

— Acho que alguma coisa está se mexendo na caverna! — disse um dos observadores, e ninguém falou na grande sala escura.

O pessoal que controlava PACMAN estava lá em Langley, em um prédio na área do estacionamento. Estudavam os sensores, aguardando para disparar um míssil Hellfire caso avistassem um homem alto e magro nas sombras da caverna. Ferris conseguiu perceber mais movimentos nas sombras, e quando divisou algo na luz, pensou: Ali está.

Mas quem surgiu das profundezas da caverna escura para a luz foi um touro. A sala toda gemeu. PACMAN mais uma vez os tinha conduzido a uma caverna de morcegos, insetos e restos de animais. Mas Ferris continuou ali, enquanto PACMAN se deslocava para um outro grupo de coordenadas e a câmera lentamente capturava as imagens da Hindu Kush, os desfiladeiros, as escarpas e os rios ribombantes. Viu-se hipnotizado por imagens que normalmente só podiam ser vistas por um gavião ou um falcão. Ali estava a genialidade da inteligência americana — a possibilidade de fazer voar seu pássaro predador mecânico sobre a área mais hostil do mundo. A insensatez era que, na maioria do tempo, ele não sabia o que estava procurando lá embaixo. Um pássaro com uma visão perfeita e sem cérebro.

Alimentar a máquina. Agora Ferris entendia o que Hoffman quis dizer quando o designou. Produzir a verdadeira inteligência, para que os controladores soubessem aonde mandar a aeronave; dessa forma saberiam quem estava no sedã que serpenteava pela fronteira síria, qual ônibus desconjuntado estava levando o mais recente grupo da Jihad do aeroporto de Damasco para o esconderijo nos arredores de Bagdá, qual automóvel caindo aos pedaços pertencia à operação. Se Ferris pudesse reunir essas informações, então o Predador poderia observar cada parada do alvo, cada cúmplice que colaborou ao longo da estrada, cada local em que pararam para comer ou dormir ou dar uma cagada. Mas alguém tinha de alimentar a máquina.

— Você é perfeito para o posto, seu miserável — dissera Hoffman, e era verdade. Ferris falava árabe no nível quatro; tinha o cabelo escuro e uma compleição que lhe permitia passar por um árabe com suas túnicas e seus *kaffiyeh*, os lenços quadriculados para cobrir a cabeça, e ainda possuía um apetite essencial, que ele pensava que pudesse satisfazer correndo riscos.

Para começar, Ferris passou uma semana com o chefe de operações em Bagdá. Era um irlandês corpulento chamado Jack, mas que, quando tingia o cabelo e o bigode ruivos e vestia uma túnica larga, podia passar por um xeque sunita. Jack deu um giro com Ferris pelos locais secretos da agência, na zona verde: a oficina onde repintavam os carros da noite para o dia; as centenas de placas falsas; as portas dos fundos pelas quais a agência fazia escapar seus agentes operacionais e os introduzia na vida real; as dúzias de carros batidos da agência estacionados no outro lado, na zona vermelha, cada um pior do que o outro; os locais dos esconderijos por toda a região central do Iraque, onde Ferris estaria operando. Beberam e se divertiram para afastar o medo.

— Não se deixe capturar — disse Jack no último dia, antes de Ferris rumar para o norte. — Essa é a regra principal aqui. Se eles o pegarem, no fim vão acabar matando-o, mas primeiro vão fazer você cuspir as tripas. Portanto, não seja capturado. Só isso. Se você vir um bloqueio na estrada e achar que eles vão tentar pará-lo, comece a atirar e continue atirando até escapar dali ou estar morto.

— Meu árabe é bastante bom — disse Ferris.

Jack balançou a cabeça.

— Vou repetir. Não se deixe capturar. Você não vai conseguir escapar dessa gente com conversa nenhuma. Atire primeiro. É isso que eles respeitam. Não tente ser simpático. Se você matar bastantes deles, não importa se o seu árabe é bom ou ruim.

No dia de sorte de Ferris, ele já estava no Iraque há quase três meses. Vivera apavorado quase todos os dias que passara ali, e esse também não tinha sido diferente. A base fora bombardeada de manhã, enquanto ele tomava banho, e teve de sair correndo da privada perto do seu *trailer*, com uma toalha que mal lhe cobria a genitália, e mergulhar debaixo da barreira de concreto que servia de abrigo. Duas bombas caíram, uma delas a cerca de quatrocentos metros. Nem mais perdiam tempo em soar o alarme de que o perigo tinha cessado porque ele nunca cessava. Ferris voltou e terminou o banho, mas pensou — erradamente, como veria depois — que começar o dia desse jeito era um mau presságio.

Naquela manhã, ele estava voltando para o que seus colegas chamavam de "a merda", o que significava qualquer coisa fora dos muros do conjunto. Seu método consistia em passar uma semana do lado de fora, depois uma semana dentro. Hoffman não gostava daquilo — a parte mais perigosa do trabalho era ficar entrando e saindo —, e queria que Ferris se encontrasse com os agentes dentro do perímetro. O chefe da divisão do Oriente Médio tinha um verdadeiro medo de perder Ferris no Iraque, uma luta que ele não tinha certeza se valia a pena. Mas Ferris sabia que a precaução era inútil. Era melhor não ter agente nenhum do que confiar nos que entravam e saíam do conjunto americano. Aquele era o ponto sobre o Iraque: não havia como estar ali pela metade.

Ferris colocou sua túnica manchada de suor e seu *kaffiyeh* quadriculado. Deixara crescer o bigode indispensável no Iraque e uma barba arrepiada, nem bem nem mal aparada. Com sua cor de pele, podia passar facilmente por árabe. Não por iraquiano, mas talvez por egípcio, que era sua identidade secreta. Na verdade, ele aprendera o árabe no Cairo, durante um semestre no exterior quando estudava na universidade de Columbia, e ainda falava com o "G" fricativo do dialeto egípcio. Ferris imaginou o que sua mulher, Gretchen, diria se pudesse vê-lo. Ela sempre imaginava sua vida de espião como uma versão de James Bond, com ternos bem-cortados e martínis. Se ela o visse agora, lhe diria para ir mudar de roupa. Gretchen gostava de tudo relativo a Ferris, menos da sua vida real.

Ferris saiu do conjunto com os outros operários árabes quando terminou o turno da noite e o pessoal do dia chegou à base. Sabia que não iriam se dirigir a ele; os iraquianos que trabalhavam em bases americanas não falavam com ninguém. Arriscavam suas vidas por um ordenado extra para levar para casa. Se os rebeldes os encontrassem, seriam homens mortos. Assim, desapareciam tão logo saíam pelo portão, e Ferris desapareceu com eles.

Um carro iraquiano o esperava do lado de fora. Era um Mercedes batido de meados dos anos 1970, comprado quando o Iraque nadava em dinheiro. O motorista era um dos agentes de Ferris — um jovem chamado Bassam Samarai. Vivera na comunidade iraquiana em Dearborn, Michigan, e fora tolo o bastante para acreditar na retórica americana de 2003 e partir para o Iraque com um gordo salário da CIA. Sua família era daquela área; seus membros acolheram-no e fingiram acreditar em sua história de voltar para casa a fim de começar um negócio pioneiro, importando antenas parabólicas e decodificadores de satélites. Algum dia iria acabar com uma bala na cabeça, Ferris sabia. Mas não havia nada que pudesse fazer sobre isso.

— *Ya Bassam! Marhaba* — Ferris cumprimentou seu agente. Afundou no banco da frente e fechou a janela. O iraquiano usava uma jaqueta de couro barato e o cabelo com gel alisado para trás.

— Como vai, cara? — disse Bassam. — Tudo em cima? — Ele gostava do linguajar das ruas, embora Ferris lhe tivesse dito que não era seguro. Lembrava-lhe o lar, em Dearborn. Mas não era só isso. Hoje Bassam tinha um brilho nos olhos, como se estivesse morrendo de vontade de contar a Ferris alguma coisa.

— Vou bem — disse Ferris. — É bom estar fora dali. Estou cheio de Balad. Tem muito americano doido. Estou pronto para alguns iraquianos doidos.

— Bom, chefe, tenho alguém muito doido para você hoje. Esse você não vai acreditar. Pode crer. Ele é demais. — Bassam parecia um DJ em sua excitação.

— O que você conseguiu? — disse Ferris.

— Coisa quente, cara. Um membro da Al-Qaeda, lá de perto de Tikrit. Conheço-o de garoto, antes de eu viajar. Chama-se Nizar. Queria ir para a América, mas não conseguiu os papéis, então trabalhou no Mukhabarat, o serviço secreto de Saddam. Deu um nó na cabeça depois da libertação, sabe como é, assim como um monte de gente de Tikrit, e começou a trabalhar com Zarqawi. Pelo menos é o que ele diz. Ele está se borrando de medo agora, cara.

Os olhos de Ferris se iluminaram. Puxou um pouco mais o pano sobre a testa, para que os carros próximos não pudessem ver seu rosto. Aquilo era o que ele esperava nos últimos três meses, se fosse verdade.

— Como é que você encontrou esse cara, Bassam?

— Ele é que me achou. Está apavorado que os homens o matem. Queriam que ele servisse de mártir, mas ficou com medo. Ele sabe um monte de merda. Quer que a gente o ajude, sabe como é, que a gente o tire de lá.

— Ah, porra. — Ferris sacudiu a cabeça. — Você não contou a ele que trabalha para o governo americano, contou?

— Negativo. Não sou idiota. Ele veio falar comigo porque eu vivi nos Estados Unidos, só isso. Ele acha que posso dar um jeito nessa merda para ele. Disse que eu ia ver o que posso fazer. Ele está lá na casa do meu tio, entre aqui e Tikrit. Eu disse a ele que iríamos vê-lo hoje.

Ferris olhou para seu agente *hip-hop* iraquiano.

— Você é um grande negócio, Bassam. Sabe disso? Tenho orgulho de você.

Seguiram o tráfego da manhã pela Auto-estrada 1, a principal rota para o norte que margeava o rio Tigre, em direção a Tikrit. Comboios de provisões dos Estados Unidos buzinaram pedindo passagem, e, tal como todos os iraquianos, Bassam reduziu a marcha para deixar passarem os soldados americanos prontos para disparar suas armas. "Era o pior que poderia acontecer", pensou Ferris, "ser atingido por algum cabo reservista de Nebraska com uma espingarda de caça em um comboio armado que levava bifes e refrigerantes para as tropas lá no norte". Bassam ouvia a rádio Sawa, uma estação americana que misturava música árabe e americana, e foi o único sucesso verdadeiro da propaganda alcançado pelos Estados Unidos. Cantava junto um *rap* de Eminem, quando Ferris falou.

— Temos de ter cuidado, Bassam. Se esse cara é tão bom quanto você diz, vão matá-lo assim que descobrirem que ele fugiu. Fica então ligado com o que você aprendeu sobre espionagem. Está me ouvindo?

— Estou, chefe. Estou tranqüilo.

— Não, você não está tranqüilo. Vai fazer com que nos matem, junto com seu camarada Nizar. Então presta atenção. Temos de nos movimentar, começando por esta noite. Não posso ficar duas vezes no mesmo lugar nesta semana, e nem você. Se o seu homem, Nizar, for quente, ele é ouro puro. Não vamos deixar que o matem por qualquer merda. Não temos muitas chances como esta, e não vou perdê-la. Está me ouvindo? Hein? Você está me ouvindo direito?

— Estou, chefe — disse Bassam novamente. Mas Ferris sabia que ele tinha entendido.

O tio de Bassam vivia no final de uma longa estrada de terra perto de Ad-Dawr, a alguns quilômetros ao sul de Tikrit. O lugar tinha sido uma fazenda; ainda se podia ver o equipamento para irrigação, mas agora os campos eram um emaranhado de mato, ervas daninhas e máquinas abandonadas. Ferris disse a Bassam para parar o carro atrás da casa principal para que não fosse visto da estrada. Havia uma casa menor sob um eucalipto, a cerca de cinqüenta metros da casa grande.

Bassam disse que estava vazia. Ferris disse-lhe para levar Nizar para a casa menor e que não contasse ao tio e nem a ninguém que Ferris estava lá. Bassam piscou o olho para ele, tentando demonstrar confiança, mas Ferris podia garantir que ele estava assustado.

Ferris entrou na pequena casa. Fedia a excremento, animal ou humano, não sabia dizer. Era um fato grosseiro da vida iraquiana que as pessoas defecassem em qualquer lugar que não estivesse ocupado. Abriu as janelas para arejar e arrumou as cadeiras para poder conversar com Nizar sem ser visto. E depois sentou e esperou.

Bassam apareceu dez minutos depois com Nizar a tiracolo, falando uma versão árabe de um patoá monótono do inglês. Nizar era um homem baixo, atarracado como um hidrante, com um grande bigode que lhe caía sobre os lábios. Ferris não entendia bem a gíria iraquiana, mas podia perceber que Nizar estava nervoso. Havia um tremor em sua voz, até mesmo falando com Bassam, e seus olhos corriam de um lado para outro, esquadrinhando o horizonte em busca do perigo que ele sabia estar lá fora. Quando entrou na pequena casa, olhou bem para Ferris, tentando distinguir seu rosto nas sombras.

— Este é o meu amigo egípcio — disse Bassam, indicando Ferris. — Talvez ele possa ajudar.

Trocaram amabilidades islâmicas. A paz esteja convosco; Deus lhe dê saúde. Bassam tinha trazido uma garrafa de água da casa do tio e a serviu cerimoniosamente em três copos sujos. Demorou um pouco para começar, mas era sempre um erro apressar qualquer coisa nessa parte do mundo.

— Posso lhe ajudar, meu amigo — disse Ferris em seu árabe com acento egípcio.

— Graças a Deus — disse Nizar.

— Mas por que você precisa de ajuda? Do que tem medo?

— Sei muitas coisas, senhor. Viajei com Abu Musab. Conheço seus segredos. Eles confiavam em mim. Iam me mandar para fora do Iraque. Fui preparado. Mas, então, alguns dias atrás, eles pediram desculpas; precisavam de mim para ser mártir em Bagdá. Acho que eles deixaram de confiar em mim. Não sei a razão. Boatos, talvez. Ouviram que eu conhecia Bassam, talvez. Foi quando fugi. Eles têm mártires demais. Não quero morrer. Quero ir para a América.

— Posso ajudar — repetiu Ferris. — Conheço quem possa levá-lo para os Estados Unidos. Dinheiro, um visto, um *green card*. Qualquer coisa. Mas você conhece os americanos. São gananciosos. Você tem de lhes dar alguma coisa, do contrário jamais vão ajudá-lo. Então, o que você pode oferecer a eles? Você me diz e assim vou saber se posso ajudá-lo.

Nizar balançou a cabeça.

— É muito perigoso — disse ele. — Só vou contar para os americanos. Não posso confiar nos árabes. Eles vão me trair.

Ferris pensou durante alguns segundos. Tudo o que o homem dissera até ali parecia razoável. E ele tinha razão em pensar que não podia confiar nos árabes. A conversa tinha de partir de um americano. Ferris sabia que revelar tão cedo que era americano seria uma violação dos procedimentos operacionais, mas não conseguia imaginar nenhum outro jeito de fazer aquilo funcionar. Recostou-se em sua cadeira de modo que seu rosto ficasse inteiramente exposto ao sol e tirou seu *kaffiyeh* para que Nizar pudesse ver suas feições.

— Sou americano, Nizar. Trabalho para o Conselho de Segurança Nacional — disse Ferris em inglês, e depois repetiu em árabe. — Posso ajudá-lo a ir para a América, mas você precisa me dizer o que sabe. Então poderemos traçar um bom plano.

Nizar estudou o rosto de Ferris, tentando tomar uma decisão. Então ele fez a única coisa que Ferris não esperava: caiu no chão e beijou a sua mão. Havia lágrimas em seus olhos. Mostravam o quanto ele estava com medo de que o pessoal de Zarqawi fosse matá-lo.

— Conte-me o que sabe — disse Ferris, devagar e tranqüilamente. — Então posso ajudá-lo. Conte-me aquilo que vai deixar meu chefão lá em Washington, o presidente, bem feliz.

Nizar fechou os olhos. Ele sabia o que era. Aquela era a única carta que ele tinha de jogar. Ferris estendeu a mão e tocou o iraquiano na testa, como se o estivesse curando. Nunca fizera aquilo com ninguém na vida, mas, naquele momento, pareceu-lhe acertado.

— Queriam que eu deixasse o Iraque — disse Nizar.

— É, você já me disse. Por que eles queriam que você deixasse o Iraque?

— Por causa do meu treinamento com o Mukhabarat. Sei fabricar bombas. Sei como conduzir uma operação. Tive o treinamento completo. Disseram que precisavam disso para as operações na Europa. Os carros-bomba. Este é o plano deles, os carros-bomba na Europa, iguais aos de Bagdá. Mas eles não têm pessoal suficiente. Precisam de mim. — Fez uma pausa, com medo de continuar.

— Quem precisava de você? — Ferris fixou os olhos nele e então repetiu: — Quem precisava de você, Nizar? Diga-me senão vou embora agora.

— O homem que comanda a nova rede da Al-Qaeda. Aquele que está planejando as bombas na Europa. Quem mais assusta os americanos. As pessoas aqui mantêm contato com ele. Queriam me mandar para ele.

— E quem é ele?

Nizar caiu novamente em silêncio. Sentou-se ali, balançando a cabeça — aterrorizado e sem certeza do que fazer.

Ferris percebeu que poderia perdê-lo se não agisse rapidamente. Levantou-se da cadeira, como se estivesse pronto para sair.

— Vamos, Bassam — disse ele. — Vamos embora.

Nizar disse uma palavra, porém mal se ouviu sua voz.

— Fale alto — disse Ferris.

— Suleiman — cochichou ele. — Esse não é o seu verdadeiro nome, mas é o nome que lhe deram. Suleiman, o magnífico. Ele é o planejador.

"Ah, meu Deus", pensou Ferris. "*É esse mesmo*. Como vamos manter este homem vivo?"

4

Balad, Iraque

Ferris ligou para Ed Hoffman pelo telefone via satélite da casa abandonada perto do Tigre. Seriam quatro da manhã em Washington, mas não importava. Hoffman ficaria furioso se não tivesse sido acordado quando descobrisse o que Ferris tinha conseguido. Chamou-o através do centro de operações da divisão do Oriente Médio. O supervisor pareceu irritado, como se tivesse sido interrompido do seu jogo solitário no computador. Mas encaminhou a chamada para a casa de Hoffman.

— Qual foi a merda? — foram as primeiras palavras de Hoffman. E depois: — Que horas são?

— Desculpe acordá-lo — disse Ferris. — Mas acho que podemos ter encontrado coisa boa aqui em Dodge City.

— Ah, é? — disse Hoffman, agora completamente desperto. — O que você conseguiu?

— Estou interrogando um iraquiano recém-chegado. É um sunita de Samara que trabalhou para o serviço secreto de Saddam. É um membro da Al-Qaeda no Iraque agora, ou pelo menos foi até alguns dias atrás, quando lhe disseram que precisavam dele para um carro-bomba. Agora está fugindo. Acabou de me revelar uma coisa bem interessante.

— É mesmo? Estou esperando.

— Disse que a Al-Qaeda ia mandá-lo para fora do país, para entrar em contato com o homem que planeja as operações na Europa. Estão montando uma rede de carros-bomba por toda a Europa. Pelo menos ele diz que estão. Ele tem um nome para o planejador. Chamou-o de Suleiman.

— Você tem razão. Isso é bem interessante. — Hoffman deixou escapar um rosnado baixo de excitação. — O que mais ele disse?

— Porra, isso não chega? Quero tirar ele daqui, Ed. Temos de interrogá-lo cuidadosamente.

— Desculpe, não entendi essa.

— Eu disse que quero tirar ele daqui. Se ele ficar, é um homem morto. Disse-lhe que o tiraria daqui se ele me desse as mercadorias.

— Nem fodendo. Esse cara vale ouro. Esprema-o agora. Deixe-o por aí um pouco, para que possamos conferir sua rede de contatos. Mandar um dos Predadores para cima dele. Vamos poder ver todos com quem ele falar e depois capturá-los.

— Mas eles vão matá-lo. Já lhe disse. Ele está fugindo.

— Grande merda. Se eles o matarem, pelo menos podemos ver quem está puxando o gatilho.

Ferris olhou pela janela para Nizar, que estava lá fora, no sol. Havia uma ponta de sorriso em seu rosto. Imaginava que ficaria sob a proteção dos americanos.

— Não gosto disso, Ed. Acho que estamos fazendo a coisa errada. Esse caso é meu. Deixe-me conduzi-lo.

— Desculpe. Negativo. Interrogue-o já. Consiga tudo o que puder, para o caso de ele ser apanhado. Mas deixe-o solto hoje, depois de você terminar. Vamos observá-lo um pouco e depois o traremos para cá. Odeio ser um canalha, mas é assim que vamos conduzir isso.

— Jesus. — Ferris afastou o telefone por um instante. Não adiantava nada discutir o caso, não com Hoffman. — Posso lhe prometer dinheiro e um novo lugar para viver, pelo menos?

— Claro. Sem problema. O que você quiser. — Hoffman nem mesmo discutiu o quanto Ferris poderia oferecer. Sabia que jamais teria de fazer o pagamento.

Ferris fez Nizar sentar-se novamente dentro da casa e disse-lhe que tinha algumas outras perguntas. O iraquiano agora estava de bom humor, relaxado, aliviado, imaginando que sua parte do pesadelo logo terminaria. Ferris tinha ligado um pequeno gravador digital, para registrar o interrogatório. Perguntou a Nizar o nome de seus contatos da Al-Qaeda no Iraque. Perguntou-lhe em que locais se encontrava com os membros da sua célula. Perguntou-lhe como fora recrutado, e o iraquiano explicou que tinha sido em Amã — em um esconderijo perto de Jebel Al-Akhthar, no limite sul da cidade. Recitou o endereço e Ferris escreveu-o cuidadosamente em sua agenda. Se eles conseguissem monitorar o esconderijo de

Amã, talvez pudessem desbaratar a rede completa. Ferris perguntou pelo cartão SIM do seu celular, e Nizar também o entregou.

O pequeno iraquiano falou durante várias horas. Ferris mandou Bassam sair para arranjar um pouco de comida e ele voltou com alguns *kebabs* e cerveja Heineken fabricada no Egito, que Nizar devorou. A tarde já ia pelo meio e eles não terminavam. Ferris estava ficando nervoso por estarem na casa do tio de Bassam há tanto tempo. As pessoas na vizinhança tomariam conhecimento e contariam aos outros. Quando a noite caísse, seria perigoso ficar ali.

Quando Ferris terminou todas as perguntas, Nizar olhou-o atentamente.

— Estamos prontos para ir para a zona verde agora? — perguntou-lhe.

— Ainda não, Nizar. — Imediatamente, o sorriso esperançoso do iraquiano se dissolveu. — Meus amigos vão precisar de um pouco de tempo para providenciar sua saída do Iraque. Enquanto isso, você deve voltar às suas atividades. Tenha cuidado. Não entre em pânico. Tudo vai ficar bem.

— Mas eles vão me matar. Foi a primeira coisa que falei assim que começamos.

— Eles não vão matar você. Vamos estar de olho protegendo-o. Temos grandes olhos e ouvidos.

Nizar sacudia a cabeça.

— Desculpe, mas vocês não conseguem proteger ninguém. Nem mesmo vocês mesmos. Como vão me proteger?

— Vamos tomar conta de você. Seu amigo Bassam vai estar por perto. Mas ele não pode ficar junto com você. Nem eu. Até tirarmos você daqui, vai ter de tomar conta de si mesmo.

O iraquiano deu um gemido baixo. Dera tudo e não recebera nada. Ferris não podia deixá-lo daquele jeito. Deprimido como estava, iria perambular até cair em uma armadilha e estaria morto antes do pôr-do-sol.

— Vou abrir uma conta no banco para você na América agora. Está bem para você?

Os olhos de Nizar brilharam levemente.

— Está bem. De quanto, por favor?

— De início, cem mil dólares. Além disso, vamos arranjar um lugar para você, sua mulher e seus filhos na América.

Agora o iraquiano tinha realmente se reanimado.

— Um milhão, por favor. Não tenho mulher.

"Santo Deus", pensou Ferris. Há um momento ele era um homem morto, e agora estava barganhando dinheiro.

— Vamos ver sobre o milhão de dólares. Agora quero falar sobre como você vai se manter em segurança. — Chamou Bassam e conversaram sobre os procedimentos de segurança que Nizar teria de adotar durante a semana seguinte. Ferris entregou-lhe um novo telefone celular, para ser usado em caso de emergência. O iraquiano o agarrou avidamente, como se fosse o depósito inicial do milhão de dólares.

— Quero morar em Los Angeles — disse ele. — Quero uma casa na praia. Exatamente como em *Baywatch*.

— Claro — disse Ferris. — Sem problema. — Trocou um aperto de mãos com o iraquiano, que deslizou pela porta e atravessou pesadamente o quintal empoeirado até seu BMW preto, pensando em garotas de biquíni. Acenou na direção deles e afastou-se dirigindo. Essa foi a última vez que Ferris o viu.

Bassam soube por um de seus agentes subordinados que Nizar fora morto na manhã seguinte. Nizar estava tomando café-da-manhã em um local perto da estrada principal em Samara, um lugar onde as pessoas o conheciam. Foi uma estupidez — o oposto do que Ferris lhe dissera para fazer. Quando saiu do café, dois carros o seguiram. A única notícia boa foi que não o pegaram. Ele possuía sua própria arma e conseguiu disparar tantos tiros na direção de seus perseguidores que eles tiveram de matá-lo, o que significava que não conseguiram interrogá-lo.

Ferris esperou até tarde da noite para telefonar a Hoffman. Escondia-se em uma casa atrás da delegacia de polícia. Não é que ele estivesse aborrecido, mas sabia o que Hoffman iria dizer e não queria ouvir. Era quase meia-noite, hora do Iraque, quando pegou o telefone via satélite e ligou para Langley. O supervisor o colocou em contato com Hoffman.

— Ele está morto — disse Ferris. — O cara que recrutei. Acabaram com ele hoje de manhã.

— Já? Porra, não demorou muito. Eles o interrogaram antes de matá-lo?

— Não pelo que ouvimos. Mas não estávamos lá quando ele levou a bala. Soube de segunda mão, por um dos meus homens.

— Porra. — Hoffman grunhiu. — O que você conseguiu tirar dele, antes que eles o pegassem?

— Muita coisa. Ele falou bastante antes de eu deixá-lo ir embora. Como é que foi recrutado em Amã. O endereço do esconderijo. Quem faz parte da sua rede aqui. Tenho tudo gravado. Ele não conseguia parar de falar de tão excitado que estava. Pobre coitado.

Até Hoffman podia perceber que Ferris se sentia culpado.

— Desculpe, Roger, mas essas merdas acontecem. Eu podia lhe pedir desculpas, mas com que objetivo? Iam matá-lo de qualquer jeito. Como ele falou com você, talvez seja possível salvar algumas vidas.

— Pode ser — disse Ferris. — Conforme você disse, merdas acontecem.

— Agora você precisa sair daí. Temos de considerar que você está vulnerável, quer o cara tenha falado ou não. Quero você de volta a Balad. Depois vamos lhe arranjar um novo posto. Você vale muito para ser desperdiçado.

— Não vou sair daqui. Tem uma guerra acontecendo. Tenho outros agentes aqui. Não vou abandoná-los só porque nos fodemos. O problema por aqui é nosso, caso você não tenha percebido.

— Deixe de ser sentimental, Roger. Aí não é seguro. Não vou perder meu melhor agente dessa geração porque ele se sente culpado por causa de um iraquiano morto que resolve cometer suicídio. Desculpe-me, mas de jeito nenhum.

— Não vou sair daqui — frisou Ferris.

A voz de Hoffman ficou fria. Falou lentamente, com uma raiva malcontida por Ferris o estar desafiando.

— Quero você de volta a Balad amanhã, Ferris. É uma ordem. Se você não obedecer, pode procurar outro emprego. Presumindo que eles não o mandem de volta em um saco. Está entendido?

Ferris não soube como responder, então cortou a ligação. Quando Hoffman ligou de volta, não atendeu. Isso bastava para ser despedido, mas, naquela hora, Ferris nem se incomodou. Tentou dormir, e, como não conseguiu, leu o manuseado romance de Charles Dickens, cheio de orelhas, que levara consigo para momentos como esse.

Bassam pegou Ferris na manhã seguinte do lado de fora da pequena casa em que se escondia. Ferris usava sua túnica e seu *kaffiyeh* — olhando de relance, ele era mais um iraquiano desleixado no início dos seus trinta anos. Bassam usava o cabelo penteado com gel, como de costume, mas era óbvio que também não dormira muito. Estava com olheiras e parecia nervoso — sem cor nas maçãs do rosto. O estoicismo diante do perigo era um código de honra para os iraquianos, e ele fez o melhor que pôde para parecer animado.

— Oi, chefão — disse quando Ferris entrou no carro. — Tudo tranqüilo.

Ferris respondeu em árabe.

— Hoje não se fala inglês, Bassam. É muito perigoso. — Olhou pelo espelho lateral. Um BMW com três iraquianos avançou atrás deles. — Encoste e deixe o carro de trás passar — disse Ferris. Bassam obedeceu em silêncio, sem nenhuma conversa agora. O BMW avançou em marcha lenta e Ferris esteve prestes a dizer a Bassam para atirar e sair em disparada, mas, no último instante, o motorista iraquiano desviou e os ultrapassou. Um dos homens no BMW encarou Ferris fixamente. "Merda", pensou ele. "Eles sabem. Já me identificaram."

— Vá para o sul — disse Ferris. — Vamos até a casa sobre a qual Nizar nos falou, a que ele disse que é o quartel-general local da sua célula. Se houver alguém lá, quero chamar o Predador e tirar umas fotos. Ver quem entra e quem sai.

— Tem certeza? — perguntou Bassam. Ele estava nervoso, Ferris podia perceber. Achava que o americano estava brincando com a sorte. Tinha razão, mas Ferris não se importava. Naquele momento, estava decidido a terminar seu serviço. Ainda estava aborrecido por causa de Nizar, o iraquiano atarracado que confiara nele e agora estava morto. Rumaram para o sul, margeando o Tigre, um rio grande e feio que parecia ter mais lama do que água.

Bassam sabia aonde ia — conhecia até a casa. Naquelas regiões, cada família sabia onde a outra vivia. Cada espaço do tabuleiro de xadrez era preenchido com alguma coisa. Saíram da estrada principal, passaram por um bosque de oliveiras e rumaram para uma grande casa semi-acabada, aproximadamente a um quilômetro de distância. Era fantasmagórica — um silêncio mortal na calma da manhã, nenhum carro na estrada, nem mesmo um pássaro no ar. Ferris pegou seu telefone via satélite e conferiu as coordenadas no GPS, para ter certeza da localização exata quando chamasse Balad para acionar o Predador.

Ferris viu uma pequena nuvem de poeira surgir perto da casa quando estavam a cerca de quatrocentos metros. Era um carro indo ou vindo, não sabia dizer, mas estava em movimento.

— Devagar — disse a Bassam. Falou pelo telefone com o chefe da base em Balad e pediu-lhe para despachar CHILI, SPECK ou NITRATE. Forneceu as coordenadas do GPS e disse-lhe para se apressar. Aquele era um alvo em movimento; a base de operação de uma célula terrorista confirmada.

Bassam reduzira o Mercedes para cerca de 20 km/h.

— Faço a volta agora? — perguntou.

— Por quê? — disse Ferris. — Estamos quase chegando. Vamos lá conferir.

— Mas eles estão vindo na nossa direção. — Havia um tremor na voz do iraquiano que Ferris jamais tinha visto.

Ferris avaliou a nuvem de poeira a distância. Ficava cada vez maior, e agora já se podia avistar o carro. Bassam estava certo. Fosse quem fosse no carro, vinha na direção deles. Ferris não podia saber se era uma perseguição, mas tinha de tomar uma decisão imediata.

— Faça a volta — disse Ferris, acrescentando em inglês: — Pisa fundo. — Bassam girou o volante, deu uma guinada de 180° e grudou o pedal no chão. O Mercedes de Bassam levantou sua própria nuvem de poeira, encobrindo a visão do carro de trás.

Quando se aproximaram da estrada principal, Ferris se deu conta de que estavam em sérias dificuldades. O carro perseguidor ainda estava atrás deles, mas um outro, um Chevrolet amarelo desbotado, estava de tocaia na beira da estrada pavimentada. Ferris abriu o porta-luvas do Mercedes, onde Bassam guardava sua arma. Examinou-a na mão. Era uma pistola automática de pequeno calibre, quase sem uso. Aproximavam-se do cruzamento.

— Para onde, chefe? — disse Bassam.

— Para o sul — disse Ferris. — Para Balad.

Bassam derrapou na curva, escapando por pouco de um caminhão basculante que se aproximava. O Chevrolet amarelo à beira da estrada rugiu para a vida e partiu atrás deles, seguido do carro que os perseguia desde a estrada empoeirada. Ferris voltou a chamar Balad, pelo telefone via satélite.

— Pegaram aquele pássaro? Temos um problema aqui na Auto-estrada 1.

— Câmbio, senhor — respondeu o oficial de serviço. — SPECK está a caminho das coordenadas enviadas. A poucos minutos de distância.

— Ouça, a situação aqui é bem séria. Acho que uns caras me identificaram e a um dos meus agentes. Estamos em um Mercedes vermelho velho ao sul de Samara, descendo a Auto-estrada 1. Dois carros nos perseguem. O da frente é um Chevrolet amarelo. Se você mandar um helicóptero de combate, pode salvar um par de vidas.

— Câmbio, senhor — repetiu o oficial responsável. — Permaneça na linha. Estamos chamando os helicópteros de combate. Vamos ver o que podemos fazer.

Ferris olhou para o carro amarelo que vinha atrás. Viu um homem debruçando-se pela janela do banco atrás do motorista. Tinha algo grande nas mãos. Parecia mais uma câmera de televisão, e então Ferris percebeu: porra, não! É um RPG.

— Mais rápido — disse para Bassam. — O máximo que der. — Bassam pisou fundo, levando o ponteiro a saltar para 130 km/h, depois para 150 km/h, mas havia carros na frente e ele teve de reduzir para não entrar na traseira deles.

E então, em um instante, o mundo de Ferris quase acabou para sempre. Não ouviu o estrondo do RPG quando ele foi disparado. Viu uma luz explodir à sua esquerda de repente, bem ao lado de Bassam, a seguir o som do estilhaçar da granada explodindo na frente das rodas dianteiras e depois tudo ficar branco e as coisas ficarem em câmera lenta. O carro tremeu sobre as rodas com o choque da explosão, balançando uma vez, duas vezes, e depois voltando a assentar sobre os pneus. Ouviu o grito alucinante de Bassam em árabe e viu que esguichava sangue dos ferimentos que lhe tomavam todo o peito. "Ah, merda", pensou Ferris, estendendo o braço em um movimento estroboscópico e logo o recolhendo cheio de horror. Onde era o estômago de Bassam havia uma mistura de sangue e intestinos. Os estilhaços tinham se cravado em suas entranhas como um bisturi de um cirurgião. Bassam berrava, mas suas mãos, de alguma forma, ainda permaneciam no volante e seu pé no acelerador. Ferris sentiu uma ferroada aguda, como se tivesse sido mordido por marimbondos de cima a baixo na perna, e só então percebeu que os estilhaços da granada também o atingiram. Sua perna esquerda era um misto de sangue e de ossos, do meio da coxa até a panturrilha. Levou a mão aos colhões para se certificar de que ainda estavam lá.

— Consegue dirigir? — gritou Ferris. Tudo o que escutou de volta foi um urro de dor, porém Bassam conseguiu se desviar dos carros que tinham parado à frente por causa da explosão e acelerava pela auto-estrada livre. — Consegue dirigir? — perguntou Ferris de novo, mas o carro já estava serpenteando e ele pôde ver a vida desaparecendo dos olhos de Bassam, e, em questão de segundos, seu corpo tombou para a frente.

Ferris agarrou o volante e conseguiu estabilizar o carro, mas não conseguiu passar sua perna esquerda sobre a de Bassam para alcançar o acelerador. O carro começou a diminuir de velocidade. "É desse jeito que eu vou morrer", pensou Ferris. Pensou em sua mãe, em seu pai já morto. Não pensou em sua mulher. O carro estava parando, e os perseguidores se aproximavam velozmente. Ouviu um grande barulho, mas estava muito atordoado para identificar o que era. O barulho ficou ainda mais alto, e então houve uma explosão, como se um outro míssil estivesse vindo em sua direção, mas sua visão estava turva e ele já não conseguia mais processar os sinais. "É isso aí", pensou. "Consegui." Esse foi seu último pensamento antes de tudo escurecer: "Consegui."

O barulho que Ferris ouviu foi o de um helicóptero de combate despachado de Balad, quando o oficial de serviço transmitiu seu chamado. O Apache acabou com o Chevrolet amarelo em um instante e depois destruiu o segundo carro que vinha atrás. Dois outros helicópteros pousaram e isolaram uma área à beira da auto-estrada. Puseram Ferris em uma maca e iam fazer o mesmo com Bassam, mas, quando perceberam que ele estava morto, puseram-no em um saco. Poucos minutos depois, Ferris estava outra vez dentro da área de Balad — cruzara a linha que separava a vida da morte — e, vinte minutos depois, na sala de emergência do hospital de campanha de Balad, onde os médicos lutaram para salvar sua perna.

A primeira ligação que Ferris recebeu quando acordou foi de Hoffman, e ele disse quase a mesma coisa que Ferris disse para si mesmo: você conseguiu. Soava como se fosse o fim, mas aquilo era, de fato, o começo da história deles.

5

Washington

Ferris teve sorte: reconstituíram sua perna, tiraram-no do Iraque e arrumaram-lhe um quarto particular no Walter Reed. A maioria dos soldados das alas vizinhas não fora tão afortunada. Tinham perdido braços, pernas, partes do rosto, pedaços do crânio. Ferris estava perplexo com sua boa sorte. Saiu do Iraque em um C-130, com os restos mortais de um soldado — cabo Morales, alguém disse — que morreu por causa de um tiro de morteiro em uma base de operações avançada ao sul de Bagdá. A caixa que continha o que sobrara dele não era bem um caixão; parecia mais um cofre de metal, porém envolto em uma bandeira americana. Receberam o corpo no Kuwait com uma cerimônia solene, que chamavam de "Prática Patriota", mas, depois de homenagearem os despojos do soldado, a guarda de honra suspendeu o cofre de metal e despejou o conteúdo no que parecia ser um caminhão de carne. Os soldados se retiraram e o caminhão levou tudo embora.

O diretor em pessoa fez uma visita ao Walter Reed logo depois que Ferris foi transportado de avião para casa. Possuía um ar tão elegante e misterioso quanto um aristocrata de Veneza. Ed Hoffman o acompanhava, com sua barriga proeminente e seu cabelo cortado rente, seu caminhar empertigado com a perna dura, como um treinador de futebol da década de 1950. Ferris ainda estava fortemente sedado, e, quando acordou, viu que o diretor segurava sua mão.

— Como você está, filho? — perguntou o diretor.

Ferris gemeu, e o diretor apertou sua mão.

— Temos orgulho de você. Consegue me ouvir? — Não houve resposta de Ferris, então o diretor prosseguiu. — Trouxe-lhe uma coisa. É uma medalha por bravura em ação. Raramente concedida. Valiosa. — Ferris sentiu uma coisa pesada pousar em seu peito. Tentou dizer obrigado, mas as palavras não saíram com muita clareza. O diretor estava falando de novo. Falava sobre guerreiros silenciosos.

Ferris tentava compor uma resposta quando o diretor disse que talvez devesse sair para o paciente poder descansar. Proferiu essa última parte com uma voz confiante: "descanse um pouco, meu garoto". Ferris conseguiu dizer "obrigado" e depois fechou os olhos. Antes de voltar a cair em seu sono medicamentoso, viu em sua mente os rostos dos dois agentes mortos que deixara para trás no Iraque.

Hoffman voltou alguns dias depois. Ferris agora se sentia melhor. Os sedativos estavam sendo reduzidos, o que significava que sua perna doía mais, mas sua mente já não estava tão entorpecida.

— Você se saiu muito bem — disse o chefe da divisão do Oriente Médio. — Seu pai teria orgulho de você.

Ferris subiu um pouco na cama para poder ver Hoffman melhor.

— Meu pai detestava a CIA — respondeu.

— Eu sei. É por isso que ele teria orgulho de você. Você trouxe de volta um pouco de dignidade.

E era verdade. Tom Ferris tinha trabalhado na divisão de Ciência e Tecnologia da Agência, cuidando das linhas de comunicação de várias gerações de satélites espiões — e odiara quase todos os minutos. Quando foi despedido na limpeza feita por Stan Turner, no fim da década de 1970, foi trabalhar no escritório de Washington de uma companhia aeroespacial, mas bebia pesado e gritava com a mãe de Ferris até tarde da noite. Ferris sabia que o pai se considerava um fracasso, um engenheiro de talento que consumira sua vida na burocracia sigilosa e desestimulante da Agência. Resmungava sobre a CIA quando bebia. "Mediocridade", dizia. "Hipocrisia." Suas palavras eram desdenhosas. Um ataque cardíaco precoce o poupou de saber que seu filho único se juntara ao inimigo. Talvez o pai de Ferris ficasse feliz de saber que seu menino recebera uma medalha das pessoas que o atormentaram, mas ele duvidava disso.

— Quero voltar para o Iraque — disse Ferris.

— De jeito nenhum — Hoffman respondeu imediatamente. — Fora de questão. Você está queimado. Os caras sabem quem você é. Portanto, esqueça.

— Então me demito. Mande-me de volta ou vou procurar outro emprego.

— Não seja estúpido, Roger. E não me ameace. Não funciona. De qualquer maneira, tenho uma outra idéia para você. O que você acha de fazer uma coisa aqui para mim que seja um pouco, digamos, fora do convencional?

— No Quartel-general? De jeito nenhum. Se você tentar me obrigar, não vou só me demitir. Vou desertar.

— Não é exatamente no Quartel-general. Nem nos quadros da organização. Como eu disse, não é convencional. Você vai gostar, prometo. É feito para alguém encrenqueiro como você.

— O que é?

— Não posso dizer, a menos que você tope.

— Então esqueça. Quero voltar para o Iraque. Como eu falei, é isso ou pulo fora.

— Pare com isso. E cresça. Já lhe disse que o Iraque é impossível. Você está cometendo um erro desprezando minha proposta, mas o problema é seu. Se você insiste em voltar ao campo de batalha, estou preparado para lhe oferecer a melhor coisa depois de Bagdá, que é Amã. Na verdade, é até melhor, porque você pode realizar operações reais, em vez de ficar agachado torcendo para não levar um tiro no traseiro. Estou querendo mandar você como chefe de base adjunto, o que é inusitado na sua idade. Então cala a boca. Ou melhor, não cale a boca. Diga "obrigado, Ed. Amã é excelente. Agradeço de verdade sua confiança em mim".

Ferris coçou a barba irritada.

— Quando vou? Isto é, se eu concordar em ir para Amã.

— Assim que você puder andar sem desabar. Eles me disseram que vai levar cerca de um mês.

Ferris olhou pela janela, para além do gramado e para baixo, na direção do tráfego engarrafado da 16th Street: os entregadores da Pizza Hut, os motoristas do FedEx e as pessoas correndo para casa a tempo de pegar seus programas favoritos na TV. A América era bem normal. Toda aquela confusão no Iraque podia bem ser em um outro planeta. Virou-se para Hoffman, que obviamente esperava por uma resposta. Apesar das palavras de Bear Bryant, Hoffman era como qualquer outra pessoa. Esperava que as pessoas lhe dessem boas notícias. Ferris não estava bem. Sua perna doía muito.

— Estamos perdendo essa guerra, Ed. Você sabe disso, não é?

— Claro que sei, presumindo que você esteja falando daquela guerrinha no Iraque. Mas não estamos perdendo a grande guerra, pelo menos ainda não. Aquela que pode acabar com tudo, desde Los Angeles até Bangor, no Maine, e fazer com que as pessoas comuns fiquem tão assustadas que se borrem nas calças. Essa guerra nós ainda controlamos. Claramente. É por isso que quero você em Amã. Você destrinchou tudo no Iraque, antes de explodirem sua perna. A rede de Suleiman é real. Foi confirmada nos últimos dias por outras fontes. Temos de acabar com ele. *Temos.* Portanto, pare de sentir pena de si mesmo e trate de melhorar. Faça sua fisioterapia. Embarco você, assim que eu puder, para Amã. Estamos entendidos?

Ferris deu um sorriso fraco.

— Tenho alguma escolha?

— Nenhuma. — Hoffman levantou-se para sair e depois reconsiderou, voltando a sentar-se na cadeira. Queria que Ferris entendesse. Aquele não era um prêmio de consolação. Contraiu os olhos, como se estivesse tentando focalizar alguma coisa ao longe. — Lembra da primeira vez em que você apareceu na minha sala, logo depois de sair da Fazenda?

— Claro. Você me meteu medo.

— Sinto-me lisonjeado. Mas o negócio é o seguinte: desde aquele primeiro encontro, eu soube que queria você trabalhando comigo. Sabe por quê? Você se saiu bem no treinamento, é claro. Mandaram-me um relatório. Você foi o melhor em tudo.

Ferris assentiu com a cabeça. Conhecera Hoffman poucos dias depois de concluir o treinamento nas instalações conhecidas como Fazenda, talvez o esconderijo menos secreto do mundo. Era uma grande extensão de terra murada, na área pantanosa de Tidewater, perto de Williamsburg, cheia de cobras, insetos e agentes de campo queimados, designados para lá como instrutores quando tiveram suas identidades secretas descobertas. Ferris achava aquilo uma espécie de acampamento de escoteiros melhorado, com treinamento em leitura de mapas, direção em alta velocidade, pontaria certeira, até mesmo salto de pára-quedas — que disfarçava, de um modo elaborado, o fato de que a maioria dos graduados estava destinada a passar o tempo comparecendo a recepções da embaixada. Ferris se destacara nos cursos. Era um bom atleta, o que lhe deu uma vantagem nas atividades com emprego dos músculos, tal como o combate corpo a corpo, e seu instrutor nas técnicas de espionagem declarou que ele era um "recrutador nato".

— Você era um astro — continuou Hoffman. — Mas não foi por causa disso. Um monte de pessoas que se saem bem na Fazenda são um desastre como agentes de campo. É como no colégio. Há uma espécie de relação inversa entre o sucesso inicial e a coisa em si mais tarde. Não, foi algo a mais o que atraiu minha atenção. Algo tão raro, que me aflige ter desaparecido em nossa linha de trabalho.

— Está bem. Desisto. O que era?

— Você agia naturalmente. É a única maneira como posso dizer isso. Nem bem tinha começado, mas já sabia o que estava fazendo. Sabia que havia umas pessoas aterradoras lá fora que queriam matar os americanos. Você as estudou. Aprendeu a falar a língua delas. Percebeu que estavam se aproximando de nós, o que era mais do que 99% que o pessoal da agência conseguia entender na época. E você possuía aquela coisa do jornalismo. A maioria das pessoas chega até nós vindo da Marinha, do FBI ou de algum lugar semelhante, onde aprendem a receber ordens e se adaptar à cultura. Mas você não se ajustava ao modelo. Você era um garoto inteligente e rebelde, que tinha estudado árabe na faculdade e trabalhava para a revista *Time*, entre outras coisas. E percebeu que a maldita casa estava em chamas, e que precisava tomar alguma providência. Foi disso que gostei em você. Você entendeu o que estava acontecendo. E continua entendendo.

— Sempre achei que você detestava repórteres.

— Detesto. São perdedores. Mas de você eu gosto.

Ferris sacudiu a cabeça, pensando em todos aqueles presunçosos generais de poltrona com quem trabalhara na revista *Time*. As reportagens ainda faziam bastante sucesso na época em que ele entrara na revista, em 1991. Mandaram-no a Detroit para cobrir o que restara da indústria automobilística americana. Ficou extremamente entediado e queria se demitir depois de um ano, mas os barões da *Time* estavam interessados em mandá-lo para fora por causa da língua árabe, então o trouxeram de volta a Nova York para cobrir Wall Street. Aquilo foi pior do que Detroit, e Ferris ia pedir demissão definitivamente quando a *Time* o designou para fazer um pequeno artigo sobre os muçulmanos radicais que se tornaram conhecidos no atentado a bomba ao World Trade Center, em 1991. Ferris começou a ler os jornais árabes e a visitar mesquitas. Quanto mais conversava com os xeques, mais óbvio ficava: essa gente nos odeia. Não querem negociar nada. Querem nos matar. Ferris sabia que tinha tropeçado em algo importante, mas a *Time* só queria mil palavras, e, quando ele reclamou, seu editor fez uma preleção sobre ser um "jogador da equipe". Ferris pensou em escrever um livro sobre o radicalismo islâmico, mas não conseguiu encontrar um editor que pudesse lhe dar um adiantamento.

Então se demitiu e foi para a universidade. Era o único caminho que podia tomar para seguir o que se tornara uma obsessão. Seus professores de árabe em Columbia ficaram contentes em tê-lo de volta, embora desaprovassem seus estudos sobre o extremismo islâmico, em vez de escrever cartas amorosas aos oprimidos palestinos. E então, seis meses depois, aconteceu um desses encontros ocasionais que, em retrospecto, pareciam predestinados: um antigo reitor que ficara interessado em Ferris convidou-o para almoçar. Depois de alguns rodeios, finalmente, na hora do café, perguntou-lhe se alguma vez tinha pensado em trabalhar para a CIA, a Agência Central de Inteligência. A princípio, Ferris riu. Já havia pensado nisso? Nossa, ele fugira disso durante toda a sua vida. Então lhe veio à mente: "Pare de fugir. Eis quem você é." E agora, uma década depois, ele estava em uma cama de hospital, com um pino de aço na perna, suplicando para voltar ao campo de jogo.

Hoffman sorria para ele.

— Você se lembra do que me disse naquele primeiro encontro?

Ferris tentou se lembrar. No dia em que se formou na Fazenda, o diretor de treinamento convocou-o e disse-lhe que o diretor da divisão do Oriente Médio queria encontrá-lo. Imediatamente. Falou como se fosse um grande negócio. Ferris planejara passar uma semana na Flórida, assando ao sol e bebendo cerveja, mas evidentemente isso estava fora de cogitação. Dirigiu como um alucinado subindo a I-95, ouvindo um som alto durante todo o caminho, pensando em como estava tranqüilo. Quando chegou ao Quartel-general, o guarda encaminhou-o a uma sala no quarto andar. O lugar tinha uma aparência de normalidade, subitamente óbvia, agora que Ferris estava dentro. Havia quadros de avisos sobre reuniões além do expediente, o que lhe lembrou o colégio. E também tabuletas nas portas — "sala de força", "sala de equipamentos" —, como se estivessem preocupados com o fato de que as pessoas pudessem entrar na porta errada por acaso. Na Fazenda, tinham dito aos aspirantes ao serviço secreto que eles estavam se juntando à mais elitizada organização de inteligência do mundo. Mas, olhando aquele monte de homens e mulheres de olhos encovados andando de um lado para o outro no Quartel-general, Ferris se deu conta de que aquilo não podia ser verdade. Questionava-se se não tinha cometido o maior erro de sua vida.

E então esteve com Ed Hoffman. O que o chocou naquele primeiro encontro foi o tamanho dele. Hoffman não tinha excesso de peso, era só corpulento, uma dessas pessoas que ocupam um bocado de espaço, mesmo quando sentado em sua mesa. Usava o cabelo cortado bem rente, como um recruta da Marinha, mas provavelmente estava no começo dos cinqüenta anos. Examinou Ferris por cima dos óculos de leitura, com uma expressão que demonstrava surpresa e impaciência, como se tivesse esquecido que o convocara. Mas não era isso. Ele estava curioso.

Hoffman ainda estava sentado do lado da sua cama de hospital no Walter Reed, esperando uma resposta. Parecia um pouco maior agora, um pouco mais flácido no meio. Mas não perdera aquele surpreendente brilho no olho, aquela vivacidade que não combinava com seu corpo pesado.

— Para falar francamente, Ed, não me lembro de nada do que eu disse naquele dia, exceto "sim, senhor" e "não, senhor". Eu estava tentando causar uma boa impressão. Lembro-me de que você disse que tínhamos algo em comum. Falou que nós dois tínhamos uma ligação com os fracassos da CIA. Nunca ouvi meu pai descrever desse jeito, embora fosse bem verdade. E você me contou sobre o seu tio Frank, que era chefe da base de Beirute, até que se aborreceu com o chefe e se demitiu. Gostei disso. Por onde o seu tio Frank anda hoje?

— Jogando golfe na Flórida com qualquer um. Você está evitando minha pergunta, Roger. Lembra-se do que disse no fim da nossa reunião, depois da inquirição que lhe fiz sobre os grupos islâmicos e de conversarmos sobre bin Laden? Você era a única pessoa no Quartel-general que parecia saber quem ele era, e ainda nem tinha recebido seu primeiro contracheque de verdade. Lembra-se do que falou no final daquela reunião, quando eu lhe disse que iria mandá-lo para o Iêmen para investigar a Al-Qaeda? Lembra da sua resposta?

— Honestamente, Ed, não me lembro. Foi há muito tempo.

— Bom, eu lembro. Você me olhou dentro do olho e disse: "Isso tem de dar certo." Nunca esqueci disso. Quando o 11 de setembro aconteceu, pensei logo, quero aquele garoto Ferris. Tragam-no de volta do Iêmen para trabalhar diretamente comigo. Passei você na frente de umas trinta pessoas, sabia disso? O 11 de setembro foi um desastre para a América, mas para você, meu amigo, foi um grande passo na carreira.

— Me dá um tempo, Ed. Estou em cima de uma cama de hospital com metade de uma perna estilhaçada.

Hoffman o ignorou.

— O que você disse naquela época ainda vale, agora que temos Suleiman sob nossas vistas, agora que você está se dirigindo para Amã. Essas pessoas são assassinas. Querem levar essa guerra a cada shopping e supermercado da América. Portanto, vou repetir para você, Roger. *Isso tem de dar certo.*

Gretchen Ferris visitava o marido de tempos em tempos no hospital. Era uma bonitona de cabelos escuros, uma figura voluptuosa que fazia com que os outros homens do hospital arregalassem os olhos e sacudissem a cabeça. Nunca ficava muito tempo. Sempre tinha de voltar para o Departamento de Justiça. Mas era dedicada a Ferris, no seu jeito metódico. Tinham se conhecido quando estudavam em Columbia. Ela era mais inteligente do que ele, ao menos segundo os padrões convencionais. Passou nas provas para a faculdade de direito e andou majestosamente por Columbia, enquanto Ferris criava caso na *Time*. Quando ele entrou na CIA, ela foi para Washington para assessorar um juiz de comarca conservador, e, quando os republicanos assumiram o poder, recebeu a oferta de um emprego na pasta da Justiça. Perguntou a Ferris se aquilo seria problema, os dois trabalhando para o governo, e ele respondeu que não. Ele tinha orgulho dela como ela se orgulhava dele.

Ela era uma crédula. Aquela era a diferença entre os dois. Para Ferris, a maioria das pressuposições sobre a vida era indutiva e aberta à revisão. Gretchen funcionava em sentido oposto, da teoria para a prática. Talvez ela tivesse menos certezas sobre as coisas no princípio, quando os dois eram mais jovens, ou talvez Ferris é que fosse desorientado. Essa diferença preocupou-o um pouco antes de sua partida para o Iraque, e só cresceu. Gretchen não queria saber de coisas que pudessem aborrecê-la. Quando tentava lhe explicar o que era tão perturbador a respeito do Iraque, ela sacudia a cabeça, como se ele não estivesse se esforçando o bastante.

Fossem quais fossem suas diferenças, Gretchen sabia como elas podiam ser contornadas. Seu apetite por sexo era extraordinário e, de certa maneira, criativo. Era algo que a excluía da visão estereotipada que qualquer pessoa teria sobre uma advogada conservadora. Quando ela o visitou no hospital pela primeira vez, abriu a capa de chuva para exibir um sutiã, uma cinta-liga, e uma pele branca como leite. Quis lhe fazer um boquete. Ferris, a princípio, resistiu, achando que estaria traindo todos os companheiros feridos da enfermaria, mas não por muito tempo.

Quando Ferris lhe contou que estava indo para Amã, seus olhos se encheram de lágrimas — não só de saudades dele, mas por causa da nobreza do seu gesto. Ela falou de como ambos estavam combatendo na mesma guerra, e como estavam sacrificando a felicidade pessoal em nome de uma causa maior. "Isso é loucura", pensou Ferris. Ninguém permanece casado porque é a coisa certa para o país. Ele já estava começando a se perguntar se aquilo duraria. Transformara-se em um herói para ela, e não alguém de carne e osso. No dia da partida, no aeroporto, Ferris tentou explicar que não tinha certeza se ia conseguir se manter fiel, ficando tão longe por um tempo tão longo. Mas ela lhe deu uma cortada.

— Jamais se atreva a me contar alguma coisa sobre isso e tudo ficará bem — disse ela. Beijou-o e disse o quanto o amava, e ela falava sério. Ferris também disse que a amava, mas, na cabeça dele, as palavras soaram vazias.

6

Amã

Ferris fez uma visita a Hani Salaam no Departamento Geral de Inteligência no dia seguinte ao que ele voltou de Berlim. Um guarda parou seu SUV blindado na entrada do complexo e depois acenou para que passasse. Evidentemente já devia ter se espalhado que ele era amigo do paxá. Era algo bem típico de um país como a Jordânia, onde a vida girava em torno da corte real: a fofoca fluía tão livremente como a água; todos os cortesãos partilhavam das mesmas informações, e todos, imediatamente, pareciam saber de tudo. O palácio soube em poucos dias, por exemplo, que Ferris se tornara o chefe da base, poucas semanas depois de sua chegada, quando Francis Alderson foi demitido. Era para ser um grande segredo, mas esta cidade fazia parte da companhia, em muito mais de um sentido.

O Quartel-general do GID ficava no topo de um penhasco íngreme em Abdoun, não muito longe da embaixada americana. O prédio ficava escondido da estrada, mas, quando se dobrava uma esquina, ele surgia de repente como um castelo de pedra. Dentro do pátio interno tremulava a sinistra bandeira negra do Mukhabarat, ostentando a inscrição árabe que queria dizer "a justiça chegou". Em uma noite clara, era possível avistar as luzes de Jerusalém ao longe. O GID era imenso. Ninguém sabia quantas pessoas estavam na folha de pagamento da polícia secreta, e então imaginavam o pior. Será que a pessoa ao seu lado no restaurante era um informante? O que pensar do *bawab* que tomava conta do seu prédio, ou da pessoa que trabalhava na sala vizinha à sua? Provavelmente todas elas, e mais dezenas que abrangiam cada ponto da sua vida, mas ninguém sabia. Os jovens jordanianos muitas vezes faziam brincadeiras entre si nos bares, tentando adivinhar qual deles pertencia ao Mukhabarat, mas só se atreviam a brincar assim se o papai fosse rico o bastante para arrumar as coisas se alguém por acaso ouvisse. Aquele era o poder de Hani: Na ausência do conhecimento concreto, as pessoas imaginavam que seus homens estavam em todos os cantos.

Ferris carregava uma maleta com cadeado contendo uma série de escutas telefônicas feitas pela NSA, a Agência de Segurança Nacional, com gravações cronológicas de alguns membros da família do rei que ultimamente vinham exigindo mais dinheiro do palácio. Fora idéia de Hoffman. Era um presente para Hani, a ser entregue tão logo Ferris marcasse uma reunião com ele. A mensagem era: Nós entregamos. Agora você entrega.

A secretária de Hani esperava por Ferris na porta de entrada e o acompanhou ao andar de cima. Ferris passou por um mural com cores vivas no primeiro andar, retratando o jovem rei e sua família, e depois subiu uma grande escadaria. Lembrava um pouco a entrada de um hotel elegante, decorado em teca lustrosa e aço cromado. O interior refinado poderia surpreender a maioria dos jordanianos, que imaginavam o quartel-general do serviço secreto como uma prisão kafkiana. Mas os agentes do GID, historicamente, estavam habituados a viver confortavelmente, muitas vezes em excesso. Um dos antecessores de Hani tinha ido para a prisão depois de suspeitas de que direcionava contratos para amigos seus que, em gratidão, depositavam grandes somas em uma conta bancária secreta.

Ferris foi levado ao escritório do simpático assistente de Hani, que lhe ofereceu chá e conversou sobre amenidades. O diretor estaria disponível em alguns minutos, disse ele. Finalmente, um ajudante anunciou que o grande homem estava pronto, e Ferris foi levado pelo corredor até uma grande sala decorada com quadros do jovem rei e de seu pai. Hani levantou-se da cadeira e dirigiu-se, a passos largos, em direção ao americano.

— *Salaam aleikum, Hani Pasha!* — disse Ferris. O americano curvou-se diante do jordaniano e beijou-o nos dois lados do rosto. Hani pareceu surpreso com a demonstração de respeito. Deu uma tragada no cigarro que estava em sua mão e soprou um anel de fumaça perfeito na direção de Ferris.

— Você é mais do que bem-vindo, Roger. Temos certeza de que você deve ser árabe. Possui tão boas maneiras. É por isso que gostamos tanto de você.

— Não sou árabe. Apenas um americano que consegue falar a língua.

— Talvez seja um pouco, lá longe. — Hani sorriu. — Uma avó. Um avô distante. Tenho certeza. Nunca me engano.

— Dessa vez se enganou. — Ferris sorriu amigavelmente. Ele nunca falava de seus antepassados. A Agência desaprovava que se dessem muitos detalhes, mas não era só isso. Ferris achava que sua vida pessoal não interessava a ninguém.

— *Y'allah!* Venha sentar-se. — Hani fez um gesto indicando o sofá. Estava bem parecido com Dean Martin naquela manhã. Vestia paletó de *tweed*, camisa de colarinho aberto e um elegante par de mocassins novos de camurça que ele devia ter comprado em uma recente viagem a Londres.

— Você está com boa aparência — disse Ferris. Era verdade. O homem resplandecia boa saúde. Devia ter se regalado com uma prostituta de altíssima classe em Berlim, como prêmio por suas proezas.

— Como vai sua perna, meu querido? Você estava mancando em Berlim. Tentou disfarçar, mas pude perceber. Espero que esteja curado. Preocupo-me com você.

— Estou bem. Melhor ainda por vê-lo, paxá Hani.

— Voltei ontem da Alemanha. Um país excelente, mas não dispõem de um serviço de inteligência. Acho que nem chegaram a perceber que eu estava lá. Quando cheguei, meu pessoal me disse que você queria me ver. Imediatamente! — Hani levantou as sobrancelhas.

— É sobre Milão. Os europeus estão enlouquecendo. A Casa Branca está enlouquecendo. E todos estão gritando conosco.

— E comigo. — Hani atirou as mãos para cima. — Adiei reuniões com os italianos, franceses e ingleses nesta manhã para poder vê-lo. Todo mundo quer resultados para amanhã. Acho que não conseguem entender muito bem o trabalho da inteligência. Ele não é um forno de microondas. Ed Hoffman entende. Sabe que o que se faz com pressa não se faz bem-feito.

— Sua operação de Berlim chamou bastante a atenção de Hoffman. Pediu-me que o parabenizasse. Acho que ele ficou muito bem impressionado. — Ferris parou. Estava prestes a dizer uma mentira.

— Diga a Ed que agradeço o elogio. Se viesse de outra pessoa, eu poderia pensar que era só bajulação, em troca de alguma coisa. — Deu um sorrisinho que enrugou seus lábios como uma barbatana de tubarão cruzando a água.

— Queremos andar rápido com isso, paxá Hani. Como pode imaginar, Hoffman tem inúmeras perguntas sobre o homem que encontramos em Berlim, Mustafa Karami.

— É, posso imaginar.

— Especificamente, ele desejava saber como foi o seu segundo encontro. — Ferris não queria parecer atrevido, indo tão rápido ao ponto, mas nunca se sabia de quanto tempo Hani dispunha. O rei tinha o hábito de aparecer em horas inesperadas, fazendo com que o chefe da inteligência desaparecesse por horas a fio.

— O caso é complicado — respondeu Hani. — É um bom caso, mas complicado.

— Por quê? Você pegou aquele cara a frio. "Fale com sua mãe." O melhor lance que já vi. E você está indo em uma direção que nos interessa. — Ferris deixou o fio bem ali para Hani pegá-lo, mas ele só registrou o elogio de Ferris.

— Pegamos mesmo ele "a frio", como você diz. O segundo encontro correu bem, e também o terceiro, que aconteceu um pouco antes da minha volta. Ele é nosso agora. Somos donos dele, com toda a certeza. Mas ainda é complicado.

Ferris esperou por uma explicação de Hani, e, quando ela não veio, perguntou de novo:

— Por que é complicado?

— Porque a Al-Qaeda é complicada. Há níveis e níveis e níveis. Qualquer um que tente mudar de um nível para outro é suspeito. Ninguém faz nada por iniciativa própria, espera que alguém peça.

— Mas não podemos esperar. Você sabe disso. Principalmente depois de Milão. Esperamos que você ponha logo Mustafa em ação.

— Não podemos esperar, concordo. Esperar pode levar à morte muitas outras pessoas. Mas, por outro lado, temos de esperar. Sou um homem paciente, mesmo quando estou com pressa. Levei muito tempo montando essa operação para me apressar agora. Mesmo que Ed Hoffman queira que eu aja rapidamente.

Ferris fez uma pausa antes de responder. Hani estava sendo bem cuidadoso. Aquela era a hora certa para oferecer o presente que ele levara.

— Hoffman pediu-me que lhe desse uma coisa. Acho que você vinha pedindo isso. São transcrições de chamadas telefônicas na Europa e na América de alguns dos membros da família real que vêm... preocupando o rei. Você ficará interessado principalmente em umas para o banqueiro libanês em Paris que administra algumas contas reais. — Ferris abriu a maleta e entregou a Hani a pilha de transcrições.

— Ah, sim. — Hani deu uma olhada em algumas páginas e depois fechou a pasta. Apertou os olhos. — Isso é muito bom. Sua Majestade vai se interessar, tenho certeza. Quanta gentileza de Ed ser tão generoso. — Hani pareceu ligeiramente ofendido com o presente, mas Ferris não tinha certeza por quê. O rei em pessoa tinha cochichado com o diretor a respeito dos caprichos de seus parentes na última vez que fora a Washington.

— Ele deseja vê-lo. Está vindo a Amã.

— É, já sei. Ele quer alguma coisa, e estou me perguntando o que será. — Hani sorriu e acendeu outro cigarro. Ferris não perguntou como ele sabia. Talvez Hoffman tivesse lhe dito; talvez estivesse só fingindo que sabia. Não tinha importância.

— Ele vai querer falar sobre o caso — disse Ferris.

— Ele é bem-vindo. *Ahlan wa sahlan*. Desde que não queira comandar a operação. Vai cometer erros. É por isso que gostamos de você, Ferris. Você sabe o que não sabe. É jovem, esperto, fala árabe, respeita os mais velhos. Você é um árabe disfarçado. — Hani deu uma piscada de olho.

— Podemos conseguir seu relatório sobre Karami? — perguntou Ferris. — Isso me ajudaria com Hoffman.

— Não, desculpe-me. Isso não seria adequado. Mas vou resumir o que ele falou. Karami mantém contato com um homem que esteve em um campo de treinamento no Afeganistão. Esse homem está baseado em Madri. Encontram-se em Budapeste. Um homem de Dubai lhe remete o dinheiro que pega com alguém em Karachi, mas ainda não sabemos seu nome. Karami foi um mensageiro na operação contra o destróier *USS Cole*, em 2000. Viajou uma vez para o Iêmen, mas não o usaram mais em nenhuma operação desde então. Ele é um azarão. Estão mantendo-o ali por algum motivo. Ou talvez o tenham esquecido. Sinto dizer, *habibi*, esse homem não vai nos levar para dentro da tenda. Se ele tentar ver os mandachuvas, vão dizer que não. Mas tenho uma outra idéia para ele.

— Que idéia? — Ferris evitou franzir o cenho.

— Posso lhe contar — disse Hani. Seu rosto estava liso, seu cabelo negro bastante cheio, seu bigode acinzentado muito bem-aparado. — Não é verdade. É claro que eu podia lhe contar se quisesse, mas não quero.

— Por que não? Estamos atrás da mesma presa. Estou certo disso. Por que não cooperar?

— Porque essa operação é minha. Vocês vão aproveitar a caça. Mas precisam me deixar correr na direção que desejo. Porque... vamos ser honestos, meu querido, porque vocês não têm escolha. — Hani sorriu. Ferris achava-o irresistivelmente charmoso, mesmo quando falava coisas que poderiam dificultar sua vida.

— Hoffman não vai ficar feliz — disse Ferris.

— *Ma'alesh.* Pior então. Ele vai superar. Quem gosta mais dos americanos do que eu?

— Langley está pagando muitas contas por aqui.

— Isso é uma ameaça, querido Ferris? Encantador. Você está se tornando um verdadeiro chefe de base. Só não cometa o mesmo erro que seu antecessor, ou vamos ter de botá-lo para fora também.

O jordaniano sorriu; os olhos faiscavam com perfeita confiança. Ninguém queria falar sobre as transgressões de seu predecessor, Francis Alderson, mas aparentemente ninguém também as esquecera. Hani deu uns tapinhas nas costas de Ferris.

— Você representa os chefões de Langley. Compreendo perfeitamente. Mas só está demonstrando fraqueza quando me ameaça dessa maneira, portanto, não toque nesse assunto de novo. E diga ao seu chefe de divisão que, se ele mencionar dinheiro quando nos visitar, vai se arrepender. Não precisamos falar mais nesse assunto, precisamos?

— Não — respondeu Ferris. — Mas não posso prever como Hoffman vai reagir.

— Ele vai se sair bem. Vocês estão em guerra. Têm de confiar em seus amigos. Beba seu chá.

Ferris, naquela noite, foi para seu apartamento em Shmeisani. Situava-se no último andar de um prédio de propriedade de um engenheiro palestino aposentado, com uma bela vista da cidade, branca como leite, e das montanhas mais adiante. Andou até a varanda. Era o início da noite, e podia avistar o jogo de sombras sobre as montanhas de Amã. Serviu-se de um copo de vodca e sentou-se no terraço, olhando na direção do débil piscar das luzes que era Jerusalém. Normalmente gostava de ficar sozinho — de voltar para o vazio aconchegante de um apartamento de solteiro. As pessoas precisam de esconderijos na vida real, mas não o tempo todo, e, para Ferris, não era o caso naquela noite.

Pensou de leve em sua mulher. Gretchen mandava-lhe cartas amorosas que misturavam passagens românticas, que ela devia ter plagiado da *Cosmo,* com descrições da vida no gabinete de consultoria jurídica. Ela possuía um compartimento para cada assunto — sexo, leis, política — e conhecia bem todos eles. Queria pensar nela com carinho, mas a imagem escapava de sua mente. Ferris não conseguiria mais segurar aquilo por muito tempo. A Super Bonder tinha desgrudado e agora o espírito de sua presença flutuava sobre os topos das colinas de Amã, de volta à América e à sua grande mesa de carvalho no Departamento de Justiça. Percebeu que não se importava que ela estivesse fazendo sexo com outra pessoa. Talvez esse fosse um sinal de que ele próprio já lhe era infiel, em seu coração.

No espaço vazio da vida de Roger Ferris caiu uma mulher chamada Alice Melville. Tinham se conhecido há três semanas, em Amã. Ferris gostou dela imediatamente e tirou sua aliança antes de levá-la para jantar, algo que jamais fizera antes. Depois a convidou para ir à sua casa.

— Não arrisque sua sorte — disse ela. Quando Ferris fez um ar desapontado, ela o beijou no rosto e sussurrou: — Retiro o que disse. Arrisque sua sorte. Mas esta noite não.

Ele gostou de Alice, em parte porque ela era bem diferente de sua mulher. Gretchen era uma pessoa para quem as questões importantes da vida estavam resolvidas. Alice passava a sensação de que as coisas básicas ainda estavam abertas a discussão. Trabalhava com os refugiados palestinos e falava sobre o sofrimento dos árabes com grande emoção. Os colegas de Ferris na base suspeitariam dela instantaneamente, caso a encontrassem, o que Ferris estava determinado a que não acontecesse. Acima de tudo, Alice era misteriosa. Com Gretchen, todas as coisas estavam bem ali, às claras — cérebro, beleza, ambição. Alice era mais esquiva; Ferris achava que ela era como os árabes — por trás da aparente receptividade havia uma grande astúcia, e nunca contava tudo o que sabia.

Alice enviou uma carta a Ferris pouco antes de seu embarque para Berlim. Era uma continuação da conversa da última vez em que estiveram juntos, quando estavam bêbedos e falaram sobre política. O tom era sério e frívolo ao mesmo tempo; Ferris suspeitava de que aquele fosse o estilo de Alice, mas ele ainda não a conhecia de verdade. Trazia a carta no bolso. Tirou-a e releu-a à luz fraca do seu terraço, suspenso na noite escura.

— Odeio essa guerra, Roger — começou ela. — Quando foi mesmo que ela começou? Em 2001, ou com os cruzados, ou com o quê? E quem são esses "bandidos" de que seus amigos na embaixada vivem falando? Presumo que não sejam todos os muçulmanos, mas, mesmo que sejam apenas os muçulmanos que odeiam a América, ainda é muita gente. O que vamos fazer? Matar todos? E como vamos conseguir que alguns deles gostem de nós, se continuamos a matá-los? Talvez eu seja burra, mas não consigo entender. Espero que possamos sair de novo para jantar. Podemos ir dançar nessa nova boate em Shmeisani. Não trabalhe muito. Sinto saudades. Será que você sente minha falta, mesmo um pouquinho? — Assinou com um dramático floreio de tinta sob seu nome.

Sentado no terraço, bebericando seu segundo copo de vodca, Ferris percebeu que sentia muita falta dela. Tentou seu telefone celular, mas ela não atendeu. Será que estava com alguém, ou viajando, ou sendo apenas misteriosa?

Ferris sabia que precisava escrever uma carta. Não para Alice, com quem logo se encontraria, mas para Gretchen. Estavam em uma situação impossível. Ambos sabiam disso, mas nenhum dos dois admitia: se ela tivesse ido com ele para Amã, ou se ele tivesse recusado o posto e tivesse ficado em Washington, talvez tivessem tido uma chance. Mas, nesse caso, teriam de ser pessoas diferentes. Gretchen não queria ser sua mulher realmente; ela jamais admitiria, mas era muito ocupada para ser, de fato, a mulher de alguém. É claro que ela gostava da idéia. Ser casada com um oficial da inteligência combinava bem com sua auto-imagem — em sua mente, formavam um casal de guerreiros, só que não eram um casal de verdade.

Faça isso já, Ferris disse a si mesmo. Foi para dentro e sentou-se ao laptop em seu estúdio. Começou a digitar. *Minha querida Gretchen... não... Querida Gretchen. Dissemos que precisávamos conversar quando saí de Washington em junho, mas nunca o fizemos de fato. Agora acho que precisamos. Nosso casamento acabou... não... Nosso casamento está perigando. Ambos sabemos disso. Temos vivido separados há meses e não há uma saída à vista. Você não quer deixar seu emprego e eu não quero deixar o meu, principalmente depois do que aconteceu no Iraque. Não há espaço para ficarmos juntos como marido e mulher. Se não é para ficarmos juntos, então é inevitável que encontremos outras pessoas... não... Se não é para ficarmos juntos, acho então que você deveria conversar com um advogado...*

Ferris parou de escrever. Pensou nos advogados, na briga por causa de dinheiro e em toda a chateação para se divorciar. Salvou o documento, e depois o deletou. Detestava a idéia de negociar com ela. Ela era mais inteligente do que ele, e poderia ganhar muito mais como advogada do que ele jamais ganharia como oficial da inteligência. Deixaria o Departamento de Justiça em alguns anos, entraria em uma excelente firma de advogados e ganharia 400 mil dólares por ano. O único jeito de Ferris conseguir esse dinheiro era roubando o fundo operacional, o que não era do seu feitio, pelo menos não ainda. E ela não iria facilitar as coisas.

O problema de Gretchen era a sua intolerância com as pessoas mais fracas do que ela, o que incluía quase todo mundo. Quando se conheceram na Universidade de Columbia, disse a Ferris que planejava votar nos republicanos na próxima eleição presidencial. Não era um teste e muito menos um aviso. Ferris não se incomodou; a política o entediava, ao passo que Gretchen o excitava. Ela era deslumbrante com a segurança que tinha de si mesma — exibia a confiança natural que costumava ser associada a homens jovens e ambiciosos. O que fez com que Ferris se apaixonasse por ela? Era, em parte, aquele brilho: ela sabia como ser bem-sucedida e fazia com que ele sentisse que era alguém, só por estar com ela. Mas ela também entendeu o que havia por baixo da pele dele. Quando ele começou a caçar muçulmanos radicais para a *Time*, ela foi uma das poucas pessoas que percebeu.

— Eles são perigosos, Roger — disse ela. — Faça alguma coisa sobre isso.

Ficaram juntos porque eram perfeitos. Ela sempre lhe dizia isso. Ela era brilhante, o tipo de garota com quem se gostaria de andar na 5ª Avenida na época de Natal. Gostava de usar vermelho, ouvir U2, fazer uma depilação bem cavada em um salão de beleza da moda. Quando se embriagava, adquiria um ar deliciosamente vulgar, com olhos pidões que convidavam a comê-la. E agia como se fosse proprietária do seu direito ao prazer, como se estivesse depositando tudo em um banco de orgasmos por toda a vida. Quando não estava fazendo amor, dormia como uma gata, e Ferris ficava ali acordado, perguntando-se por que se sentia sozinho.

Casaram-se porque... parecia o certo a fazer. Todos os amigos estavam se casando. Era como se fosse uma onda momentânea do mercado de capitais; todo mundo está comprando, então você também compra. Ele, com certeza, não amara ninguém antes. Ela o esperou dois anos, enquanto ele estava no Iêmen, e, quando voltou, ela disse "é a nossa hora". Acharam um apartamento em Kalorama e ela começou a trabalhar no Departamento de Justiça um pouco antes de 11 de setembro de 2001.

Sempre foi patriota, mas depois de 11 de setembro ela passou a ter o sentimento de uma missão pessoal. Alguma coisa acontece quando a ambição se funde com o princípio, como se fosse uma reação química, e isso fez com que se tornasse uma pessoa sutilmente diferente. No departamento, sua ferocidade começou a se apegar a assuntos com os quais Ferris lidava em sua própria carreira, e isso o incomodava. Uma noite, ela fez perguntas sobre técnicas de interrogatório. Foi bem específica. Quanto você precisa machucar alguém antes que ele fale? Quanto tempo as pessoas levam para se recobrar depois de um interrogatório? Não era uma conversa infundada sobre interrogatórios, como se isso pudesse existir, e Ferris suspeitou que ela devia estar fazendo pesquisa legal. Respondeu que não sabia muito, a não ser o que lhe tinham ensinado na Fazenda, e ela ficou desapontada.

Pressionou-o, e Ferris acabou explicando que a única vez que presenciara um interrogatório violento foi no Iêmen. O serviço secreto local tinha capturado um suspeito da Al-Qaeda e o espancou durante três dias com um bastão de críquete. Foi o detalhe que ficou na cabeça de Ferris. Deixaram o prisioneiro consciente o bastante para perceber cada nova onda de dor que se aproximava. Por fim, em um acesso de medo, o prisioneiro começou a gritar as respostas que ele achava que os interrogadores queriam ouvir. Mas isso só fez com que ficassem mais furiosos, e então bateram mais forte. Acabou morrendo de hemorragia e traumatismo craniano. Ferris assistira a tudo.

— Você disse a eles para pararem? — Gretchen perguntara.

— Não, continuei achando que aquilo poderia funcionar. Mas então ele morreu.

— Nunca conte a ninguém o que acabou de me contar — disse Gretchen. —Aquilo foi ilegal. Tecnicamente.

Quando Ferris lhe perguntou por que estava tão interessada no interrogatório, ela não respondeu. Saiu e fez algumas anotações, e depois voltou com os botões de cima da blusa abertos.

A discussão aborrecera Ferris, e ele queria acreditar que também incomodara Gretchen, mas não tinha certeza. Começava a perceber que, para ela, a lei era uma outra espécie de vitória. Era como remover as restrições para que o cliente — no caso dela, o presidente dos Estados Unidos — pudesse fazer o que quisesse. Havia algo sexual sobre isso, uma espécie de escravidão às avessas. Para ela, a lei servia para desamarrar as pessoas para que elas pudessem agir como quisessem.

Ela teve orgulho de Ferris quando ele foi ferido no Iraque. Ele pensou que as cicatrizes fossem lhe causar repugnância, mas ela gostava de tocá-las — quase como se estivesse vivenciando o acontecimento no lugar dele. Mas ela não poderia:

Ferris vira o inferno naquela hora na Auto-estrada 1, quando achou que ia morrer, e percebera que ela não estava ali com ele. Como podia lhe dizer isso? A sensação de separação permaneceu com ele durante sua convalescença, e o fez perceber que havia coisas que ele não compartilhava com Gretchen, e nunca iria compartilhar.

Ferris ligou mais uma vez para o celular de Alice, e, no quarto toque, ela finalmente atendeu. Era uma voz de sono. Ela estava dormindo, e, a princípio, parecia que tinha esquecido quem era Ferris. Ele tentou não parecer aborrecido. Não tinha direito; ela não lhe pertencia.

— Tenho tentado achar você — disse ele. — Por onde tem andado?

— Aqui, na maior parte do tempo, e fui a Damasco passar um dia. Às vezes não atendo o celular.

— O que você foi fazer em Damasco?

— Compras — respondeu laconicamente. — Eu estava até pensando no que tinha acontecido com você. Achei que você talvez não tivesse gostado de mim.

— Estive fora. Também precisei sair do país.

— Hum — disse ela, duvidando.

— Quero ver você. Logo. Está livre amanhã à noite? — A noite seguinte seria quinta-feira, o início do fim de semana muçulmano. Houve uma longa pausa.

— Não sei... — disse ela.

— Isso quer dizer o quê? — Ferris conteve a respiração.

— Não sei se consigo esperar tanto. — Ela riu com a brincadeira que fez com ele.

Quando desligaram, Ferris voltou para o terraço. A noite tinha caído, trazendo a súbita friagem do deserto. Amã era um globo de luz contra o negrume do céu. Se não se sentiu melhor, certamente se sentiu menos mal.

7

Amã

Ferris pegou Alice Melville em seu apartamento. Ficava na parte antiga da cidade, perto do anfiteatro romano. Ferris não conhecia nenhum americano que vivesse ali. Ela era loura, usava um vestido de verão e sandálias, com um suéter jogado sobre os ombros. À primeira vista, seu cabelo parecia flutuar em câmera lenta.

— Oi, como vai — disse ela, ajustando o cinto do banco do carro e imediatamente mudando a estação de rádio. "Nossa, ela é linda", pensou Ferris.

Levou-a para jantar no restaurante italiano do Hotel Hyatt. Foi o lugar mais romântico que pôde pensar. Sentaram-se do lado de fora, sob as estrelas, com um aquecedor a gás por perto para afastar o frio da noite. Reluzia de amarelo e azul, tal como as brasas de uma fogueira. Ferris pediu uma garrafa de vinho e, quando acabaram com ela, pediu outra. O vinho deixou-a falante, embora Ferris achasse que isso não teria sido problema, mesmo que ela estivesse sóbria. Estava descrevendo seu trabalho com os refugiados palestinos. Aquele era o seu trabalho; trabalhava com uma ONG que levava ajuda aos campos que ainda abrigavam vários palestinos pobres. Ferris referia-se a isso como "Salvem as Crianças", embora, na verdade, fosse chamado de Conselho para Ajuda ao Oriente Médio.

— Os refugiados não têm esperança, Roger — sussurrou ela, como se fosse um segredo. — O que os leva a prosseguir é a raiva. Ouvem os xeques do Hamas e da Jihad islâmica. Compram aquelas fitas do bin Laden. Quando vão dormir à noite, acho que devem sonhar em matar os israelenses e os americanos. E agora os italianos, pelo amor de Deus.

— Mas não você — disse Ferris. — Eles não querem matar você.

Ela estava falando bem seriamente, mas só o que ele conseguia fazer era olhá-la. A luz do lampião a gás dava-lhe um reflexo avermelhado ao cabelo. Debruçou-se sobre a mesa na direção dela, como se fosse para escutá-la. Quando ela falava, podia ver seus seios subindo e descendo pelo decote do vestido.

— Não, a mim não. Eles me respeitam... porque os ouço. Você os ouve, Roger? O governo americano os ouve? Ou só queremos atirar neles? — Ferris lhe dissera que trabalhava na divisão política da embaixada, que era seu trabalho de disfarce.

— Claro que os ouço. O embaixador os ouve. Todos nós os ouvimos. Até falo com eles. — Disparou algumas frases em um árabe fluente, dizendo-lhe como ela era linda à luz da lua e que ele esperava que ela fosse ao apartamento dele naquela noite.

Para surpresa dele, ela respondeu em um árabe bastante bom. Disse que ele era atraente, mas que o destino dele dependia da vontade de Deus. A seguir, acrescentou em inglês:

— E não tente me cantar, Ali Babá. Mais gente tem tentado me cantar do que a... — pensou um instante — Curt Schilling. E não vai funcionar.

— Fã dos Red Sox?

— Claro.

— Não vou cantar você. O problema é que sinto uma atração irresistível por louras que falam árabe.

Alice revirou os olhos e olhou para os homens árabes sentados pelo restaurante.

— Bem-vindo ao clube. Mas falando sério, Roger, eu gostaria de saber o que a embaixada diz às pessoas. Você lhes diz que sente muito que a América esteja matando os muçulmanos? Diz a elas que sente muito por suas casas bombardeadas e por seus filhos terem sido mortos? Diz a elas que é só impressão, como se tivéssemos nos aliado àqueles direitistas de Israel? Diz a elas que cometemos um erro invadindo o Iraque e estraçalhando-o em um milhão de pedaços? O que você diz a elas? Eu gostaria de saber.

Ferris grunhiu. Ele não era um diplomata; era um oficial da inteligência.

— Temos de falar disso agora?

— Não. Você pode dizer que não é da minha conta. Aí eu vou para casa.

Ferris ficou apavorado com o pensamento de que ela pudesse deixá-lo.

— Está bem. Deixe-me pensar. Quando as pessoas se queixam, digo-lhes que considero o ponto de vista delas. Digo-lhes que não traço a política do governo dos Estados Unidos. Às vezes, digo-lhes que vou mandar um rádio com suas opiniões. Como assim? Vou mandar suas opiniões por um rádio. — Tentou fazer uma piada, mas não deu certo.

— Você nem se incomoda de verdade! Senta lá na embaixada o dia inteiro e eu fico lá fora na linha de fogo. Falo sério, Roger. Tenho de ouvir essas pessoas gritando comigo o dia todo. Sabia que houve comemoração nos campos esta semana quando ouviram as notícias sobre o carro-bomba em Milão? Comemoraram. Os amigos precisaram me proteger. Queriam nos matar. Você não vê isso?

A discussão tinha colorido suas maçãs do rosto, e assim também elas estampavam o brilho avermelhado do aquecedor a gás. Ele sabia que deveria dar respostas melhores, mas um de seus problemas é que era ruim em discussões políticas. Lembravam-lhe o que ele tinha detestado no jornalismo. Discussões políticas eram para os funcionários reais do Departamento de Estado, ou para os colunistas das páginas de opinião dos jornais, ou para pessoas como essa misteriosa Alice, que trabalhava nos campos de refugiados e usava um vestido decotado para jantar. Mas ele precisava dizer alguma coisa, ou então ela iria deixá-lo.

— Vejo sim, Alice. Mais do que você possa imaginar. Eu também estou na linha de fogo. Todos nós estamos. A vida agora é assim.

Ela olhou dentro dos olhos dele, como se estivesse procurando alguma coisa. Será que ela percebeu o que ele fazia? Será que adivinhou? O pensamento deixou-o agitado. Pediu desculpas para ir ao toalete. Ao caminhar para ir e voltar, tentou disfarçar sua manqueira, mas sua perna o incomodava por causa da friagem da noite, e ela percebeu.

— O que há de errado com a sua perna? — perguntou-lhe quando voltou para a mesa. — Você está machucado?

— Estive. Não estou mais. Já fiquei bom.

— O que aconteceu? Se você não se incomoda com a minha pergunta.

Ferris pensou por um momento. Ele se incomodava com a pergunta, mas se aquela relação fosse dar em alguma coisa, teria de contar a ela um pouco mais sobre quem ele era.

— Fui ferido no Iraque. Foi a minha última missão antes daqui. Eu estava em um carro que foi atingido por uma granada e fiquei com um monte de estilhaços na perna. Agora estou bem. Só manco de vez em quando. Fez com que eu ficasse muito melhor na cama.

Ela não riu com a brincadeira. Continuava a estudá-lo.

— O que você estava fazendo no Iraque?

— Estava na nossa embaixada. Era para ficar lá um ano, mas, quando fui ferido, mandaram-me para cá. Então conheci você. Está vendo? Tenho sorte.

— Você não estava na embaixada quando foi ferido.

— Não. Eu estava fora da zona verde. Em uma estrada ao norte de Bagdá.

Ela pegou a mão dele, segurou-a na penumbra e soltou-a.

— Você não trabalha para a CIA, trabalha?

— Claro que não. Não seja ridícula. Eu trabalhava na revista *Time* antes de entrar para o Ministério das Relações Exteriores. Dá uma olhada no Nexis. Eles nunca permitiriam que um ex-jornalista trabalhasse para a CIA.

— Isso é bom — disse ela. — Porque senão teríamos um problema.

Ferris sentiu um formigamento nos braços, os pêlos se arrepiando. Normalmente não se importava de mentir sobre trabalhar para a Agência: fazia parte do seu trabalho. Mas agora era diferente.

— Admiro você por ser tão corajoso, Roger. Só queria que você fosse corajoso por algum outro motivo. Sinto como se essa guerra estivesse destruindo nosso país. As pessoas querem gostar da América, mas nos vêem fazendo essas coisas terríveis e se perguntam se nos tornamos uns monstros. Estou assustada com o que vai acontecer.

— Também estou preocupado. — Ferris levantou-se da mesa e pegou a mão dela. — São tempos difíceis. — Puxou-a delicadamente na direção dele. Ela ficou em seus braços por um bom tempo, e depois se afastou.

Ferris dirigiu pela rua Prince Mohammed em direção ao prédio dela, na parte antiga da cidade. Ela estava quieta no carro, olhando fixamente pela janela. Ferris estava com medo de que ela estivesse aborrecida com ele, quando de repente ela disse: "Vire à esquerda. Quero lhe mostrar um lugar em que você nunca esteve." Disparou uma rápida série de direções, de um lado para o outro através das ruas estreitas da cidade velha, e em poucos minutos estavam a alguns quilômetros do centro da cidade, em uma área que não tinha nada da pátina internacional que os estrangeiros costumavam ver. As ruas eram úmidas e mal-iluminadas; charretes arrastavam-se pelos cantos da estrada. As paredes eram decoradas com bandeiras palestinas, velhos cartazes desbotados de Yasser Arafat e pichações grosseiras contra os americanos.

— Pare — disse ela quando chegaram ao topo de uma ladeira e a uma estrada pequena, não muito maior do que uma viela, que dava entrada para um amontoado de casas de estuque e blocos de concreto. Ferris varreu a área com os olhos, cuidadosamente. Era um campo de refugiados palestinos, um dos primeiros a que as pessoas chegaram depois das guerras de 1948 e 1967. Ferris reconheceu-o graças a um relatório da segurança. "Aquele era um dos locais onde um funcionário da embaixada não deveria ir de jeito nenhum", advertira o responsável pela segurança.

— Trabalho aqui — disse Alice, abrindo a porta do carro. — Quer dizer, este é um dos lugares onde trabalho. Queria que você o visse. Achei que talvez pudesse me entender melhor. Intimidade, sabe? — Será que ela estava zombando dele?

Alice dirigiu-se a passos largos para a entrada do acampamento. Ferris acompanhou-a pelo meio da rua poeirenta. Cordões de pisca-piscas pendiam entre os postes de luz difusa, como enfeites natalinos; havia um café aberto no interior do muro, junto com algumas lojas ao longo do caminho. Alguns homens estavam sentados no café partilhando um narguilé, chupando pelo tubo e expelindo a fumaça. Estavam conversando, mas, quando viram Ferris e seu grande SUV, pararam. Ferris ficou nervoso. O bom senso lhe dizia que não deviam estar ali tão tarde da noite.

— Vem cá — disse Alice, andando em direção ao café. — Talvez alguns dos meus amigos estejam aqui. — Mas Ferris hesitava. Era como nos tempos da faculdade, quando alguém que tinha bebido queria dirigir, e você precisava resolver se ia ser um desmancha-prazeres e dizer "não" ou se ia em frente.

— Vem *cá*, bobão. Eu protejo você. — Ela agarrou a mão de Ferris e puxou-o em direção ao café. Sentaram-se em duas cadeiras de plástico na varanda de concreto, debaixo de um caramanchão que afastava o sol durante o dia. Os outros homens olharam para Ferris com reserva e então voltaram a falar. Ferris viu um deles gesticular em sua direção e ouviu-o perguntar em árabe: — Quem é o judeu?

Passado um minuto, o dono apareceu. Alice saudou-o, e ele respondeu afetuosamente. Perguntou-lhe em árabe se Hamid estava por ali naquela noite e o dono respondeu que não, ele estava visitando a mãe em Ramallah, graças a Deus.

— Que pena — disse Alice, voltando-se para Ferris. — Queria que você conhecesse Hamid. Ele é um dos meus principais contatos neste campo. É uma das pessoas mais inteligentes que conheço. Você iria gostar dele.

— Você acha mesmo? — perguntou Ferris. — Como assim?

— Porque ele é como você. Sabe das coisas e age com rigidez. Todo mundo aqui o respeita. Achei que talvez ele pudesse explicar algumas coisas melhor do que eu.

— Quer saber, Alice, não estou tão certo de que seu amigo Hamid gostaria de conhecer alguém da embaixada americana. Não somos muito populares por aqui.

— Fique tranqüilo. Você está comigo. E eles me conhecem. Vou protegê-lo. — A expressão de seus olhos dizia que falava sério. Aquele lugar era dela.

— É, mas ele poderia ter uma idéia errada. Ou outras pessoas poderiam ter uma idéia errada.

— Que idéia é essa? — perguntou Alice. Ele tinha dificuldade de ver o rosto dela no escuro. Será que ela sabia o que ele fazia realmente? Era aquilo que ela estava dizendo?

— Deixa para lá. — Ferris continuava tenso. Perscrutava a área em busca de sinais de perigo, mas estava tudo calmo. Talvez a indiferença de Alice, sua desatenção à possibilidade de que podia ser perigoso sentar-se em um campo de refugiados palestinos tarde da noite, protegesse-a. Ou talvez fosse alguma coisa a mais. Talvez ela pertencesse mesmo àquele lugar e a inúmeros outros lugares que fossem fechados a Ferris.

O dono do estabelecimento voltou com café turco, agridoce como uma barra de chocolate amargo. Beberam lentamente. Ferris se permitiu relaxar um pouco.

— Como é que você não tem um namorado? — perguntou ele. — Uma garota tão bonita quanto você deve receber convites o tempo todo.

Ela não respondeu de imediato. Deu um último gole em seu café, virou a xícara de lado e deixou os grãos secarem por um instante na lateral da porcelana. Depois levou a xícara até a luz como se fosse uma adivinha.

— Boa sorte? — perguntou Ferris.

— Talvez. Se você acreditar que a sorte está escrita em grãos de café. Meu ex-namorado acreditava que sim. E em um monte de outras maluquices.

— Então você teve mesmo um namorado.

Ela desviou os olhos de Ferris, em direção à pequena viela e às sombras da noite. Foram dez longos segundos antes de voltar a atenção para ele.

— Eu o amava — disse ela. — Ele era palestino. Muito orgulhoso, muito zangado. Amei-o, mas ele me maltratou.

Ferris estendeu a mão para tocá-la, mas ela estava muito longe.

— Como foi que ele a maltratou?

— De todas as maneiras que você possa imaginar, e de outras maneiras também.

— Meu Deus. Não posso imaginar ninguém maltratando você.

— Ele não podia evitar. Aborrecia-se bastante. Não era comigo. Era com qualquer coisa. É isso que estou tentando dizer a você. Essas pessoas têm uma verdadeira raiva de nós. Achamos que podemos mentir para elas, roubar suas terras, tratá-las como lixo e elas vão esquecer tudo. Mas não vão.

— Por que você não saiu da Jordânia depois disso? Quer dizer, como pôde ficar aqui, depois que ele a tratou dessa maneira?

— Sou teimosa, Roger. Provavelmente é algo que temos em comum. E quanto mais eu pensava nele e em sua raiva, mais eu pensava: Não! Não fuja. É isso o que ele espera, e também os outros árabes. Que finjamos nos importar com eles e depois, quando a vida real nos fere um pouquinho, que fujamos. Então eu fiquei. Foi assim que superei. Continuei gostando das pessoas que me feriram. Não poderia deixá-las. Não vou deixá-las.

Feris teve a estranha sensação de lágrimas aflorando. Limpou os olhos, tentando disfarçar o gesto, mas ela segurou a mão dele e sorriu de um jeito que nunca tinha sorrido antes. Ele beijou-a no rosto, com a própria face ainda levemente úmida.

Nenhum dos dois queria sair dali. Ferris perguntou sobre o trabalho dela nos campos, e Alice tentou explicar. Ajudar aquelas pessoas era uma questão de logística: ela comprava livros escolares e medicamentos, financiava projetos relativos à água e a clínicas dentárias, arranjava bolsas de estudo em faculdades americanas. Era um trabalho; ela era boa nele. Mas a animação na voz dela deixava claro que ela estava fazendo a única coisa no mundo que lhe importava.

Ferris olhou para a rua devastada, para as casas escuras e os lugares secretos onde um forasteiro jamais podia entrar. Desejou que pudesse compartilhar das crenças de Alice de que as pessoas honestas podiam vencer, com muitos livros e clínicas dentárias. Mas ele sabia muita coisa. Esse era um mundo que fervilhava de ódio. Os sorrisos eram falsos; a verdadeira fome era a de vingança. O povo tinha sido prejudicado pelos americanos, pelos israelenses e pelos próprios árabes. Eram ratos em uma gaiola. Alice, corajosa como era, não podia conhecer o horror que germinava em lugares como aquele. Não entendia que essas pessoas queriam matá-la. Sim, a *ela*. Não era um mal-entendido que pudesse ser consertado com mais amor. Aquilo era ódio. E era trabalho de pessoas como Ferris, que sabia de tudo, destruir as células, as redes e os esconderijos dos assassinos, para que pessoas como Alice pudessem sobreviver.

— Não fique com esse ar tão sério — disse Alice. — Vai estragar a festa.

Ferris tentou sorrir.

— Tenha cuidado, querida. Só isso. Apenas tenha cuidado. O mundo não é tão bom quanto você é.

— Sei o que estou fazendo, Roger. Você me subestima. Sei onde ficam as linhas. É você quem tem problemas. Você é que foi ferido, não eu. É você quem precisa ter cuidado.

Ferris pegou de novo a mão dela e sussurrou em seu ouvido:

— Quero abraçar você, mas aqui não posso. Vamos voltar para sua casa. — Ela sorriu e se levantou da mesinha. Algo tinha mudado.

Voltaram a passar pelas antigas ruínas romanas e pelo mercado do ouro, e subiram alguns quarteirões da ladeira até o prédio de Alice. Alguma coisa dizia a Ferris para não arriscar a sorte naquela noite, mas ele não queria deixá-la ir embora. Quando a acompanhou até a porta, perguntou-lhe se podia subir.

— Esta noite não, quem sabe uma outra vez — respondeu ela. — Esta noite foi especial. Há muito tempo que não sou assim com ninguém. Só quero ter certeza de que estou pronta.

— Gosto de você de verdade — disse Ferris. Ele queria dizer "amo", mas sabia que poderia parecer absurdo. Ele só a conhecia há poucas semanas.

— Também gosto de você, Roger. Estou feliz que tenha ido comigo até o acampamento esta noite. Agora você sabe quem sou. Um pouco.

Foram para um canto escuro na portaria dela, longe da luz da rua. Ferris beijou-a nos lábios e ela correspondeu, com os lábios ligeiramente afastados e depois mais abertos. Ele a pegou nos braços e sentiu seu corpo contra o dele. Quando a beijou, pôde sentir que ela se excitava, amolecia.

— Quero você — disse ela. Sua voz era abafada e repleta de desejo.

— Posso ser todo seu.

— Ainda não. — Ela recuou para poder olhar para ele. — Você é forte, mas também acho que é delicado aqui. — Bateu de leve sobre seu coração. — Você é? Possui um coração delicado?

Ele não tinha certeza de como responder, então concordou com a cabeça. Ela o beijou no rosto, seus lábios deslizaram sobre a pele dele, e depois virou de costas e subiu as escadas. Ele ficou parado ali, olhando para o apartamento dela lá em cima, até ver a luz acender e o rosto na janela. Foi embora em uma espécie de atordoamento. Em parte pela onda de emoção que sentia por ela, mas suas palavras o deixaram desorientado. Nunca lhe ocorrera que possuísse um coração delicado. Ficou pensando se ela estava certa.

8

Amã

Ed Hoffman chegou à Jordânia alguns dias depois. Ele era o Grande Americano — grandes mãos, grande tórax, rosto corado com o cabelo curto arrepiado no alto da cabeça. Usava óculos escuros, o que lhe conferia um ar de magnata de Las Vegas — o tipo de homem que tirava o dinheiro de um chumaço de notas de cem dólares. Chegara em um jato Gulfstream branco, cuja única marca era o número na cauda. Ferris foi encontrá-lo no aeroporto militar, mas Hoffman mandou-o voltar para o escritório. O chefe da divisão foi para o hotel dormir um pouco e depois para seu restaurante favorito de *kebab*. Finalmente chegou à embaixada no começo da noite e convocou Ferris imediatamente para a sala de conferência à prova de escutas. Esperava à mesa, massageando as têmporas, quando Ferris entrou.

— Estou com dor de cabeça — disse Hoffman. — Devia me lembrar de nunca tomar vinho tinto naquele restaurante.

Ferris estendeu a mão. Hoffman deu-lhe um abraço de urso.

— Como vai a perna? — perguntou.

— Bem boa. Obrigam-me a fazer exercícios. Só me sinto mal por causa dos que ficaram em Bagdá.

— Não se sinta. Eles não conseguiriam estabelecer a conexão que você conseguiu com Hani. Esse negócio de Berlim é importante. Você cuidou muito bem dele.

— Obrigado, mas não fiz nada a não ser observar. O filho, na verdade, é de Hani.

— Tiro o chapéu pra ele. Com certeza. — Hoffman pegou um pacote de amendoins no bolso e botou a mão cheia na boca. — Mas agora é nossa vez. Quero conduzir a operação.

— Então você está com um problema. Hani quer manter o controle. Não quis nem me dar uma transcrição do interrogatório. Diz que a operação é dele e que podemos dividir a caça. É isso.

— Sei, sei. — Hoffman comeu mais amendoins. — Está certo, mesmo porque não temos de conduzir a operação realmente. Só precisamos manipulá-la um pouco. É por isso que estou aqui.

— Não estou conseguindo entender. — Era verdade. Ferris não tinha a menor idéia sobre o que Hoffman estava falando.

— Manobrá-la. Influenciá-la. Aproveitar-se dela.

— Desculpe. Mas se isso significa foder com Hani, sou contra.

Hoffman sorriu.

— Uma simpatia comovente pelo seu camarada de ligação. Mas você vai ver. Podemos direcionar seu chapa Hani controlando a informação que ele obtém, para que veja o que nós queremos que ele veja. Simples! Na verdade, não é uma coisa simples, é bem complicada. Mas a idéia é simples. Pode acreditar, ele vai nos agradecer quando isso tudo acabar.

— Mas o agente é de Hani. Pode fazer o que quiser com ele. E não temos como enganá-lo.

— É aqui que você se engana, filho. Temos muito mais do que você pensa. Vou lhe contar um segredo. Provavelmente você já sabe, mas não deveria. O fato é que desde 11 de setembro nós capturamos muito mais membros da Al-Qaeda do que você imagina. Fizemos toda a sorte de coisas desagradáveis para fazê-los falar, o que causou a indignação de todo mundo, menos enrabá-los. E, por falar nisso, estamos gratos à sua mulher por nos ajudar a escrever os memorandos para proteger nossa retaguarda. Ela ainda é sua mulher, não é?

— É, acho que é. Estamos meio separados. Pela distância.

— Seja o que for. O caso é que dispomos de bastante informação. Sabemos quem odeia quem. Sabemos quem está comprando quem e quem pensa que está sendo mal pago, quem está comendo a mulher de quem. Sabemos onde estão as rivalidades, onde plantar as sementes da dúvida. Temos cordões invisíveis manipulando esses caras, porque sabemos muitas coisas sobre eles, e porque não sabem o quanto sabemos. Olha, eles nem mesmo sabem quem foi capturado. Não sabem se Abdul-Rahman, de Abu Dabi, foi capturado, se largou tudo, se recebeu uma oferta melhor, ou simplesmente resolveu ficar se masturbando o tempo todo. Continuam recebendo e-mails de gente que acham que possamos ter destruído, mas eles não *sabem*. A coisa é essa. O que nos permite certas oportunidades para fazer *armações*. Opa! Falei. Nunca fomos muito bons em ficar nos gabando, mas sabe do que mais? Estamos melhorando. E, com a ajuda dos nossos amigos jordanianos, vamos ficar ainda melhores. E vamos começar você sabe por quem.

— Suleiman?

— Amém, irmão. Esse caso é seu. Sua perna está cheia de estilhaços para comprovar. Hani está caçando a mesma presa que você. Só vamos lhe dar uma pequena ajudinha.

Ferris ficou em silêncio por um instante, pensando no que Hoffman acabara de dizer. Além de toda aquela confusão, propunha que ludibriassem Hani. Não lhe parecia uma boa idéia.

— Você manda — disse ele. — Mas se está planejando brincar com Hani, meu conselho é que não o faça. Precisamos dos nossos amigos agora. Depois de Roterdã, Milão, a próxima Milão. Acho que tapear Hani é um erro. Nesta parte do mundo, você tem de confiar nas pessoas ou não chega a lugar nenhum.

— Errado. Nesta parte do mundo, não se pode confiar em ninguém, porque são todos mentirosos. Até o irmão Hani. Desculpe, mas isso é fato. Estive no US Camel Corps muito mais tempo do que você. E você tem razão. Quem manda sou eu.

Ferris balançou a cabeça, resignado.

— Ele vai ficar possesso se descobrir. E eu vou ter de assumir a culpa. A menos que ele me detone. Como fez com meu antecessor.

— Bem, obviamente que ele vai ficar possesso se souber. Mas não vai descobrir. Porque não vamos contar a ele, não é mesmo? A América está pagando o frete aqui, então me parece que podemos fazer o que quisermos. E, por favor, você não é Francis Alderson.

Ferris queria fazer a pergunta há meses e nunca tivera chance, até aquele momento:

— Por que os jordanianos consideraram Francis *persona non grata*? Nunca ninguém me explicou. Não consta nada nos arquivos, e ninguém na divisão do Oriente Médio vai me contar nada. O que ele fez?

— Hum, hum, hum... — Hoffman fechou os olhos e pensou um momento. — Não vou contar. Para o seu próprio bem.

— Por quê? O que ele fez? Comeu a mulher de alguém?

— Porra, não. Todo mundo na Jordânia faz isso. Gostaria que fosse simples assim.

— Então o que foi?

— Pergunte a Hani.

— Ele não vai me dizer.

Hoffman sorriu enquanto afastava a cadeira da mesa e se levantava para sair.

— É um bom sinal.

— Ah, é? Bem, aqui vai a minha versão fantasiosa, baseada em zero de informação. Imagino que Hani se livrou de Alderson para que eu pudesse dirigir a base. Sou jovem e não tenho muita experiência. Imaginou que podia me manipular, então armou alguma coisa contra Alderson. Foi por isso que me levou a Berlim. Para ter mais poder sobre mim.

— Você está paranóico, garoto. Uma qualidade útil de vez em quando, mas não nesse caso. Hani não precisou armar nada para Alderson. Pode acreditar.

— Então o que Francis fez? Vamos lá, quero saber. Preciso saber.

Hoffman coçou a cabeça e pensou por um instante.

— Está bem. Vou contar, mas só para você não ficar imaginando coisas. Francis Alderson se deu mal ao tentar recrutar um dos adjuntos de Hani. Ficou amigo do cara, convidou-o para jantar. O cara pareceu-lhe pronto para o arremesso, então Francis arremessou para ele. Ofereceu-lhe dinheiro. É normal. Fazemos isso todos os dias do ano, em algum lugar pelo mundo. Mas Hani ficou possesso. Disse que era uma traição ao nosso relacionamento. Tentamos de todo jeito consertar as coisas. Francis disse que o dinheiro era para o filho do cara fazer uma operação nos Estados Unidos. Mas Hani sabia que era mentira. Sabia que estávamos à mercê dele. Então ele queimou Francis, para firmar posição.

— E a posição era: não foda comigo.

— Exatamente.

— E agora estamos fodendo com ele.

— Olhe, Roger, pelo amor de Deus, relaxe. Já lhe disse para me dar uma folga nisso. E, como eu disse, ele vai nos agradecer a longo prazo.

Hoffman e Ferris foram visitar Hani na manhã seguinte. O chefe da inteligência jordaniana esbanjava charme. Vestiu terno escuro e gravata para receber seu distinto visitante, mas afrouxou o nó e jogou o paletó na cadeira depois de alguns minutos de conversa. Aparentemente, ele tinha uma longa história com Hoffman, a julgar pelas brincadeiras. Hoffman caçoou dele a respeito de uma mulher que chamou de Fifi, que parece ter participado de uma das primeiras operações conjuntas.

— Uma maravilha da natureza — disse Hoffman, piscando o olho para Ferris, que não tinha idéia da espécie de maravilha da natureza à qual ele se referia.

Quando Hoffman ofereceu um charuto a Hani, o jordaniano pegou seu umidificador e insistiu para que o visitante pegasse um dos seus. Acenderam cigarrilhas e deram baforadas alegremente, trocando piadas sobre as últimas operações dos dois. Mas Ferris sabia que a bonomia era uma tática protelatória de ambos os lados, antes de entrarem no assunto que fizera Hoffman vir de Washington. Hani não mencionou a operação de Berlim; talvez por gentileza. Ou talvez quisesse forçar o americano a perguntar. O que Hoffman finalmente fez.

— Acho que podemos falar francamente — disse o chefe da divisão. — Sei que você é um homem ocupado, e o rei provavelmente está à sua espera.

— Como queira. Sei que com os americanos há sempre essa "franqueza". — Seu tom de voz sugeria que ele conseguira, de fato, uma pequena vitória ao forçar Hoffman a tocar primeiro no assunto. — Você quer falar sobre Berlim, naturalmente. Presumo que Ferris tenha lhe dado os detalhes.

— Até certo ponto. Devo dizer que você fez um trabalho de primeira identificando e botando esse cara para funcionar. É uma operação limpa. Muito bem feita. Mas estou frustrado.

— Por que você está frustrado, Ed? — O jordaniano era solícito, mas impenetrável.

— Estou frustrado porque quero ter mais informação. Quero ajudar a pegar esse cara, Mustafa Karami. Quero ver se podemos conduzi-lo ao cerne do cerne, à rede que está plantando esses carros-bomba na Europa. É um caso de vida ou morte para nós, meu amigo. Esses caras querem matar os americanos. É por isso que gostaria de lhe pedir, como um favor especial aos Estados Unidos, para conduzirmos o assunto em uma operação conjunta.

Hani fez uma pausa de uns bons cinco segundos. Ele não gostava de desapontar Hoffman.

— Sinto muito, Ed — disse finalmente. — Mas é impossível. Como você sabe melhor do que ninguém, não existe essa coisa de uma verdadeira operação conjunta. Há sempre um lado que sabe mais e um outro que sabe menos. Então, deixe-me conduzi-la. Conheço meu trabalho. Já falhei com você no passado?

— Não. Essa é a primeira vez. E não gosto disso. Queremos ajudar você a conduzi-la. Podemos dar uma grande contribuição para esse caso. Acontece que sabemos um bocado de coisas sobre esse Karami. Ele está nas listas negras da NSA há muito tempo.

Hoffman tirou de sua mala de mão uma pasta vermelha marcada com uma série de palavras em código e colocou-a sobre a mesa.

— Quero que você faça isso direito. Mas o problema é que não quero compartilhar minhas atrações, a menos que você divida o controle.

Hani olhou para a pasta, e depois para Hoffman. Ferris podia perceber que ele lutava consigo mesmo.

— Desculpe-me. Não quero brincar com você, Ed. Poderia lhe dizer que vamos cuidar dessa operação juntos, para você se sentir melhor, mas não seria verdade. Nós o achamos, nós o recrutamos e vamos cuidar dele. Vamos dividir tudo o que soubermos. Desculpe. É o único jeito de podermos fazer negócio.

Hoffman franziu o cenho. Olhou para Ferris, como se estivesse decidindo se o mandaria para fora da sala, e depois voltou-se para seu anfitrião.

— Eu detestaria que o presidente telefonasse para Sua Majestade e reclamasse a respeito disso. Somos aliados. É por isso que o Congresso norte-americano fica feliz de autorizar pagamentos secretos, que cobrem a maior parte dos custos operacionais do seu serviço. E outras, podemos dizer, atividades do governo jordaniano. Detestaria fazer isso. Mas você está me colocando em uma situação delicada, Hani. Está me fazendo comer sanduíche de merda. E não gosto disso.

— Não me ameace, meu amigo — irrompeu o jordaniano. Sua voz, normalmente tão correta, adquiriu um tom mais ríspido. — Jamais me ameace, Ed, porque não vai dar certo. O rei não vai admitir, e nem eu. Preferiríamos não ter nenhum dinheiro seu a deixá-lo pensar que vocês nos compraram por algumas centenas de milhões de dólares. Já disse isso ao seu jovem assistente aqui, o sr. Ferris, e presumi que ele tivesse lhe dito.

— Roger aconselhou-me a não lhe fazer esse pedido. Disse-me que você ficaria irritado, e estava certo. Mas ainda insisto em ter algum controle.

Hani balançou a cabeça.

— Não pode tê-lo. Como eu disse ao sr. Ferris, essa operação é complicada. Leva tempo. Se você tentar forçá-la para chegar ao grande desfecho, não vai ter nada. É por isso que vocês devem ser pacientes.

— Sei que é complicada. Não sou imbecil. — Hoffman deu tapinhas na pasta de papel-manilha à sua frente. — Li a transcrição das escutas. — Ele sorriu. — Você também deveria lê-las.

Hani olhou para a pasta de novo.

— Gostaria de lê-las — disse ele. Aquele era o verdadeiro trunfo que a América detinha no jogo da inteligência, não o seu dinheiro, certamente não seu HUMINT, o setor de inteligência humana, mas sua capacidade de escutar quase qualquer conversa no mundo. — Como estão as escutas? — perguntou o jordaniano.

— Muito boas. Mostram que esse Karami manteve contato nos últimos seis meses com um homem de operações da AQ na Indonésia, de nome Hussein Amary. Ouvimos falar dele através de Cingapura. Ele está no seu radar?

— Amary. — Hani pensou um instante. — Não. Acho que não.

— Bem, deveria estar. Porque achamos que Amary é muito perigoso. Tem ligações com o planejador das operações, a pessoa responsável por todos esses carros-bomba na Europa, em nossa opinião. Demos-lhe o nome de Suleiman. Se Amary também tem ligações com Karami, isso significa que ele é mais importante na linha de operações do que parece que você acha.

— Isso é bem interessante — disse Hani. Parecia confuso.

— Pois é — disse Hoffman. — Não é mesmo?

— Posso ficar com esses arquivos? — perguntou o jordaniano. — Podem ser úteis para nós. Como você diz, compartilhamos o mesmo inimigo.

— O que você me oferece?

— O mesmo de antes. Dividimos a caça. O caso é que, quanto mais soubermos, melhor poderemos conduzir a operação. E você vai extrair mais coisas dela. Se houver outras maneiras de compartilharmos do planejamento das operações, por que não? Penso que Sua Majestade não vai objetar. Mas, por ora, ela é nossa. E vamos ser muito gratos pela ajuda dos Estados Unidos.

Hoffman pegou a pasta. Ferris não tinha certeza se ele guardaria os arquivos de novo dentro dela. Mas, depois de vários segundos, ele os estendeu para Hani.

— Gosto de você — disse ele. — Você joga duro.

— *Ahlan wa sahlan* — disse Hani. — Você é muito bem-vindo.

— Não vai me foder com isso — disse o americano.

— Somos aliados, meu querido Ed. Temos um inimigo comum. Tratamos um ao outro com respeito. — Segurou a pasta junto ao peito, como se tivesse acabado de ganhá-la em uma competição. Apertaram as mãos, conversaram mais um pouco, e os americanos finalmente partiram.

Nem Hoffman nem Ferris disseram uma palavra no percurso de volta à embaixada ou ao caminharem pelos corredores. Só falaram quando estavam de novo na bolha segura da sala de conferência.

— Como você fez aquilo? — Ferris perguntou. — No fim, ele estava lhe implorando por aquilo que levou você a percorrer todo esse caminho justamente para entregar a ele.

— Fácil. Você só precisa ser um manipulador filho-da-puta. Isso nunca foi um problema para mim.

— Aquelas escutas eram verdadeiras?

— Mais ou menos. Amary e Karami estiveram em contato com certeza. O primeiro contato foi, deixe-me ver, não muito depois de os jordanianos começarem a vigiar o apartamento de Karami em Berlim.

— Como você sabia que eles o mantinham sob vigilância?

— Nós não somos completamente estúpidos. Ou pelo menos eu não sou. Veja só, os alemães não gostam de gente que conduz operações unilaterais no território deles. Então, quando percebem alguma coisa, levam ao nosso conhecimento.

— Hani acha que os alemães não sabem de nada.

— Bom, esse é um de seus erros. Ele é um gênio em seu próprio ambiente, mas isso o torna um pouco arrogante quando deixa sua base doméstica. Sinto dizer.

Ferris coçava a cabeça. Ainda tentava entender como as peças se encaixavam.

— Essas conversas entre Karami e Amary. Quem começou?

— Amary, naturalmente.

— Por que você diz naturalmente?

Hoffman puxou Ferris em sua direção. Mesmo na sala de conferências segura, ele não podia ter certeza de que não houvesse um microfone.

— Porque Amary é nosso — cochichou Hoffman. — O jogo aqui é assim. O cara é nosso. E os jordanianos vão querer mostrar serviço na Al-Qaeda. Vão plugá-lo na rede de Suleiman. E depois é hora do show.

— Santo Deus — disse Ferris. — É um belo trabalho. Exceto por enganar os jordanianos.

— Não se pode evitar. Tentei ser justo para dirigirmos a operação juntos, mas seu amigo Hani recusou. Não devia, mas recusou. Então vamos agir de outra maneira. Eu não o forcei a pegar as interceptações. Ele praticamente agarrou aquela pasta. De qualquer maneira, vai ser ótimo para eles. Será a melhor operação da carreira de Hani. Da sua também. Espere e verá. Você só precisa entender que o seu país está em guerra. As regras são diferentes agora.

— É isso que minha mulher vive me dizendo.

— Ela está certa. Estamos em guerra com um inimigo desumano e não podemos confiar mais na caridade dos nossos amigos, como os cordiais jordanianos. Temos de combater nossa própria guerra, o que significa que precisamos das nossas próprias operações unilaterais contra a Al-Qaeda. Já. Não temos escolha. Se esperarmos, as pessoas vão ser assassinadas.

— Espero que isso funcione. — Ferris fechou os olhos ao dizer isso.

— Vai funcionar. A operação é boa. E, se não funcionar, vamos tentar uma outra coisa. É o que se faz em tempo de guerra. A gente improvisa. Portanto, pare de se preocupar, garoto, e prossiga com o plano. Estou contando com você. Posso contar?

— Claro. Completamente. E não estou preocupado. Estou pensando. É diferente.

— Bem, não pense muito. Faz mal aos nervos. — Pousou sua mão carnuda nas costas de Ferris. — Vá arranjar uma garrafa de uísque e um pouco de gelo. Preciso ficar seriamente embriagado para poder cair no sono no vôo de volta.

— Você está voltando esta noite?

— Hã, hã. Prometi a Ethel que a levaria a um show amanhã à noite. *O rei leão*. Não consigo entender, francamente. Quero dizer, como se transforma um desenho infantil em um show da Broadway? Mas ela quer ir, e eu sou um gatinho.

A idéia de Hoffman sendo dominado por uma esposa chamada Ethel agradava a Ferris. Não pensou não em sua própria esposa, mas em Alice, e no quanto ele gostaria de levá-la a um musical da Broadway, ou a um cinema, ou a qualquer lugar que pudesse ajudá-los a esquecer que estavam vivendo na ponta afiada de uma faca naquelas montanhas secas e poeirentas. Ferris saiu para buscar o uísque, deixando Hoffman sorrindo, em estado de graça, na sala de conferência segura, como um anti-Buda.

9

Amã

Alice Melville voou para Boston para o enterro de sua tia. Ferris levou-a ao aeroporto. Vestia uma saia evasê verde-limão e uma blusa branca. Usava uma fita no cabelo. A única coisa que faltava para completar o efeito era um broche em forma de círculo.

— Que roupa é essa de menina de colégio interno? — perguntou Ferris. Era um lado dela que ele nunca vira.

— Não quero assustar minha mãe — ela respondeu. — Ela pensa que não tem nada demais que eu more na Jordânia porque o rei esteve em Deerfield.

Alice adorava a tia morta, uma combativa advogada defensora do interesse público que aplaudira sua decisão de ir para a Jordânia enquanto todo mundo lhe dizia que estava doida.

"Tia Edith era ainda mais doida que eu", escreveu em um e-mail para Ferris quando chegou em casa. Enviou algumas mensagens bobas nos primeiros dias, incluindo um vídeo curto que achou na Internet, no qual os Estados Unidos levam Osama bin Laden à loucura, perseguindo-o com ligações de telemarketing. Depois manteve silêncio. Estava muito ocupada, evidentemente, ou muito triste com a morte da tia. Ou talvez, no meio das regalias de casa, tivesse esquecido tudo sobre ele.

Ferris se enterrou no trabalho. A visita de Hoffman tinha sido um choque para seu sistema — um lembrete de que ele estava em um negócio em que qualquer ação era aceitável, desde que funcionasse. Questionava-se se estava fazendo tudo ao seu alcance para penetrar na rede de Suleiman com as ferramentas que de fato tinha em mãos. Na verdade, só dispunha de uma: o endereço do esconderijo onde os agentes de Suleiman tinham recrutado Nizar, o jovem iraquiano azarado que conseguira ser assassinado menos de 24 horas depois que o encontrou. A casa ficava em Jebel Al-Akhthar, nos subúrbios ao sul de Amã. A Agência mantinha vigilância constante, desde que Ferris conseguira a informação. Fizeram uma operação Signals Inteligence — SIGINT — para interceptar a linha telefônica, e vasculharam cada detalhe que puderam reunir sobre a família jordaniana que lá vivia, em busca de conexões que identificassem os agentes da Al-Qaeda. Mas até então o poço estava seco.

A casa era simples, construída com blocos de concreto e cercada por um muro de alvenaria sujo. O dono era um jordaniano de sessenta e poucos anos chamado Ibrahim Alousi, que trabalhara para uma firma árabe de construção no Kuwait e se aposentara recentemente. Seus dois filhos trabalhavam como engenheiros para a mesma firma em Amã e também moravam lá com suas mulheres e filhos. Todos eram muçulmanos praticantes. Iam à mesquita na maioria das sextas-feiras e levantavam-se todas as manhãs de madrugada para as preces da aurora, mas, aparentemente, não tinham ligação com nenhum dos grupos salafistas na Jordânia. Os homens de Ferris tinham vigiado, esperado e rastreado, mas não encontraram nenhum sinal de ligação com Suleiman ou com sua rede. Talvez os Alousis só estivessem sendo cuidadosos, mas o chefe da operação da divisão do Oriente Médio aconselhara Ferris a suspender a vigilância. Custava caro e não estava produzindo nenhuma informação. Mas Ferris detestava ter de desistir de sua única pista, que custara várias vidas humanas. E achava que a família Alousi era limpa demais e tinha uma aparência tão inocente que se tornava suspeita.

Ferris decidiu que era hora de fazer uma ofensiva. Esperava que Suleiman revelasse seus planos; agora iria provocá-lo. Enviaria alguma coisa aos Alousis — uma provocação tentadora — e veria a reação. E acontece que ele possuía a isca certa para agitar defronte dessa presa. Seu antecessor, Francis Alderson, recrutara um jovem palestino chamado Ayman, de uma cidade da Cisjordânia chamada Jenin. Agora ele vivia em Amã e, como a maioria dos palestinos, o que mais desejava era um visto para a América. O consulado sinalizara para a base da CIA que ele era um recruta em potencial, e Alderson autorizou o lance antes de ser posto na rua. Agora Ayman constava dos livros como um ativo, mas sem nenhum papel operacional. Ferris lhe daria um.

Ferris encontrou-se com Ayman em um quarto do Hotel Intercontinental no Third Circle. Em 1980, quando a embaixada dos Estados Unidos ficava do outro lado da rua, o hotel era o eixo da vida social de Amã, mas hoje, por questões de segurança, estava fora dos holofotes. Ferris estava à sua espera em uma suíte lá de cima quando Ayman bateu na porta. O sol brilhava intensamente através da janela, fazendo cintilar a água da piscina lá embaixo. Ferris podia dizer, diante dos olhos assombrados do rapaz, que aquele era o quarto mais luxuoso que ele já vira. Ele possuía a aparência dura de um jovem árabe: braços fortes, ossos da face retesados, uma pele viscosa parcialmente escondida sob a barba por fazer. Usava um gorro de oração de tricô de lã branca. Ele era perfeito.

Ferris deu suas instruções ao rapaz. Ele teria de ir à casa em Jebel Al-Akhthar e pedir para ver um dos irmãos Alousi. Caso não estivessem, deveria perguntar quando estariam e depois voltar. Quando estivesse com um dos irmãos, deveria dizer apenas uma frase. *Tenho um recado de Suleiman.* Se ele perguntasse qual era o recado, deveria dizer para que fosse ao endereço em Zarqa, no dia seguinte, às 19h. Era uma armadilha; se alguém na casa tivesse alguma ligação com a rede, teria de aparecer — ao menos para confirmar que era falsa.

Ayman mostrava-se inquieto enquanto Ferris repassava as instruções novamente. Ferris tentou encorajá-lo. Faça isso direito, disse a Ayman, e terá seu visto para a América. Cometa um erro e lhe enviaremos para o GID.

A casa dos Alousis ficava na encosta de uma escarpa. Possuía dois andares. As barras de aço oxidado que reforçavam o telhado do segundo andar sugeriam que o velho pai planejara construir três andares, mas o dinheiro tinha acabado. Os vizinhos andavam pelas ruas com a cabeça baixa, envoltos em suas túnicas e seus *kaffiyehs*, surdos e mudos. O vento assoviava pelas ruas poeirentas e arrastava os seixos soltos das encostas. Ferris tinha instalado uma câmara fixa do outro lado da rua, e pôde acompanhar em seu monitor quando Ayman se aproximou da porta. Uma mulher atendeu, e depois veio o velho, e Ferris balançou a cabeça, imaginando que os filhos não deviam estar em casa. Mas um homem jovem acabou aparecendo na porta da frente, usando uma roupa de ginástica azul, imunda. Olhou para Ayman com desconfiança e então o convidou a entrar.

Ayman ficou lá dentro cerca de uma hora. Ferris não sabia se aquilo era bom ou ruim. Em uma hora eles podiam fazer perguntas suficientes para destruir a história frágil que Alderson armara para o seu jovem agente. Mas, quando Ferris interrogou Ayman mais tarde naquela noite, ele contou que a longa espera não teve nada de importante. Na verdade, não tinha acontecido nada. Transmitira o recado, do jeito que Ferris pedira. Tenho um recado de Suleiman. Encontre-nos nesse endereço em Zarqa. Mas os filhos de Alousi disseram que não conheciam ninguém chamado Suleiman. Como podia haver um recado de Suleiman se não conheciam nenhum Suleiman? Devia ser engano. Ferris então perguntou por que ele demorou tanto, já que eles não tinham entendido o recado. Ofereceram-lhe café e chá, para serem simpáticos, Ayman explicou, e perguntaram sobre a família dele em Jenin, e seus amigos, e se ele tinha sido preso pelos israelenses. Ayman parecia satisfeito por ter cumprido sua tarefa, fosse qual fosse. Quando ele conseguiria o visto? Ferris respondeu-lhe que seria em poucas semanas, no máximo em um mês.

O GID encontrou o corpo de Ayman três dias depois, enfiado em uma caçamba de metal perto do endereço em Zarqa onde supostamente o encontro deveria acontecer. Sua língua fora arrancada, deixando-lhe um toco com uma crosta de sangue na boca. Havia outros sinais de tortura: costelas quebradas, dedos faltando. Um dos assistentes de Hani levou fotos do corpo à embaixada dentro de um envelope com um bilhete que dizia apenas "Para sua informação". Sabiam que Ferris tinha entrado em contato com Ayman, obviamente. Ferris forçou-se a olhar as fotos. Devia ao menos isso ao pobre garoto.

Ferris ligou para o assistente de Hani e disse-lhe que precisava de um favor. Forneceu-lhe o endereço da casa dos Alousi em Jebel Al-Akhthar e pediu-lhe que fizesse um ataque de surpresa e prendesse quem estivesse em casa. Disse que explicaria tudo mais tarde a Hani. Mas, quando a equipe do GID chegou à propriedade uma hora depois, não havia ninguém. Aparentemente os moradores fugiram pelos fundos durante a noite, jogando algumas roupas nas malas e desaparecendo na escuridão. O assistente de Hani ligou para Ferris e disse que o GID tentaria localizar os Alousis. Mas Ferris suspeitava que eles já tivessem cruzado a fronteira — para Damasco, Riad ou quem sabe Fallujah.

A isca de Ferris tinha funcionado: o esconderijo era real, tudo bem. Mas agora estava queimado. Mesmo que pudessem extrair algo de útil daquela vigilância, já não adiantava mais nada. Hani nunca telefonou, e Ferris ficou aliviado de não ter de explicar como o jovem de Jenin acabara na caçamba de lixo. Aprendera uma coisa com aquela operação. O adversário era muito mais duro de penetrar do que ele imaginara. Ele tinha alcançado o muro, mas não havia tijolos soltos. Talvez Hoffman estivesse certo. O único jeito de penetrar era armando uma cilada, mas ele não via como.

Ferris aguardava a volta de Alice. Detestava o lado burocrático do seu trabalho. Tudo precisava de relatórios, autorizações e radiogramas, enviados nas identidades secretas que os oficiais da CIA chamavam de "nomes de fantasia". No tráfego dos rádios, Ferris era "Hanford J. Sloane", um pseudônimo que lhe permitia inventar toda uma vida de operações e de recrutamentos fictícios, se desejasse. Mas Ferris gostava mesmo do trabalho da espionagem. Era a papelada que ele achava tediosa.

O tédio do escritório foi amenizado por um rádio confidencial de seu melhor amigo da Fazenda, Andy Cohen, cujo nome de fantasia era Everett M. Farcas. Cohen se formara em chinês, e, tal como Ferris, vinha sofrendo de um enfado mortal nas bibliotecas, antes de se alistar nas forças armadas. Era alto e usava uns fiapos de cavanhaque, que os instrutores logo fizeram com que raspasse mas que voltou a crescer. Cohen gostava de falar mal de tudo e de todos. Diferente de Ferris, que sabia, por causa de seu pai, como a Agência podia ser comum, Cohen imaginara um mundo de Pierce Brosnans e Sharon Stones. Quando conheceu seus rabugentos instrutores de meia-idade, cochichou com Ferris "isso deve ser sacanagem". A vida na Fazenda convenceu Cohen de que havia algo profundamente errado com a CIA. Na noite anterior à formatura, disse a Ferris: "Sabe de uma coisa, todo esse pessoal aqui é *perdedor*." Mas ele ficou, e mandava relatórios periódicos a Ferris sobre a incompetência e os absurdos de seus colegas.

O primeiro posto de Cohen no exterior foi Taiwan, onde ele ignorou as recomendações de cautela do chefe da base e recrutou alguns agentes taiwaneses. Devido a essa imperdoável demonstração de iniciativa, foi punido com a lotação na AVS, Setor de Validação dos Ativos, e voltou ao Quartel-general. Criado no início de 1990 para reduzir o desperdício e a burocracia, a AVS se tornara uma espécie de indústria caseira, e empregava dezenas de agentes de campo para despachar papel. Destinava-se aos agentes veteranos e aos que, quando fosse o caso, eram mandados para a burocracia por não serem mais produtivos. Como Cohen considerava imprestáveis quase todos os ativos da agência, estava pronto para queimar a turma toda, mas não tinha nenhum interesse na brincadeira de catar papel na AVS e na enfadonha limpeza da ficha de cada agente. Assim, trabalhava o mínimo possível, o que lhe deixava tempo para fazer circular seu dinheiro no exterior através do comércio eletrônico e mandar suas tiradas para Ferris.

"Meus colegas na AVS são mudos como *tijolos*, Roger", começava a última carta. "Deixam-me assustado. Quer dizer, este lugar aqui é onde as pessoas da Fazenda, que eram bastante burras para ler os mapas, terminaram. E o que assusta é que são *elas* que decidem quem vale a pena manter nos livros. É fabuloso, de fato. O cara na sala aqui ao lado é um mórmon de Salt Lake City chamado Stan. Ontem ele me disse que um dos agentes de campo que ele estava avaliando deveria ser demitido porque admitiu, em um detector de mentiras, que, quando era criança em uma fazenda no Nebraska, fez sexo com uma ovelha. Ridículo, não é mesmo? Mas Stan estava furioso de verdade. Disse que o cara era um risco para a segurança. O que ele pensa? Que a ovelha ia chantagear o cara? Pode acreditar nisso? Mas espere. Lembra de Aaron Fink, da nossa aula de treinamento? Olha só, a próxima coisa que Stan decide é que os recrutamentos de Fink em Lima podem ser fictícios porque muitos deles têm nomes judeus. Puta merda! Quer dizer, Aaron é indiscutivelmente um membro da tribo, mas será que Stan pensa que ele recrutou aqueles caras por ordem do barão de Rothschild? Assustador. Então olhei a lista dos agentes de Aaron, e a maioria dos nomes era, por exemplo, 'Sanchez' ou 'Ruiz', nomes espanhóis bem comuns, e não Schicklegruber ou Gottbaum, pelo amor de Deus. Aí eu disse ao Stan: 'Olha, colega, acho que você está fora de prumo aqui. Esses nomes não são judeus, e, mesmo que fossem, qual é o problema?' E Stan respondeu: 'Os nomes podem ter sido trocados.' Pois é. É com isso que se lida aqui dentro. Não só idiotas, mas completos idiotas anti-semitas. Ou seja, este lugar aqui está desmoronando. Não volte. Fique em campo o máximo que puder e depois troque essa perna arrebentada por uma invalidez total. Vou trabalhar para o Fox News e aí vou espalhar merda de verdade! Um abraço. Everett M. Farcas."

Ferris enviou-lhe uma resposta curta e anexou algumas piadas que achou na Internet. Cohen tinha razão. Muita gente na Agência era ridiculamente incompetente. Mas Ferris não era, e Hoffman certamente também não. Portanto, ele iria esquecer o resto e prosseguir com aquilo.

Para se distrair, Ferris visitou a biblioteca do Conselho Britânico. Gostava de ler sobre as operações da inteligência durante a Segunda Guerra Mundial. Soube que quase todos os livros ali eram sobre Bletchley Park, a guerra entre os cientistas, e o estratagema que os britânicos usaram para enganar os alemães, manipulando seus agentes capturados na Grã-Bretanha. Os britânicos estavam perdendo aquela guerra, Ferris recordou. Tinham sofrido a desastrosa retirada de Dunquerque e as devastações provocadas pelos bombardeios. Seus inimigos eram mais poderosos do que eles, e mais implacáveis. Os britânicos tinham pouco a seu favor, salvo uma coisa. Eram bons em quebra-cabeças. Ferris puxou os livros das prateleiras, esperando poder encontrar alguma coisa que o encorajasse, ou pelo menos que o distraísse.

Uma semana depois da partida de Alice, Ferris estava em seu grande apartamento vazio, fazendo mais uma refeição sozinho. Um vento de fim de outubro fazia as vidraças balançarem, uma brisa fria, seca, procedente do deserto, que lhe chegava até os ossos. Gretchen telefonou, como sempre fazia semanalmente, mais ou menos naquela hora. A conversa foi mais vaga do que o habitual. Ferris não podia falar de trabalho e não sabia sobre o que mais falar. Gretchen sussurrava com uma voz rouca, dizendo-lhe o que queria fazer na cama quando ele estivesse em casa. Ferris disse-lhe que parasse. Falou que sua linha provavelmente estava interceptada, mas isso parecia excitá-la ainda mais.

Detesto essa coisa — Ferris disse, referindo-se não só à conversa sobre sexo em uma linha interceptada mas a todo o relacionamento deles.

— Ah, você está de mau humor, querido — disse ela. — Ligue-me de volta quando não estiver tão *irritado*.

"Admita", disse ele a si mesmo quando terminou a ligação. "Você sente falta de Alice." E outra coisa mais: ele estava preocupado com a possibilidade de ela não o achar mais interessante, depois de ter voltado para casa em Boston e circulado com seu grupo supertalentoso. A vida dele refletia uma imagem perversa no espelho. Estava casado com uma mulher a quem não amava, e se apaixonando por outra, que ele temia que pudesse se interessar por outro homem.

Ferris rolava na cama, esperando o sono. Como acontecia às vezes, a fita voltou até um momento de sua vida gravado em sua memória. Era uma luta greco-romana em seu último ano da escola secundária George Marshall, em Fairfax. Estava muitos pontos à frente e poderia ter obtido a vitória no terceiro assalto. Seu oponente estava exausto. Mas Ferris não estava levando na brincadeira. Estava determinado a imobilizar o adversário e a vencer sem deixar dúvidas. Tinha lhe dado uma chave de cabeça e abaixava-lhe o braço com firmeza para poder empurrar suas omoplatas sobre o tatame. O garoto gemeu, sem conseguir falar. E então ele ouviu um estalo repentino e um grito agudo, e percebeu que tinha quebrado o braço do garoto. O público ficou paralisado e silencioso, enquanto o lutador machucado se levantava vacilante, segurando o punho, e em seguida algumas pessoas começaram a vaiar. Não muitas, mas as pessoas sentiram que alguma coisa ruim estava acontecendo — que Ferris não estava só determinado a vencer, e sim a destruir seu oponente. O que Ferris recordava, quando essa cena lhe voltava à mente, era do momento imediatamente anterior em que ouvira o estalo — quando o garoto gemeu e tentou lhe dizer para parar.

Ferris fechou os olhos diante dessa imagem. Vivia com essa lembrança há quase vinte anos, e ela ainda o perturbava. A violência em si não era o problema, e sim a violência não premeditada — a possibilidade de que ele pudesse prejudicar alguém involuntariamente. Ferris afastou o pensamento da mente — ele conseguia fazer isso, obrigar o seu Eu consciente a se afastar do que o incomodava — e finalmente adormeceu.

Alice voltou depois de dez dias, e a primeira coisa que fez quando desembarcou no aeroporto Queen Alia foi ligar para Ferris.

— Sinto muito, mas senti saudades suas — disse ela, como se estivesse admitindo um defeito de caráter. — Pensei bastante em você enquanto viajei, Roger. O tempo todo, basicamente. Foi por isso que não liguei; estava nervosa.

— É — disse Ferris. — Eu também. Isso é bom ou ruim?

— Não sei. Acho que é bom. Mas vamos ter de descobrir.

— Está bem. Quando começamos?

— Bom... — Ela fez uma pausa, como se estivesse mesmo resolvendo o assunto. — O que você acha de amanhã à noite? Preciso dormir um pouco. O homem do meu lado ontem à noite roncou o tempo todo de Boston até Londres. E ele tinha cecê.

— A que horas passo para te apanhar?

— Detesto essa coisa de "encontro". Você sabe cozinhar?

— Mais ou menos. Não muito bem.

— Não faz mal. Compre um bife, duas batatas e vinho tinto, e vamos passar bem. Pode fazer isso? E vagens também, se encontrar. Ou brócolis. Ou cenouras. Está bem?

Ferris prometeu fazer as compras e desligou feliz. Passou as 24 horas seguintes em um agradável estado de desejo, pensando não apenas em fazer sexo com Alice, mas no prazer de tê-la novamente consigo — aquele mar azul profundo que era Alice. Fez com que a diarista jogasse fora os jornais velhos e outros entulhos acumulados, e mandou-a comprar a comida e montes de flores. Colocou pequenas velas no quarto, depois viu que era demais e tirou-as de lá.

Alice chegou meia hora atrasada. Quando Ferris abriu a porta e olhou para ela, sacudiu a cabeça. O rosto dela resplandecia, com seu próprio brilho de expectativa, e seu cabelo louro parecia cintilar contra o negrume azulado do céu.

— Nossa, você é tão bonita — disse ele.

— Deixa eu passar por esta porta. Está frio aqui fora.

Ela entrou no apartamento, deu um beijo nele e disse: "Volto já. Quero dar uma olhada." Deu uma volta pelo apartamento, verificando cada cômodo — parando no quarto principal para examiná-lo com mais atenção. Voltou balançando a cabeça.

— Nossa! Você deve ser um figurão. Este lugar é enorme.

— Acomodação da embaixada. Presumem que as pessoas têm famílias, então os apartamentos são bem grandes.

— Bem grandes? Este é enorme. Vou lhe poupar da preleção de quantas famílias palestinas necessitadas poderiam caber aqui. Então, vamos lá! Aja como um anfitrião. O que você arranjou para bebermos?

— O que você acha de champanhe? — Ela concordou, e Ferris pegou uma garrafa de Dom Pérignon que descobrira naquele dia em um estoque deixado por Alderson quando partira repentinamente. Ela examinou o rótulo.

— Isso é para me impressionar? Dom Pérignon? Porque não posso deixar de dizer, estou absolutamente impressionada. Uma mulher não confia em um homem que compra champanhe barato. O que ele pretende? É como uma mulher comprando lingerie. Entende o que quero dizer? É claro que não entende.

Ferris serviu duas taças, que eles beberam rapidamente, sentados no sofá, enquanto ela falava sobre sua viagem até em casa, e de seus pais, irmãos e primos. Ferris encheu as taças novamente e depois uma terceira vez enquanto ela falava. Contou que comentara sobre ele com a família, embora não soubesse exatamente por quê. Foi por essa razão que voltara a Amã tão ansiosa para vê-lo. Ela queria entender por que sentira tanta falta dele.

Ferris deslizou em direção a ela no sofá e a abraçou. Ela relaxou em seus braços e depois se afastou para olhá-lo.

— Conheço você, Roger. Você pensa que não conheço, mas eu conheço. Você é um cara aberto, mas não fala muito de si próprio. É corajoso, mas tem medo de alguma coisa. Preocupa-se em ter de cuidar de tudo. Mas não cuida. Esta noite, você só tem de estar comigo.

Ferris não respondeu. Pousou a mão no rosto dela e traçou delicadamente seus contornos da face e dos lábios. Afastou-lhe o cabelo da testa. Era tão macio e fino, quase como o de um bebê. Puxou-a em direção a si. Ela ficou tensa por um momento, depois relaxou e voltou seus lábios em direção a ele. Beijou-a suavemente, com os lábios apenas roçando os dela. Ela abriu a boca, e suas línguas se encontraram. Ferris estava excitado e encostou-se mais nela.

Seus olhos se abriram e depois fecharam.

— Ainda não. Preciso fazer seu jantar.

Alice preparou o bife e as batatas, e depois as vagens, que a empregada trouxera do mercado. Cantou "It´s Raining Men" enquanto cozinhava, com uma voz surpreendentemente boa. Ferris pensou que ela era a pessoa mais desinibida que ele conhecia e tentou imaginar como seria uma mulher como aquela na cama.

Ela surpreendeu a expressão em seu rosto.

— Abra o vinho! Faça alguma coisa útil — disse ela, e Ferris saiu em busca do saca-rolhas.

Jantaram no lado de dentro do terraço.

— Apague as luzes — ela ordenou. Aquele lado do apartamento não era voltado para a cidade, e, na escuridão da noite do deserto, parecia que era possível ver cada estrela do firmamento.

— Pegue minha mão — disse ela.

— Por quê? — Ferris tinha fome.

— Porque precisamos dar graças. Preste atenção, Roger. Esta oração de ação de graças está na minha família há trezentos anos. Quero dizê-la porque esta é uma noite especial. Você vai ter de aprendê-la até o Dia de Ação de Graças. Feche os olhos. *Por vosso zelo carinhoso, adorado Pai, e vossas abundantes graças, queremos agora, com nossos corações cheios de amor, dar-vos graças. Amém.* Diga "Amém".

— Amém — repetiu Ferris.

Ela deu-lhe um aperto na mão e soltou-a. Ferris abriu os olhos e olhou para ela. Sentiu-se subitamente culpado. Era tão amorosa, tão crédula, e ele sabia que não fora honesto com ela a respeito de uma coisa importante — talvez a coisa mais importante. Comeram durante um tempo, enquanto Alice falava da sua viagem para casa. Ela devorou o bife e as batatas, mas deixou as vagens. Quando terminou, afastou o prato e contemplou as estrelas sonhadoramente, depois voltou-se para ele. Tirou o sapato e começou a passar os dedos delicadamente na batata da perna dele.

— Preciso lhe dizer uma coisa — disse Ferris meio sem jeito.

— Qual é o problema? Você não gosta de garotas? — Ela deu um risinho.

— Não, é uma coisa séria.

— Ah, está bem, do que se trata?

Ele balançou a cabeça.

— Não sei como dizer isso. Estou meio envergonhado de dizer. Mas sou casado.

— Eu já *sabia.* — Ela sacudiu a cabeça. — Nossa! O quanto você acha que eu sou burra?

— Como você soube? Nunca comentei nada. E nem usei minha aliança de casado desde que a conheci.

— Porque é obvio. Um cara solteiro teria pulado em cima de mim no primeiro encontro. Mas você foi mais paciente. Maduro. Jeito de casado. Isso foi uma coisa.

— Eu quis pular em cima de você na primeira vez, e na segunda, e na terceira.

— Não é só isso. Há uma certa tristeza à sua volta, mesmo quando você está se divertindo. Como se você precisasse de algo que alguém não lhe deu. Não é sexo, e sim amor. Assim, isso me diz: homem casado infeliz.

— É verdade. Preciso mesmo de amor. E sou um homem casado infeliz. — Estendeu a mão para tocar a dela, mas ela a tirou.

— Além disso, fiz perguntas.

— O que você quer dizer com "fiz perguntas"?

— Perguntei na embaixada. Uma das secretárias freqüenta a minha aula de ioga. Disse-lhe que tinha conhecido um cara realmente bem interessante chamado Roger Ferris e ela disse: "Cuidado. Ele é casado." Foi assim que eu soube. Mas aquela outra coisa é verdade. Foi por isso que esperei tanto. Queria ver se a confusão valeria a pena.

— Você não está aborrecida comigo por eu não ter contado logo que era casado?

— Não, porque você acabou me dizendo. Eu podia não querer ir para a cama com você se você não dissesse. Não, nada disso. Eu teria ido mesmo assim. Mas desse jeito é melhor. E você vai se livrar da sua mulher.

— É verdade. Vou pedir o divórcio. Vou falar com ela na próxima vez que eu voltar a Washington.

— Você deve se divorciar, Roger, se não está feliz. Mas isso não diz respeito a mim, e sim a você.

— Estou feliz agora.

— É, mas não tão feliz como vai se sentir. — Ela pegou a mão dele e dirigiu-se para o quarto. Havia uma vela perto da cama. Ela a pusera ali secretamente, na primeira vez que dera a volta pelo apartamento. Agora ela a acendeu.

— Me abraça — disse ela.

Ferris tocou em seu cabelo, depois em seus lábios, e puxou-a em sua direção. Enquanto se beijavam, ela abriu desajeitadamente seu cinto. Enquanto ela arrancava suas calças, ele colocou a mão sob seu vestido. O delicado pano entre as pernas dela parecia ter se desintegrado. As roupas formaram uma pilha, e ele deitou seu corpo delicadamente na cama e a contemplou à luz da vela. Suas faces pareciam lisas como alabastro, à luz bruxuleante da vela. Uma das mãos cobria recatadamente seu peito, mas ela a deixou cair. Viu os ferimentos na perna dele; à luz da vela, os vergões da cicatriz formavam pequenas elevações, suaves ao toque.

Ela abriu-se para ele, para seus olhos e suas mãos carinhosas, e para o calor da pele dele contra a dela.

— Quero você — disse ela, as palavras abafadas no sopro do desejo. Ela pegou-o na mão e guiou-o para dentro dela.

Ele a penetrou lentamente, mas ela puxou-o para penetrá-la mais fundo. O corpo dela movia-se rapidamente, e assim ela chamou por ele. Antes que ele pudesse responder, seus corpos atingiram subitamente o mesmo vórtice de desejo. Pôde senti-la retesar-se em volta dele, e então ele se perdeu em um frêmito de prazer que os conduziu juntos ao espaço. Ele deitou a cabeça no peito dela, molhado com a saliva dele, e ouviu a batida de seu coração.

10

Amã

Alguns dias depois, Hani convocou Ferris ao seu escritório. Foi sozinho, contornando aquela curva do caminho que levava ao forte localizado em um dos lados da montanha. Dessa vez, dois sargentos o acompanharam até em cima, grudados nele como se fossem guarda-costas. E, pela primeira vez, não foi levado para a sala de espera do assistente de Hani, e sim imediatamente para ver o próprio paxá. Ferris perguntava-se o que estava acontecendo. Não havia nenhum sinal de que Hani estivesse zangado; na verdade, há muitos dias não ouvia nada sobre ele.

Quando Ferris entrou na sala de Hani, percebeu imediatamente que alguma coisa estava errada. O jordaniano não tinha nada da sua costumeira fanfarrice. Exibia uma longa barba cerrada e círculos profundos sob os olhos, como se não estivesse dormindo há várias noites. Hani fez sinal para seu convidado se sentar na cadeira defronte de sua mesa e não nos sofás onde costumavam ficar. Esperou que a porta fosse fechada e deteve-se um instante, para se recompor.

— Mustafa Karami está morto — disse o jordaniano friamente. — Nosso homem em Berlim. Foi assassinado há uma semana.

Hani disse essas palavras com uma raiva profunda. Eram uma expressão de frustração, de dor, de tristeza por tanto esforço perdido. Não tanto pela perda da vida, mas sim pelo tempo de trabalho gasto em armar a operação, e pelas vidas que poderiam ter sido salvas.

Ferris pensava no que dizer.

— Quem o matou? — perguntou por fim.

— Achamos que foi um de seus contatos na Al-Qaeda. Pegaram-no em Madri. O que não entendemos é *por que* ele foi morto. — O jordaniano olhou dentro dos olhos de Ferris. — Você tem alguma idéia?

Ferris ficou em silêncio por um longo momento, longo demais.

— Não tenho absolutamente a menor idéia — respondeu.

— *Absolutamente a menor idéia.* Isso é mais do que um não, o que me leva a fazer a seguinte pergunta: por que as pessoas acham que é preciso acrescentar palavras extras às suas negativas? Quando basta dizer "não", por que alguém diz "absolutamente não"? É estranho, você não acha?

— Está bem, Hani. Vou lhe dar a versão simplificada. Não sei quem matou Mustafa Karami. Até eu entrar na sua sala, não sabia que ele estava morto.

Hani continuava a refletir sobre as palavras.

— Existe algo na nossa língua árabe que torna qualquer declaração um pouco mentirosa, sabia? Mesmo quando se diz a verdade. Nossa língua é para poetas, não para engenheiros. Mas o inglês é simples. É uma língua de "sim" ou "não". Quando a pessoa acrescenta alguma coisa, é por algum motivo. Quando alguém me diz "francamente, Hani..." ou "honestamente, Hani...", sempre suspeito que esteja mentindo. Se estivesse dizendo a verdade, não precisaria de palavras extras para dar ênfase. Bastaria dizer. Estou certo?

— Está, Hani. Você está certo.

— Mas acredito em você, quando me diz que não sabe por que Karami foi morto. Como você poderia saber? Nem eu mesmo sabia.

— Obrigado.

— Porém, meu querido, vamos descobrir. Isso não é uma felicidade? Eu e você vamos descobrir por que Mustafa Karami foi morto.

— Como vamos descobrir isso? — Ferris ficou nervoso de repente. Podia sentir seu coração disparando.

— Interrogando o cara que o matou. Os espanhóis o pegaram em Madri e o entregaram a nós. Seu nome é Ziyad. Está aqui há quase uma semana. Está aqui agora, bem debaixo de nós, na prisão debaixo deste prédio.

— O Palácio dos Fantasmas — disse Ferris, pois era assim que os jordanianos às vezes chamavam a prisão debaixo do Quartel-general do GID. Dizia-se que ninguém deixava a prisão sendo a mesma pessoa que entrou.

— Isso é bobagem, meu querido Ferris. Não existem fantasmas, e nem ossos quebrados. Você sabe que isso não se faz. Não torturamos ninguém. A melhor técnica de interrogatório é deixar as pessoas cederem sozinhas. Ou então levar um de nossos xeques para ler o Alcorão com elas. São muito mais eficazes do que nós.

— Não quando se precisa de uma informação rapidamente.

— Não, meu querido Ferris. É exatamente quando se tem pressa que se deve ser mais paciente. É assim que tenho agido com Ziyad. Quando o trouxemos para cá, há uma semana, ele berrava aos quatro ventos que nunca falaria. Por Alá, ele cuspiria no bigode do rei antes de nos dizer uma palavra. Esperneou e vociferou, para mostrar como ele poderia ser firme resistindo ao que achava que viria. Acho que ele queria mesmo é que eu batesse nele, para manter sua adrenalina circulando. Mas eu me afastei. Recusei-me a lhe dizer qualquer palavra.

— Nenhuma palavra, Hani?

— Nada. Para ele, só o silêncio. O único som era o da minha oração na hora da prece. Voltei na segunda noite, ele continuava agindo igual, mas não tão furioso. Sentei-me por trás dele na sala de interrogatório e o observei mais de uma hora. Podiam-se ouvir os gritos vindos do corredor, mas sempre agimos assim. Os gritos são gravados. Ele balbuciou algumas palavras, para me dizer como ele era duro. Disse que estava contente por ter matado Karami, porque ele era um traidor. Gritou isso para mim. Estava esperando pela tortura, mas ela de novo não aconteceu. E eu não disse nada. Antes de sair, rezei outra vez. Mas sem nenhuma palavra para ele.

— Ele ficou desapontado. Você feriu sua dignidade.

— Você está inteiramente certo, Roger. É o árabe em você falando. Ziyad achava que era tão importante que teríamos de bater nele como em um cão para arrancarmos a informação. Mas nós o ignoramos. Ele não conseguia entender. Era um insulto à sua dignidade, como você diz. Voltei a noite passada e sentei-me outra vez com ele. Tinha parado de gritar. Sentei-me novamente por trás dele, bem atrás de sua cabeça, para que pudesse me ouvir respirando. Permaneci em silêncio por vários minutos. Talvez por mais uma hora, um pouco mais, não sei. Finalmente ele falou. Queria saber se eu ia lhe fazer umas perguntas. Foi aí que eu soube que ele estava pronto para falar. Estava pedindo para ser interrogado.

— E então o que ele disse?

— Nada. Porque continuei sem falar com ele. Cochichei em seu ouvido que ele estava bastante enrascado. Tirei seu capuz e coloquei uma foto à sua frente.

— Da mãe dele.

— Claro. "Tenha cuidado", sussurrei. E depois tornei a sair. Quis lhe dar mais 24 horas de coisa nenhuma, para que ele tivesse necessidade de me confessar tudo.

E agora acho que talvez esteja preparado. Foi mantido acordado a noite toda outra vez. Acho que a hora é boa. Vamos lá ver?

— Vamos — disse Ferris. Sabia que não tinha escolha, em nenhuma circunstância. — Só uma coisa.

— E o que é?

— Posso ligar para o Quartel-general para que saibam que Karami está morto?

— Não. — Os olhos de Hani estavam tristes como os de um cão. — Acho que é melhor você não ligar para lá. Não seria muito apropriado.

— Por que não? — perguntou Ferris, mas Hani ignorou a pergunta. Então, pela primeira vez desde que chegara à Jordânia, Ferris sentiu medo de seu anfitrião. Ele era prisioneiro de Hani, e não teve dúvidas de que, apesar de todo o sutil jogo de palavras do árabe, ele o mataria se resolvesse que era necessário.

Hani levantou-se de sua mesa e dirigiu-se para a porta. Os auxiliares correram imediatamente para assisti-lo, mas o chefe os dispensou com um aceno de mão. Um guarda no fim do corredor falou com deferência, "*Ya sidi*", quando o chefe passou. Hani acenou com a cabeça, depois digitou um código em uma fechadura eletrônica, abrindo uma porta pesada. Ferris ia atrás dele, para o Palácio dos Fantasmas.

Logo depois da porta havia um pequeno elevador sem botões. Hani introduziu uma chave e a porta se abriu. Lá dentro, só havia dois botões: para cima e para baixo. Aquele era o elevador privativo de Hani para a prisão. Desceram durante um bom tempo; Ferris não sabia dizer se o elevador era lento ou se estavam descendo bem abaixo do nível do solo, mas pareceu levar uns trinta segundos. Finalmente a porta se abriu e Ferris deparou-se com um corredor de concreto longo e úmido.

Um grupo de árabes corpulentos, do tipo que podia dar um tiro em você por capricho, estava de pé no corredor. Hani aproximou-se e lhes disse algo que Ferris não conseguiu ouvir. O americano estremeceu ligeiramente. Fazia frio naquela cova subterrânea. Um homem poderia congelar ali, se não lhe dessem roupas adequadas. Hani fez sinal para que o acompanhasse pelo corredor. Havia portas pesadas de metal a cada dez metros, com aberturas estreitas.

— Você pode olhar, se quiser — disse Hani.

Ferris espiou por um buraco. Viu um homem extenuado, de cuecas, com um olhar tão vidrado que mal parecia vivo. O cheiro na cela era de fezes e urina humanas.

— Um caso difícil, esse aí — disse Hani. — Mas ele vai se recuperar.

Ferris não quis espiar mais nenhuma cela. Não era um homem sentimental, e já tinha visto anteriormente do que os amigos da América e seus aliados eram capazes quando resolviam intimidar alguém. Em comparação, Hani era manso. Mas ele não queria estar naquele lugar. Chegaram a uma interseção, onde os corredores das celas se estendiam por uns cem metros em cada direção, e depois a uma outra interseção semelhante. "Meu Deus", pensou Ferris, "metade deste país deve estar na prisão".

— Aqui estamos — disse Hani, quando chegaram a uma terceira interseção. Andou para a esquerda.

Não havia celas ao longo desse corredor, mas salas pequenas que pareciam ser usadas para os interrogatórios. Ouviu o som de um homem gritando. Começou como um súbito gemido de dor e choque, como se um osso tivesse sido quebrado, e depois foi aumentando, como se alguém estivesse torcendo o osso quebrado de um lado para outro. Ferris não sabia se aquilo era de verdade. Houve uma pausa e depois outro grito aterrador, enquanto a vítima se lamuriava e suplicava em árabe.

Hani abriu uma porta e fez sinal para Ferris se sentar. À sua frente, havia um painel com um espelho falso e, mais adiante, a sala de interrogatório, intensamente iluminada por uma luz fluorescente no alto, com uma mesa e duas cadeiras. As paredes eram pintadas de azul. Então era isso. O hotel azul. Do lado do espelho em que Ferris estava havia um pequeno microfone, de forma que ele pudesse ouvir o que era dito na outra sala.

— É ótimo que você entenda o árabe — disse Hani. — Não acho que isso seja muito fácil de traduzir.

Deixou Ferris, entrou na sala de interrogatório e encostou sua cadeira na parede, a uns dez metros da outra. Um instante depois a porta ao fundo se abriu e dois guardas entraram com o prisioneiro. Estava barbado, exausto pela falta de sono, mas, quanto ao resto, parecia incólume. Os guardas sentaram o prisioneiro na cadeira e amarraram seus pés e mãos à estrutura de metal. Depois saíram da sala. O prisioneiro olhava para Hani com certa melancolia.

Ferris esperou que Hani fosse dizer alguma coisa, mas o jordaniano ficou em silêncio.

— O que você quer de mim? — perguntou o prisioneiro. Repetiu a frase, dessa vez quase como um lamento. Hani permanecia em silêncio.

Vários minutos se passaram. O prisioneiro olhava fixamente para Hani com um olhar assombrado. As lágrimas lhe desciam pelo rosto, e então ele reprimiu um soluço.

— O que você quer? — implorou.

Finalmente Hani respondeu.

— Diga-me, Ziyad, por que você matou Mustafa Karami? — Sua voz era macia. Do corredor, vinha o som de gritos incessantes.

— Porque ele era um traidor — respondeu o prisioneiro. — Porque ele era um traidor. Porque ele era um traidor.

Hani deixou o silêncio na sala aumentar. Era como a pressão contra o crânio quando um mergulhador está profundamente submerso. Depois de dez minutos, Ziyad se desesperou o suficiente para falar de novo.

— Por favor. É a verdade. Mustafa Karami era um traidor.

— Mas, Ziyad, como você *sabe* que Mustafa era um traidor? — A pergunta de Hani era quase um escárnio.

— Você está brincando comigo. Você já sabe!

— Não tem brincadeira nenhuma. Diga-me.

— Porque ele estava trabalhando para os americanos. Ele era um traidor, trabalhando para os americanos.

Hani fez uma pausa, para registrar as palavras.

E como você pode ter certeza disso? Era tão impossível de se escapar daquela voz quanto de um sonho.

— Você sabe a resposta. Você sabe. Você sabe.

— É claro que eu sei, mas quero ouvi-la de você. Você é um homem importante. Quero ouvi-la de um homem sincero, que eu respeito, como você.

— Obrigado, *sidi*. Tivemos certeza de que ele era um traidor porque mantinha contato com o homem deles. Com Hussein Amary, que trabalha com os americanos na Indonésia. Foi assim que soubemos que Karami devia trabalhar para os americanos.

— É, os americanos. — Os olhos de Hani fuzilavam de raiva. — Mas como vocês souberam?

— Soubemos porque Karami contatou Amary. No princípio, era o contrário. Amary ligava para Karami. Chegou até a nos perguntar sobre ele. Quem é esse

Hussein Amary? Por que está me ligando? Mas então, depois, soubemos que Karami tinha contatado Amary. Queria ajudar Amary a viajar para a Europa, para encontrar alguns de nós. Perguntou sobre alguém chamado Suleiman. E foi aí que soubemos: você e os americanos estavam tentando infiltrá-lo na nossa rede. Esse truque foi seu. Você estava usando Karami para fazer alguém penetrar em nossos locais mais secretos. Foi quando soubemos que Karami não merecia confiança. Estava trabalhando para os americanos. E para você.

Hani olhava fixamente para o prisioneiro. Ferris podia sentir a tensão em seu rosto, enquanto ele lutava para manter a compostura.

— Por que você não matou Amary? — Hani perguntou.

— Nós tentamos, mas não conseguimos encontrá-lo. Ele desapareceu. Os americanos foram inteligentes. Esconderam-no. Eles são muito inteligentes, esses americanos. Mas eles são Satanás, e Deus vai castigá-los.

Hani olhou na direção do espelho, para o ponto onde ele sabia que Ferris devia estar sentado.

— É — disse baixinho. — Os americanos são muito inteligentes. — Levantou-se da cadeira e saiu da sala. Havia uma violência contida em seus passos, como um boxeador profissional dirigindo-se ao ringue.

Abriu a porta do posto de observação de Ferris. Ele cogitou se o jordaniano ia lhe dar um tiro bem ali. Hani cerrava os punhos — não como um prelúdio da violência, mas sim para recuperar o controle de suas emoções.

— Nunca mais quero falar com você de novo — disse ele, a voz ligeiramente trêmula. — Tínhamos um plano cuidadosamente traçado para Karami. Poderia ter sido um grande trunfo para nós dois. Talvez ele pudesse ter nos levado onde queremos ir. E agora nós o perdemos, por causa da sua insensatez e das suas mentiras.

Olhava para Ferris, ainda em estado de choque. Como os americanos puderam ser tão estúpidos? Ele balançou a cabeça. Estava acabado. Voltou-se em direção à porta, parou e olhou para trás na direção de Ferris.

— Eu sei o que você anda fazendo. Temos uma expressão para isso em árabe: *taqiyya*. Vem da época do profeta. É a mentira que você conta para proteger a si mesmo dos que não têm fé. Como são os ignorantes, pode-se contar a eles qualquer mentira que se queira. É isso que você e Ed Hoffman vêm fazendo comigo com as suas trapaças. *Taqiyya*. Mas vocês cometeram um erro muito grave.

— Desculpe.

— Não diga mais nenhuma palavra, senhor Ferris. Se falar comigo de novo, vou matá-lo. — Voltou-se de novo para a porta e saiu, deixando Ferris naquela cova profunda e fétida no interior da montanha.

Através do vidro, Ferris viu quando os guardas abriram as algemas do prisioneiro Ziyad e o levaram embora. Eles iriam explorá-lo, agora que ele tinha falado, arrancar-lhe cada contato que tivesse mantido, cada privada em que tivesse urinado, mas os americanos não saberiam de nada.

Ferris esperou um pouco, imaginando se alguém iria buscá-lo ou se iria ser deixado ali para se juntar aos detritos que apodreciam sob o solo. Finalmente apareceram dois soldados para apanhá-lo. Eram os mesmos que o escoltaram quando chegara. Levaram-no por um caminho diferente, através de corredores imundos e impregnados de doenças, que fediam a merda. Podia ouvir os gritos que vinham das celas ao passar, das pessoas que estavam sofrendo ou que estavam há tanto tempo ali que tinham simplesmente enlouquecido.

Finalmente chegaram a um velho elevador de grade, grande o bastante para transportar uma manada. Aquele era o elevador dos prisioneiros, Ferris se deu conta. Fedia aos homens que tinham borrado as calças de medo enquanto desciam para a morada dos mortos.

O elevador subiu lentamente e fazendo bastante barulho. A porta se abriu para mais sujeira e escombros, para os cheiros fétidos do cativeiro, para alguns rostos sob a lúgubre luz fluorescente. Os guardas o conduziram a uma porta trancada. Um prisioneiro suplicava a Ferris, tomando-o por um estrangeiro que podia salvá-lo. A porta se abriu e os guardas deram-lhe uma cutucada. A noite caíra, e não havia nenhuma lua no céu implacável.

Seu SUV estava do outro lado da rua. Ele entrou e ligou o carro, meio que esperando que ele explodisse. Mas não, aquele não era o estilo de Hani. Ferris voltou à embaixada, mandou um rádio para Hoffman pelo canal reservado e então, uma hora depois, conversou com o chefe da divisão pelo telefone restrito. Hoffman pareceu-lhe abalado, mas não arrependido.

Na manhã seguinte, Ferris estava em um vôo para Washington. Parou no apartamento de Alice e a acordou no caminho para o aeroporto. Ela podia apostar que alguma coisa terrível havia acontecido.

— O que houve, querido? — perguntou. Foi a primeira vez que ela o chamara de querido.

— Algo desagradável no trabalho. Querem que eu volte para casa, para conversar com umas pessoas no Departamento de Estado.

— Você está enrascado? Alguma coisa terrível aconteceu, não é? Dá para ver.

Ele olhou os fios despenteados de seu cabelo no rosto sonolento.

— Nada de errado. Nada que importe. Mas eu preciso resolver esses problemas de trabalho. E conversar com minha mulher.

Ela concordou com a cabeça.

— Quando você volta?

Um músculo retesou-se no rosto dele. Transferiu o peso de sua perna ferida. Ele não sabia quando ia voltar. Se Hani falara a sério, podia ser que ele nunca voltasse.

— Assim que eu puder — respondeu. — Vou lhe telefonar sempre que puder, enquanto estiver longe. Está bem?

— Claro. Desde que você volte de verdade.

Ele não respondeu a princípio. Garantias de compromisso, pela experiência dele, só eram ditas se houvesse razões para duvidar da fidelidade de alguém. Pensou no que Hani dissera: cada palavra extra acrescentava um quê de falsidade.

— Não quero deixar você. — Cada palavra carregava a emoção que ele sentia.

— Ah, Roger. — Ela sacudiu a cabeça. Havia lágrimas em seus olhos. — Prometa-me uma coisa. Se você resolver mudar de idéia a meu respeito, deve me dizer. Não quero ser machucada. Hoje em dia, levo uma vida muito boa, que me faz feliz, e não quero ser infeliz de novo.

— Jamais poderia machucá-la — disse Ferris. Ela concordou com a cabeça e depois lhe deu as costas. Enquanto ela se afastava, Ferris pensou consigo mesmo: então ele é assim. Esse sentimento de impotência, assim é o amor.

11

Langley/Washington

Um carro-bomba explodiu em Frankfurt enquanto Ferris viajava de volta para casa. Ferris ligou para o oficial de vigília na divisão do Oriente Médio, na conexão em Londres, e perguntou-lhe se deveria retornar à Jordânia, e lhe foi dito que não, que Hoffman o queria em Washington o mais breve possível. Qualquer um podia dizer, só de observar as pessoas em Heathrow, como elas estavam assustadas. Amontoavam-se diante dos aparelhos de TV nos saguões do aeroporto para ouvir as notícias. Vários vôos foram cancelados, por causa da elevação do alerta de segurança.

Ferris ligou de Londres para Alice. Ela ainda não ouvira as notícias sobre Frankfurt. Disse-lhe para ter cuidado, e ela deu uma gargalhada.

— Eu? *Você* tenha cuidado. Não sou eu quem está armando essa confusão. — Ferris riu, mas aquilo doeu. Queria estar em casa com ela. Nem uma só vez, em seu casamento, tinha desejado fugir com Gretchen e deixar o mundo desaparecer. O problema com Gretchen é que ela conhecia bastante a vida. Era perfeita, impecável. Alice estava em um outro espaço, ainda misterioso para Ferris, e ele gostaria de poder estar lá agora.

Ferris refletiu durante o longo trecho de Londres a Washington. Eles estavam perdendo terreno. Tinham desperdiçado suas poucas e preciosas chances de se infiltrar na rede do inimigo. O próprio Ferris não era melhor do que Hoffman. Fora impaciente e ganancioso, e perdera o rastro de seu adversário. Pensar que estava voltando ao Quartel-general da CIA o deprimia. Não por causa da impressão de estagnação daquele lugar revestido de linóleo ou do ar "modernista" da arquitetura dos anos 1960, que era possível identificar instantaneamente, mas sim por causa da cultura de funcionalismo público que se espalhava pelos corredores como cupim. Ferris ouvira a retórica elitista da irmandade quando ingressou. Presumira que a Agência fosse menos burocrática do que a Time Inc., mas estava errado. Era uma cultura que mentia para si própria há tanto tempo que as pessoas tinham perdido a capacidade de distinguir entre o que era real e o que não era. O fracasso não era aceitável — portanto, até onde interessava à Agência, a CIA nunca cometia erros. Eram pessoas que acreditavam em suas próprias apresentações de PowerPoint.

Ferris levara consigo um livro da biblioteca do Conselho Britânico, que lia agora para se consolar. Os britânicos também tinham jogado fora suas chances — foram quase que empurrados, em 1939, para a retirada de Dunquerque. Porém, quando perceberam que sua sobrevivência estava em jogo, encontraram um traço de fria crueldade em suas índoles. Os desajeitados enxadristas e os excêntricos freqüentadores dos clubes revelaram-se matadores. Aquela era a mensagem das histórias da inteligência que Ferris gostava de ler. Diante de um inimigo que eles não podiam vencer diretamente, os britânicos encontraram outras maneiras. Promoveram a mentira a uma forma de guerra. Roubaram as máquinas de códigos secretos do inimigo e recrutaram as pessoas mais estranhas e mais inteligentes da Inglaterra para decodificá-los. Capturaram agentes alemães e os mandaram de volta, criando uma rede de mentiras tão intrincada e verossímil que, para os alemães, elas viraram realidade. Sabendo que não venceriam, a menos que a América entrasse na guerra, lançaram uma ofensiva sigilosa para acabar com os isolacionistas da América, disseminando mentiras e fofocas para derrubar os membros do congresso dos quais não gostavam. Os britânicos mantiveram seu disfarce de nobres sociáveis e trapalhões, até que chegaram com suas trapalhadas a Berlim. Tiveram êxito, mentira a mentira, dia a dia.

Ferris lia o volume fino que levara consigo a respeito de um caso particularmente audacioso de estratagema britânico, e, enquanto virava as páginas, pensava sobre o seu próprio adversário. Na falta de um rosto para colocar o nome "Suleiman", viu tudo preto quando fechou os olhos. Mas ouviu o som das explosões — os carros-bomba em Roterdã, Milão, Frankfurt e, em breve, sem a menor dúvida, em Pittsburgh e San Diego. O fracasso em destruir Suleiman não era da Agência, era dele próprio. Agarrara-se a uma raiz espraiada quando recrutou Nizar, no começo do ano no Iraque. Em Berlim, com Hani, tocara em um dos seus nós. E, com Hoffman, parecera-lhe tão fácil inserir uma sonda no flanco do inimigo. Em sua frustração crescente, imaginara que pudesse provocar o inimigo para sair de seu esconderijo em Amã. Mas tudo o que ele e Hoffman tinham conseguido com seus esquemas foi destruir as poucas conexões que possuíam. E, enquanto isso, as bombas continuavam a explodir.

Tinham voltado ao ponto de partida, e o tempo estava se esgotando. A bomba de Frankfurt faria as pessoas entrarem em pânico de novo. Foi um ato particularmente ousado, no meio da capital financeira da Europa. Isso dizia às pessoas que existia uma rede construída de um modo tão inteligente e tão escondida que a CIA e seus amigos não sabiam onde procurar. A proteção de vocês acabou, diziam esses carros-bomba; estão desprotegidos diante dos seus inimigos.

No modorrento trecho do longo vôo, Ferris pensou no que Hani dissera sobre *taqiyya*, a mentira necessária. Nos textos islâmicos que estudara em Columbia, o termo normalmente se aplicava aos xiitas, que aprendiam a dissimular, quando necessário, para evitar o perigo. De fato, essa astúcia era a razão pela qual os sunitas os consideravam mentirosos inveterados. Mas havia um sentido mais profundo que remontava ao Alcorão. Referia-se a um companheiro do profeta chamado Ammar bin Yasir, que era feito prisioneiro em Meca com sua família depois que o Profeta fugiu para Medina na *hijrah*. Os pais de bin Yasir foram torturados e mortos por causa da fidelidade ao Islã. Bin Yasir foi mais inescrupuloso: iludiu os infiéis fingindo venerar seus ídolos, e então fugiu para Medina, onde se juntou a Maomé. Quando perguntou ao Profeta se agira certo ao mentir, Maomé afirmou que ele tinha cumprido seu dever. Bin Yasir cercara a verdade com uma salvaguarda de mentiras, como os britânicos fizeram centenas de anos depois. Tratara os infiéis com o desprezo que mereciam. Infiltrara-se no centro do acampamento e os tapeara, para que pudesse combater em um outro dia.

Nos tempos do Profeta, a cilada era a essência da sobrevivência. Uma outra história era a do chefe de uma tribo árabe que estava conspirando para matar Maomé. O Profeta alertou seus seguidores que a fraqueza do assassino era a sua vaidade. Assim, quando foram visitá-lo, cumprimentaram o xeque pelo seu perfume inebriante e pediram-lhe permissão para se aproximar um pouco para poder sentir seu aroma agradável, e um pouco mais, formoso xeque, e um pouco mais. E então cortaram fora a cabeça do vaidoso xeque. A história ilustrava uma eterna verdade dos conflitos armados. Diante de um adversário difícil, às vezes é melhor tirar proveito de sua arrogância. Seduza-o; permita que se aproxime. Aplique a pressão certa no ponto certo e ele vai desmoronar internamente. Foi isso que os muçulmanos fizeram com a América no Iraque, não foi? Mas podia funcionar ao contrário.

O livro inglês ainda estava aberto no colo de Ferris, e ele retomou a leitura, agora com atenção redobrada. A operação que descrevia tinha sido tanto um teatro quanto uma guerra. Em 1943, os britânicos precisaram ocultar o plano verdadeiro de atacar a Sicília convencendo os alemães de que desembarcariam na Grécia. Criaram uma ilusão tão perfeita que os alemães acreditaram, pensando que tinham descoberto um grande segredo — não perceberam que era uma mentira. E funcionara.

Ferris sentou-se ereto na cadeira do avião. Pediu café preto à comissária de bordo e começou a rabiscar umas anotações para si mesmo. Quando o avião aterrissou em Dulles, Ferris tinha esboçado uma idéia.

Hoffman estava sentado melancolicamente em sua mesa quando Ferris chegou. Tinha um aspecto horrível. Seu rosto corado parecia uma massa pastosa, e havia sulcos escuros sob os olhos, devido à falta de sono e bebida em excesso. Até mesmo seu cabelo cortado rente estava desalinhado. Já não parecia mais um magnata, e sim um jogador cujas apostas deram errado. Seu assistente estava sentado à mesa de conferência olhando para uma pasta de capa dura, mas, quando Feris entrou, Hoffman pediu-lhe para sair e fechar a porta.

Hoffman falou em uma voz baixa e irritada. Olhava para baixo, na direção do tampo da mesa, em vez de olhar diretamente para Ferris.

— Eu poderia me desculpar, mas não teria sentido. Mas eu deveria ter lhe avisado antes, que a merda estava pronta a desabar sobre sua cabeça com Mustafa Karami. Foi um erro.

Ferris estava chocado.

— O que você quer dizer com isso? Você sabia que Karami estava morto? Antes de eu me encontrar com Hani?

— Sim. Soube pelos espanhóis, na mesma hora em que eles contaram aos jordanianos. Foi assim que conseguimos tirar Amary de lá. Tivemos vantagem nessa.

— Merda. Sabe do que mais, Ed? Você está certo. Devia ter me contado. Por que não contou? — Ferris estava furioso. Pensara que a situação não podia ficar pior, mas tinha acabado de ficar.

— Porque você poderia ter contado aos jordanianos. Nada de errado nisso. Eu também lhes contaria, se estivesse no seu lugar. Mas eu não podia arriscar. E não comece a ficar de mau humor. Já lhe disse que sinto muito.

— Pois é, Ed, acho que você disse que não faria sentido pedir desculpas. Mas isso não tem importância.

— Por que não tem importância? Tudo é importante.

— Porque Hani não vai falar comigo. Achei que ele fosse me matar quando percebeu o que fizemos com ele. Ficou furioso. Estou morto lá.

— Não tenha tanta certeza. Ele gosta de você. E você é uma aposta melhor do que o último cara que mandamos. Por isso talvez ele abra os olhos. E, só para constar, peço desculpas. — Hoffman franziu seu rosto cansado e amarfanhado, e mandou-lhe um beijo. Depois mostrou-lhe o dedo médio.

Ferris riu, sem querer. Era estranhamente tranqüilizador que Hoffman ainda pudesse agir como um adolescente depois de um desastre como aquele. Resolveu deixar sua raiva para trás.

— Você acha mesmo que eles vão me permitir voltar à Jordânia? — Voltar para a casa de Alice, a sua casa.

— Não é completamente impossível. Vamos esperar para ver.

— Hani vale a pena, Ed, se pudermos superar esse episódio. Não que você precise da minha opinião, mas eu o vi dobrar o cara que matou Karami. Foi impressionante. O cara confessou tudo, o golpe, o fato de que sabiam que estávamos protegendo Amary, sem Hani ter encostado nem um dedo nele. Ele é bom.

— É, eu sei. Ele é uma estrela. E nós fodemos com ele. *Et cetera*. Desculpe-me por você ter de estar lá e agüentar sua fúria. Sei que não foi brincadeira. Ele me ligou e berrou comigo também, merecidamente. Disse-lhe que se acalmasse. Coisas ruins acontecem na guerra, muitas vezes. Uma luta amigável. Vamos terminar com isso.

— Ele se acalmou?

— Na verdade, não. Mas calou a boca. Pedi-lhe que recebesse você de volta, mas parecia que estava em outro mundo, pensando sobre alguma coisa. Pausas longas. Muito estranho. Mas vai mudar de idéia. Ele é profissional.

Ferris olhou para seu chefe, pensando se deveria dizer alguma coisa a mais.

— É isso o que me incomoda, para ser franco. Hani *é* um profissional. Trabalhou duro nessa operação. Armou, pegou o cara. E estávamos estabelecendo uma discreta confiança, ele e eu. Isso é algo que aprendi com os árabes: é tudo ou nada, confiança total ou zero. Mas perdemos essa. Viramos... nada. — Sua voz minguou.

Hoffman levou as mãos ao rosto acabado e esfregou os olhos insones. Quando voltou a falar, havia uma ponta de raiva em sua voz.

— Está bem. Fodemos com o cara. Foi por uma boa causa, mas, se eu fosse Hani, estaria furioso. E, se eu fosse você, estaria furioso. Você teve suas desconfianças. Você me contou. Está certo? Estamos entendidos quanto a isso.

O chefe da divisão levantou-se. Seu vulto corpulento agigantou-se por um instante por cima da cadeira, e então, em uma impulsiva explosão de frustração, deu um soco na mesa.

— Mas eu *não* sou Hani, porra! E não sou você. Eu sou *eu*, e tenho um trabalho a fazer. E não vou entrar nessa de culpa e perder uma chance. Estamos em guerra, pelo amor de Deus. Esses cabeças de merda estão explodindo uma bomba quase todos os dias, enquanto nós ficamos batendo punheta. Estão acontecendo coisas das quais não temos nenhuma pista; e sabe do que mais? Elas também não estão funcionando. O presidente perguntou ao diretor na audiência de hoje se a CIA tinha tirado férias permanentes.

"Meu Deus", Hoffman resmungou enquanto balançava a cabeça. "Essa gente está tentando nos matar, e estamos esgotando nossos truques para detê-los. Essa coisa do Amary me consumiu tanto tempo para montar quanto a pequena operação de Hani, e agora foi tudo por água abaixo. Então vou pensar sobre isso, muito obrigado, e não sobre o quanto fodemos nossos amigos jordanianos."

O silêncio caiu sobre a sala. Ferris esperou uma outra explosão de Hoffman, mas ele estava mal-humorado e retraído. Seu chefe estava perdendo. Todos estavam perdendo. Hoffman tinha razão. Estavam esgotando seus truques. Aguardavam um novo ataque, esperando conseguir achar alguém em uma das redes e conseguir arrancar toda a merda de dentro dele, a tempo de desarmar o ataque seguinte. Aquilo não era uma estratégia; era uma derrota em câmera lenta. Hoffman continuava em silêncio, e Ferris achou que ele esperava uma sugestão. Ferris ruminou a idéia que se formara naquele longo e melancólico vôo de volta a Washington. Pensava na palavra de Hani — *taqiyya*. Quando a verdade não funciona, você mente. Quando se está perdendo em uma área do jogo, cria-se outra.

— Tenho uma idéia — disse Ferris. Suas palavras caíram em um abismo de silêncio. — Pode ser doida.

— Como é? — Hoffman não estava acostumado a que Ferris propusesse operações.

— Eu disse que tive uma idéia. Surgiu no avião. Já pensei sobre ela antes, mas pareceu-me muito estranha. Agora talvez não seja. Quer ouvir?

— Claro. O que temos a perder? A não ser a porra deste país inteiro.

— Está bem. Precisamos pegar Suleiman. Se não pegarmos, ele vai nos comer vivos. Olhe só para nós. Estamos em dificuldades. Precisamos fazer alguma coisa. Estou certo?

— É obvio. Qual é a idéia?

— É sobre uma coisa que Hani falou antes de eu partir. Bem no fim, antes de me expulsar de lá. Falou sobre essa coisa muçulmana chamada *taqiyya*. É a mentira que alguém conta para conseguir o que deseja. Eu estava pensando, imagine que preguemos uma mentira. Imagine que levemos Suleiman a pensar que já conseguimos o que queríamos — que já estamos dentro da tenda. Sabemos que estamos combalidos, mas ele não sabe. Para ele, estamos dormindo debaixo de sua cama, esperando pelo momento certo. Vamos mentir. Basicamente é isso. Fingimos que o pegamos pelos colhões. E então tiramos partido do seu medo. Isso faz algum sentido para você?

— Talvez — disse Hoffman. — Se eu soubesse sobre o que você está falando.

— Estou falando sobre cilada. *Taqiyya* é a única maneira de nos infiltrarmos na rede de Suleiman. Estamos tentando, mas não chegamos a lugar nenhum. Poderíamos continuar tentando. Poderíamos atrair pessoas em cada mesquita salafista do mundo e esperar que alguém, em algum lugar, mordesse a isca. E talvez acabasse funcionando. Mas nosso tempo está se esgotando. Então, se não temos mais tempo para recrutarmos um agente de verdade, vamos fingir que recrutamos alguém — e vamos tratá-lo como um agente virtual. Não vai ser uma penetração de verdade na Al-Qaeda, e sim uma penetração virtual. Mas qual é a *diferença*? Se não possuímos as cartas, vamos fingir que as possuímos. Vamos sacanear o cara — fazer com que pense que estamos dentro, que temos um agente. Porra, se quisermos, poderíamos fingir que recrutamos Suleiman. Podemos fingir qualquer coisa que quisermos. E, se formos bem descarados, vai funcionar.

Hoffman balançou a cabeça. Estava sorrindo novamente. A nuvem negra tinha desaparecido.

— Sabe de uma coisa, vou ter de rever minha opinião a seu respeito. Não tinha a menor idéia de que você era tão desonesto. Isso o coloca em uma nova categoria no livro de Ed.

— Estou desesperado — disse Ferris. — E você também.

— Isso é fato. Então como você propõe que iniciemos essa confusão? Presumindo que eu esteja interessado.

— Tudo me ocorreu no avião. Estava lendo um livro sobre uma operação britânica na Segunda Guerra Mundial, quando eles precisavam desesperadamente derrotar os alemães. E aí eu pensei que nós poderíamos fazer o mesmo jogo.

— Está bem, sr. Peabody. Qual é o livro?

— *O homem que nunca existiu.*

Hoffman fechou os olhos e mergulhou na idéia. Visualizou tudo imediatamente — o corpo, a mensagem falsa, as camadas de mentiras. Foi até a estante e puxou um exemplar muito manuseado do livro que Ferris acabara de mencionar.

— Operação Mincemeat. É como os britânicos a chamavam, não é? Devo estar ficando velho e idiota, por eu mesmo não ter pensado nisso.

— Só velho.

— Sabe de uma coisa? Gosto de você, Ferris. Você é porreta. É mesmo.

— Obrigado.

— Para isso funcionar, teríamos de plugar você em um novo circuito. Já tem um pessoal fazendo umas coisas meio fora do comum para mim. Tentei que você se juntasse ao grupo deles depois do seu ferimento no Iraque, mas você me detonou. Ainda podemos dar um jeito, se você quiser arriscar. Mas não vai logo levantando a mão e se oferecendo. Isso aqui não é aquela merda de programa de treinamento do serviço secreto da Fazenda. Tem certeza disso?

Ferris nem pensou antes de responder. Nunca pensamos quando tomamos as decisões que mudam nossas vidas.

— Temos de chegar até Suleiman. Isso pode funcionar.

— *Taqiyya* — disse Hoffman, ainda saboreando a sugestão de Ferris. Pousou uma de suas mãos enormes no antebraço do homem mais jovem. — Você falou isso há muito tempo, Roger. Isso tem de funcionar. Não podemos perder. Se não conseguirmos romper a rede de Suleiman, muito mais pessoas vão morrer. — Relaxou a pegada no braço de Ferris e disse-lhe que sua secretária lhe telefonaria em poucos dias para marcarem um novo encontro. Ele precisava fazer uns arranjos, substituir umas fiações, antes de poder plugar Ferris nesse novo circuito.

12

Washington

Ferris dormiu em um hotel em sua primeira noite de volta a Washington. Era um hotel caindo aos pedaços próximo a Dupont Circle, que lhe lembrava os lugares em que tinha vivido antes de entrar na CIA. E ele precisava ficar sozinho, longe de qualquer pessoa conhecida. Não queria ver Gretchen até ter planejado o que queria lhe dizer. Ela possuía um jeito de reverter seus planos, ou de simplesmente ignorá-los. Dessa vez ele queria estabelecer seu próprio caminho. Telefonou para ela às seis e meia da manhã seguinte, pois ele sabia ser a hora em que ela terminava o banho, antes da maquiagem.

— Oi, Gretchen.

— Roger? — Mostrou-se surpresa, mas contente.

— Voltei para casa — disse ele.

— Não, você não voltou. Com certeza você não está em casa. *Eu* estou em casa. Você está em outro lugar. Onde você está?

— Em um hotel.

— O que você está fazendo aí?

— Vou explicar. Podemos nos ver no jantar?

— Não seja ridículo, querido. Venha para casa, para seu apartamento e para sua mulher. Tenho de trabalhar hoje, mas às sete estou em casa. Você tem chave. Bem, é claro que você tem uma chave. É o seu apartamento. Então entre. E descanse um pouco. Você vai precisar estar descansado logo mais.

Ferris quis preveni-la de que a visita não seria daquele tipo, mas ela estava com pressa para se aprontar para o trabalho e desligou, dizendo que o amava e que estava *muito* feliz que ele estivesse de volta. E ela falava sério. Não haveria nenhum jeito de tornar aquilo fácil. Ele ia ter de dizer e sair.

O apartamento ficava em um prédio pintado de branco em Kalorama, próximo à avenida Connecticut. Combinava com o estilo de Gretchen. A vizinhança era composta de gente rica, de dinheiro antigo e que mantinha relações sociais. Gretchen era como se fosse uma outra filha. Conhecia os vizinhos, visitava-os quando adoeciam, trazia-lhes pequenas lembranças de viagem. Decorara o apartamento luxuosamente; quando viviam juntos, vivia arrastando Ferris para leilões e lojas de antiguidades, em busca de novos toques de elegância. Quando recebiam os vizinhos em casa, os homens sempre pareciam saber o que Ferris fazia para ganhar a vida, sem nunca lhe terem perguntado.

Gretchen era uma aristocrata autodidata. Era aquilo que agradava aos vizinhos mais velhos: que aquela coisinha brilhante estivesse se esforçando para entrar no mundo deles. Seu pai fora corretor de seguros em Indiana, um cidadão bom que desfrutava de uma situação financeira estável, mas nem lhe passava pela cabeça imaginar que sua filha pudesse ingressar no Clube Sulgrave. Gretchen tinha um irmão mais velho que continuava em Indiana e trabalhava como gerente regional de vendas para a John Deere. Aquilo não era para Gretchen. Aos 18 anos, pegou sua trouxa, tomou o rumo de Columbia e criou uma vida nova para si própria. Ferris admirava o que ela construíra, mas não tinha mais prazer em ficar ali.

Ferris cumprimentou o porteiro, que pareceu surpreso em vê-lo. Pegou o elevador e abriu a porta com cuidado. No hall de entrada, notou que havia uma nova credência de época, uma peça francesa trabalhada, com pernas curvas, que não teria muita serventia para o tipo de escrita atual. O apartamento estava impecável; traços de alguma outra vida que ela estivesse levando enquanto ele estava fora tinham sido apagados. Dirigiu-se ao quarto. Fotos em molduras prateadas enfeitavam as duas mesas-de-cabeceira. Examinou sua própria foto, com um ar petulante, porém vago, da época de jornalista, tirada antes de se casarem. A moldura não tinha poeira. Será que ela a tinha polido ou acabara de tirar do armário?

O que ele percebeu, enquanto andava pelo apartamento, foi que os objetos da sua vida real tinham desaparecido. Não havia cerveja na geladeira; sua assinatura da *Sports Illustrated* evidentemente tinha sido cancelada; as roupas que deixara para trás tinham sido tiradas do armário para dar mais espaço para as dela. Talvez fosse mais fácil do que ele imaginava. Ele já tinha ido embora.

Gretchen ligou um pouco antes das seis e meia para dizer que estava presa no trabalho, mas que chegaria às sete e meia, e novamente às sete e meia para dizer que estava saindo. Finalmente chegou em casa alguns minutos antes das nove. Abriu a porta e disse “Oi, querido, cheguei”, como se ele nunca tivesse se afastado.

Lamentou ter chegado tão tarde, mas não pudera evitar. O procurador-geral precisou terminar um projeto urgente e ela não pôde escapar. Tentou, mas foi impossível. Soava mais como uma convocação superior do que como uma desculpa.

Ferris a examinou. Parecia a mesma de antes, com um algo a mais: o cabelo negro brilhoso contornava seu rosto, no estilo de uma artista italiana de cinema. O busto grande, que era a primeira coisa que a maioria das pessoas percebia nela, homens e mulheres, e que usava para intimidar ou seduzir, dependendo da necessidade do momento. O conjunto elegante, com a blusa de seda branca decotada na medida certa para mostrar a fenda entre os seios.

Esperava um beijo e um abraço, mas, como Ferris demorou, foi até ele para abraçá-lo, comprimindo seu corpo contra o dele. Ele retribuiu o abraço, mas sem muita emoção. Ela percebeu que alguma coisa errada estava acontecendo, mas tentou minimizar, esperando que passasse.

— O que há, Roger? — perguntou ela. — Diferença de fuso horário?

— Precisamos conversar — disse ele.

— Sobre o quê? — Havia um ar preocupado em seus olhos.

— Vamos nos sentar.

— Você quer uma bebida? Vou preparar alguma coisa.

— Não. Agora não. Quero conversar.

— Aqui, querido. — Ela se sentou no sofá, afofou uma almofada e esperou que ele se sentasse junto dela. Ferris notou que as almofadas eram novas. Tinham uma borda de brocado que combinava com o drapeado das cortinas. Ferris sentou-se na poltrona próxima do sofá. Precisava de alguma distância, ou jamais conseguiria. Tentava pensar em como começar, e, quando ela começou a encher o silêncio com tagarelice, ele despejou as palavras.

— Quero o divórcio, Gretchen. Não temos mais um casamento.

— O que você disse? — Aquela era a sua derradeira proteção, fingir que não tinha ouvido.

— Eu disse que quero conversar sobre divórcio. Vivemos separados, por causa disso nos distanciamos. Acho que está na hora de terminarmos.

Seu rosto parecia ter sido esbofeteado.

— Seu desgraçado — disse ela. Sua face ficou vermelha, e ela começou a chorar. Ferris não tinha previsto isso. Pensara que ela iria gritar com ele. Ela se levantou e foi até o banheiro assoar o nariz. Ficou lá uns dez minutos, e, quando voltou, tinha refeito a maquiagem e recuperado a compostura. Voltara a controlar a situação.

— Você não pode fazer isso, Roger — disse ela. — Não vou deixar você destruir o que construímos juntos. Temos o tipo de casamento com que as pessoas sonham. Somos perfeitos um para o outro. Você tem estado sob enorme pressão. Compreendo perfeitamente. Não sei o que você acha que está errado, mas podemos consertar.

— Não podemos consertar nada se não vivemos juntos. E não quero ouvir sua proposta de se mudar para a Jordânia.

— Não posso deixar o departamento. Você sabe disso. Sei como é difícil para você. Gostaria de pegar as coisas e me mudar para Amã como as outras esposas, mas não posso. Não me faça sentir culpada por fazer o meu dever.

Ele balançou a cabeça. Não tinha nada de culpa.

— Você não está entendendo, Gretchen. Não quero mais ficar casado. Nosso casamento acabou. Não acredito que possamos consertá-lo.

— Qualquer coisa pode ser consertada, desde que as pessoas tentem. Se existe alguma coisa errada, precisamos consertar, e não jogar tudo fora. Você tem de acreditar em si mesmo.

Ela não o ouvia. Agia como se o pedido de divórcio fosse um sinal de fraqueza que pudesse ser superado pela força de vontade dela, e não dele. Ferris percebeu que teria de tentar uma estratégia diferente. Teve esperança de que fosse capaz de evitá-la, mas não conseguiu.

— Estou me encontrando com uma pessoa, Gretchen. — Ele aguardou um instante, esperando mais lágrimas, mas os olhos dela estavam enxutos. — Isso é errado, se ainda estamos casados.

— Eu lhe *disse*... — Ela parou. Havia uma fúria contida em sua voz. — Eu lhe disse que não me importo com quem você está saindo enquanto estamos separados. Você pode trepar com quantas putas quiser. Não quero saber nada sobre isso.

— Não é uma... puta para trepar. Gosto dessa pessoa.

— Não seja ridículo, Roger. Não me importo com quem ela seja, mas ela não pode fazer você feliz como eu posso. Você sabe disso.

— Não sou feliz com você, Gretchen. Não sou feliz há um bom tempo.

Ela o ignorou. Já estava longe, em seu próprio espaço sideral, maquinando como rebobiná-lo.

— Preocupei-me por antecipação. Tive medo de que você não me amasse. Mas, se é apenas uma outra mulher, presumi, sinceramente, que isso já estava acontecendo. Ficaria surpresa se não estivesse. Entendo os homens. Incluindo você, Roger. Você não é tão virtuoso quanto finge ser.

Ferris começou a responder, mas ela não estava ouvindo.

— Vá preparar uns martínis para nós — disse ela. — Já volto.

Andou em direção ao quarto antes que Ferris pudesse protestar. Ele ficou um tempo sentado na poltrona e então resolveu que precisava de uma bebida, mesmo tendo sido sugestão dela. Foi até o bar e preparou dois vodca-martínis. Enquanto sacudia a mistura, podia sentir seus dedos grudarem na friagem da coqueteleira. Acrescentou uma azeitona na taça dela e uma casquinha de limão na sua. De uma maneira torta, ele voltara mesmo para casa. Imaginava se seria capaz de recomeçar com a conversa; talvez bastasse ir embora.

Levou os coquetéis para a sala e esperou que ela voltasse. O que a estava retardando tanto? Mas ele sabia. E não se mexeu. Deu um gole no martíni, depois um outro. O gosto estalava refrescante em sua língua. Por fim, ouviu a porta do quarto se abrir.

Ela vestia uma camisola de renda negra. Enquanto andava lentamente em direção a ele, seus seios pesados oscilavam para lá e para cá sob o tecido. Roger balançou a cabeça em sinal de negação. Mas olhou para o corpo dela.

— Não quero mais discutir. — Sentou-se ao lado dele e deixou o decote da camisola se abrir ligeiramente, para que a voluptuosa curva de seus seios ficasse visível, e depois relaxou no sofá de tal forma que a camisola se abriu de cima a baixo e expôs sua nudez. Não havia pêlos entre as suas pernas, Ferris notou. Aquilo era novidade. Ele não queria ficar excitado pela visão dela, mas ficou.

— Preciso de você — disse ela. — Preciso do meu marido. — Inclinou-se na direção dele, seu seio roçando sua camisa, e começou a abrir-lhe a braguilha.

— Não — disse ele, afastando a mão dela. — Não é uma boa hora.

— Pare de implicar. Quero você. — Voltou com a mão e puxou o zíper das calças dele. Ele percebeu que não conseguiria mais detê-la. Quando concordou em preparar as bebidas e a deixou sair da sala, já era tarde. Fez um último esforço e a afastou novamente. Dessa vez ela ficou furiosa.

— O que há de errado com você? — disse ela, recuando. — Estou esperando há cinco meses, e você não quer tocar em mim? — Pensou por um instante, como se estivesse refazendo sua estratégia, e então lhe dirigiu um olhar amuado. — Sinto-me tão só — disse ela. Suas pernas abriram-se lentamente. Ela estava toda depilada, lisa como mármore rosa. Ferris tentou não olhar, mas ela agora o pegara.

— Pare com isso, Gretchen. — Ele estava cedendo. Era assim que ela sempre vencia as discussões. Ela abriu os botões de sua camisa e depois tirou suas calças, sapatos e meias. Ele não tinha saída. Meteu-o na boca e em seguida enlaçou-o com as pernas, de modo que a cabeça dele ficou enterrada entre seus seios e os mamilos roçavam os olhos. Montou nele, para cima e para baixo, até que gozou com um gemido. Depois o levou para o quarto, e fez com que ele fizesse outra vez, e outra vez.

Cedo na manhã seguinte, enquanto Gretchen estava no banho, Ferris juntou suas roupas e saiu furtivamente do apartamento. Estava desgostoso consigo mesmo. Era muito fraco para resistir ao poder feroz de sua mulher. Na próxima vez, teria de arrumar um advogado para falar por ele. Quando fechou a porta do apartamento, percebeu que era pela última vez.

13

Langley

Ferris passou dois dias quicando de um lado para o outro no Quartel-general, aguardando uma convocação de Hoffman. Por causa da bomba de Frankfurt, as luzes vermelhas de cada sensor aéreo e de cada lista negra piscavam. Havia reuniões, comunicados e convocações urgentes sobre os planos de ação. A bomba de Frankfurt fora colocada em frente à sede alemã do Citibank e detonada na hora do movimento vespertino. Uma dúzia de pessoas tinha morrido; o triplo desse número ficou gravemente ferido. Ferris achou um cubículo no centro de operações da divisão do Oriente Médio e tentou monitorar as coisas em Amã a distância. De tempos em tempos, ia até a sala de Hoffman, mais adiante no corredor, mas o chefe da divisão nunca estava. O chefe interino lhe perguntava, solícito, se podia ajudar, mas Ferris balançava a cabeça. Depois de algum tempo, começou a ficar sem graça. Ferris parou de ir até lá. Se Hoffman quisesse falar com ele, o encontraria com bastante facilidade.

Hoffman finalmente enviou um e-mail sucinto pelo sistema de segurança.

— Encontre-me no Mincemeat Park, às nove horas. — Ferris sorriu. Hoffman já tinha encampado sua idéia. Uma outra mensagem enviada pela secretária de Hoffman instruía-o a se dirigir a uma parte do complexo do Quartel-general onde nunca estivera: no prédio novo, do outro lado da cafeteria, perto do setor de carga norte. Ferris se perguntou por que não se encontrariam na sala de sempre da divisão do Oriente Médio, no quarto andar.

Quando Ferris chegou à porta especificada na manhã seguinte, encontrou a secretária de Hoffman esperando-o. É que aquele lugar não era o seu destino final, e sim um endereço falso. A secretária conduziu-o de volta pelo longo corredor até uma porta sem identificação, onde ela digitou um código, colocou o dedão sobre um *scanner* biométrico e esperou a porta se abrir com um clique. Lá dentro havia um elevador operado à chave; desceram aproximadamente uns 15 segundos. Quando a porta se abriu, a secretária o conduziu através de um outro grupo de portas com códigos de acesso cifrados que levavam a um amplo local de trabalho — uma caverna subterrânea sem janelas, decorada em tons de azul e verde, e repleta de computadores e de grandes monitores. Dúzias de pessoas trabalhavam em suas mesas e cubículos, em uma sala do tamanho de uma quadra de basquete. Ferris olhou para as luzes brancas fluorescentes no teto; imaginou que deviam estar por baixo do estacionamento da área norte. Hoffman estava em pé na porta aberta de uma sala no meio do recinto. Fez sinal para Ferris juntar-se a ele.

— Mincemeat Park? — perguntou Ferris.

Hoffman estava radiante.

— Um nome engenhoso, não acha? Bletchley Park e tudo o mais. Ia chamá-la de Taqiyya Park, mas fiquei preocupado que ninguém conseguisse pronunciar direito. — Fez um gesto em direção à enorme sala e seus funcionários atarefados. Parecia satisfeito consigo mesmo, apesar de todas as más notícias. — Este lugar não existe. Se você contar a alguém que algum dia esteve aqui, vou jurar que está mentindo e em seguida será demitido. Portanto, estamos entendidos.

— Está certo. Mas o que *significa* Mincemeat Park, já que estou aqui?

— Chamávamos de Grupo Consultivo das Operações no Oriente Médio até ontem. Soava vago e burocrático. A versão resumida é que dirigimos as operações secretas daqui. As verdadeiras operações de contraterrorismo.

— Qual é a versão completa, se você não se importa de contar a alguém que vem fazendo as operações de fachada?

— Não seja idiota, Roger. Por "verdadeiras" quero dizer sem registros. As operações de contraterrorismo realizadas fora desta sala são, podemos dizer, "não-oficiais". Podem ser negadas porque o presidente não toma conhecimento delas oficialmente e não há nada escrito. E se o presidente não tem conhecimento oficial, como ele pode contar ao Congresso? Mincemeat Park é o que a CIA deveria ser, se não fosse tão sacaneada. É uma organização clandestina de inteligência. Como tal, pode correr riscos, violar as leis, ignorar requisitos burocráticos, dizer às pessoas que não são esclarecidas para irem se foder. E é invisível, enfurnada debaixo da área verde do estacionamento. Somos como a Plataforma 9¾ daqueles filmes bobos do Harry Potter. Apenas um muro de tijolos até que se toque o código de acesso cifrado e se veja o que realmente está lá dentro. E então, puf! Você está no interior de um mundo novo, onde os feiticeiros ainda possuem alguns poderes mágicos. E aí, o que você acha? Vamos lá! Admita! Você está impressionado.

— É por aqui que você andava quando eu não conseguia achá-lo?

— Acertou. — Ele estava exultante.

Ferris varreu a sala com os olhos. Parecia a sala de operações de Balad, só que mais descontraída. Havia telas imensas na parede ao fundo e as inconfundíveis imagens tremidas dos "Predadores Pornôs". Mas a ação para valer estava ali naquele buraco, onde os agentes operacionais trabalhavam. Não se pareciam com nenhum grupo de pessoas da CIA que ele já vira. Eram jovens, a maioria no fim dos vinte ou início dos trinta anos. Vestiam jeans, camisetas e saias justas. Não havia ninguém de gravata na sala, e as paredes dos cubículos tinham o ar excêntrico de dormitório de faculdade, com fotos de vários inimigos barbudos, mapas mostrando a localização de operações conhecidas, as linhas de espionagem para "análise de ligações" conectando membros da rede secreta. Os analistas debruçavam-se sobre suas mesas como caçadores de submarino estudando seus sonares, tentando localizar os assassinos ocultos e forçá-los a vir à superfície.

— Você construiu a sua própria CIA — disse Ferris.

Hoffman concordou com a cabeça.

— É, construí. Esse pessoal pode nem existir, oficialmente falando, mas estão esfregando seus rabos invisíveis. E vou lhe dizer por quê. Porque sabem que são a última esperança. Sabem que um destes dias a bomba que explodir em Milão ou em Frankfurt ou em Nova York vai ser uma bomba nuclear. E, se eles não a descobrirem, ela vai carregar junto um milhão de pessoas. Por isso, estão trabalhando cada hora, cada dia, para descobrir essa bomba e matar as pessoas que querem plantá-la. É por isso que os amo — cada um dos estafados, cada um dos desajustados dentre eles. Podem não parecer assassinos, mas são.

Ferris examinou as fileiras de cubículos. As mulheres ocupavam pelo menos a metade deles. Pareciam mesmo elétricas, podia-se perceber; mascando nervosamente seus chicletes, batendo os pés; qualquer um poderia afirmar que um bocado delas estaria fumando sem parar, se ainda fosse permitido. Algumas tinham um ar sério, experiente, excesso de maquiagem — como se fossem jogadoras de vinte-e-um em Las Vegas. Outras tinham uma doçura ilusória, mas em seus olhos havia o olhar extremamente frio de uma serpente.

— Oi, Gwen. — Hoffman virou-se para uma morena de uns trinta e poucos anos na mesa ao lado. — Diga para ele no que você está trabalhando.

Ela o olhou com um ar estranho. Hoffman permitiu com um gesto de cabeça.

— Estou rastreando uma célula na Síria. Estavam em Damasco na noite passada. Hoje estão em Dayr al-Zor, a caminho da fronteira do Iraque. Mas alguma coisa me diz que eles não vão cruzar a fronteira para Husbaya. Temos ninjas ali. Algo me diz que, assim que eu conseguir localizá-los, estarão mortos.

Ela deu aquele sorrisinho frio do assassino profissional. Ferris virou-se para Hoffman.

— Para quem os ninjas trabalham? — perguntou.

— Para ninguém. O caso é esse. É o único jeito de podermos sair dessa confusão. Aqui, pessoas gostam de Gwen.

Hoffman pegou Ferris pelo braço e o conduziu na direção de uma sala com a porta aberta.

— Vem cá. Há alguém aqui que eu quero que você conheça.

Dentro da sala, um homem negro, magro, com óculos de aros de metal, digitava furiosamente em um computador. Vestia um suéter de caxemira preta e parecia ter uns trinta e muitos anos, talvez uns poucos a mais do que Ferris. Ao chegar mais perto, Ferris viu que o homem era um árabe — da África do Norte, a julgar pelo marrom-dourado de sua pele. O homem olhou para eles sobre os óculos e voltou à tela. Seus dedos continuaram a dançar pelo teclado por mais uns 15 segundos e então ele parou, teclou "Enter" e olhou para cima.

— Desculpe por fazê-los esperar — disse ele. — Acabei de liquidar uma conta bancária de um líder salafista em Riad. Ele vai pensar que alguém do seu grupo de oração roubou seu dinheiro. E, se tivermos sorte, vai tentar matar o cara. — Sorriu ao pensar em todas essas conseqüências boas, graças a alguns toques no teclado do seu computador.

— Este é Sami Azhar — disse Hoffman. — Ele cuida do dia-a-dia operacional aqui na caverna. É acelerado demais para gente como eu e você.

— Com certeza, muito acelerado para você, Ed — disse Azhar, olhando de novo por cima de seus óculos. — Você parece ser acelerado, mas está mesmo é entupido de cafeína. Quando não está superintoxicado. Não sei quanto ao seu convidado. Vamos ter de ver. — Estendeu a mão e cumprimentou Ferris.

— Sami trabalhava em Wall Street. Nasceu no Egito, mas veio para a América fazer faculdade. Tem um doutorado em matemática e outro em economia. Ficou muito rico trabalhando para um fundo de investimento. Tão rico que resolveu dar algo em troca ao seu país de adoção. Acertei, Sami?

— É verdade que fui bem recompensado, Ed, mas também investi com sabedoria.

— Sami costumava fazer uns trabalhos autônomos para a Agência e para a NSA nos anos 1990, ajudando-nos a entender os fanáticos que estavam tentando tiranizar sua religião. Mas, depois de 11 de setembro, percebeu que o mundo enlouqueceu, e só um completo idiota continuaria a trabalhar para um fundo de investimento. Como muçulmano, sentiu-se especialmente responsável por ajudar a frear esses doidos. Estou certo?

— É isso mesmo. Ou, como você diria, Ed, "Porra, é isso mesmo!"

— Certo. Então ele me perguntou se poderia fazer alguma coisa importante para mim, por baixo dos panos. Como eu o conhecia, achei que ele poderia ser bem especial para os meus planos aqui. Li tudo sobre ele: foi um gênio da matemática quando criança no Egito; ganhou uma bolsa para estudar na América; fez tanto dinheiro em Wall Street que parou de contar os zeros. Era um excêntrico, em outras palavras, um caso raro. Esperto e implacável, mas também se importava. Era especial.

— Acho que você está enganado, Ed. Não sou especial. A maioria do pessoal em Wall Street é esperta e implacável. A diferença é que eu sou menos egoísta, na margem. Devo também registrar que não tenho nada de especial como matemático. Simplesmente sou mais agressivo. Existe uma diferença.

Azhar virou-se para Ferris.

— Fico provocando Ed, mas gosto mesmo de trabalhar aqui. Estamos tentando fazer o que todos sempre falam, mas raramente conseguem, ou seja, pensar "fora da bolha". Na verdade, estamos tão distanciados da bolha que não sei se um dia conseguiremos encontrar nosso caminho para entrar novamente nela.

— Chega de bobagens — disse Hoffman. — Precisamos conversar. — Fechou a porta, sentou-se à mesa de reunião e fez sinal para que os dois se juntassem a ele. Havia uma tela enorme do outro lado da parede, defronte da mesa de Azhar.

— O plano é o seguinte. Estamos criando algo novo, do zero. Para isso, Roger, vou instruí-lo sobre alguns segredos guardados a sete chaves, mesmo para o pessoal daqui. Só quero me certificar de que você entende qual é o trato.

Ferris fez um sinal de concordância com a cabeça.

— O trato é que eu não devo revelar a informação para mais ninguém, nem mesmo para o pessoal da Agência.

— Bem, isso é óbvio. Mas eu estava falando de algo mais. Depois de sair daqui, você vai voltar ao trabalho de campo. Foi por essa razão que não lhe contei sobre tudo isso antes. É perigoso. Não posso dividi-lo com alguém que possa ser apanhado. Mas pensei bastante e não vejo outro jeito. Então, o negócio é que, se der alguma merda e você for capturado, você *não pode* revelar esta informação. Deve tomar as medidas apropriadas. Está me acompanhando?

Ferris recuou com um sobressalto. Achava que tinha entendido o que Hoffman estava dizendo, mas queria ter certeza.

— Medidas apropriadas — repetiu.

— Se você for capturado, deverá adotar "medidas apropriadas", se achar que não vai conseguir resistir aos interrogatórios. E, sejamos francos, ninguém resiste a um interrogatório por muito tempo, apesar do que dizem a vocês na Fazenda. Portanto, vamos lhe dar uma placa de gel para você colocar na boca quando voltar ao trabalho de campo. Se você estiver *in extremis*, por assim dizer, ela vai fazer o serviço. Quando você a morder com força, ela vai liberar um veneno, muito rápido, muito fácil. Tem até um gosto bom, pelo menos foi o que me disseram. Não tive o prazer, embora carregue uma dessas pequenas guloseimas comigo, sempre que viajo. Bem, estamos fechados quanto a isso? Não vou achá-lo um babaca se disser que não. Apenas vou terminar a conversa aqui

Ferris pensou um instante. Fora atirado dentro de um mundo que não existia para ele 15 minutos antes. Era o zênite da profissão que escolhera, ou talvez o nadir, mas não importava qual dos dois era. Era o ponto mais longe que alcançara. Pensou rapidamente em Alice, e depois a imagem sumiu de sua mente.

— Estou dentro — disse Ferris.

— Bom garoto. — Hoffman deu-lhe um aperto de mão. — O fato é que eu jamais teria convidado você se não soubesse que diria sim. Está bem, aqui está a conspiração, aqui mesmo. Nós três, e é isso aí. Ninguém mais conhecerá todas as peças. Estamos acertados? — Os dois conspiradores concordaram, e Hoffman prosseguiu.

— Conversei com Sami sobre sua idéia inusitada, Roger. E adivinhe só? Ele adorou. E acha que vão engolir a isca. Não é isso?

Azhar concordou.

— Uma idéia muito criativa.

— Então, a primeira coisa que precisamos fazer, obviamente, é achar um corpo. Alguma sugestão, Roger?

— Ele tem de parecer um agente investigativo de campo, isso é o mais importante. Deve ter perto da minha idade, uns trinta e poucos anos, alguém que pudesse ter sido incumbido de se infiltrar na rede de Suleiman. Deve ser caucasiano. Saudável. Bom tônus muscular. E comprovadamente católico.

— O que quer dizer isso?

— Que ele não pode ser circuncidado. Se os bandidos não acharem um prepúcio, vão achar que ele é israelense.

Hoffman deu de ombros e virou-se para Azhar.

— É isso mesmo, Sami?

— Temo que sim. Os árabes são, por assim dizer, judeu-maníacos. Sinto muito.

— O corpo deve ser desse jeito — continuou Ferris. — Mas como vamos conseguir um assim? Será que o FBI consegue achar um corpo em algum necrotério?

— Pelo amor de Deus, não — disse Hoffman. — Eu não confiaria no FBI para encontrar um cachorro perdido. Esse é um serviço para os nossos irmãos e irmãs militares de Operações Especiais. Eles vão achar, enviar o corpo, e não farão perguntas.

— Então vamos pedir aos militares para achar um corpo para nós — disse Ferris. Ele estava radiante. A coisa estava acontecendo de verdade.

— Já pedi. Contatei MacDill ontem. Pode levar algumas semanas. Você provavelmente estará longe de novo na hora que o nosso homem chegar, portanto quero sua procuração. Sami e eu vamos construir uma mentira. Amparar seu disfarce. Já tenho um nome para ele. Harry Meeker. É uma identidade limpa, que construímos para uma operação de alguns anos atrás. Gosta dele?

— Qualquer nome que você gostar, contanto que não seja Roger Ferris.

— Estivemos pensando um pouco, eu e o Sami, enquanto aguardávamos para trazê-lo pilhado até aqui. E achamos que precisamos plantar umas informações paralelas, para fazer essa coisa de *taqiyya* acontecer. Precisamos realmente enlouquecer esses caras — fazê-los pensar que todo o mundo deles está desmoronando. Para isso, precisamos de uma série de ciladas que reforcem umas às outras. Se não for assim, Suleiman pode perceber que tem alguma coisa cheirando mal. Faz sentido?

— Claro — disse Ferris. — Mas quero ajudar a plantar umas informações paralelas.

— Isso não vai ser problema, Roger. Para falar a verdade, você é quem vai fazer a maior parte do serviço. Estou muito velho, e Sami é muito suspeito. Sobra você. Sami, por que não explica ao nosso competidor o que ele acabou de ganhar?

Hoffman tocou em um interruptor e diminuiu as luzes. Azhar andou em direção ao computador próximo à tela de projeção, com seu cabelo preto crespo e seu rosto cor de manteiga de cacau projetados em uma sombra cinza por trás dele.

14

Langley

Sami Azhar ajeitou os óculos no nariz e mexeu em seu computador, juntando informações que queria compartilhar. Por um instante, deu a impressão de estar perdido no tempo, em algum ponto entre este lugar, aqui e agora, e a pequena escola primária no Cairo, onde assombrara seus professores, há muito tempo, com sua capacidade de multiplicar de cabeça números enormes. Ferris o observava atentamente e pensava que talvez ele fosse como os refugiados que ajudaram a Grã-Bretanha e a América a vencer a Segunda Guerra Mundial. Crescendo no Cairo, deve ter percebido o grande colapso muçulmano que viria, e quis escapar. Mas isso se mostrou impossível. A guerra estava por toda parte.

— Tenho certeza de que você vai me desculpar, se eu começar com o objeto da nossa perseguição — Azhar começou. — Desde que você ouviu o nome Suleiman, no Iraque, o pessoal daqui vem fazendo umas pesquisas. Sabemos um pouco mais sobre esse cavalheiro do que você possa imaginar.

Azhar mexeu no *mouse* do computador e a primeira imagem apareceu na tela. Mostrava um árabe magro com uma barba bem-feita e um gorro de tricô branco de oração na cabeça. Era um rosto inteligente — exibia não o ar cruel de um assassino, e sim a austeridade e o ascetismo de um erudito. O que impressionou Ferris foi a intensidade de seu olhar. Eram pequenas bolas de fogo de fúria.

— Tivemos muita sorte de conseguir esta foto. É de um passaporte antigo, antes de seu desaparecimento. Hoje, não se sabe onde ele está. Está em todos os lugares e em lugar nenhum. Nas mesquitas radicais, as pessoas sussurram seu nome como se ele fosse um fantasma e escrevem poemas sobre ele. Conseguimos até encontrar alguns CDs clandestinos que falam sobre suas proezas. Mas não deixa rastros. No mundo difuso da Al-Qaeda, ele se tornou o verdadeiro planejador das operações. Ele é o homem que fundiu a Turma de 1996 de Cabul com a Turma de 2006 de Bagdá. É a ponte entre a velha e a nova Al-Qaeda. Você está procurando por ele. Os jordanianos estão procurando por ele. Mas nenhum de nós consegue achá-lo.

Ferris estudou o rosto, querendo gravá-lo na memória. Parte dele estava furiosa que Hoffman tivesse escondido essa informação durante tantos meses. Mas uma parte muito maior estava curiosa — e ansiosa para entender como Hoffman e Azhar iriam desenvolver a idéia de *taqiyya*.

— Sabemos de onde Suleiman vem — continuou Azhar —, mesmo que não saibamos onde ele está agora. É sírio, de Hama. Seu nome verdadeiro é Karim al-Shams. Todos os homens de sua família foram assassinados pelas tropas de Hafez Assad, em 1982 — pai, tios, irmãos. Eram figuras importantes na Ikhwan Muslimeen, a Irmandade Muçulmana. Depois do massacre em Hama, a Irmandade da Arábia Saudita adotou Suleiman. Ele estudou engenharia eletrônica e depois física, em Riad. Também estudou um pouco de biologia. É muito inteligente, infelizmente. Temos uns testes de QI feitos com ele na época da universidade, em Riad, e o resultado é impressionante. Também achamos uns documentos no Afeganistão que mostram que ele fez experiências minuciosas com dispositivos nucleares e biológicos.

— Conte a ele sobre Milão e Frankfurt — disse Hoffman —, e sobre os carros-bomba.

Azhar clicou no *mouse* e uma nova imagem apareceu. Mostrava o que restara do carro-bomba que tinha explodido em Frankfurt poucos dias antes, em frente à sede do Citibank.

— Sabemos que Suleiman gosta de carros-bomba. Interceptamos uma mensagem depois que os carros-bomba em Bagdá causaram realmente muito sofrimento, dizendo que um membro importante da Al-Qaeda, que não sabíamos quem era, queria que os suicidas fossem para a Europa e a América, para matar os cristãos e os judeus, e não os muçulmanos. Suleiman queria que o terror se deslocasse para o Ocidente. Não era ele quem falava, mas sim alguém na rede que achamos ser bem próximo a ele. Essa foi a primeira conexão. E depois tivemos a bomba de Milão.

Um outro clique do *mouse* e a tela mostrou minúsculos estilhaços de metal.

— Não quero entrar em todas as evidências legais, porque eu não entendo. Mas o FBI acha que a bomba de Milão leva a mesma assinatura daquelas que a base de

Bagdá rastreou até a rede de Suleiman, alguns anos atrás, no Iraque. Os indícios periciais da bomba de Frankfurt são também os mesmos, não é isso, Ed?

— É — disse Hoffman. — Temo que sim. Suleiman pensa grande. Possui uma rede de colaboradores que consegue operar debaixo do nosso radar. São capazes de construir os carros-bomba, colocá-los no local e fugir. E esses caras sabem fazer a merda direitinho: usam carros roubados; usam disfarces quando deslocam os carros. Temos fotos de Milão e de Frankfurt mostrando os carros a caminho, e, nos dois casos, vê-se o rosto do motorista. A polícia da Europa tem ido à loucura vasculhando o trajeto, tentando chegar a alguma conclusão, mas até agora tem sido inútil, porque eles usam disfarces. O trabalho de espionagem deles é muito bom. Achamos que o próximo passo de Suleiman será na América — talvez com alguma coisa nuclear ou biológica. Você se lembra da mentora Karla, da KGB, nos livros de John Le Carré? Bem, resolvi que Suleiman é a Karla da Al-Qaeda. Ele tem todos os cordões na mão. E qualquer dia desses vai puxá-los.

— A Casa Branca sabe disso?

— Claro que não. Lembre-se de que nós não existimos. E, se eles souberem, vão ficar ainda mais possessos. Não, eles só sabem das merdas que recebem dos analistas do contraterrorismo.

Ferris examinou a foto. Sabiam tanta coisa, e tão pouca ao mesmo tempo.

— Deixe-me fazer uma pergunta idiota — disse Ferris. — Por que não somos capazes de ficar de olho nele; você, eu, Hani? Por que ele é um alvo tão difícil?

Houve uma pausa embaraçosa. Ferris percebeu que não estavam lhe dizendo tudo. Olhou para Hoffman e fez um gesto com a mão, como que dizendo: vamos lá, me conte.

— *Obviamente*, era disso que a operação Amary tratava — disse Hoffman. — Fazer com que Suleiman fosse ao ar, onde pudéssemos ouvi-lo. Se o homem de Hani em Berlim tivesse reforçado a história sobre Amary, iríamos fazê-lo enviar mensagens que pudéssemos rastrear, enquanto abriam caminho até Suleiman. Cartas marcadas. Ou, se não funcionasse, teríamos acabado com sua rede e tentado fazer com que Suleiman pensasse que sabíamos onde ele estava. De um modo tal que ele entrasse em pânico e se mexesse, ou contatasse pessoas. Essa é uma das especialidades do dr. Azhar. Conte a ele, professor.

O egípcio concordou com a cabeça.

— Em Wall Street, eu lidava com o mundo de coisas observáveis. Se eu conseguisse monitorar alguma coisa, observava seus movimentos e depois relacionava o movimento com outras coisas observáveis — mapear as previsões do tempo contra o futuro preço do milho, para dar um exemplo grosseiro, ou o ágio dos títulos em relação ao preço do petróleo. Em meu trabalho analítico, tentava extrair informações ainda não quantificadas ou monitoradas de áreas onde pudessem ser observadas, de modo que as pequenas diferenças pudessem ser avaliadas. Foi assim que fiz meu dinheiro. O que faço hoje para Ed é aplicar a mesma tecnologia a seus alvos.

— Ele não é o máximo? — disse Hoffman, em um tom de verdadeiro deslumbramento. — Conte-lhe o resto, Sami.

— Muito bem. Em relação à Al-Qaeda, o desafio é empurrá-los para locais onde possamos monitorá-los. Se eles não estiverem falando em celulares que possamos interceptar, nossa tarefa é amedrontá-los e levá-los a mudar seus procedimentos. Porque, todas as vezes que eles se movimentam, lançam novos sinais. Compram aparelhos celulares novos — sem perceberem que ninguém consegue comprar um celular novo ou cartões no Paquistão que já não tenhamos marcado. Ou se estressam com seus computadores e então resolvem comprar outros novos, sem perceberem como dominamos inteiramente essa área. Graças à nossa persistência, não existe nenhum servidor de e-mail no mundo ao qual não tenhamos acesso. E, com relação aos computadores, bem, tenho de rir. Podemos entrar no disco rígido de qualquer pessoa, em qualquer lugar. E nos pequenos dispositivos portáteis de armazenagem de dados. Seus mensageiros adoram levá-los de um lugar para o outro. Mas todos esses dispositivos possuem assinaturas eletrônicas. Todos têm um número de registro. Essa é a parte mais adorável do mundo digital. Ele é bem preciso.

— Estamos atraindo esse pessoal para nossa armadilha — disse Hoffman, entrando na conversa. — Dominamos a área de comunicações. Quando causamos dificuldades a esses caras, em parte é para deixá-los nervosos e forçá-los a entrar em circuitos que possamos rastrear. Vamos dizer que prendamos um bando de caras em Londres, ou no Uzbequistão, ou em Bumfuck, Indiana. O que você acha que pretendemos?

— Interrogá-los — disse Ferris. — Mandá-los para Guantánamo. Mandá-los para Hani. Para qualquer um.

— É claro, interrogatórios — disse Hoffman. — Isso ajuda. Mas esse não é o ponto principal. Mesmo que o cara que capturarmos não diga merda nenhuma, os outros lá têm de pensar que ele despejou tudo. Assim, vão ter de trocar os telefones celulares e seus endereços na Internet, e até mesmo o disco rígido, e comprar tudo novo. E, mais cedo ou mais tarde, vão ligar para alguém da nossa lista negra — mesmo que seja um lugar de *kebab*, em Karachi. E então, pronto, registramos os novos dispositivos de comunicação que eles estão usando. Basta que toquem em um fio e todo o circuito se acende. Ou forçamos para que troquem de lugar. E sabe de uma coisa? O movimento é *perigoso*. Podemos ser estúpidos, mas não tanto que não possamos monitorar cada avião, ônibus e trem que cruzam uma fronteira nacional.

— Mas não pegamos Suleiman — Ferris atalhou. — Portanto, Suleiman é diferente, é óbvio. Essas técnicas que você e Sami estão descrevendo, que funcionaram muito bem com outras pessoas, não funcionaram com ele. Ele continua mantendo silêncio pelo rádio. É por isso que precisamos de algo novo.

— Amém, irmão — disse Hoffman. — Agora chegamos ao nível zero. Mas você já sabe a resposta.

— *Taqiyya* — disse Ferris.

— Exato. Quando você mencionou isso no outro dia, foi como se, *plim*, uma luz se acendesse. Exatamente como você disse: precisamos fazer Suleiman pensar que conseguimos fazer aquilo que, na verdade, temos sido incapazes de fazer, que é penetrar na sua rede. E então poderemos brincar com a cabeça dele. Inveja. Vaidade. Orgulho. Essas emoções básicas vão fazer Suleiman se abrir como uma ostra gorda. Vamos introduzir informações tão preocupantes, tão confusas, tão ameaçadoras em sua rede, que ele vai ter de descobrir do que se trata. E, nesse ponto, será obrigado a entrar em contato com os outros. *Obrigado*. E então será observável. Quantificável. Destrutível.

Fizeram uma pausa para o café. O diretor mandara um recado para Hoffman telefonar com urgência a respeito de Frankfurt, então ele pediu desculpas e foi para sua sala, adjacente à de Azhar, e fechou a porta. Ferris aproveitou-se da pausa para pedir a Azhar para ver a sala de operações.

— Vou dar uma volta com você — disse Azhar —, mas você tem de entender que muito do que fazemos aqui é armar ilusões. Estamos ancorando um show de mágica. Esta aqui é sala dos fundos para o Shopping Center da Al-Qaeda, que nós criamos para satisfazer as necessidades dos membros da clandestinidade — de modo a que abaixem suas guardas, inconscientemente, e façam seus serviços através de nós. Vamos começar com a agência de viagens.

Azhar encaminhou Ferris para umas pessoas no fim da sala. Havia um grupo de três jovens novatos sentados nas mesas, nenhum deles com mais de trinta anos. A julgar por seus rostos amarelados, parecia que há meses não iam até a superfície do solo. Para Ferris, eles se pareciam com os *supernerds* que ganhavam todas as feiras de ciências na escola secundária George Marshall. Azhar virou-se para o mais velho de todos, uma mulher com uma pele viscosa e gel no cabelo, que o deixava espetado como o de um roqueiro punk.

— Adrienne, explique ao nosso visitante qual é o seu serviço aqui. Eu disse a ele que vocês eram do departamento de viagens.

— Bom... está certo. — Ela não escondeu sua preocupação com a perspectiva de revelar tudo a uma pessoa nova, mas Azhar fez um pequeno gesto com a mão para ela. — Bem, o pessoal da Al-Qaeda é obrigado a viajar, não é? Mas sabem que podemos monitorar qualquer coisa que possua um registro computadorizado. Então eles ficam procurando maneiras de fazer reservas sem deixar pistas. E nós, igualmente, nos dedicamos a esse campo.

— Mostre-lhe um exemplo — disse Azhar.

Adrienne conduziu Ferris ao terminal de computador seguinte, onde um homem de pele escura digitava furiosamente.

— Bem, este é Hanif. Ele supervisiona nosso contato em Karachi, cujo nome real desconhecemos, mas a quem chamamos de Ozzy. Como Ozzy Osbourne. Não me pergunte por quê. De qualquer maneira, nosso Ozzy em Karachi é especialista em viagens que não deixam pistas. Ele é muito bom. Freqüentou uma *madrassa*, possui boas conexões familiares no submundo de Caxemira. Se você for membro da Jihad e quiser fazer uma reserva aérea para voar de Karachi para Londres, com nome e passaporte falsos, é só falar com ele. Vai tomar todas as providências. Também é barato. O pessoal do submundo conta para os amigos. Adoram Ozzy. Mas o negócio é que examinamos todas as reservas e assim podemos cruzar os viajantes com os freqüentadores das nossas listas negras. O ponto de Ozzy está equipado com câmeras digitais, e assim podemos monitorar em tempo real todos que entram na loja e comparar com os rostos nos quais temos interesse. Mostre a ele, Hanif.

O jovem paquistanês-americano acionou uma chave em seu computador, e, na mesma hora, todos passaram a ver as imagens da Internet geradas por uma câmera na loja de passagens em Karachi. Um homem bem moreno, com um rosto cheio de cicatrizes de pústulas, assomou no campo de visão, atormentando o balconista sobre uma passagem para o Marrocos.

— Vamos descobrir quem é esse — disse Adrienne. — Vamos lhe vender a passagem, deixar que viaje, observar aonde ele vai. Pode ser que grampeemos seu celular quando estiver distraído e copiemos seu cartão SIM, e assim saberemos para quem está telefonando. Somos bem *maus*.

Hanif e a garotada reunida ali em volta começaram a rir, e o mesmo aconteceu com Ferris. Esse era um nível de jogo que ele sempre esperara que a CIA pudesse jogar, mas suspeitava que estivesse fora do seu alcance.

Azhar conduziu-o a um outro grupo de mesas, que descreveu como sendo o setor bancário. De novo, a missão básica era a mesma. Membros da organização terrorista precisavam remeter dinheiro a todas as partes do mundo clandestinamente. A América e seus aliados tinham fechado todos os caminhos normais — pressionaram os bancos, as instituições de caridade islâmicas e até mesmo os cambistas *halawa*. Isso criou dificuldades para o pessoal da Jihad movimentar o dinheiro de uma célula para outra, e eles precisavam de gente habilidosa. Para atender a essa demanda, Azhar e sua fantástica gangue criaram suas próprias provisões. Usando um punhado de pessoas que Hoffman e Azhar organizaram em cadeia, eles montaram uma corrente que conseguia movimentar o dinheiro secretamente. Muitas vezes nem sabiam quem era o seu contato na Agência. Mas todas as informações que reuniam acabavam nos bancos de dados de Azhar.

— Vocês têm de pensar como eles pensam — explicou Azhar. — Tenho isso de vantagem. Cresci com eles. Sei como pensam, do que precisam, como se movimentam. E então, quando percebo o que eles precisam, arrumo um jeito de lhes fornecer — passagens aéreas, passaportes, transferências bancárias, esconderijos secretos em cidades estranhas, telefones celulares, computadores. Nunca viram o meu rosto. Mas estou lá para servi-los, sete dias por semana, vinte e quatro horas por dia. Esse é o meu plano comercial.

O egípcio fez um gesto em direção à sua bancada de computadores e aos jovens de rostos esperançosos que examinavam as telas — buscando maneiras para entender e derrotar o inimigo. Ferris lera sobre Bletchley Park — a coleção de *nerds*, de excêntricos e de outros desajustados sociais que tinham destrinchado os códigos nazistas e permitido que a Inglaterra sobrevivesse e vencesse a Segunda Guerra Mundial. Hoffman e Azhar criaram algo equivalente — um sistema que classificava as células da Al-Qaeda e as observava enquanto se movimentavam pela corrente sangüínea. Era brilhante, exceto por uma coisa. Não tinha forçado Suleiman a ir até a superfície. Ferris lhe dera um nome, e agora teria o encargo de atraí-lo para o ar livre.

15

Langley

Hoffman estava de volta à sala de Sami Azhar, esfregando os olhos de exaustão, quando os dois chegaram do giro por Mincemeat Park.

— Isso é o que acontece quando as pessoas pensam que estão perdendo uma guerra — disse Hoffman, balançando a cabeça. — Todo mundo começa a gritar, "quero a cabeça dele". — Ele não explicou nada, mas Ferris podia adivinhar: o diretor acabara de repreendê-lo pela falta de progresso no caso de Frankfurt, mas isso só aconteceu porque o presidente acabara de repreender o diretor, e os órgãos de comunicação tinham acabado de soltar os cachorros em cima do presidente. As pessoas não gostavam de ser ameaçadas. Não agüentavam muito tempo. Queriam revidar e sentiam-se impotentes quando os oficiais da inteligência não conseguiam descobrir o inimigo. Parecia que toda a merda estava desabando sobre Hoffman, pela simples razão de que ele era a única pessoa no governo que possuía uma idéia sobre o que fazer. Algumas pessoas se retraem sob esse tipo de pressão, mas, aparentemente, Hoffman estava mais relaxado.

— O diretor está tendo um ataque — disse Hoffman. — A Casa Branca acabou de determinar que ele deponha perante o Comitê de Inteligência do Senado, amanhã, sobre Milão e Frankfurt. "Fracassos da Inteligência." Pediu-me que escrevesse seu depoimento. Eu poderia até ficar com pena dele, realmente poderia, se ele não fosse tão imbecil.

— Um grande império e mentes pequenas adoecem juntos — disse Azhar. — Quem disse isso foi Edmund Burke, acho.

— Sem sacanagem, amigos. Querem que eu retorne logo ao prédio, então precisamos terminar isso. Bem, Roger, esse é o *Taqiyya* 101. Trabalhamos sem parar nos últimos dias para preencher o seu homem que nunca existiu, sr. Harry Meeker. A sua idéia, com as lacunas preenchidas por mim e por Sami. Acho que conseguimos algo que vai cravar o punhal bem fundo. — Fez sinal para Azhar reiniciar seu computador.

— Muito bem, Sami, mostre a foto de Sadiki. — Azhar clicou o *mouse* e uma nova imagem apareceu na tela. Era a foto de um árabe de uns trinta e muitos anos, vestido como executivo. Tinha uma barba bem-feita e o ar de um homem que leva a sério o jejum e a oração.

— Este é Omar Sadiki. Um arquiteto jordaniano de Ma'an, no sul, uma cidade muito religiosa e conservadora. Vive hoje em Amã, onde trabalha para uma firma especializada em projetos para o Islã. É um bom muçulmano, participa de inúmeras atividades filantrópicas bancadas pelos sauditas. Durante a última década, viajou com regularidade para Zarqa, ao norte da capital, para comparecer às preces das sextas-feiras. Vários membros do seu grupo de estudo do Alcorão desapareceram, e achamos que se juntaram a uma organização secreta. Achamos que o próprio Omar foi consultado sobre ir para o Afeganistão quando garoto, mas resolveu ficar na Jordânia e estudar arquitetura. É por isso que as pessoas na mesquita confiam nele. Porque ele não está pedindo nada a ninguém, não está pressionando. Algumas pessoas em Zarqa acham que ele já é um membro da Al-Qaeda, mas não é. É só um cara inteligente, duro e religioso.

— Pare! — Ferris fez um gesto com a mão. — Não quero parecer implicante, mas como é que você sabe tanta coisa sobre alguém do meu território? Omar Sadiki, seja lá quem for, não é um dos meus agentes. Nunca ouvi falar dele. Você o descobriu através de Hani? Você está comandando uma base paralela? Que diabos está acontecendo?

— Nossa, não seja tão dominador — disse Hoffman. — Hani não tem a menor idéia de Sadiki. Não vou cometer o erro de chamá-lo para alguma coisa novamente. Sadiki é um dos bons projetos do dr. Azhar. Ele pensa em usá-lo como fachada de uma firma de arquitetura e construção muçulmanas, e assim poderíamos construir os escritórios da Al-Qaeda para eles, além de providenciar suas viagens e movimentar seus recursos bancários.

— Está bem. Mas como seu pessoal o descobriu?

— Bem, podemos dizer que Sami conhece a família dele.

— Isso quer dizer o quê?

— Que o irmão dele está na minha folha de pagamento — respondeu Azhar. — Ele trabalha em Dhahran, para a UBS, e está fazendo uns pequenos negócios paralelos. Não sabe que é para nós. É o que eu acho que vocês chamam de "operação de fachada". Os investidores sauditas do meu antigo fundo de investimento começaram a procurá-lo e levaram seus amigos. Hoje, muita gente lava dinheiro com ele. É assim que estou construindo a pequena rede de contra-operação que eu estava lhe mostrando, usando os amigos dos amigos e os primos dos primos. O cavalheiro na Arábia Saudita nos contou sobre seu piedoso irmão da Jordânia, e lá vamos nós.

Ferris estudou a foto no monitor e então sorriu e sacudiu a cabeça. Percebeu, em um instante, tal como Hoffman percebera.

— Pesquei — disse Ferris. — Ele é parte da minha *taqiyya*. Vamos fingir que o cara é nosso, embora não seja. Estamos na mesma página?

— Sim, estamos. — Hoffman esticou o braço e deu uns tapinhas no rosto de Ferris. — Honestamente, adoro essa merda. Quer dizer, isso é tão inusitado que pode funcionar.

— Vai funcionar, se trabalharmos direito — disse Ferris, com a mente girando. — Vamos fazer com que Omar Sadiki pareça um membro da rede do inimigo. Vamos mandá-lo de um lado para o outro, enviá-lo em missões, polir sua história. Vamos fazer os outros se preocuparem com ele. Talvez possamos dar a impressão de que Sadiki esteja se intrometendo no território de Suleiman. Talvez façamos dele também um especialista em explodir carros, um frila competindo com o chefão. Vamos deixar Suleiman enciumado. Enervá-lo.

— Vamos deixá-lo *doido*! — disse Hoffman. — Vamos fazer Sadiki parecer um jogador tão bom que o chefão *terá* de descobrir o que ele pretende. E isso o deixará louco, imaginando se foi chutado para escanteio, ou se nós reviramos sua rede, ou qual é a merda? Como pode ele não saber nada sobre esse Omar Sadiki? E então Suleiman vem à tona. Contata seu pessoal. Terá de fazer isso. Pensará que alguém se infiltrou em sua rede. Não entenderá o que se passa. Agirá de maneira estranha, esse Suleiman. Sua gente começará a imaginar coisas sobre ele. Talvez seja *ele* o informante. E então, pum! Acabamos com o homem. A prova de que Suleiman é um verme.

— Harry Meeker?

— Exatamente. E então ele é nosso. Sami, a foto seguinte.

A tela mostrou a fachada de um prédio no centro de Amã. Era de pedra branca, como tudo na cidade. Havia uma placa elegante na frente que dizia em inglês e em árabe, "Al Fajr Architects", acima de uma logomarca da firma que mostrava um sol nascente.

— É aqui que Omar trabalha — disse Hoffman. — Sua firma faz muitos negócios no Golfo. Vamos lhe dar o endereço e o telefone de lá. — Uma outra imagem apareceu. — E aqui está a foto do irmão de Omar, o amigo de Sami que trabalha para a UBS em Dhahran. Não creio que você vá precisar encontrá-lo, mas este é ele, caso você se complique e precisemos ir às últimas conseqüências.

— Vamos conseguir — disse Ferris.

— Trabalhe com Sami. Ele reuniu algumas coisas básicas. Imaginou você trabalhando para um banco que deseja contratar Sadiki para projetar uma nova filial nos Emirados Árabes Unidos. Quando você voltar à Jordânia, vai precisar reunir as outras partes da operação, mas Sami pode ajudá-lo com o kit inicial.

— Você vive dizendo "quando você voltar à Jordânia". Como você sabe se Hani vai me deixar voltar? Ele estava seriamente irado quando saí de lá. Disse que nunca mais queria falar comigo.

— Ele se acalmou. Informou à embaixada ontem que você ainda é bem-vindo como elemento de ligação com o GID. Na verdade, ele disse que *somente* você seria bem-vindo, se tentarmos mandar outra pessoa, nada feito. Disse que dá muito trabalho treinar um novo recruta. Além disso, ele gosta de você. Está basicamente exigindo que você volte. Do ponto de vista de Mincemeat Park, seria mais fácil lidarmos com você como uma carta isolada, sem ninguém saber. Mas não podemos nos dar ao luxo de foder mais com Hani do que já fodemos. Então você vai voltar para Amã quando não estiver viajando. Não se preocupe com isso.

— Quando vou partir? — Ferris estava pensando em Alice e em quantos novos segredos teria de esconder dela.

— Ué, não sei. Assim que você estiver pronto.

— Estou pronto agora. Quero voltar à Jordânia assim que possível.

— Você não vai querer ver sua mulher?

— Particularmente não. Já lhe contei, lá em Amã, que nós estávamos meio que separados. Disse-lhe, dois dias atrás, que quero o divórcio.

— Está certo. Seja o que for. Não é da minha conta. Todo mundo aqui parece que acaba com os casamentos, por que não você? Pode partir quando quiser. Mas quero que você pare no caminho e se encontre com umas pessoas na Europa.

— E quem seriam?

— Nossos ninjas nessa operação. É gente da MacDill. Estão baseados em Roma, tentando manter seus disfarces enquanto esperam que alguém lhes diga o que fazer. Esse alguém vai ser você, com a ajuda de Sami. Você vai se divertir com eles. São muito doidos. São muito difíceis de controlar para trabalharem com o pessoal aqui de cima, e é por isso que gosto tanto deles.

Hoffman levantou-se de repente.

— Tenho de ir ver o diretor. Nem posso dizer o quanto eu preferia ficar aqui com vocês, pensando nas maneiras de embaralhar a cabeça do Suleiman, mas o dever me chama. E Ferris, lembre-se do que Sam Snead disse: "Se você não está pensando em sacanagem, é porque não está se concentrando."

Ferris passou o resto do dia e a maior parte do dia seguinte com Sami Azhar, preparando-se para a viagem. Elaboraram um roteiro para os primeiros contatos com Omar Sadiki. Pesquisaram os locais em Abu Dabi onde as reuniões aconteceriam. Pediram ao Suporte para preparar um disfarce para Ferris usar em seus encontros com Sadiki. Começaram a tecer o manto de informações falsas com as quais iriam enrolar Sadiki — que fariam com que ele parecesse integrar uma rede com a qual ele não tinha a menor ligação. Azhar se mostrou engenhoso em estabelecer ligações com advogados, consultores de informática e intermediários financeiros que pudessem, de várias maneiras, polir a história.

— Acho que vamos precisar de explosivos, para que ele se passe realmente por um perito em carros-bomba — disse Azhar.

— Isso não é problema — respondeu Ferris. — Vou falar com os ninjas sobre isso em Roma. — Hoffman não poderia dizer isso com uma confiança maior. Tudo era possível, quando se resolve inventar um jogo novo.

Quando Ferris estava pronto para sair, Azhar pareceu-lhe constrangido. Ferris pensou, a princípio, que ele deveria estar com inveja, pois ele estava indo para um lugar a que um ex-analista financeiro de Wall Street jamais poderia ir. Mas não era isso. Entregou a Ferris uma pequena caixa plástica em formato de meia-lua, do tipo que as crianças usam para guardar seus aparelhos dentários. Dentro estava a placa de gel, com suas gotas de veneno mortal.

— Isso é para o caso... — disse Azhar. — Tenho certeza de que você nunca vai precisar disso.

— Nada de mal vai acontecer — disse Ferris. — Não se preocupe, Sami. — Mas percebeu que a mão de seu colega tremia ligeiramente quando os dois se afastaram, e sabia que ele tinha razão em estar preocupado. Ferris foi lançado em uma área que não tinha fronteiras e nem regras, onde podia acontecer qualquer coisa, literalmente. Deu-se conta de que ainda tinha uma coisa a fazer antes de deixar Washington, que era ver sua mãe.

16

Charlottesville, Virgínia

Joan Ferris vivia no extremo oeste de Charlottesville, em uma casa de fazenda espraiada, com vista para o Blue Ridge. Comprara-a com o marido, alguns anos antes de ele morrer. Ele tinha feito uns pequenos reparos e alguns ajustes, de modo que havia tomadas elétricas de tantos em tantos metros e uma tomada de telefone em cada quarto, além de uma centena de outros dispositivos engenhosos que ele nunca tivera a chance de desfrutar. Tom Ferris quase nunca escolhia o momento certo. Em seu funeral, Roger lera "Sailing to Byzantium", poema de Yeats, que resumia seu sentimento de que o pai, de alguma maneira, nascera em um país errado e no século errado, e tentara agradar pessoas que não mereciam seu esforço. Os presentes cumprimentaram Ferris por ter lido o poema sem derramar uma lágrima, o que o fez sentir-se pior.

Roger crescera no condado de Fairfax, perto da Rota 50, que ligava os arredores da Virgínia a Washington. A maioria das famílias que viviam ali possuía algum vínculo com o Pentágono ou com a CIA. Quando Ferris era pequeno, seu pai hasteava a bandeira na frente da casa todas as manhãs, mas depois parou, como se tivesse perdido a fé na iniciativa. Ferris perguntou-lhe a razão, e ele apontou para as casas dos vizinhos na rua.

— Temos bandeiras demais aqui — disse com amargura —, e não tantos patriotas.

A mãe de Ferris arrumou um emprego para ensinar inglês na Escola Secundária George Marshall, a mesma que ele freqüentou. Cresceu com a sensação de que alguma coisa estava errada e que o seu estilo de vida absolutamente americano tinha um defeito oculto. Seu pai viria a perder o emprego sobre o qual nunca podia falar; sua mãe viria a se cansar de seu ar desesperado e taciturno, e uma tarde simplesmente não voltou para casa.

Ferris queria dar alegrias a seus pais, em parte para se proteger contra o risco da desintegração familiar. Foi um dos melhores alunos da turma no último ano, além de ser ótimo no futebol e na luta greco-romana. Em ambos, era conhecido por "arrancar as tripas". Estava começando a jogar na defesa, mas também jogara como atacante no segundo semestre do último ano, depois que o zagueiro se machucou. Na luta greco-romana, alcançou o campeonato estadual ao sobreviver a oponentes melhores que caíram no terceiro assalto, quando Ferris sempre parecia capaz de apelar para uma última lufada de esforço. Sua "citação favorita" junto à foto do álbum de formatura da escola foi de Vince Lombardi: "Vencer não é uma coisa qualquer. É a única coisa." Seu problema no segundo grau, se é que teve algum, é que ele era muito esperto para ser um atleta e muito atlético para ser um intelectual. Isso o colocava no meio de várias panelinhas, e ele aprendeu a represar suas emoções de modo que as pessoas nunca sabiam exatamente o que ele pensava. Seu principal segredo nessa época era o quanto desejava perder sua virgindade, mas, depois que resolveu o assunto, no último ano, descobriu outras coisas para dissimular — principalmente sua ambição. Porém, não tinha segredos com sua mãe, quanto menos o fato de que ele queria escapar da vida suburbana que ela levava e da sensação de fracasso que se fixara nas paredes.

Ferris não gostava de voltar para casa, nem mesmo para a casa nova no Blue Ridge. Recordava-lhe o pai, cuja lembrança evocava uma conversa inacabada. Outra coisa desconfortável sobre a casa do Blue Ridge é que ela estava cheia de lembranças de Gretchen. Estiveram ali muitas vezes antes e logo depois de casarem, e fizeram amor em quase todos os cômodos, e também bastante do lado de fora. Pensar em Gretchen provocou-lhe um calafrio. Queria ligar para Alice, mas não conseguira achá-la nos últimos dias. Ou estava viajando ou não respondia ao telefone. Ferris sentia sua falta.

Joan insistiu que ele ficasse para o jantar. Preparou-lhe o que ela sempre dizia ser seu prato favorito — uma mistura de carne moída, ervilhas em lata e molho de tomate, que ela chamava de "mexidinho especial". Nunca fora seu prato favorito, e nem chegava perto disso — e alguma coisa sobre o nome levava-o a se perguntar se era alguma coisa muito saudável —, mas detestava desapontar sua mãe, que parecia ter tanto prazer em prepará-lo — como se isso provasse que ela era uma boa mãe, apesar de tudo. Era bem estranha nesse sentido. "Muitas vezes sinto-me como se fosse uma fraude e que todo mundo sabe", dizia de vez em quando, tarde da noite, conversando na cozinha depois do jantar. Ferris tentava tirar isso de sua cabeça, mas ela lhe lançava um olhar pensativo, que dizia que ele não entendia realmente nada do que ela estava falando.

Joan Ferris era uma verdadeira intelectual; lia muito sobre assuntos profundos e Ferris sempre pensou que ela teria dado uma excelente professora universitária. Ela adorava idéias e poderia discuti-las durante horas com o filho, enquanto o pai passava o tempo em sua oficina de artesanato, entalhando meticulosamente peças de madeira que não tinham absolutamente nenhuma utilidade prática. Era uma casa em que ninguém jamais ligara a TV nas tardes de domingo para assistir aos Redskins. Joan Ferris adorou quando Roger foi trabalhar para a *Time*, e ficou desorientada quando ele saiu para ir trabalhar para o "Departamento de Estado". Mas podia ver que ele gostava do novo emprego, e claro que percebeu, depois de todos aqueles anos com seu marido cheio de segredos, onde é que Roger realmente trabalhava. E, mais ainda, percebeu que ele estava indo à forra.

Depois do jantar, Ferris folheou os álbuns de fotos, organizados impecavelmente na copa. Tentou disfarçar sua manqueira, mas isso nunca tinha funcionado.

— Sua perna não está nada melhor, não é? — disse ela.

— Está tudo bem — disse Ferris. — Tenho uma saúde de cavalo.

Os álbuns estavam empilhados e enfileirados primorosamente, com datas e lugares marcados nas lombadas. Ferris puxou um volume marcado: "Vovó e Baba." Eram os pais de seu pai, que tinham vivido perto de Pittsburgh. Os pais de sua mãe, que moravam em Upper Saddle River, Nova Jersey, eram pessoas elegantes, conhecidas como "Querida" e "Vovô". Não que houvesse muitas fotos; vovó e Baba tinham ficado com a maioria delas. Ferris sempre pensara que eles se sentiam pouco à vontade: porque viviam em Pittsburgh; porque o vovô tinha trabalhado em usinas siderúrgicas; por não terem se aculturado o bastante para agradar ao filho aculturado e à sua mulher descendente de anglo-saxões, a classe dominante nos Estados Unidos.

Baba era musculoso como Ferris, mas era mais escuro. Sua pele tinha um tom forte, como o de azeite virgem de oliva, e seu cabelo era espetado como as cerdas de uma escova de limpeza.

— Gostaria de saber de onde veio a família de Baba — disse Ferris. Perguntara a seu pai muitas vezes, mas as respostas sempre foram vagas. Dos Bálcãs. De algum lugar que acabou virando parte da Iugoslávia. O mais próximo que conseguiu de uma localização exata foi "talvez da Bósnia".

— Conheço um cara na Jordânia que diz que eu devo ser árabe. Talvez ele esteja brincando, não sei.

— Acho que não. — Ela riu. — Baba dizia que vinha do antigo Império Otomano, que cobria um amplo território. Sempre imaginei que ele era de algum lugar impronunciável a leste do Danúbio, tal como Bósnia-Herzegovina, ou Abkházia. Lembro que contou que sua família tinha vizinhos muçulmanos. Mas ele não gostava de falar sobre esse assunto, e seu pai não o forçava. Todos eles viviam misturados em Pittsburgh, e acho que não gostavam de ser chamados de "*bohunks*" ou de "polacos", ou seja lá o que fossem. Então, só pensavam em si mesmos como americanos. Ou foi o que sempre imaginei.

— "Ferris" não parece um nome do Leste europeu, parece? Papai uma vez me disse que ele foi trocado e que também não sabia como era antes.

— Ele me disse a mesma coisa, antes de nos casarmos. Acho que ficava constrangido. Sempre dizia que os papéis estavam em algum lugar, mas nunca quis desencavá-los. Eu achava triste que ele desse tão pouca importância às suas raízes, mas era disso que ele gostava na Agência: quem quer que você tivesse sido antes simplesmente desaparecia. Certa vez, tentei que me ajudasse a fazer a genealogia da família, mas ele não demonstrou interesse.

— A família de Baba era católica, não era?

— Acho que era. Ele sempre ia à missa com a vovó. Não se incomodava que eu fosse protestante, mas a vovó sim. Quando lhe contei que era congregacional, ela me perguntou "Não é judia?" para ter certeza. Concluí que os dois eram uma verdadeira raridade em Pittsburgh.

Ferris examinou outra vez a foto do avô.

— Ele parece comigo, não parece?

— Um pouco. Mas você é mais bonito, meu querido.

Ferris colocou o álbum de lado. Vinha remanchando, querendo botar alguma coisa para fora, mas estava ficando tarde e queria voltar para Washington bem cedo no dia seguinte.

— Falei com Gretchen que quero o divórcio — disse ele. — Não estamos vivendo mais juntos. E já não vivíamos muito felizes antes. Então achei que era hora de ser honesto e acabar com isso, antes de termos filhos e as coisas se complicarem.

— Sei. E o que Gretchen diz?

Ferris lembrou-se de todas as diferentes versões de "não" surgidas durante a noite que passara com Gretchen. Ainda se envergonhava de ter permitido que ela o seduzisse tão facilmente e, na cabeça dela ao menos, cancelasse a decisão que ele tentava tomar sobre o fim da relação.

— Ela não ficou feliz. Argumentou que formamos um bom par. Tenho certeza de que ela não quer se incomodar de procurar um novo marido. Ela é muito ocupada.

— Ah, é, sempre soube disso em relação a Gretchen. Ela já parecia bem ocupada no primeiro dia em que a vi, na sua formatura.

— O que você acha, mamãe?

— Gretchen é uma mulher muito bem-sucedida. Quisera eu ter seu pique. Mas nunca tive certeza se ela fazia você feliz. Então, se você resolveu fazer uma mudança, e está pronto para toda a amolação que virá, deve fazer o que acha que é certo. Siga seu coração. E, já que estou sendo maternal, vou em frente e perguntar o óbvio: existe uma outra?

— Não sei ainda. Talvez. Eu ia pedir o divórcio de qualquer maneira. Mas encontrei mesmo alguém de quem gosto muito em Amã. Espero que as coisas corram bem com ela. Vamos ver.

Ferris deu um beijo na mãe e disse que ia se deitar. A mãe disse que ainda ia ficar um pouco e arrumar a cozinha, mas continuou sentada na mesa sem se mexer. Havia um ar de preocupação e impotência em seu rosto, que Ferris divisava todas as vezes em que se despedia.

Gretchen vinha telefonando para o celular de Ferris. Ele ignorara as chamadas feitas de casa, do trabalho e de telefones móveis, e não respondeu a nenhum dos vários recados que ela deixara. Mas o celular tocou novamente enquanto dirigia de volta para Washington, e, como não reconheceu nenhum dos telefones dela no visor, ele atendeu. Reconheceu a voz dela imediatamente. Usava o telefone de outra pessoa e estava praticamente gritando.

— Onde você está, Roger? Porra! Por que não atendeu as minhas ligações? Você não pode fazer isso comigo. Não pode. Sou sua mulher. Todo mundo sabe disso.

— Estou voltando da casa de minha mãe. Contei a ela que estamos nos divorciando.

— Nós não estamos nos divorciando. Você me ama. Você sabe disso.

— Não vamos repetir todo esse show, Gretchen. Não amo você. Quero o divórcio.

— Você é um mentiroso. É tão fraco e patético. Como pode ter trepado daquele jeito naquela noite se não me ama? Ninguém o obrigou a fazer aquilo. Ninguém o obrigou a trepar comigo. O que você acha que um juiz vai dizer disso?

— O que um juiz tem a ver com isso? Ninguém pode obrigar ninguém a ficar casado. A lei não funciona dessa maneira. Até eu sei disso. O divórcio não é uma decisão conjunta. É o fim das decisões conjuntas.

— Você me penetrou. Três vezes.

— Olhe, Gretchen, sinto muito ter sucumbido naquela noite. Você é muito sensual. Sempre foi. Se um bom sexo bastasse para um bom casamento, estaríamos bem. Mas não basta.

— Você me trata como uma puta. Acha que pode trepar comigo e ir embora, mas está enganado. Se continuar com isso, vai se arrepender. Estou avisando. As coisas vão ficar difíceis para você.

— Não me ameace, Gretchen. Lido todo dia com pessoas muito mais ameaçadoras que você. Pode acreditar.

— Não esteja tão seguro, Roger. Você nunca me fez ficar furiosa antes. Quando estou discutindo princípios, não tem meio-termo. Faço o que é necessário. Você vai se arrepender, prometo.

Ferris ia tentar acalmá-la, sugerir que conversassem com um conselheiro conjugal antes de partir. Mas ela cortou a ligação.

17

Roma/Gênova

Ferris registrou-se em um pequeno hotel perto da Piazza Cavour, em Roma, em uma área sombria entre a cidade do Vaticano e o Tibre. O hotel era velho e anônimo, sem nenhum atrativo para os americanos e nenhum charme para os europeus. Os arranjos tinham sido feitos pelos garotos da equipe de Azhar, que deve ter imaginado que aquele seria um bom lugar para se esconder. Ferris deveria contatar os ninjas ligando para um número de celular quando chegasse e esperando a ligação de volta de "Tony", o chefe da pequena célula das Forças Especiais. Ligou na tarde em que entrou no hotel, mas não houve resposta nesse dia e nem no seguinte.

Naquela primeira noite, Ferris telefonou para Alice de um telefone público. Gostaria que pudessem se encontrar em Roma, dar longos passeios pela cidade, viver de amor e de um *cappuccino* ocasional, mas, do jeito que as coisas eram, nem mesmo podia lhe contar onde estava. Ela contou que estivera fora de Amã, em viagem a um campo de refugiados próximo à fronteira da Síria. Ferris ralhou com ela por correr riscos, mas ela o cortou. "Precisam de mim!", insistia. Estava bem abalada com as últimas notícias; mais mortos no Líbano, mais mortos no Iraque. Para onde o mundo estava indo? Ferris não tinha resposta para isso.

— Amo você — disse ele. Nunca usara essas palavras com ela antes.

Houve uma longa pausa, e então Alice falou: "Nossa."

— Disse a Gretchen que quero o divórcio.

— Bom — ela respondeu. — Quer dizer, bom que você tenha lhe dito isso e ruim porque o seu casamento está acabando. Se você não tivesse conversado com ela, eu estaria preocupada de que você fosse uma dessas pessoas que não sabem como ser feliz. Ou que você fosse um galinha.

Ferris riu e então repetiu:

— Amo você.

— Vem para casa para que eu também possa amar você.

Ferris prometeu que logo estaria de volta, mas ainda demoraria uma ou duas semanas. Sentiu algo como uma dor física quando desligou o telefone.

Ferris esperou dois dias por "Tony", andando pelas ruas de paralelepípedos de Roma para dissipar seu nervosismo. Tentava imaginar seus colegas das Forças Especiais entre as levas de americanos na Piazza Navona ou na Fontana di Trevi. Homens musculosos, camisas muito pequenas para seus peitorais, pescoços do tamanho de pinheiros; sem falar com ninguém, examinando as calçadas através dos enormes óculos escuros que encobriam todo o rosto. Cada pessoa em Roma lhe parecia ligeiramente estranha, até mesmo os desocupados nas margens lamacentas do Tibre.

Todas as tardes retornava ao seu hotel para encontrar... nada. E então, na tarde do terceiro dia, encontrou uma tira de papel na caixa de recados e o nome "Antony". Bem parecido. Ferris ligou para o número de contato de um telefone público, do outro lado do Palácio da Justiça.

— Desculpe, as coisas se complicaram — disse a voz do outro lado da linha. — Problemas de segurança. Foi preciso deixar as coisas esfriarem.

— Então como está a temperatura agora?

— Mais fria. Amanhã à noite, com certeza, estará congelando.

— Onde devo encontrá-lo?

— Templo de Faustina. Villa Borghese — disse o oficial das Forças Especiais. Teve dificuldade em pronunciar "Borghese".

No dia seguinte, Ferris pegou um táxi para a Via Condotti, entrou e saiu das lojas durante um tempo para verificar se alguém o seguia e depois pegou um outro para a Villa Borghese, do outro lado do rio. Disse ao motorista para deixá-lo próximo ao templo de Faustina, perto de um pequeno lago que margeava o jardim zoológico. Ali, plantado no chão como se estivesse usando botas de concreto, estava um homem troncudo que tinha de ser "Tony". Descobriu que seu verdadeiro nome era Jim, ou pelo menos foi o que ele disse. Vestia calça jeans, uma camisa de malha e um suéter com decote em V. Parecia-se com outros milhões de jovens, menos pelos olhos, que examinavam o entorno sem parar.

Ferris apertou sua mão e examinou seu rosto quando ficaram mais perto.

— Conheço você? — perguntou-lhe.

— Possivelmente, mas não é provável.

— Balad — disse Ferris. — No início do ano. Você dirigia as operações com a Força-tarefa 145. Eu estava operando do lado de fora. Até que me atingiram.

— Bem lá fora, senhor. Acho que isso nos torna camaradas.

Ficaram amigos imediatamente, por terem servido naquele buraco de merda do Iraque. Normalmente os militares não pensavam muito bem de seus correspondentes na CIA, pelo menos dos que não vinham da área militar. Mas Ferris era uma exceção. Tinha estado no Iraque e quase perdera a perna por causa disso.

— Então, o que aconteceu? — disse Ferris. — Você disse no telefone que teve um problema de segurança.

— Esses italianos loucos. — Jim sacudiu a cabeça, sem graça. — Um dos meus homens se envolveu em um acidente de trânsito. Não foi culpa dele. Os italianos não dirigem do mesmo jeito que nós. Então os guardas começaram a lhe fazer perguntas sobre onde ele morava, o que ele fazia, e mandaram alguns carabineiros ao nosso esconderijo secreto, que de uma hora para outra deixou de ser tão secreto. Estávamos operando de um apartamento perto da universidade, a menos de dois quilômetros daqui. Agora estamos em acomodações temporárias.

— Onde é essa base temporária?

— No Hilton Cavalieri, no topo do Monte Mario.

— Nossa! Esse lugar custa uns quinhentos paus por dia.

— Na mosca. — Um ligeiro sorriso apareceu no rosto de Jim. — É um bom disfarce para os americanos, com a piscina e as garotas, e tudo aquilo. Não parecemos deslocados. E não devemos combater a guerra mundial do terror em um lugar barato, senhor.

Ferris deu uma sonora risada.

— Há quanto tempo seus homens estão aqui? E corte essa porra de "senhor", por favor.

— Um mês. Não fizemos muita coisa além de planejar disfarces e comunicações, no que eu acho que nos demos mal. O coronel disse que você iria nos dar as ordens. Disse que sua missão é extremamente arriscada, e o general na MacDill assinou embaixo, e que nós devemos simplesmente executar o que nos mandarem. Não sei se o coronel sabe. Pareceu-me um tanto irritado. Do jeito que falou, deu a impressão de que alguém jogou pó mágico nos caras. Senhor.

— Vamos dar uma volta — disse Ferris. Desistiu de pedir-lhe que tirasse o "senhor". Para o pequeno grupo de Jim, Ferris era o deus da chuva. Caminharam até chegarem a um banco de onde se avistavam claramente o outro lado da água e os acessos ao lago pelo zoológico. Ferris fez sinal para Jim se sentar.

— O negócio é o seguinte. Estamos conduzindo uma operação muito delicada contra essa turma que está plantando todos esses carros-bomba. A operação não é exatamente da CIA. Tem um lugar próprio. Meu chefe já combinou tudo com o seu, e isso é tudo que precisamos saber, certo?

— Certo. Mas o que vai acontecer?

— Não posso lhe contar nada. Mas quero que você esteja pronto para fazer duas coisas: a primeira é estar preparado para atacar, caso um dos nossos alvos principais apareça. Quantos vocês são no grupo?

— Quatro, senhor, além de mim.

— Certo. Vocês têm de estar prontos para se mudar no momento em que localizarmos um dos nossos alvos. Devem ter um kit, armas, tudo pronto, para a hora que for. Já fizeram alguma coisa assim antes?

O oficial das Forças Especiais fez um gesto afirmativo com a cabeça, enquanto os músculos do seu pescoço se retesavam ao inclinar a cabeça para a frente.

— Iraque. Indonésia.

— Ótimo — disse Ferris. — Então você sabe como agir. Em silêncio. Ninguém vê vocês chegando. Ninguém vê vocês saindo. Tudo tem de ficar invisível por 48 horas, para podermos botar o cara em um avião e acabar com sua rede. E, seja lá quem for nosso alvo, ele tem de sair vivo. Sei que é difícil, mas isso é de extrema importância. Não podemos acabar com essa rede, a menos que tiremos informações do pessoal que capturarmos. Todos os seus homens são preparados para ir? Quer dizer, eles já fizeram esse tipo de serviço antes?

— Já sim, senhor. Todos menos um, mas ele vai se sair bem. Vem de Biloxi, como eu.

— Bem, certifique-se de lembrá-lo sobre o lixo dos bolsos. As miudezas que ficam dentro dos bolsos porque eles são muito paranóicos para jogá-las fora. Notinhas de compras, números de telefone, cartões de telefone celular, recibos de depósitos, arquivos de computador. Você precisa cuidar para que eles não destruam esse material logo que você puser a porta abaixo. Quando planejar a operação, pense nos inúmeros pontos de acesso, para que possa impedi-los de destruir qualquer coisa.

— Entendido, senhor. — O oficial do Exército perscrutava o horizonte enquanto ouvia, observando qualquer sinal de vigilância.

— E vocês precisam fazer uma busca realmente boa quando pegá-los, mesmo que estejam com pressa de sair de lá. Esses caras carregam tudo da vida deles, todos os seus contatos, todos os seus arquivos. São paranóicos, porque sabem que estamos atrás deles. Por isso, carregam seus laptops, seus celulares e um par de cartões SIM diferentes, e o caderno de endereços. Carregam tudo com eles, vinte e quatro horas, todos os dias da semana. O que significa que, se conseguirmos pegá-los e recolher tudo o que estiver nos bolsos e toda a parafernália, vamos ficar em uma posição extremamente confortável.

— Ouvido, entendido, assimilado, senhor. O senhor disse que há uma segunda coisa. O que é?

Antes de responder, Ferris inspecionou a área. Percebeu um homem andando na direção deles, vindo de uma rua que circundava o lago pelo lado norte. Levava um cachorro pela coleira.

— O que é aquilo? — disse Ferris, levantando-se do banco.

Andaram mais cinco minutos, para um outro banco de onde se dominava a vista de um jardim formal, elegantemente estruturado em platôs, antes de Ferris recomeçar a falar.

— A segunda parte é um pouco estranha — disse ele.

— Fazemos coisas estranhas.

— Vamos precisar de alguns explosivos. Têm de ser do mesmo tipo dos que foram usados nas bombas de Frankfurt e de Milão. As mesmas marcas. Meu pessoal vai ajudá-lo a conseguir. E vamos precisar de detonadores, do tipo exato. Vamos lhe dar também essas especificações.

— Entendido, senhor, e o que vamos fazer com tudo isso?

— Vocês vão montar um carro-bomba.

Jim olhou surpreso para Ferris. Pela primeira vez, não disse "entendido", apenas assentiu com a cabeça.

— E o que vamos fazer com o carro-bomba, senhor?

— Bem, basicamente vamos explodi-lo.

— Puta merda! Presumo que tudo isso tenha sido aprovado. Correto?

— Foi — disse Ferris. — Mais ou menos.

— O senhor quer me dizer mais alguma coisa, senhor?

— Não, já disse tudo que estou autorizado a dizer. A única coisa a acrescentar é que, se você soubesse tudo o que sei, iria dizer: "Essa é uma operação da maior qualidade."

Ferris saiu de Roma na manhã seguinte em direção a Gênova, onde iria fazer os primeiros contatos com Omar Sadiki. O codinome de Ferris era "Brad Scanlon", e ele trabalhava para uma firma chamada Unibank, como gerente de desenvolvimento para a Europa e o Oriente Médio. Levava cartões de visita, formulários de fax, um endereço de e-mail. Releu o roteiro que traçara com Azhar. O banco estava planejando uma nova filial em Abu-Dabi... Uma atmosfera islâmica... necessidade de negociar o contrato rapidamente... marcar uma hora para se encontrarem no local... necessidade de telefones de contato... vai enviar a literatura... deve responder até o fim da semana. Parecia amarrado, mas tudo sempre parecia, até que as amarras começavam a se soltar.

Ferris ligou para Omar Sadiki na manhã seguinte. Quando o arquiteto atendeu, Ferris se apresentou como Brad Scanlon e falou rapidamente sobre o Unibank e sua nova filial. Perguntou se a Al Fajr Architects estaria interessada em se vincular ao projeto.

— Não sei — disse uma voz cautelosa no outro lado da linha. — Nossos clientes são empresas árabes.

— Os senhores foram altamente recomendados por nossos amigos árabes. — Ferris leu uma pequena lista de empresas árabes que tinham contratado a Al Fajr, reunidas por Azhar quando ele pensou em usar Sadiki, algumas semanas antes. — Se estiverem interessados na proposta, gostaríamos que fossem examinar o local em Abu Dabi. Seria possível?

— Pode ser. Se o meu gerente concordar. — Era cauteloso, mas não desinteressado. No Oriente Médio, os negócios sempre começavam de um modo cauteloso. Ferris precisava estabelecer uma conexão, antes de avançar um pouco mais.

— Quem representaria a Al Fajr, se os senhores resolverem que estão interessados? — perguntou Ferris.

— Eu mesmo, senhor — respondeu Omar. — Faço todas as avaliações no próprio local para os novos projetos.

Ferris não queria parecer muito ansioso. Expressou suas desculpas pelo fato de o gerente geral em pessoa não poder ir, e então se ofereceu para enviar os detalhes do projeto imediatamente, por e-mail ou por fax. Omar preferiu o fax, e foi-lhe assegurado que os documentos estariam a caminho via Genebra, no fim do expediente. Ferris disse-lhe que esperava uma resposta dentro de cinco dias e um encontro no local em Abu Dabi logo em seguida, caso estivessem interessados.

— Poderia me dizer, por favor, o valor orçado para esse projeto?

Ferris disse uma quantia atraente — um pouco acima do que um projeto como aquele custava normalmente, mas não tão generosa que pudesse levantar suspeitas. Omar prometeu que lhe responderia dentro de uma semana.

Quando desligou, Ferris sorriu. Tudo tinha sido mais tranqüilo do que ele esperava. Foi a única coisa que o deixou nervoso.

Ferris ligou para Hoffman, por um novo canal de comunicação, que não passava pela divisão do Oriente Médio. Hoffman deu os parabéns a Ferris e perguntou-lhe onde estava hospedado. Ferris disse o nome do hotel.

— Verifique seu e-mail — disse Hoffman.

Sadiki não demorou a responder. Dois dias depois, em uma quarta-feira, o arquiteto ligou para dizer que a Al Fajr gostaria de participar do projeto do Unibank. Sua voz apresentava um tom diferente, quase de entusiasmo. Queria marcar uma data em que pudessem se encontrar nos Emirados. Ferris examinou sua agenda fictícia e então propôs se encontrarem na quinta-feira seguinte. Omar consultou sua agenda verdadeira, propôs que se encontrassem um dia antes ou três dias depois. Queria estar em casa para o fim de semana islâmico, naturalmente. Bom garoto. Assim, o encontro ficou marcado para uma semana depois, em Abu Dabi.

A única coisa estranha era que o jordaniano parecia querer checar a identidade do novo cliente. Pediu-lhe que soletrasse o nome devagar, S-C-A-N-L-O-N, perguntou de onde ele era nos Estados Unidos, parecia querer mantê-lo ao telefone. Ferris não se preocupou; sua identidade de cobertura era sólida. Seria preciso conhecer intimamente sua voz para estabelecer alguma ligação, e a chance de isso acontecer era perto de zero.

Ferris mandou uma mensagem a Hoffman para relatar o sucesso e perguntar-lhe se poderia passar por Amã quando fosse para os EAU. Queria ver Alice, mas Hoffman respondeu-lhe que não. Não seria seguro. Ele precisava estabelecer seus contatos iniciais com Omar fora da Jordânia, onde Hani não pudesse encontrar nenhum fio solto.

Hoffman enviou a Ferris um e-mail em código poucos dias depois. Tinha o corpo. Harry Meeker estava no gelo em um compartimento trancado em Mincemeat Park. Haveria tempo mais tarde para vesti-lo, barbeá-lo e encher seus bolsos com os vestígios da sua vida imaginária. A pílula de veneno tinha braços e pernas, e, em breve, uma história pessoal. Agora, cabia a Ferris criar a provocação que levaria o inimigo a pôr a pílula na boca e engoli-la de uma só vez.

18

Abu Dabi

Ferris observou Omar Sadiki abrir caminho através do escaldante calor do meio-dia em direção ao The Fishmarket Restaurant, na rua Bainuna. Era alto como um caniço, tinha o rosto fino e uma barba elegantemente aparada. Usava um terno cinza para o encontro, mas era fácil imaginá-lo em uma túnica branca e um *kaffiyeh*. O *maître* levou-o até a mesa reservada, enquanto Ferris observava do outro lado da sala, verificando a segurança. Estudou o rosto de Sadiki: parecia calmo, determinado, como se soubesse o que buscava. A única coisa que perturbava o jordaniano era o alemão troncudo algumas mesas adiante que bebia cerveja e lia a *Stern*. "Devia ser a cerveja", pensou Ferris. Era estranhamente reconfortante.

Ferris emergiu das sombras e apresentou-se como Brad Scanlon, do Unibank. O nome não era a sua única camuflagem. Usava um disfarce que teria confundido sua própria mãe. Seu cabelo e sobrancelhas tinham um tom louro-avermelhado, e não o castanho-escuro habitual. Usava um bigode fino, e uns óculos de armação preta que lhe cobriam as feições e diminuíam a centelha de seus olhos. Um enchimento em volta da cintura e dos quadris fazia-o parecer uns 15 quilos mais gordo. Qualquer pessoa que o conhecesse da Jordânia não o reconheceria como Brad Scanlon.

O jordaniano trocou um leve aperto de mãos, um sinal de boas maneiras no Oriente. Ferris desculpou-se por ter chegado atrasado; Sadiki desculpou-se por ter chegado cedo. Um garçom paquistanês hesitava atrás deles, com os cardápios nas mãos. Ferris examinou o rosto de Sadiki: o jordaniano tinha um calo no meio da testa, de tanto se curvar fervorosamente em oração, todos os dias. A marca não era visível na foto que Azhar lhe mostrara. Era ostentosamente devoto. Esse era um outro bom sinal.

— Desculpe-me — disse Ferris, fazendo um sinal em direção ao alemão. — Eu não sabia que serviam cerveja aqui. Podemos ir a um outro lugar.

— Isso não é problema, senhor Scanlon. Ele não é muçulmano; pode fazer o que gostar. — Sadiki deu um sorriso pouco amistoso.

Depois que o garçom anotou os pedidos, Ferris tirou da pasta alguns documentos que levara. O primeiro era uma vista aérea de uma área baldia em uma região valorizada de Abu Dabi, chamada Al Bateen, próxima à elegante área comercial que dava vista para a estrada litorânea e para o Golfo. Tinha a planta do local e fotos de outras filiais do Unibank. Sadiki fez a parte dele: esvaziou sua pasta e apresentou um maço de documentos sobre sua firma e seu trabalho.

Ferris notou que Sadiki tinha levado seu laptop. Isso era ruim; complicaria as coisas.

O jordaniano começou a partida desajeitadamente, mas ganhou confiança. Mostrou a Ferris fotos de alguns dos prédios que a Al Fajr projetara. Um centro comercial em Fahaheel, no Kuwait; dois prédios comerciais em Amã; um dormitório para a Faculdade de Tecnologia da Jordânia, em Irbid. Eram bons projetos, mas sem inspiração. Sadiki tinha uma outra pasta de fotos, e Ferris pediu para vê-las. Era o álbum dos projetos islâmicos da Al Fajr: a firma projetara pequenas mesquitas nas cidades palestinas de Halhul e Jenin, na margem esquerda; uma na cidade jordaniana de Salt, e uma grande em Sanaa, no Iêmen. Ferris lembrou-se de ter visto a mesquita do Iêmen quando estava em construção, durante seu período como agente de campo em Sanaa. As últimas fotos eram de duas grandes mesquitas nas cidades sauditas de Taif, ao longo da costa do mar Vermelho, e de Hafr Al-Batin, perto da fronteira da Jordânia. Eram estruturas imponentes, de tetos abobadados, com minaretes pontiagudos que se elevavam graciosamente sobre as construções.

— Estas são lindas — disse Ferris. — Foi o governo saudita quem as encomendou?

— Nós as construímos para uma instituição privada islâmica de caridade — respondeu Sadiki. — Elas são para os fiéis, não para o governo.

Ferris curvou a cabeça respeitosamente e sorriu para si mesmo. Estava começando a entender por que Azhar escolhera Omar Sadiki para estrelar a peça deles. Ele mantinha ligações com a rede de instituições de caridade islâmicas que financiara a Al-Qaeda logo no princípio. Na verdade, ele possuía todas as características necessárias de um membro de uma organização secreta. Quando Sadiki terminou a apresentação e fechou o portifólio, Ferris notou que a logomarca de sua firma era um crescente vermelho islâmico dividido ao meio por um triângulo azul em destaque. Abaixo da logomarca liam-se as palavras "A solução islâmica em design".

Sadiki foi até o banheiro lavar as mãos antes da refeição e Ferris ficou olhando fixamente pela janela, quase em transe. Através do vidro, podia ver os cascos brancos de alguns dos barcos atracados em uma marina atrás do quebra-mar. Os barcos grandes faiscavam ao sol. Deviam ter custado dezenas de milhões de dólares cada um, mas Ferris desconfiava que raramente fossem usados. Eram decorativos; talvez uma vez, de tantos em tantos meses, um príncipe do deserto levasse um séquito de dóceis senhoras ocidentais para um cruzeiro de lazer — fazia com que ficassem nuas em pêlo para distraírem seus clientes de negócios. A marina fazia parte do show — o parque temático da vida moderna, tornado possível graças ao jorro abundante do petróleo. Era difícil imaginar que os homens mais velhos sentados neste restaurante, quando meninos, tinham vivido nos rigores do deserto com seus camelos e ovelhas, ou mergulhado em busca de pérolas, ou contrabandeado cargas para a Pérsia em seus barcos. Os Emirados eram tão pobres em 1930 que o povo se preocupava que suas riquezas econômicas pudessem ser destruídas para sempre pelo crescimento da indústria japonesa de pérolas cultivadas.

Ferris pensou em Alice enquanto esperava a comida. A solidão aproximava-se dele sorrateiramente de novo — um desejo de poder partilhar aquele lugar com Alice, um desejo imenso de ouvir o som de sua risada ou de sentir o toque de sua mão. Imaginava o que ela pensaria se pudesse vê-lo disfarçado daquele jeito — além do que ele parecia gordo. Seria ótimo se ela pudesse rir alto do absurdo de tudo aquilo, mas ele sabia que seu pensamento seria diferente: Ferris estava vivendo uma mentira, estava enrolado em uma mentira; todo o seu mundo era de mentiras. Como um mentiroso poderia fazê-la feliz?

O garçom trouxe as entradas árabes tradicionais de pasta de grão-de-bico e berinjela, quibe recheado, tabule e queijo coalho. Depois vieram uma garoupa do Golfo e uns camarões grelhados. Ferris conversou amenidades, mas não muito.

Deixou Sadiki encher os silêncios com perguntas educadas sobre a sua família. O jordaniano ficou mais tranqüilo quando Ferris disse que tinha mulher mas não tinha filhos. Por fim, Sadiki chegou ao que claramente o incomodava.

— Por que o senhor deseja contratar a Al Fajr para esse serviço? Somos bons em mesquitas, não em prédios comerciais.

Ferris previra essa pergunta quando ele e Azhar escreveram o roteiro. Explicou que o local do prédio ficava em uma região que tinha sido muito islâmica, com somente alguns expatriados do Ocidente. Agora aquilo estava mudando, com o término do magnífico Emirates Palace Hotel, a menos de dois quilômetros de distância. O Unibank desejava instalar sua representação local na nova área de Al Bateen, mas também queria ser respeitoso com as características islâmicas da vizinhança. E a Al Fajr fora altamente recomendada. Assim, a escolha foi fácil.

Sadiki louvou a Deus e sussurrou alguma coisa apropriadamente humilde em árabe. Pareceu contente com a resposta de Ferris, relaxou e limpou os dentes com um palito. Ele era mais fácil do que Ferris esperava.

O bigode postiço de Ferris estava coçando e ele estava pronto a voltar ao hotel, mas ainda precisava cumprir alguns itens da agenda. Convidou o jordaniano para visitar o local da obra, e Sadiki concordou prontamente. Tinha levado consigo uma câmera digital e um bloco para croquis. Tomaram a direção da rua Bainuna no Lincoln Town alugado, viraram à esquerda na Sheik Zayed e estacionaram em frente a um terreno cercado com uma placa em que se lia "Unibank", em letras grandes e gordas. A base de Abu Dabi tinha decorado o lugar lindamente.

O céu da tarde apresentava uma névoa — um branco rosado no horizonte que passava a um azul esmaecido. O asfalto derretia sob os pés de Ferris, e seu couro cabeludo estava encharcado sob a peruca. Havia alguns Mercedes e BMWs pelas ruas, com as janelas bem fechadas, mas a maioria das pessoas tinha ido para casa tirar a sesta.

Sadiki percorreu a propriedade, recolheu uma amostra do solo, tirou fotos de vários ângulos e fez algumas medições. Passou aproximadamente uma hora examinando o local e depois formulou algumas perguntas técnicas. Parecia que o jordaniano ia produzir um show por sua própria conta. Sentaram-se no carro alugado de Ferris com o ar-condicionado potente, enquanto Sadiki percorria sua lista: quantos empregados usariam o prédio? Quantos clientes atenderiam? Quanto de espaço desejavam em cada andar? Quantos andares de altura? O Unibank já tinha entrado em contato com alguma construtora local? Ela possuía licença para construir prédios? Ferris tinha resposta para a maioria das questões, todas tiradas do manual de instruções que a equipe de Azhar preparara.

O jordaniano pensou sobre o assunto, mas não por muito tempo. Quando Ferris explicou-lhe que o Unibank tinha uma opção de compra da propriedade que expiraria no final da semana seguinte, ele concordou em apresentar um orçamento inicial e alguns esboços bem preliminares até a tarde da próxima quinta-feira, antes do fim de semana islâmico. Ferris perguntou se Sadiki poderia encontrá-lo em Beirute, onde teria outros negócios naquela semana, e o jordaniano também concordou.

Ferris tinha mais um pedido. Gostaria de saber se o senhor Sadiki poderia ir até o escritório do advogado local do Unibank, Adnan Masri, e assinar uma carta de intenções. Era uma formalidade, mas necessária para qualquer novo prestador de serviços. A princípio, Sadiki relutou, mas depois de uma ligação pelo celular para alguém em Amã, disse que sim, que a Al Fajr assinaria. Ferris desculpou-se que o escritório do advogado fosse no bairro Al Markaziyah, perto do velho mercado muçulmano, e não na parte mais elegante da cidade. Sadiki deu de ombros; para ele, era indiferente.

O advogado Masri era um homem idoso, barbado e vestido com a túnica branca tradicional e a veste de tecido preto com fios dourados da região. Falou com Sadiki em árabe, ofereceu-lhe chá, explicou-lhe a papelada. Em pouco tempo, as formalidades escritas foram cumpridas. Se Sadiki suspeitou de alguma coisa, não demonstrou. E por que deveria? Ele não podia imaginar a cilada que Azhar e Hoffman conseguiram armar por baixo daquela fachada; não tinha como saber que Adnan Masri fazia parte da rede de cambistas de Azhar, que transferia fundos para as organizações secretas; ou que, enquanto Masri falava com Sadiki, uma câmera oculta instalada no escritório tirava fotos do encontro; ou que uma das fotos seria enviada em breve para o serviço de inteligência dos EAU, como parte da vigilância regular de Masri; ou que uma cópia da foto aterrissaria na mesa de um simpatizante da Al-Qaeda dentro do serviço secreto dos EAU, que estava sempre à procura de maneiras de proteger os membros da organização; ou que esse simpatizante local da Al-Qaeda fosse enviar uma cópia ao seu contato na organização, para avisá-lo de que um dos irmãos tinha sido pego em uma vigilância pela Mukhabarat local.

Sadiki não sabia nada disso. O ponto era aquele. Ele existia na imaginação das outras pessoas, agora de forma mais precisa — e certamente de um modo mais convincente — do que existia na sua.

Ferris ficou mais um pouco no escritório de Masri antes de se despedir do arquiteto jordaniano e desejar-lhe um vôo seguro para casa no dia seguinte. Queria dar tempo para a equipe do Suporte, que estava trabalhando no quarto de hotel de Sadiki, terminar o serviço. Estavam recolhendo e copiando qualquer coisa que pudessem encontrar — agenda diária, caderno de endereços, todos os pedaços de papel que pudessem ser úteis nos bolsos das roupas que Sadiki tinha trazido da Jordânia.

Em seu jeito detalhista de arquiteto, Sadiki carregava seu laptop para todos os cantos. Mas o Suporte cuidou do problema do computador no meio da noite. Lá pelas três horas da manhã, um dos rapazes de Hoffman acionou o alarme de incêndio do hotel de Sadiki. O jordaniano, grogue de sono, seguiu as instruções das equipes de incêndio e desceu para o saguão. Não se afastou muito tempo, apenas cerca de 15 minutos, o suficiente para que a equipe da CIA, que operava de um quarto mais à frente no corredor, baixasse tudo o que havia no disco rígido. Conseguiram seus e-mails, seus arquivos pessoais, a lista dos amigos muçulmanos piedosos para quem ele mandava cartões de saudações no Eid al-Fitr, no fim do Ramadã, até mesmo dos membros da Ikhwan Ihsan, a Irmandade do Conhecimento, que parecia ser um grupo de estudo de fiéis de sua mesquita. Quando amanheceu o novo dia, os homens e as mulheres de Mincemeat Park já possuíam o tecido adicional de que precisavam para o manto de fantasia.

19

Amã

O vôo em que Ferris saiu de Abu Dabi foi retardado por causa de uma tempestade de areia, e já passava da meia-noite quando pousou no aeroporto Queen Alia. Apresentou seu passaporte diplomático ao funcionário do controle; normalmente era logo liberado, mas não dessa vez. Fizeram com que esperasse uns bons trinta minutos, com cortesia, naturalmente, enchendo-o de chá e de biscoitos doces em uma ante-sala malcuidada no segundo andar do aeroporto, enquanto um capitão do GID telefonava freneticamente. Ferris protestou em voz alta — seu passaporte estava em ordem, seu visto de residência estava válido, devia ser liberado para entrar no país. Pediu para usar seu celular para ligar para Alice e dizer-lhe que estava de volta, mas o capitão o ignorou. O oficial jordaniano fazia gestos com o polegar e o indicador — *shway*, *shway*, calma, calma — para Ferris ter paciência. Finalmente o telefone tocou, e, após uma conversa abafada, ele passou o fone para Ferris. Era Hani.

— Meu caro Roger, queria lhe dar pessoalmente as boas-vindas à Jordânia. Estou muito feliz que você tenha resolvido voltar ao seu verdadeiro lar.

— Obrigado, paxá Hani. Receio que seu comitê de recepção no aeroporto não estivesse informado de que eu era uma visita tão estimada. Detiveram-me por meia hora. Quero ir para casa e dormir um pouco.

— Tome isso como um sinal de lisonja. Só importunamos quem é importante. O resto, bem, quem se importa? E a culpa é só minha. Queria eu mesmo recebê-lo. Gostaria de ter podido ir até o aeroporto para saudá-lo pessoalmente, mas é muito tarde e tenho uma visita muito atraente comigo neste momento. Mas precisamos conversar, não é mesmo? Bem, acho que precisamos. Vamos tomar café-da-manhã juntos depois de amanhã. Vocês, americanos, gostam muito de tomar café-da-manhã, não é mesmo? Vamos nos encontrar às oito e meia no Clube dos Oficiais em Jebel Amã. Perto do Conselho Britânico. Sabe onde é? Tenho quase certeza de que não seremos incomodados ali a essa hora. Os árabes detestam reuniões no café-da-manhã. Agora, deixe-me falar com o capitão.

Ferris passou o telefone, e o oficial encarregado do pequeno grupo recebeu instruções do paxá sobre o que fazer a seguir. Como o tinham incomodado, agora encenavam uma hospitalidade tão irritante quanto o atraso que causaram. Levaram-no para uma sala de espera VIP, com mais chá e doces, enquanto recolhiam sua bagagem na esteira no andar de baixo. Uma comitiva de carros esperava para escoltar o SUV da embaixada, com carros de polícia na frente e atrás, e meia dúzia de batedores de motocicleta. A caravana abriu caminho para o centro de Amã, com as luzes piscando e as sirenes ligadas. Aquele não era o modo de um chefe de base da CIA na ativa retomar seu posto, mas deixava clara a posição que Hani queria firmar: quer Ferris fosse detido no aeroporto ou recebesse tratamento especial em uma comitiva, ali ele estava sob o controle de Hani.

Quando saíram do aeroporto, já era uma e meia da manhã — muito tarde para um telefonema, normalmente, mas Ferris ligou para Alice assim mesmo. Tinha ligado no dia anterior de Abu Dabi para dizer-lhe que logo estaria de volta, mas pretendia que sua chegada fosse uma surpresa. Ele a tirou de um sono profundo, e suas primeiras palavras foram afoitas e espontâneas.

— Oi, querido — disse ela. — Onde você está?

— Querida — disse Ferris. — Estou de volta a Amã. Eles finalmente me deixaram voltar para casa.

— Que bom. Seja lá quem "eles" forem. Que horas são? Onde você está? — Ela ainda não estava totalmente desperta.

— Quase duas da manhã. Estou na estrada do aeroporto. Posso ir para aí?

— Agora? Não, claro que não.

— Estou com saudade.

— Eu também, Roger, mas estamos no meio da noite e você esteve fora por quase três semanas. Preciso escovar meus dentes. Vamos combinar de jantar amanhã à noite, aqui em casa.

— Eu te amo — disse Ferris. Não planejara dizer aquilo. Mas escapou.

— Humm — respondeu ela. — Vamos conversar sobre isso.

O pessoal da embaixada ficou feliz por ver Ferris de volta, até um pouco surpreso. Quando ele partira tão subitamente, houve rumores de que fora expulso, tal como Francis Alderson. O embaixador, que se ressentia da ligação mantida pela base da CIA com o palácio, pareceu mesmo um pouco desapontado quando Ferris foi lhe fazer uma visita de cortesia. O mesmo aconteceu com o chefe de operações, que vinha tocando a base na ausência de Ferris e, sem dúvida, tinha esperança de continuar. Ferris chegou a uma solução que tornava ambos felizes. Disse ao chefe de operações que poderia controlar toda a rotina burocrática enquanto ele estivesse viajando nos próximos meses. Poderia autorizar o aluguel de esconderijos, reunir-se com os comitês de inteligência do Congresso e atualizar as folhas de serviço dos agentes. Poderia cuidar de tudo, exceto manter contato com Hani Salaam, que Ferris queria para si próprio. O chefe de operações ficou encantado. Seria um príncipe da burocracia, bem semelhante a um verdadeiro chefe de base.

A equipe da embaixada estava nervosa. Novas normas de segurança tinham sido adotadas durante sua ausência. O pessoal da embaixada não tinha permissão para circular em várias partes da cidade sem um segurança. O pessoal militar não podia andar uniformizado. Havia uma nova e detalhada disciplina de deslocamento entre as moradias e a embaixada — variar os trajetos, locomover-se em grupos em veículos blindados. O encarregado da segurança da embaixada formulara novas instruções sobre o que fazer caso a embaixada fosse atacada por armas biológicas ou por uma bomba nuclear. Também foram indicados novos abrigos na chancelaria. Podia-se perceber o efeito provocado por toda aquela obsessão por segurança no olhar das pessoas: elas pestanejavam, olhavam de soslaio, assustavam-se com qualquer som estranho, mesmo que seguissem o regime da vida da embaixada. Era a falsa bravura das pessoas que sabiam que eram alvos.

Ferris saiu do escritório às quatro e meia, apesar das súplicas de sua secretária, que tinha uma pilha de correspondência que queria ver com ele. Disse-lhe que aquilo podia esperar; queria dormir um pouco antes de se encontrar com Alice. Tentou dormir, mas estava muito ligado, então resolveu assistir a um jogo de futebol televisionado do Qatar, até a hora de se aprontar. No caminho para o apartamento de Alice, parou para comprar flores. Escolheu um arranjo elaborado — orquídeas e lírios — de flores grandes e vistosas; muito espalhafatoso para alguém como Alice, mas que impressionava. O florista levou uma eternidade embrulhando-o, acrescentando lentamente galho por galho de samambaia, borrifando-o com laquê e atando-o com um arranjo de fitas e fios tão complicado que Ferris não tinha certeza se ela seria capaz de desfazê-lo. Olhou para o relógio e disse que estava atrasado, mas o florista lhe deu um sorriso compreensivo e continuou com seu sonho de buquê.

O apartamento de Alice ficava em um velho edifício de pedra que remontava à época do Império Otomano. Devia ter pertencido a um rico mercador naquela época, pois o trabalho dos azulejos e dos mármores era de altíssima qualidade. Ferris subiu a escada até o segundo andar e bateu em uma porta alegremente pintada em cores pastel. Quando Alice apareceu, Ferris ficou sem ação por um momento, admirando-a. Seu rosto era luminoso, sua pele, firme e macia. O cabelo louro estava amarrado atrás, expondo as linhas finas de seu pescoço, e havia um ar de alegre expectativa em seus profundos olhos cor de avelã. Usava um vestido preto com um decote em V que exibia suas formas.

— Oi — disse ela, endereçando-lhe um sorriso estonteante e pegando sua mão.

— Você parece... inacreditável — disse Ferris, enquanto ficou parado na porta, sem palavras, segurando o enorme buquê de flores.

— Que coisa mais *linda* — disse ela, pegando as flores. Seu tom era levemente debochado. Puxou-o pelo braço para dentro do apartamento. — Agora você fica sentado na sala enquanto eu as ponho em um vaso com água. — Rasgou o elaborado embrulho que envolvia o buquê e o atirou no lixo, enquanto procurava um vaso grande o bastante para acomodar o pequeno jardim que Ferris levara.

O apartamento era como uma pequena caixa oriental de jóias. Continha tesouros encomendados há muito tempo pelo dono original, que um visitante jamais imaginaria pelo lado de fora. As paredes e os tetos eram entalhados em madeiras preciosas, madrepérola e folhas de ouro. Havia lindos murais retratando cenas do mundo árabe — o movimentado porto levantino de Alexandria, os cumes nevados do monte Líbano, a cúpula de ouro da mesquita Al Aqsa, em Jerusalém, as ricas terras cultivadas da planície de Damasco. A parede do fundo era uma composição de janelas de mosaicos de vidro que se abriam para um jardim lá embaixo, com uma pequena fonte borbulhante cercada de plantas e arbustos. Alguns floresciam, mesmo em novembro. Havia um som baixo de música árabe. Ao ouvi-la, Ferris percebeu que era a voz da cantora libanesa Fairuz, que cantava os distantes prazeres da vida nas aldeias árabes de tal maneira que levava lágrimas aos olhos dos homens e mulheres que a ouviam. Alice surgiu da cozinha carregando as flores mergulhadas em um vaso imenso.

— Um apartamento surpreendente — disse Ferris. — Você não me disse que era tão bonito.

— Você não perguntou. Mas foi óbvio, quando você me trouxe, que sentiu pena de mim, por morar aqui, na cidade velha. Você fez uma cara que dizia que essa coisa velha, sem ar-condicionado, não pode ser lá grande coisa. Então eu pensei, ele que se dane. Não sabe apreciar uma coisa boa quando a vê. — Ela piscou um olho. — Na verdade, eu queria guardar isso para você, como uma surpresa.

Tirou uma garrafa de vinho de sua pequena geladeira e espalhou alguns aperitivos — pistaches gordos explodindo em suas cascas, pequenos ovos de codorna com sal e pimenta, azeitonas finas, pimentas e cenouras crocantes. Ferris ainda estava um pouco aturdido por vê-la. Sentou-se ao seu lado no sofá e pegou sua mão. Pareceu-lhe bem pequena. Ele realmente não queria conversar, queria abraçá-la; mas precisava dizer alguma coisa.

— Senti sua falta, Alice — disse ele. — Sinto muito ter ficado tanto tempo longe. Todos os dias em que estive viajando, quis estar aqui com você.

Ela esperou um instante antes de responder.

— Fiquei assustada, Roger. Depois de duas semanas, comecei a achar que você não ia mais voltar. Falei com minha amiga na embaixada e ela me disse que ninguém sabia quando você iria voltar. Quando ouvi isso, chorei muito. Senti muito medo de que você não voltasse para mim. Achei que você seria tragado por toda essa confusão.

Ferris envolveu-a em seus braços, e seu corpo amoleceu junto ao dele. Custou a perceber que ela chorava.

— Não fique triste — disse ele. — Estou aqui agora.

— Não estou triste. Estou feliz. Apenas não quero que nada nos aconteça. O mundo está enlouquecendo. Quero me refugiar neste lugar lindo.

O jantar podia esperar. Ela o pegou pela mão e levou-o para seu quarto. Era um quarto para uma princesa árabe. Ela o decorara com ramos de flores e velas perfumadas de tal forma que parecia um jardim encantado. Despiram as roupas um do outro lentamente, tirando cada peça a seu tempo: um vestido escorregando suavemente até o chão; os botões de uma camisa sendo abertos um a um; um cinto sendo afrouxado, e depois uma lenta abertura do zíper; o fecho de um sutiã se abrindo e as alças caindo, e o peito dela suave contra o dele. Quando ficaram nus, eram duas criaturas perfeitas. As lacerações da perna de Ferris tinham sumido, tanto na mente dela quanto na dele. Ele a penetrou lentamente no começo, desejando prolongar cada momento, mas seus corpos estavam muito ávidos para esperar. Só depois que ele acabou foi que percebeu que ela estava chorando novamente.

— Eu te amo — disse ela em meio às lágrimas. — Te amo. Te amo. Te amo.

Ferris aconchegou o corpo dela contra o seu. Estava preocupado. Ele a amava e ela o amava. E agora, o que fazer?

Ela estava deitada no peito dele, sobre os lençóis limpos. Um ventilador girava lentamente no teto, fazendo as velas bruxulearem e soprando uma brisa refrescante sobre seus corpos. Por fim, ela se levantou e se movimentou, primeiro no banheiro e depois recolhendo as roupas de ambos do chão. Ao pegar o paletó de Ferris, um pequeno estojo de plástico caiu do bolso. Ferris viu-o cair no chão e inclinou o corpo rapidamente para fora da cama para apanhá-lo. Era a placa dentária que Hoffman lhe entregara em Langley. O gato de Alice, Elvis, deu um pulo cruzando o quarto e empurrou o estojo plástico com o focinho.

— O que é isso? — perguntou ela.

— Nada — disse Ferris, pegando o paletó da mão dela e guardando o estojo de plástico dentro do bolso. Ela olhou para ele com um ar estranho, e ele percebeu que devia lhe dar uma resposta melhor. Abriu o fecho com um estalo, de forma que ela pudesse ver o anel semicircular de plástico. — É só uma placa dentária. Para eu não trincar os dentes.

Ela sorriu, de volta ao normal.

— Seja lá o que for, não me morda do jeito que você morde essa placa.

— Nunca se sabe. Sempre estamos preocupados com alguma coisa. — Sorriu para ela e pendurou o paletó. Como podia mentir de uma maneira tão fácil para alguém que amava?

Ferris acordou às seis horas. Fizeram amor de novo, ruidosamente, e depois Ferris voltou para seu apartamento para tomar um banho e mudar de roupa antes de se encontrar com Hani. Estava meio tonto por causa de tanto sexo e de tão pouco sono, e sentiu um nervosismo lhe embrulhar o estômago. No chuveiro, a imagem que veio à sua cabeça foi a cena de vinte anos atrás, quando quebrara o braço do outro menino sem querer. Ou fora de propósito? Estremeceu à lembrança. Onde estava o limite? Quando foi que o osso parou de vergar e começou a quebrar?

Hani esperava por ele no Clube dos Oficiais. Estava deserto, conforme previra. O jordaniano parecia muito contente consigo mesmo naquela manhã. Usava um paletó estilo jaquetão, com lustrosos botões dourados; a camisa era de um desses modelos de duas cores à venda na rua Jermyn, com colarinho, punhos brancos e listras berrantes. Saudou Ferris com um olhar de aprovação.

— Teve uma noite longa? — perguntou o jordaniano. — Você me parece um pouco... cansado.

— Diferença de fuso — disse Ferris. Ficou pensando se Hani o mantinha sob vigilância. É claro que Hani o mantinha sob vigilância.

Sentaram-se a uma típica mesa de café-da-manhã inglês e foram servidos por um garçom de luvas brancas. O clube era todo revestido de couro mofado e madeira escura. Deve ter sido construído na época em que o paxá Glubb impôs a disciplina britânica ao exército hashemita. Hani comia com apetite, conversando entre garfadas de arenque e ovos mexidos.

— Nós o perdoamos, Roger — disse o jordaniano. — Era isso o que eu queria dizer. Sentimos muito ter perdido a calma. Mas fomos provocados. — Falava de si mesmo usando o plural majestático. Nem mesmo o rei fazia aquilo.

— Tudo bem — disse Ferris. — Se eu fosse você, também teria ficado furioso. E estou contente por você ter permitido que eu voltasse. Gosto daqui.

— Sabemos que você gosta. E estamos cuidando de você. Você é o nosso irmãozinho.

Aquilo era um aviso?

— Obrigado — disse Ferris. — Agradeço o cuidado. Mas posso cuidar de mim mesmo.

— Como quiser, meu querido. E confio em você. Mesmo depois do que aconteceu ao meu pobre homem em Berlim, Mustafa Karami. Porque sei que não foi culpa sua. Mas vou ser franco. Uma das razões pelas quais eu quis você de volta a Amã é porque me preocupo com Ed Hoffman. É uma pessoa em quem não confio.

— Bom, não me peça isso. Hoffman não diz a ninguém o que vai fazer, inclusive a mim.

— Ah, duvido. Duvido. Você é o queridinho dele. Como se diz mesmo? Seu "menino de ouro". Acho que você sabe muitas coisas sobre Ed Hoffman e seus planos. E não quero que me queimem novamente. É isso o que me preocupa. Posso ouvir os passos de Ed. Posso ouvi-lo respirando. Mas não o vejo. Isso me incomoda, estou assustado.

— Não posso ajudá-lo nisso. Desculpe. Surdo e mudo. Você conhece as regras.

— Sei, sei. Não se preocupe. Não vou tentar "recrutar" você. Não vou ser tão grosseiro quanto o seu antecessor, Francis Alderson, e tentar subornar um membro de um serviço de inteligência aliado. Deixe seus receios de lado, por favor. Mas quero que entenda uma coisa. Não somos tão idiotas quanto você e o sr. Ed Hoffman parecem achar. De verdade. Não cometam esse erro.

— Sei que vocês não são idiotas. Na verdade, sinto um grande respeito por você. Você é meu mestre, *ustaaz* Hani.

— Muito bem — disse o jordaniano. — Vou me lembrar dessa manifestação de amizade. Nesta parte do mundo, a amizade é de extrema importância. Mas você sabe disso. Você é o próprio árabe. Ou assim gostamos de pensar.

Mais tarde naquela manhã, Ferris estava na embaixada tentando limpar sua mesa de todos os rádios e relatórios acumulados, quando sua secretária empurrou a porta e perguntou se ele ouvira as notícias da Arábia Saudita. Ferris balançou a cabeça.

— Duas bombas explodiram há pouco em Riad. Uma do lado de fora do Four Seasons, outra perto da sede local do HSBC.

— Merda — disse Ferris, sacudindo a cabeça. — Quantas pessoas morreram?

— Não disseram. A notícia está indo ao ar agora.

Ferris sintonizou a CNN e foi para seu computador privativo. A rede de televisão estava mais informada sobre a situação do que a CIA, como sempre. Ferris ligou para Hani, que chegara a seu escritório poucos minutos antes dele. O jordaniano disse-lhe que já determinara o toque de recolher de tudo o que podia no país. Uma segurança extra estava a caminho da embaixada americana e de qualquer outro alvo em potencial em Amã.

Ferris ligou em seguida para Alice. Tentou seu escritório, mas ela não estava, e então ligou para seu celular. Podia dizer, pelo som do vento, que ela estava do lado de fora de algum lugar. Contou-lhe as notícias de Riad, e ela não disse nada por alguns segundos.

— Isso vai continuar acontecendo, cada vez mais — disse ela. — Você não percebe? Milão, Frankfurt, Riad, Afeganistão, Iraque, a Cisjordânia. Nós não vamos parar, e eles não vão parar.

— Onde você está? — perguntou Ferris.

— Estou em um dos acampamentos palestinos fora da cidade. Estou tentando arranjar uns computadores novos para a escola deles.

— Acho que você deveria ir para casa, ou pelo menos voltar para o escritório. Está tudo perigoso hoje. Estou preocupado com você.

— Estou bem. Tem perigo todo dia. E tem muita gente aqui para me proteger. — Fez uma pausa. — Sabe de uma coisa, Roger, este é o tipo do dia em que não devo me esconder. Devo ficar aqui com essa gente, para mostrar que não estamos malucos, que sou amiga deles, e que não vou me deixar amedrontar. Diga que compreende isso.

"É por isso que a amo", pensou Ferris.

— É claro que compreendo. Só estou aflito por você. Não posso evitar. Amo você.

— Também amo você — disse ela lentamente. — Apanhe-me hoje à noite. Vou fazer seu jantar. Podemos dormir na sua casa, se preferir. Vou até deixá-lo ficar com o controle remoto da TV. O que acha disso?

— É melhor. — Ferris deu um sorriso. Sabia que ela estava certa. Aquele aparentemente era o tipo do dia em que ela precisava estar lá com seus amigos árabes, a menos que não fossem amigos de verdade, mas ninguém nunca poderia saber até que fosse tarde demais. Voltou à CNN e ao computador privativo da CIA, e passou o dia enviando mensagens ao mundo todo e fingindo estar sendo de alguma importância. No fim do dia, anunciaram que 19 pessoas tinham morrido no hotel, e outras 12 do lado de fora do banco. Em um dia como aquele, a pessoa liga o piloto automático e percorre uma série de procedimentos previamente estabelecidos, como em um roteiro.

Ferris preocupava-se com Alice, mas agora ele estava em uma montanha-russa. O longo retinir da subida da montanha ficara para trás. O carro chegara ao topo, e agora tudo era gravidade e impulso. Alice podia ser simpática com cada palestino do planeta, mas isso não deteria pessoas como Suleiman. Ferris iria acabar com ele. Encontraria um caminho que o conduziria ao interior de suas vísceras, para dentro de sua corrente sangüínea. Iria destruí-lo de dentro para fora. Do contrário, aquilo jamais teria fim.

20

Beirute/Amã

Omar Sadiki estava meio sem graça quando chegou à suíte de Ferris no Hotel Phoenicia, em Beirute. Parecia impressionado com o hotel, que mantinha seu esplendor em meio à majestade arruinada de Beirute. O jordaniano continuava com um sorriso amarelo, e, à medida que o sorriso se arreganhava, comprimia a marca de oração em sua testa, transformando-a em uma covinha avermelhada. Ferris se perguntava por que ele estava agindo de maneira tão estranha, até que viu o orçamento. A Al Fajr estimara o custo do projeto em quase o dobro do que Ferris esperava. Ele já podia imaginar a grana que estaria correndo dos fornecedores em Abu Dabi para os bolsos dos diretores da Al Fajr em Amã. Não era à toa que Sadiki tinha aquele sorriso de quem comeu merda: ele estava fraudando os infiéis. Ferris precisou pensar um instante sobre como Brad Scanlon reagiria. Remexia os tufos de seu bigode falso enquanto pensava no que dizer.

Ferris levou Sadiki para a varanda e o fez sentar-se em uma cadeira de ferro batido. A vista era espetacular — atravessava a baía de Beirute até Jounié e as vertentes escarpadas do monte Líbano. Era o fim de um dia de outono, mas o sol brilhava e o ar era tão fresco e límpido que se podia ver o topo da montanha. As gerações de estragos causados pelos bombardeios eram invisíveis. Ferris pediu café ao serviço de quarto e depois sentou-se com o custo estimado e as propinas dos fornecedores. Sacudia a cabeça continuamente enquanto examinava os números. De vez em quando, pegava sua calculadora e fazia umas estimativas imaginárias por conta própria, anotando as somas em um bloco de papel ofício branco. Quando terminou de examinar aquilo tudo, tirou os óculos de armação preta e esfregou os olhos.

— Isso é muito caro — disse ele. — Meu diretor jamais vai aprovar uma coisa dessas.

— Meu prezado senhor Scanlon, o senhor sabe que vai ter o melhor com a Al Fajr. É por isso que temos tão boa reputação. Porque o nosso trabalho é de alta qualidade. Foi por isso que nos procurou, não é mesmo?

— Ouça, Omar, meu amigo. Naturalmente queremos o melhor, mas não estamos construindo um palácio aqui. Você precisa entender que somos um banco e temos de ser cuidadosos com o dinheiro, senão as pessoas não vão confiar em nós. E, como eu disse, nunca conseguiria aprovar esse orçamento, mesmo que eu o aceitasse. Seria a filial do Unibank mais cara do mundo. Precisamos negociar para baixar esses custos.

Sadiki concordou com a cabeça, e Ferris pensou que fizera a coisa certa. É claro que a estimativa inicial estava inflacionada. A vida era um bazar. Se os americanos eram bastante idiotas para pagarem um preço alto, por que detê-los?

— Como em qualquer projeto, as modificações sempre são possíveis. Podemos pedir a alguns fornecedores em Abu Dabi para refazerem suas estimativas. O senhor nos deu um prazo muito curto, por isso os números são um pouco brutos. Quanto o senhor tinha em mente quando pensou no custo desse projeto?

Ferris examinou seu bloco branco de papel ofício, lançou outros números na calculadora. Ele estava fingindo e esperava que Sadiki não desconfiasse.

— A quantia que eu conseguiria aprovar seria mais ou menos 25% inferior, acho.

— Acho que o senhor não conhece muita coisa sobre construção, sr. Scanlon. — Ferris sentiu-se pouco à vontade em sua cadeira. Havia alguma coisa em seu tom de voz que o fez pensar que Sadiki percebera seu jogo.

— O que o senhor quer dizer com isso? — disse Ferris bruscamente.

O jordaniano recuou imediatamente.

— Digo que 25% é um corte grande, sr. Scanlon. A qualidade seria sacrificada. Acho que o senhor não ficaria satisfeito, por esse preço.

— Bom, vamos fazer uma coisa. O senhor vai me fazer a melhor proposta que puder. Chegue o mais perto possível do meu corte de 25%. Eu não vou discutir cada centavo, mas faça o máximo que puder para economizar. Se conseguir fazer isso e me apresentar uma quantia melhor, tenho certeza de que nós dois vamos ficar bem felizes.

Sadiki disse que precisaria ligar para Amã e conversar com o gerente geral. Pechinchou com ele em árabe durante um tempo, fez algumas anotações nas folhas do seu orçamento estimado, depois discou um número em Abu Dabi. No meio da segunda ligação, ouviu-se a chamada do muezim para a oração, vinda de uma mesquita próxima, que, em seguida, ecoou em meia dúzia de outras mesquitas a oeste de Beirute. Sadiki se desculpou e saiu para rezar.

Quando voltou, parecia aliviado. Era um fiel, não havia dúvida quanto a isso. Desculpou-se pela demora e voltou aos seus telefonemas. Depois de argumentar com dois fornecedores dos Emirados, voltou às suas folhas de trabalho e, poucos minutos mais tarde, propôs uma redução de preço que era quase a metade do que Ferris propusera. Era o que Ferris tinha imaginado quando o processo começou, e assim aceitou, propondo uma outra reunião em duas semanas, em Amã, para examinarem o orçamento final e os cronogramas de construção. Uma reunião na Jordânia violaria as regras operacionais que ele tinha estabelecido com Hoffman, mas seria só uma vez, pois ele não queria deixar Alice mais do que o necessário.

— Há mais uma coisa — disse Ferris, quando estavam prestes a trocar um aperto de mãos para selar o negócio. — Já que estamos em Beirute, gostaria que se encontrasse com nosso consultor de segurança, Hussein Hanafi. Ele é uma pessoa extraordinária. Acho que ele costumava se envolver com o... bem, sabe como é, os extremistas. Hoje Hanafi presta consultoria para empresas internacionais — explicou Ferris. — Sabe tudo sobre dispositivos de segurança na Internet e transferência eletrônica de fundos. Como ele vai precisar dar a última palavra nos projetos finais, seria útil adotar logo suas recomendações. — Sadiki concordou com a cabeça e sorriu. Nada parecia incomodá-lo.

O consultor trabalhava no bairro Fakhani, na parte oeste de Beirute, onde, há muito tempo, era o quartel-general dos combatentes de Yasser Arafat e que, nos últimos anos, passara a ser um ponto de encontro informal do pequeno círculo de fundamentalistas sunitas de Beirute. Sadiki parecia ligeiramente preocupado à medida que o motorista penetrava no emaranhado de ruelas — preocupado não por ele, mas por seu anfitrião. Aquilo ali era terra de bandidos, não era lugar para um americano, como o sr. Brad Scanlon.

Quando chegaram ao endereço de Hanafi, viram um anúncio da sua atividade na janela do segundo andar, "HH Global Solutions". Sadiki segurou o braço de Ferris de um jeito protetor e o conduziu em direção ao pequeno prédio comercial e depois escada acima. "Quem está no comando aqui?", Ferris pensou, mas deixou que Sadiki assumisse o comando. O escritório estava bem iluminado e recém-pintado; os móveis eram novos e funcionais. Uma mulher estava sentada a uma mesa, com a cabeça coberta por um lenço. Tocou no intercomunicador assim que eles entraram, e um árabe com um ar desconfiado, usando óculos de lentes grossas, apareceu para recebê-los. Apresentou-se como Hussein Hanafi e levou-os para sua sala nos fundos, com vários computadores e uma estante repleta de manuais técnicos da Microsoft, Oracle e Symantec.

Hanafi era um *nerd*; ao menos isso não era armação. O Lebanese Deuxième Bureau mantinha um olho nele desde que voltara do Afeganistão, em 1998. Tocava seu pequeno negócio e dava consultoria para sites da Jihad na Internet — e foi assim que Sami Azhar o descobriu. Se suspeitou de alguma coisa sobre quem era seu verdadeiro empregador quando Azhar o recrutou para sua rede de prestadores secretos de serviço, não demonstrou. Ele era uma aquisição valiosa — um nome e um rosto verdadeiros que as pessoas no movimento reconheceriam. A equipe de Hoffman equipara secretamente o escritório, instalando duas câmeras minúsculas e um microfone.

Hanafi falou com o arquiteto em uma mistura de inglês e árabe, percorrendo uma lista de dispositivos de segurança computadorizados importantes para o projeto do novo prédio. Ferris fingiu ter dificuldades em entender tudo aquilo e, passados dez minutos, pediu desculpas e disse que iria deixar os dois para resolverem o que era melhor para o projeto de Abu Dabi. Depois que Ferris saiu em seu carro, Sadiki e Hanafi conversaram por mais uma hora, rindo e brincando de vez em quando. Descobriram que possuíam até alguns amigos em comum. Enquanto isso, a fita corria e as câmeras digitais faziam suas gravações.

Ferris tinha um novo assistente em Amã chamado Ajit Singh. Era baixo, um indo-americano ágil, com uma pele morena lustrosa e um sorriso permanente e opaco. À maneira das pessoas da sua idade, gostava de usar um boné de beisebol, às vezes para trás, às vezes para a frente, às vezes de lado. Azhar mandara-o para Amã para ajudar com os detalhes técnicos.

Ajit era um caso interessante: seu pai fizera uma fortuna de bom tamanho no Vale do Silício, inicialmente criando um programa de gerenciamento de inventário que vendeu para o Wal-Mart, e depois investindo seu dinheiro sabiamente em empresas em que trabalhavam engenheiros indianos que eram seus amigos. O jovem Ajit, recém-saído de Stanford e preparando-se para alguma carreira independente e fantasticamente lucrativa, entrara para a agência como um ato de vingança. Passara umas férias com sua família na Caxemira após terminar a faculdade. Seis meses depois, vários de seus parentes foram assassinados por um homem-bomba da Al-Qaeda. Depois de discutir o assunto com seu pai, que era profundamente patriótico à maneira dos imigrantes bem-sucedidos, Ajit Singh candidatou-se à CIA. Devido à sua extraordinária habilidade com computadores — já nos primeiros meses, ele era um dos melhores *hackers* da Agência —, logo chamou a atenção de Azhar, que o atraiu para seu buraco negro cerebral.

Ajit Singh podia fazer qualquer coisa com computadores. Tinha uma facilidade semelhante com as línguas, que, para ele, eram apenas mais um outro conjunto de símbolos, tal como um programa de computador. Aprendeu sozinho a ler e escrever em árabe nos meses depois de eleger a vingança como a missão de sua vida. Singh podia criar websites, manipular websites, rechear websites com "cookies" especiais de tal maneira que a comunidade da inteligência pudesse rastrear quem entrava e quem saía. Quando se estabeleceu em Amã, Ferris deu-lhe a antiga sala de Francis Alderson, que ainda estava desocupada. Singh encheu-a de servidores, monitores de tela plana, periféricos de inúmeras categorias. O posto de escuta local do NSA precisou mandar uma equipe especializada para fazer todas as ligações elétricas que ele queria.

Singh pendurara um pequeno aviso na parede que dizia: "As pessoas são burras." Aquele era o segredo de seu sucesso. As pessoas eram bastante burras para digitarem suas senhas em computadores equipados para monitorar o toque de cada tecla; bastante burras para se esquecerem de que quando visitavam um website ativavam um marcador eletrônico que as acompanhava de um site a outro; bastante burras para não entenderem que quando estão conectadas à Internet, o disco rígido está pronto para ser invadido; tão burras, na verdade, que não conseguiam perceber que cada laptop ou telefone celular com conexão *bluetooth* é, na verdade, uma antena de transmissão. O melhor de tudo é que é nos momentos em que as pessoas acham que estão sendo espertas e tomando precauções especiais é que estão mais propensas a fazer as coisas mais idiotas possíveis.

O trabalho de Singh em Amã era gerenciar o lado eletrônico da operação de Ferris. Juntara todos os nomes e endereços obtidos no quarto de hotel de Omar Sadiki, em Abu Dabi. Pegara os dados do disco rígido do computador de Sadiki e os vasculhara completamente, procurando por informações que pudessem ser manipuladas e redirecionadas. Seus colegas achavam que ele dormia no chão, porque chegava sempre antes de todos e ainda ficava por lá quando saíam. De vez em quando, algumas pessoas da base conseguiam vê-lo na cafeteria, ouvindo música no iPod e comendo batata frita. Mas, se não fosse por isso, ele era um fantasma.

Depois de cerca de dez dias em Amã, Singh pediu uma reunião com Ferris. Parecia bastante excitado, e Ferris ficou curioso sobre o que ele tinha armado. Encontraram-se na sala de Ferris, no fim daquela mesma tarde.

— Vi os *nós* — Singh anunciou com um sorriso largo e incomum. Usava uma camiseta com a inscrição "Hysterics", de uma banda punk de Nova York de que ele gostava, e uma pulseira amarela que fazia um contraste notável com sua pele escura.

— Bom garoto — disse Ferris. Ele não tinha a menor idéia sobre o que o jovem indiano falava.

— Os nós — Singh repetiu. Parecia desapontado ante a possibilidade de que Ferris já tivesse entendido o que ele ia dizer. — Achei os nós dessa rede que você está tentando penetrar. Ou seja lá o que você estiver fazendo. Não me diga. Não preciso saber. O negócio é que está tudo lá. Vinha trabalhando nela com Sami e o seu pessoal lá da base, e *conseguimos* tudo. Seu competente arquiteto sr. Sadiki visitou uma tonelada de websites ligados a Jihad. Conseguimos entrar nos servidores de mais ou menos a metade dos que ele tem visitado, e assim sabemos quem também os está usando. E sabemos quais deles são meras visitas rápidas e quais os realmente importantes. E assim conseguimos esse quadro, como se fosse de sua comunidade. Quer dizer, de sua comunidade virtual. Não é bom?

— Muito bom. Mas quero que você se concentre nesse grupo de companheiros da mesquita, a Irmandade Muçulmana. São por essas conexões que você tem de começar. Com essas não há dúvida. Ele conhece essas pessoas. São elas que transformam a história em realidade.

— Com certeza. Cruzei os nomes de seu grupo, *e* seus irmãos e seus primos irmãos, com a minha lista de visitantes aos websites da Jihad que sabemos que receberam e enviaram mensagens da Al-Qaeda. Estamos cruzando seus nomes e registros de cartões de crédito com os nossos algoritmos lá em casa. Se alguma vez alguém comprou um suvenir em Karachi ou fez uma ligação de um telefone público perto da mesquita de Salafi, em Birmingham, nós vamos saber. Temos uma verdadeira rede aqui. Agora só precisamos ativá-la.

— Muito bom — repetiu Ferris, com verdadeira admiração. — Mas, lembre-se, precisamos fazer com que Sadiki inspire tanta credibilidade quanto um membro da Jihad. Não apenas alguém que visita websites, mas sim alguém que esteja planejando e conduzindo operações.

— Cla-aa-ro. — Singh expandiu a palavra, como geralmente as crianças fazem, como se dissesse, ob-vi-a-men-te. — Então agora estou pronto para enviar mensagens de Sadiki para algumas pessoas dessa comunidade, alguns dos nós, que são membros verdadeiros da Jihad. Criei uma conta que ele jamais verá. Mas preciso de ajuda. Que mensagens você quer que eu mande? Precisa escrevê-las para mim. Sou apenas um técnico.

Ferris pensou por um instante. As mensagens precisavam ser sugestivas, mas também vagas. Precisavam sugerir que Sadiki tinha uma autoridade maior por trás dele, sem serem explícitas. E tinham de indicar a data da operação que ele e Hoffman tinham combinado, 22 de dezembro, poucos dias antes do Natal.

Ferris pensou no assunto por talvez uns trinta segundos, rabiscou algumas anotações e então escreveu três frases curtas em árabe, que leu em voz alta para Singh:

— O mestre me disse para preparar a lição. Estamos em busca de um local adequado para pregar. Enviamos saudações aos nossos irmãos e pedimos a ajuda de Deus.

— Ótimo — disse Singh. — O mestre. A lição. Isso funciona.

— Vamos precisar de mais algumas mensagens, para que todos não recebam a mesma. E precisamos de algumas respostas, para enviar a quem escrever de volta. Dê-me um tempo para pensar. — Singh colocou os fones de ouvido e ficou ouvindo música, enquanto Ferris rabiscava em árabe.

— Escute isso — disse Ferris, alguns minutos mais tarde, puxando o fio dos fones de Singh para tirá-lo dos seus devaneios no *rock-and-roll.* — Em nome de Deus, agradecemos aos irmãos que prepararam o caminho para nós. O dia da festa se aproxima. Deus é grande.

— Funciona perfeitamente — disse Singh.

Ferris trabalhou durante mais uma hora escrevendo mensagens e respostas. Singh levou-as e começou a enviá-las como e-mails de Sadiki para uma dúzia ou mais de pessoas que eles tinham selecionado na comunidade virtual de seu agente virtual. Para cada um, Singh anexava uma mensagem em árabe que dizia: "Caro irmão, caso nos encontremos, peço-lhe que perdoe meu silêncio." Dessa maneira, se alguém questionasse Sadiki diretamente — e o ouvisse protestar de que não enviara nenhuma mensagem —, presumiriam que ele apenas estava cobrindo suas pegadas.

Singh aguardou a colheita eletrônica. Algumas pessoas não responderam nada. Outras responderam para o que pensavam ser o e-mail de Sadiki — mas as mensagens iam para Singh. Ele usou as respostas curtas que Ferris escrevera — que insinuavam detalhes adicionais do plano do Natal. Três dos que as receberam repassaram a mensagem original de Sadiki a outros endereços eletrônicos, com comentários curiosos que diziam, para todos os efeitos: Ele é dos nossos? Isso é para valer? Isso deu ao grupo de Azhar mais endereços de e-mail e servidores para monitorar e um caminho eletrônico que fazia com que se aproximassem, byte a byte, de Suleiman.

21

Amã

Ajit Singh distraía-se com um novo brinquedinho enquanto Ferris preparava-se para a sua terceira reunião com Omar Sadiki. Tinha se tornado uma espécie de diversão dentro da comunidade da inteligência construir websites falsos ligados a Jihad, embora Singh achasse que a maior parte deles fosse inútil. Os gráficos eram bem impressionantes e a retórica islâmica excessivamente entusiástica. Muitas vezes os sites falsos até chegavam a sugerir que os novos usuários se "registrassem", fornecendo dados aproveitáveis tais como o número do celular. Ajit queria construir um portal islâmico que não fosse muito óbvio — que pudesse incluir dados de muçulmanos militantes pinçados em meio a inúmeras outras informações inofensivas sobre o amor e a vida. "Pense nisso como um cruzamento entre Osama e Oprah", explicou ele a Ferris. Ferris autorizou Singh a ir em frente, desde que não consumisse muito tempo. Mas o jovem já vinha trabalhando no projeto há alguns dias, e ele estava, na verdade, quase pronto em uma versão "beta".

O nome escolhido por Ajit foi *mySunna.com* — o "caminho certo" on-line, em árabe e em inglês. Construiu-o como um site comercial, não muito elaborado, mas com vários destaques especiais que pudessem atrair a atenção. Baixou uma versão eletrônica da "Calculadora Zakat", por exemplo, para que os muçulmanos devotos pudessem calcular o tributo religioso correto. Eles poderiam digitar o total de seus bens, incluindo dinheiro em espécie, contas bancárias, ações, investimentos em propriedades, em ouro e em prata, e então acionar "Calcule Zakat" e, *Y'Allah*! Para obter as notícias com um enfoque muçulmano, utilizava-se das atualizações on-line do *Kahleej Times,* do Catar, e do *Dawn,* de Islamabad.

Dentro de "meu bazar" havia fotos emolduradas de Osama, Zawahiri e Zarqawi; e também tapetes de oração tecidos com a imagem de bin Laden. Com um outro clique, acionava-se "meus filmes", com uma seleção de vídeos filmados por grupos da Jihad por todo o mundo muçulmano. Os títulos incluíam *Iraqi R.A.W.* e *Iraqi R.A.W.2*, com filmes amadores de combatentes no Iraque lançando bombas artesanais e morteiros nas bases norte-americanas. Um outro vídeo iraquiano era *Os leões de Fallujan*, filmado do lado dos insurgentes durante os ataques dos Estados Unidos. Para os que quisessem ação da Jihad em uma outra frente, Ajit oferecia compilações da Chechênia — *Inferno russo*, volumes 1, 2, 3, 4 e 5. Também havia filmes originais de bin Laden, tal como os veiculados na rede Al Jazeera. Uma oferta final era *Homens-bomba de Riad*, uma coleção tenebrosa das "últimas vontades" dos homens que detonaram os ataques à bomba na capital saudita, em maio de 2003. Ajit não se incomodava de preencher formulários — encaminhava os pedidos para outros websites islâmicos que ofereciam os mesmos produtos.

Ajit estava orgulhoso de sua coluna de aconselhamento islâmico. "Fale com *mySunna.com* — O que é *haram* e o que não é? A resposta para suas perguntas mais íntimas relativas ao Islã." Os usuários eram convidados a enviar perguntas que seriam respondidas on-line por um xeque de verdade. Tentou formulá-las de uma maneira tão pessoal e inconveniente quanto possível, para estimular os acessos.

— Vai lá conferir! — disse Ajit orgulhosamente quando mostrou a Ferris a versão beta. — Isso vai fazer os olhos saltarem das órbitas!

Relação anal:

Pergunta: É permitido ao muçulmano praticar sexo anal?
Resposta: Essa atitude é extremamente makrooh *(mas não realmente* haram*). Não há objeções a que o casal tenha prazer com o corpo inteiro um do outro. Mas deve-se levar em consideração que algumas atitudes estão abaixo da dignidade humana.*

Pergunta: Quando as mulheres estão menstruadas, podem fazer sexo anal?
Resposta: Se a mulher consentir, é permitido. Mas isso seria extremamente abominável.

Aperto de mãos:

Pergunta: Pode-se trocar um aperto de mãos com mulheres?
Resposta: Não é permitido.

Masturbação:

Pergunta: E quanto à masturbação? Pode ser praticada se não houver uma esposa disponível?
Resposta: Não é permitida.
Pergunta: Se a esposa pedir ao marido para ele se masturbar na frente dela, é permitido?
Resposta: É permitido, mas é preferível que a esposa use suas mãos, e não o homem.

Espelhos:

Pergunta: O marido e a mulher podem fazer sexo enquanto se olham no espelho?
Resposta: É permitido.

Sexo oral:

Pergunta: Peço muitas desculpas por ter de formular esse tipo de pergunta, mas, como fui criado em um país ocidental, não sei muita coisa sobre religião. Irmão, minha pergunta é a seguinte: podemos praticar sexo oral?
Resposta: Sexo oral é permitido, desde que nenhum líquido seja engolido.

— Onde foi que você arrumou essas coisas? — questionou Ferris. — É hilariante. Foi você quem bolou isso?

— De jeito nenhum. Como eu poderia saber o que é *haram* e o que é apenas *makrooh*? Não, tudo isso é verdade.

— Então onde diabos você conseguiu tudo isso? Pagou a algum imane obcecado por sexo?

— Você não vai acreditar, mas tirei tudo isso de um site de um aiatolá xiita. Está tudo lá, cara. Eles têm um monte de estudiosos da religião em Najaf decidindo o que é possível entrar na boca de uma mulher. É sério.

— Ajit, você me fez ganhar o dia — disse Ferris. — É animador pensar no inimigo se preocupando com as implicações teológicas do sexo anal.

Alguns dias mais tarde, *mySunna.com* estava no ar, com sua loja de vídeos online e sua coluna de conselhos islâmicos e salas de bate-papo que, no intervalo de uma semana, passaram a ser regularmente visitadas por pessoas querendo trocar mensagens reais. Ajit, o rosto invisível do outro lado do monitor, acrescentara algumas outras atrações que permitiram à Agência monitorar e também manipular essa troca de mensagens.

Ferris teve sua terceira reunião com Omar Sadiki em Amã. Teve cuidado com a vigilância, adotando as normas sobre "áreas proibidas". Era fundamental que Hani não soubesse nada sobre seus contatos com o arquiteto. No dia marcado, Ferris saiu da embaixada com um colega em um carro com vidros escuros. Dirigiram até Ferris se certificar de que não estavam sendo seguidos. Quando o carro virou lentamente em uma esquina remota em Jebel Amã, Ferris abriu a porta e rolou suavemente do banco do carona para a calçada. Quando saiu do banco, um boneco de borracha se inflou, preenchendo o lugar em que estivera sentado. Esse truque tinha sido usado inúmeras vezes em Moscou. Com os vidros escuros, um observador não poderia perceber que Ferris não estava mais ali.

Um outro carro o esperava em uma ruela. Tomou o caminho de uma garagem subterrânea de um grande prédio de apartamentos onde a Agência mantinha uma de suas várias casas seguras de Amã. Ferris pegou o elevador no subsolo para subir; uma vez no apartamento, compôs o disfarce que usara nas duas reuniões anteriores com o arquiteto jordaniano — os mesmos bigodes, óculos pretos, peruca e barriga estofada. Mal se reconheceu quando se olhou no espelho.

Encontraram-se em uma suíte do Le Royal, um grande hotel no meio da cidade, de propriedade de um bilionário iraquiano. Sadiki tinha o ar solene e piedoso de sempre. Apresentou os orçamentos finais, as novas plantas e croquis, e os novos detalhes dos subempreiteiros. Os pagamentos pela obra já tinham começado a pingar na conta da Al Fajr, graças ao relacionamento amigável da Agência com o Unibank. Quando chegasse a hora de cancelar o contrato, dentro de alguns meses, o Unibank iria pagar à Al Fajr uma boa indenização pelo cancelamento do projeto. Isso também fora combinado.

Ferris procurava sinais de estresse em Sadiki — qualquer coisa fora do normal que pudesse sugerir que ele tivesse alguma suspeita de seu contato com "Brad Scanlon", ou que tivesse descoberto alguns dos esquemas ardilosos de Hoffman — uma palavra estranha na mesquita, um telefonema aflito de um parente ou uma dica dos homens de Hani. Mas, aparentemente, não havia nada. Sadiki estava tão tranqüilo — e tão cordial — quanto antes. Os dois passaram várias horas examinando os papéis e almoçaram na suíte de Ferris, enquanto conversavam.

Sadiki desculpou-se pela reza no meio da reunião, como fizera em Beirute. Mais uma vez, voltou com um ar de limpeza. Essa era a parte do Islã que Ferris admirava verdadeiramente, mesmo que não a entendesse. Para os fiéis, as orações diárias eram como um banho em uma piscina de água da fonte. Havia uma sensação de libertação e purificação que aparentemente emanava dos rituais de ajoelhar, curvar, confessar e louvar. Era aquilo que "Islã" significava — submissão à vontade de Deus.

Ferris poderia ter se juntado a esses escravos de Alá em uma outra vida. Mas para ele, e seus colegas, o dia depois de 11 de setembro de 2001 era hoje e sempre. Forçou-se a pensar nas pessoas nos andares superiores do World Trade Center — as que não conseguiram escapar porque os andares abaixo tinham sido destruídos pelo impacto dos aviões seqüestrados. Forçou-se a imaginar como deve ter sido quando o carpete sob os pés das vítimas ficou tão quente que começou a queimar e o ar em volta delas ficou tão cheio de chamas e de fumaça — em como a angústia física e mental tornara-se tão insuportável que essas pessoas desesperadas preferiram saltar das janelas do octogésimo andar para se espatifarem no chão, em vez de permanecerem naquele verdadeiro inferno por mais um instante. Esta é uma guerra, Ferris disse a si mesmo. Você é um soldado. Mais pessoas vão morrer, a menos que você faça seu trabalho.

22

A Auto-estrada do Rei, Jordânia

Quando Alice propôs que passassem um fim de semana fora, Ferris concordou alegremente. Eles não podiam só ficar sentados em Amã e esperar pelo próximo carro-bomba. E ele precisava de um descanso. Estava tão agitado quando saiu da embaixada, que precisaria de uma ou duas horas, e de vários drinques, para se acalmar. Os dois passavam quase todas as noites juntos agora, perambulando para lá e para cá entre os dois apartamentos. Ela deixara de questioná-lo tanto sobre o trabalho; as pessoas aprendem a não fazer perguntas quando não querem saber as respostas.

Alice sugeriu que fossem para o sul, descendo a antiga rota conhecida como a Auto-estrada do Rei, que tinha conduzido os hebreus errantes, os cristãos das Cruzadas e os muçulmanos peregrinos pelos vádis e cumes estéreis do sul da Jordânia por mais de dois milênios. O oficial de segurança da embaixada colocaria objeções em uma rota que os levaria através de várias cidades beduínas no sul rebelde, mas Ferris não lhe perguntou nada. Como um atuante chefe de base, ele podia ir para onde quisesse. Em vez de requisitar um dos SUV blindados da embaixada, alugou um Mitsubishi pequeno.

— Carro simpático — disse ela, quando ele a apanhou. Ela notou as placas da Jordânia e sorriu. — Vamos bancar os nativos?

Alice juntara seus mapas e guias de viagem e orientou Ferris a sair da cidade pelo sul, em direção a uma estrada estreita e sinuosa que costeava as gretas do mar Morto. A paisagem se derramava pela superfície cintilante de água salgada, que possuía a nebulosa irrealidade de uma miragem. Enquanto o carro descia até o ponto mais baixo do planeta, Ferris podia sentir seus ouvidos ajustando-se à mudança da pressão atmosférica. Do outro lado do mar Morto situava-se a Cisjordânia, e, mais adiante, via-se claramente o contorno do aglomerado urbano de Jerusalém. Alice guiou-o em direção a um *resort* suíço às margens da costa do mar Morto, cujo gerente conhecia.

— Vou levá-lo para dar uma nadada matinal, querido, a menos que você não queira nadar. — Ela explicou que a água do mar Morto era tão salgada que não se conseguia impulsionar os braços e as pernas sob a superfície, então as pessoas simplesmente boiavam. Puxou Ferris para conhecer seu amigo gerente, um palestino educado que tinha recebido um polimento suíço em Lausanne. Ele lhes deu toalhas e a chave de uma cabana perto da água. E logo Alice o estava empurrando para a água luminescente do mar Morto.

Alice distanciou-se da praia boiando graciosamente. O maiô colava-se ao seu corpo como borracha. Os bicos dos seios revelavam-se através do tecido, firmes e redondos.

Ferris mergulhou na água, mas, como Alice avisara, seu corpo boiou como se fosse de cortiça. Na verdade, a água espetava, queimava sua pele como se estivessem esfregando álcool. Exalava também um cheiro de enxofre, mas Alice não se importava. Deixou que a água a carregasse como se estivesse deitada sobre um caixão líquido; foi levada pela corrente sob o sol de novembro com um ar de puro prazer no rosto. Ferris tentou relaxar com ela, mas sua mente continuava voltando para as bombas e os homens-bomba.

Tomaram uma ducha e trocaram de roupa, e logo estavam de volta subindo e descendo os cumes da Auto-estrada do Rei. Alice queria mostrar a Ferris o castelo de Kerak, do tempo das Cruzadas — a fortaleza onde o detestável Reynauld de Chatillon estabelecera seu quartel-general. Alice o conduziu através dos portais de pedra e ao longo dos muros e parapeitos, recontando as histórias da perfídia de Reynauld — de como ele costumava saquear os pobres peregrinos muçulmanos em suas viagens *hajj* pela Auto-estrada do Rei em direção a Meca; como ele encaixotava as cabeças de suas vítimas antes de atirá-las fora dos muros do castelo para que permanecessem conscientes e sentissem toda a dor de seus ossos quebrados. Era disso que os muçulmanos se recordavam quando chamavam os americanos de "cruzados".

Olharam para oeste dos muros do castelo, em direção aos vádis que escoavam as quedas-d'água dos cumes das montanhas. Era uma paisagem que não mudara muito em mil anos; dissipada mais pela mão da natureza do que pela do homem.

A distância, onde ficava Jerusalém, o céu era azul-safira no meio da manhã. Alice empertigou a cabeça e virou-se para Ferris. Mechas de seu cabelo comprido tinham escapado do rabo-de-cavalo e ondulavam ao vento.

— Os cruzados também começaram com uma mentira — disse ela. — Sabia disso?

Ferris percebeu que ia ouvir uma das aulas de Alice. Elas não o incomodavam mais. Faziam tão parte dela quanto o cabelo dourado ondeando ao vento.

— Tem certeza? — perguntou ele, bancando o homem sério.

— Tenho. O papa Clemente não declarou que os muçulmanos dispunham de armas de destruição em massa, mas foi tão ruim quanto. Pregou que os muçulmanos estavam roubando e torturando os pobres peregrinos cristãos na Terra Santa. Foi uma grande mentira, mas era a Idade Média. As pessoas eram crédulas, supersticiosas e burras, e, acreditando nas palavras do papa, partiram para matar os muçulmanos. Foram muito longe por causa de uma mentira. Isso não é terrível?

Ferris assentiu com a cabeça. Sim, era terrível.

— Quando chegaram à Terra Santa, levaram um choque — continuou ela. — Porque os muçulmanos, na verdade, revidaram. E aí os cruzados ficaram encurralados. Estavam longe de casa e agora tinham uma guerra de verdade nas mãos, e então tiveram de continuar mandando mais cruzados, e cada vez mais. E então, finalmente, foram derrotados, e os que sobreviveram tiveram de se arrastar para casa. Percebe alguns paralelos? Alguma vaga ligação com os acontecimentos recentes?

— Não — disse Ferris, sorrindo. — Nada que me venha à cabeça.

— Ah, você me irrita. — Ficou na ponta dos pés e sussurrou em seu ouvido: —Aprenda com a história.

Ferris examinou o horizonte. Era uma paisagem que continha sedimentos de quase todas as épocas da experiência humana. A alguns quilômetros para o sul ficava a incomparável cidade romana de Petra, escondida em um vale remoto e esculpida na rocha com uma perfeição eterna. Para o norte, a muitas horas de distância de carro, ficavam as magníficas ruínas de Jerash, Pella e Um Quaiss — três das dez cidades de comércio do Oriente Médio, que os romanos chamaram de Decápolis. As ruínas pontilhavam essa paisagem, misteriosamente intacta. Havia grandes praças formadas por colunas jônicas perfeitas, ruas com colunatas com as pedras de calçamento originais, anfiteatros romanos em perfeita ordem, com os assentos de pedra em volta dos palcos vazios, como se o público e os atores, de repente, tivessem desaparecido ao vento.

— O que aconteceu com todos eles? — disse Ferris, meio que para si mesmo, olhando fixamente para aquele cenário do tempo. — Os gregos, os cruzados, os romanos.

— Estão mortos — disse Alice. — Ou assim fui levada a crer.

Ferris sorriu e passou o braço em volta dela.

— O que eu quis dizer é por que eles desapareceram? Os romanos construíram para ficar. Suas cidades ainda estão aqui, dois mil anos depois. Detinham o controle absoluto. Mas o perderam. O que eles fizeram de errado?

Alice olhou para ele.

— Você quer *realmente* falar sobre isso, Roger? Porque acho que você não vai gostar da minha resposta.

— Quero. Quero saber o que você acha.

— Está bem. Os romanos desapareceram porque cometeram erros. Tiveram maus governantes. De Adriano a Cômodo passaram-se apenas sessenta anos. Foi o que bastou a Roma para ir da glória ao declínio. As coisas acontecem assim, rapidamente. Portanto, abra os olhos. — Cutucou-o levemente nas costelas, mas Ferris não estava pronto para ceder.

— Ah, não foi só isso. Os romanos se abrandaram. Tornaram-se fracos. As legiões romanas perderam sua disciplina, e os bárbaros foram capazes de derrotá-las. Ele cerrou o queixo. Será que ela não entendia? Uma ética combativa era o melhor antídoto para a decadência.

— Está certo, meu querido manquinho. Eles ficaram mesmo mais brandos e isso foi parte da decadência deles. Mas isso aconteceu bem mais tarde. O que deu início à espiral que acabou com eles foi a má liderança. Quando começou o declínio, Roma ainda era uma superpotência, militarmente. A guarda pretoriana tinha muito poder, não era pouco. Foram as instituições políticas que ficaram fracas. A corrupção e a ruína vieram depois. Roma apodreceu de dentro para fora. Pode acreditar em mim. Fiz créditos extras em leitura.

Ferris olhou para ela, que sacudia a cabeça diante da falta de compreensão dele. O rabo-de-cavalo balançava de um lado para outro, como uma crina. O que Alice tinha que cativava tanto Ferris? Será que era porque ela implicava e debochava dele e revidava suas certezas? Ou porque se preocupava com ele a ponto de lhe dizer que estava errado? Ou porque ela sabia coisas que ele não sabia, um conjunto sólido de experiências escondidas debaixo de seus cachos louros e atraentes olhos cor de avelã? O que importava era que, naquele momento, ela era algo infinitamente precioso. Ele não dava a mínima se os novos bárbaros destruíssem cada arranha-céu na América, contanto que poupassem Alice.

— Amo você — disse ele.

— Ah, que bom, ele está admitindo a derrota. — Ela puxou-o pela mão, afastando-o da pedra bruta do muro do castelo.

Alice tinha levado um almoço composto de pão francês, vinho, queijo, presunto e melão. Encontraram um lugar sob o sol de fim de novembro, em cima de algumas rochas na fortaleza do castelo do cruzado, e sentaram-se para comer. Ferris abriu o melão-cantalupo com um grande canivete de bolso e dispôs as fatias com lascas do presunto. Alice arrumou o pão e o queijo e abriu o vinho — um Kefraya tinto, do vale do Bekaa, no Líbano, a uns cem quilômetros de distância. Os aromas eram perfeitos, cada um deixando suas notas distintas na língua. Quando terminaram a refeição, descansaram sobre as pedras antigas, lagarteando ao sol.

Alice tinha mais uma parada. Queria levar Ferris à cidade de Mu'tah, a poucos quilômetros de distância. Era famosa na história muçulmana como o palco de uma das primeiras batalhas entre a explosão do exército muçulmano fora da Arábia no século VII e as legiões do Império Bizantino. Hoje Mu'tah era uma cidade universitária, e, tal como Zarqa, no norte, era um centro de muçulmanos fundamentalistas.

Ferris franziu a testa quando Alice propôs esticar a viagem. Mu'tah era considerado um lugar perigoso para forasteiros. Na época de seu predecessor, Francis Alderson, um agente de campo da CIA tentara aliciar um membro da Irmandade Muçulmana em Mu'tah e sofreu um breve seqüestro dos amigos do furioso homem que tinha sido seu alvo. Dizia-se ainda que era um centro da Ikhwan Ihsan, os Irmãos do Conhecimento.

— Vamos para casa — disse ele. — Estou cansado. Quero dar uma dormida e depois fazer amor.

— Mas você *tem* de ver Mu'tah. É um charme. E há templos em El Mazar para o filho do profeta Zaid bin Haritha e seu auxiliar Jaffar bin Abi Talib. O lugar é famoso para os muçulmanos. Como é que você vai poder entendê-los se não conhecer a história deles, Roger? É como ir a Boston e não parar para ver o Faneuil Hall.

— Nunca fui ao Faneuil Hall. Vamos para casa fazer amor.

Alice fez beicinho.

— Se você me forçar a ir para casa, pode esquecer sexo. E não só esta noite. Além disso, quero entregar uma carta a um dos professores em Mu'tah. Ele está ajudando alguns dos nossos alunos que só freqüentam meio período. Trouxe-a até aqui para entregar a ele. Então precisamos ir até lá.

Ferris sabia, pelo tom de sua voz, que ela não cederia. Voltaram ao Mitsubishi e quicaram por alguns quilômetros estrada abaixo até Mu'tah. Alice cantava "Big Yellow Taxi", reproduzindo quase todas as notas. Estava feliz por levar Ferris a se aprofundar em seu mundo; e talvez também por sentir que fizera uma aposta acertada em relação a ele. Ferris disfarçou suas preocupações, mas examinou cada casa enquanto entravam pelos subúrbios de Mu'tah. Não havia nenhuma força especial jordaniana ali: só uns poucos policiais inúteis. As mulheres usavam lenços na cabeça; algumas usavam o véu inteiro. Os homens tinham o ar pétreo do beduíno, e muitos usavam longas barbas — um sinal visível de que gostariam de pertencer, não a este mundo, mas ao do século VII.

— Não gosto da sensação que este lugar transmite — disse Ferris, interrompendo Alice no meio da sua música.

— Está tudo *bem*.

— Não sei. Sinto que somos completamente intrusos aqui.

— Eu não sou uma intrusa. Tenho uma carta para entregar a um amigo chamado Hijazi. Ele pertence a esse grupo religioso. A Ikhwan Ihsan, ou coisa parecida. Ele tem nos ajudado muito. Se você está nervoso, eu só vou entregar a carta e voltamos. O que acha? — Chegavam agora ao centro da cidade. A universidade ficava alguns metros adiante.

— Nossa, Alice. Você não me contou que o cara era da Ikhwan Ihsan. Isso é péssimo.

— Você realmente não sabe do que está falando, Roger. Não tem nada de péssimo. Pelo contrário. Eles ajudam bastante nossos projetos. Enviam professores e pessoal especializado. Trabalho com eles e com muitas outras pessoas das quais você não gostaria, e estou bem satisfeita. Agora fica aqui sentado no carro que eu já volto. — Ferris reclamou novamente que não se sentia seguro ali, mas ela já estava fora do carro e caminhava por uma ruazinha que levava à universidade.

Ferris desligou o carro e saiu para tomar um café bem em frente. Só quando abriu a porta do Mitsubishi foi que percebeu uma meia dúzia de homens à sua direita, sentados do lado de fora da mesquita local. Suas cabeças moveram-se ao mesmo tempo enquanto o observavam atravessar a praça. Tinham o olhar duro, intenso, das pessoas que estudavam, rezavam e treinavam juntas. Ferris vira dúzias de grupos como eles durante sua permanência no Iraque, ao longo das estradas, reunidos nas ruas. Era uma intuição, mais do que uma coisa específica, que lhe disse que eles significavam problema.

— Alice! — gritou ele. — Volte. Temos de ir. Já!

Ela havia desaparecido da vista e já não poderia escutá-lo nem lhe responder. Seu grito foi inútil para trazê-la de volta, mas atraiu a atenção do grupo perto da mesquita. Agora sabiam, pela voz, que ele era americano e que estava preocupado.

Ferris continuou andando em direção ao café, com olhos baixos, esperando evitar fazer qualquer movimento que pudesse chamar mais atenção. Um velho estava sentado do lado de fora, fumando narguilé. Afastou-se quando Ferris se aproximou. A cidade inteira era carrancuda. Aquele era um lugar, Ferris lembrou-se, em que as pessoas se insurgiram quando o rei tentou tirar os subsídios de produtos de primeira necessidade, como o pão, uma cidade de descontentes profissionais. Ferris pediu um café turco ao garçom, meio doce. Sorveu-o lentamente, esperando por Alice. Os homens jovens do outro lado da praça cochicharam pela última vez e depois sumiram. Para onde será que foram? E onde estava Alice?

Ferris precisava urinar. Antes tivesse bebido menos vinho tinto. Levantou-se, entrou na escuridão do café e perguntou onde era o banheiro. O garçom não respondeu; tinha um ar medroso e confuso, e seus olhos moveram-se em direção às sombras. Ferris farejava o perigo, e estava se virando para sair dali quando sentiu uma pancada forte na cabeça. Sua vista escureceu e depois explodiu em raios brancos de dor ao cair no chão do café.

Quando abriu os olhos um instante depois, os homens remexiam seus bolsos em busca da carteira. Dois homens mantinham-no imobilizado no chão, e mais dois conversavam em árabe. Será que sabiam quem ele era? Tinham-no seguido até ali?

— Por favor, sou amigo — disse em inglês, preocupado de que seu árabe pudesse denunciá-lo como um membro da inteligência.

Acharam sua carteira e examinaram sua identidade da Jordânia que o identificava como um membro da embaixada norte-americana. Isso os deixou exaltados; agora tinham um verdadeiro troféu. O homem que atingira Ferris com o porrete deu-lhe um bico com o pé.

— Por que você veio a Mu'tah? Para espionar os muçulmanos?

— Não, não — respondeu Ferris. — Sou só um diplomata. Vim ver Kerak. Agora vou voltar para Amã. — Ferris tentava pensar no que fazer. Ninguém na embaixada sabia onde ele estava. Se fosse seqüestrado, levaria muitas horas até alguém dar por sua falta. Sentiu no bolso a caixinha de plástico que continha a placa dentária com o veneno. Nunca a usara. Por que a carregava? Iam achá-la em seguida. Estava avaliando o que fazer quando ouviu o som de chutes na porta da frente para abri-la. Jogado no chão, não conseguia ver o que estava acontecendo, mas ouviu uma voz feminina falando um árabe firme e enérgico. Ferris demorou a perceber que era de Alice.

— Soltem-no. Agora! Meus amigos da Ikhwan Ihsan vão ficar muito irritados por vocês terem tratado uma visita com tal desrespeito.

— Ikhwan Ihsan? — disse o homem com o porrete. — *W'Allah!*

Os homens recuaram. Ferris levantou-se do chão e ficou perto de Alice. Ela lançava um olhar de aço, fixo, imóvel. Não gritou, não ameaçou. Mas, por sua postura, seu árabe bem-formulado, e, principalmente, pelo seu destemor, ela impunha respeito àqueles jovens.

— Obrigada — disse ela em árabe. — Que Deus os cumule de boa saúde. — Eles responderam com frases rituais de saudação e paz.

Um homem jovem em uma veste branca comprida entrou no café e parou perto de Alice. O círculo de jovens que atacara Ferris recuou, respeitosamente. Este deve ser Hijazi, presumiu Ferris, o homem que Alice tinha ido visitar. Estendeu a mão para Ferris para cumprimentá-lo e depois virou-se para os homens ali em volta, que, um momento antes, pareciam prontos para seqüestrar Ferris.

— Irmãos — disse ele —, vocês envergonham a cidade de Mu'tah e o sangue dos companheiros do Profeta que foi derramado aqui. Este visitante veio aqui com a senhorita Alice Melville, uma amiga do povo árabe. Vocês são piores que os *jahil*, aqueles que são ignorantes, por tratar nossa visita desse jeito. Por favor, peçam-lhe desculpas e implorem seu perdão pelo comportamento selvagem e ignorante que tiveram. — Os homens murmuraram suas desculpas e apertaram a mão de Ferris. Pareciam mesmo desolados, não por bater em Ferris, mas por ofender Hijazi. Ferris olhava fixamente para Alice, maravilhado.

Hijazi insistiu para que tomassem chá e comessem doces com ele. Ferris queria ir embora, mas sabia que só aumentaria o constrangimento para a cidade, caso recusasse esse ritual de desculpas. Um médico local foi chamado para examinar seu ferimento da cabeça. Quando sentaram no café, os presentes começaram a surgir: a maioria coisas simples, artesanais. Ofereceram tâmaras e doces, e o homem que atingira Ferris tentou dar-lhe dinheiro, do jeito que os homens das tribos sempre resolvem suas disputas, mas ele recusou. Finalmente, quando já era quase noite, a cerimônia de desculpas acabou e tiveram permissão para partir.

Quando o Mitsubishi estava em segurança, de volta à Auto-estrada do Rei, Ferris parou no acostamento. Olhou fixamente para Alice, que se tornara, naqueles poucos minutos, uma pessoa diferente para ele. Por mais que tivesse amado seu espírito livre e irreverente, amava ainda mais a mulher de vontade férrea que ele acabara de observar.

— Você pode ter salvado minha vida naquele lugar — disse ele.

— Pode ser. Não acho que eles fossem fazer alguma coisa. Como está sua cabeça?

— Doendo.

— Estou *tão* desolada. — Inclinou-se e deu-lhe um beijo na cabeça. — Você tinha razão. Não devíamos ter ido a Mu'tah. A cidade é muito pequena e as pessoas são muito mal-humoradas. A culpa é minha. Você pode me desculpar?

Ferris assentiu. Parecia que todas as facetas de Alice estavam ali juntas agora. Ela parecia ser uma dessas raras pessoas que vivenciam seus valores de uma maneira plena e transparente.

— Gostei do seu amigo Hijazi — disse Ferris. — Ele é um salvador de vidas. Como você o conheceu?

— Conforme eu já lhe disse, seu grupo vem nos ajudando. São profissionais de todas as partes da Jordânia. São muito religiosos, mas igualmente muito doces. A maioria deles não faria mal a uma mosca. Um pequeno grupo deles trabalha conosco, em Amã. Dois médicos, um advogado, um arquiteto. Todos são pessoas ótimas.

Ferris parou de sorrir, parou de se mexer. Podia ouvir seu coração batendo.

— Você está brincando? Um arquiteto? Por que ele iria se incomodar com uma escola?

— Não sei. Mas o arquiteto é um dos mais simpáticos. É um cara alto, meio quieto, mas uma pessoa muito doce. Tem aquela marca esquisita na testa de tanto rezar. Apresentou-se voluntariamente para fazer alguns projetos para a nova escola que queremos construir.

Ferris desviou seus olhos dela e fechou-os. Seu mundo estava escurecendo de novo.

— Como se chama esse arquiteto?

— Esqueci. Mas ele é uma pessoa do bem. Espera, acho que me lembro. Seu nome é Sadiki, algo como "amigo", em árabe. Omar Sadiki. Um cara legal. Todos eles são. E nós precisamos de ajuda, Deus sabe disso.

Ferris congelou, os olhos ainda bem apertados. Sentiu como se alguma coisa no centro do seu corpo tivesse acabado de desmoronar. Ele a tinha colocado em perigo; expusera-a ao veneno do seu trabalho. Segurou a mão dela. Não podia encará-la. Tinha de pensar rapidamente no que fazer, como protegê-la da melhor forma possível — e resolveu, naquele instante, que não devia fazer nada. Se dissesse ou insinuasse qualquer coisa, poderia expô-la a Sadiki e a tudo o mais que representava um grande perigo para ele.

— Ei, ei, o que é que há? — disse ela. — Sua mão está fria como gelo. É melhor irmos para sua casa. Você teve um choque.

— É mesmo — disse Ferris, voltando-se para ela. — Acho que estou um pouco frio. É melhor irmos andando.

Ferris saiu do acostamento e voltou à Auto-estrada do Rei. O sol caía rapidamente agora, e ele ligou o aquecimento. Alice não conseguia achar uma estação boa no rádio. Ferris mal conseguia olhar para ela. Quando chegaram a Amã, o sol tinha se posto sobre as montanhas a oeste.

23

Amã/Washington

Chegara uma mensagem urgente para Ferris naquele fim de semana, enviada pelo inspetor-geral da CIA, exigindo que ele voltasse imediatamente ao Quartel-general para discutir uma "questão de interesse". O rádio não dava mais detalhes. Ferris mandou rapidamente uma mensagem na segunda-feira para Hoffman, pedindo-lhe que telefonasse assim que chegasse ao escritório. Teve de esperar sete horas pela resposta. Ferris leu a mensagem para seu chefe.

— Sobre o que é isso, Ed? — perguntou-lhe. — A impressão que dá é que estou sob investigação.

— Você está — respondeu Hoffman. — Acabei de descobrir. Foi por isso que demorei a telefonar. Precisei ver algumas pessoas.

— O que eu fiz? — O primeiro pensamento de Ferris foi os relatórios de despesas.

— O problema é esse. Não sei, e os meus espiões no gabinete do inspetor-geral não me contariam. Ou não puderam me contar. Ou talvez não saibam, mas duvido muito.

— Você pode interferir nisso? Quer dizer, é que eu não tenho outras coisas a fazer no momento. Se vamos mesmo ter o 22 de dezembro, a hora é decisiva.

— Vou tentar. Mas esses caras do gabinete do inspetor-geral são uns completos imbecis. Pense no Departamento de Assuntos Internos como o departamento de polícia mais esculhambado do mundo: os tiras estão levando uma surra, os criminosos fazem o que querem, e enquanto isso o pessoal do departamento está investigando uns caras que ganham lanche grátis de uma rede de lanchonetes. Assim é o gabinete do inspetor-geral. Ganham a vida destruindo os agentes de campo. Desculpe-me, mas isso é fato.

— Mas eu não fiz nada de errado. Pelo menos que eu consiga lembrar. Fiz alguma coisa errada?

— Espero que não. Mas não consigo me lembrar de nada imediatamente.

— Isso não tem a menor graça, Ed. Pelo menos para mim. O que devo fazer?

— Tem de vir para casa. Imediatamente. No próximo vôo que sair. Fale com os caras e descubra o que é. Depois vamos pensar em como fazer isso tudo passar.

Ferris pensou em Alice e em Omar Sadiki e sentiu o nó voltar a se apertar em seu estômago.

— Eu realmente não quero sair de Amã agora. As coisas estão esquentando. Não é uma boa hora para eu me ausentar.

— Compreendo. Mas você não tem escolha. Esses caras são foda. Se você não vem quando eles chamam, mandam alguém para trazer você algemado. Não brinque com eles. Pode acreditar nas minhas palavras. Cruzei com eles uma vez e eles quase me foderam. Tive um bom advogado. Vou ligar para ele e ver se ele pode ajudá-lo. Mas primeiro você vai ter de falar com os caras. Ligue hoje e combine a reunião para depois de amanhã, logo a primeira coisa, mas vá sozinho. Depois de conversar com eles, vá falar com o advogado e pense no que fazer. Se você já chegar com o advogado, eles vão se esforçar mais ainda para acabar com você.

Ferris encontrou Alice para tomar um café naquela tarde no InterContinental, perto do escritório dela. Disse-lhe que tinha de voltar para casa urgentemente e que pegaria o primeiro vôo que saía para a Europa pela manhã, e de lá para Washington. Sua mãe estava doente, disse ele, e estava sozinha. Precisava estar com ela. Ele tinha pensado em qual seria a melhor mentira para contar, e aquela lhe pareceu a mais segura.

— Eu sabia que você estava preocupado com alguma coisa no sábado — disse ela. — Achei você bem triste enquanto voltávamos para casa. Você já sabia, não é?

— Sabia sim — mentiu Ferris.

— Adoraria conhecer sua mãe algum dia.

— Você vai conhecer, querida. Vai conhecer todo mundo.

Ela examinou o ferimento na cabeça dele, disse que estava cicatrizando bem, e depois pegou a mão dele e a manteve no meio das suas por um bom tempo. Ela não era o tipo de pessoa que tentava passar uma falsa expressão de otimismo sobre algo que não entendia. Foi Ferris quem quebrou o silêncio.

— Esse grupo com o qual você está trabalhando no seu projeto, a Ikhwan Ihsan. Você deve ter cuidado — disse ele.

— Por que diabos eu deveria ter cuidado? — Ela deixou a mão dele cair. — São homens adoráveis. Só querem ajudar essas pobres crianças muçulmanas. E acho que me lembro de que um deles foi em nosso socorro no sábado, em Mu'tah. O que poderia haver de errado com eles?

— Nunca se sabe, quando se trata dessa gente. São fundamentalistas. Não gostam muito da América.

— Essa é mais uma razão para trabalhar com eles! Assim verão que não somos todos maníacos homicidas, que não vemos terroristas em cada mesquita, pelo amor de Deus. Não vamos ter esse tipo de discussão agora, Roger.

Ele estudou o rosto dela, tentando imaginar o que fazer. Sua pele linda se avermelhara com a emoção. Ela não o ouviria. Dizer-lhe mais alguma coisa só a exporia a mais perigo. Sua melhor proteção era a falta de conhecimento. Ninguém que passasse algum tempo com ela podia duvidar de sua sinceridade. Ele voltou a segurar a mão dela e a apertou com firmeza.

— Só tenha cuidado, querida — disse ele. — Voltarei assim que puder.

Ela o beijou no rosto.

— Você sempre diz isso. "Tenha cuidado, querida." Mas é você quem deve ter cuidado, Roger. É você quem conhece os verdadeiros loucos e assassinos. Não eu.

— Talvez você esteja certa — disse Ferris calmamente.

— Bom, tem um emprego à sua espera lá comigo quando você voltar. Pode preparar o almoço para os meninos e meninas refugiados que chegam do Iraque. O que você acha?

— Excelente. Talvez eu me converta. Vire um Irmão do Conhecimento também.

Ela o acompanhou ao apartamento e ficou lá enquanto ele fazia a mala, repreendendo-o por levar camisas e cuecas sujas porque não as tinha posto para lavar. Um carro da embaixada esperava lá em baixo, e ele a deixou em casa a caminho do aeroporto. Na longa viagem de volta a Washington, pensou nela na terra-do-nunca levantina que era o seu apartamento, escondido do mundo que parecia estar se fechando em volta dele.

A primeira coisa que Ferris notou quando chegou à entrada principal do Quartel-general, após 36 horas, era que o seu crachá não servia. Já o tinham cancelado, eletronicamente. Dois homens do Gabinete de Segurança desceram e levaram-no para uma sala de reunião sem janelas, nos fundos do prédio antigo. O principal investigador do escritório do inspetor-geral o esperava, junto com um advogado do Conselho Geral da CIA, chamado Robert Croge, e um agente do FBI com um nome eslavo que Ferris não conseguiu se lembrar. "Que merda", pensou Ferris. O que é que eu fiz? A representante do inspetor-geral era uma mulher dura, fechada, com um cabelo pajem e um conjunto de listras finas. Apresentou-se como Myra Callum e informou a Ferris que estava incumbida de conduzir uma investigação criminal sobre assuntos que o envolviam. O agente do FBI se apresentou e disse que a reunião estava sendo gravada; leu os direitos constitucionais de Ferris, o que o assustou ainda mais. Ferris perguntou se poderia conversar em particular com o jovem advogado do Conselho Geral, que ele deduziu que estava lá para proteger a Agência — e não exatamente para protegê-lo. Depois de uma ligeira consulta, o grupo concordou e deslocou-se para o corredor. Ao sair, o homem do FBI desligou o gravador.

— Pelo amor de Deus, o que está acontecendo? — perguntou Ferris.

— Não posso lhe dizer — respondeu Croge. — Ouça as perguntas deles. Você vai ter uma idéia pelo que eles lhe perguntarem. — Ele era um jovem de rosto liso em um terno cinza. Lembrava-lhe as fotos que vira de John Dean, o advogado de Watergate. Tinha um rosto que parecia despojado de qualquer cor ou emoção.

— Tenho de responder às perguntas deles?

— Não. Você pode se recusar a responder o que quiser. Invoque a Quinta Emenda. Não vai pegar bem, mas isso é problema seu.

— Você é meu advogado?

— Não. Represento a Agência. Você pode ter o seu próprio advogado. Mas recomendo que antes você ouça as perguntas deles. Caso se recuse a colaborar, vão colocá-lo imediatamente de licença administrativa e você poderá ficar no limbo por um bom tempo. Esse assunto é altamente confidencial, e pode levar meses até você conseguir um advogado com as qualificações apropriadas para ter acesso a informações secretas.

— Estou *fodido*! E nem sequer sei do que se trata.

— Desculpe, colega. Minha recomendação é que se dirija à representante do inspetor-geral. Se as perguntas entrarem muito no âmbito das operações, vou cortá-las de qualquer jeito. Converse com eles. Basicamente, você não tem escolha.

— Ferris balançou a cabeça concordando, e o advogado enfiou a cabeça para fora da porta e chamou de volta as outras duas pessoas.

Myra Callum parecia ainda mais zangada do que antes. O homem do FBI voltou a ligar o gravador. Apresentaram-se novamente, para constar. Ferris fez o mesmo. Perguntaram-lhe se ele estava renunciando ao seu direito de ter um advogado presente, e Ferris resmungou que sim. Aparentemente ficaram preocupados de que ele não tivesse falado alto o suficiente, então lhe pediram para responder de novo.

— Vou lhe fazer algumas perguntas sobre suas atividades do passado — disse Callum. — Em 1999 e 2000, o senhor estava designado para a base da CIA em Sanaa, na República Democrática do Iêmen?

Tecnicamente, a resposta para essa pergunta era confidencial. Ferris olhou para o advogado do escritório do Conselho Geral, que acenou com a cabeça que ele podia responder.

— Sim, está correto — disse Ferris.

— E o seu posto na base era o de assistente do chefe das operações?

— Sim — respondeu Ferris. — No princípio eu era apenas um agente de campo. Mas depois de seis meses alguém saiu e me passaram para assistente do chefe das operações.

— E nesse posto — continuou Callum —, o senhor mantinha uma ligação regular com os serviços de segurança do país anfitrião, o Iêmen? — Sua voz era seca e inflexível; parecia que vinha de algum lugar de trás dela, como se ela fosse uma boneca de um ventríloquo, e alguém que não se via estivesse projetando a voz. Ferris não gostou dela, e não gostava nada da idéia de que estava sendo inquirido como um criminoso.

— Obviamente. — Respondeu com uma rispidez que traía sua raiva. — É claro que eu mantinha uma ligação com o serviço do anfitrião. É o que fazem os oficiais da Agência, em todo o mundo. Isto é, aqueles que estão em campo de verdade, em contraste com os que ficam no Quartel-general atrapalhando as pessoas que fazem o serviço.

Croge, o advogado da Agência, sacudiu a cabeça. Não irrite essas pessoas.

— Um sim ou um não são suficientes, senhor Ferris — disse Callum. — E o senhor pode guardar seus comentários mordazes sobre a Agência para seus futuros companheiros na prisão.

— Que diabos significa isso? — disse Ferris.

Ela o ignorou e prosseguiu com as perguntas.

— Bem, em 17 de fevereiro de 2000, o senhor teve a oportunidade de se encontrar com membros do serviço de inteligência do Iêmen, conhecido como *Muk-ha-ba-rat*? — Ela falou foneticamente, para quem fosse transcrever a gravação.

— Como posso saber? Não tenho minha agenda.

— Talvez eu possa refrescar sua memória, sr. Ferris. Em 17 de fevereiro, 18 de fevereiro e 19 de fevereiro, o senhor assistiu ao Muk-ha-ba-rat interrogar um suposto membro da Al-Qaeda chamado *Sa-mir Na-kib*, que estava sob a custódia deles?

"Fodeu", Ferris disse para si mesmo. Aquilo bateu nele de repente, com a força de um martelo em sua cabeça. *Isso aqui tem a ver com Gretchen*. Ela o denunciara. Tinha desencavado um comentário feito por ele, há muito tempo, sobre um interrogatório no Iêmen. Contara-lhe que um prisioneiro da Al-Qaeda tinha morrido na presença dele. Ela o advertira que nunca repetisse para ninguém o que acontecera, porque, tecnicamente, era ilegal. Ferris tinha esquecido todo o episódio, mas ela guardara-o nesses últimos anos, preservando-o para o caso de precisar dar uma demonstração de poder. E agora precisava.

— Sr. Ferris, estou esperando — disse a voz anasalada de Myra Callum.

— Onde a senhora obteve essa informação? — disse Ferris, furioso. — De um informante, certo? Um informante "anônimo".

— Onde obtivemos a informação é irrelevante. Apenas responda à pergunta. O senhor se encontrou com membros do serviço de inteligência do Iêmen nos dias 17, 18 e 19 de fevereiro de 2000?

— Recuso-me a responder.

— Baseado em quê?

— Isso é confidencial.

Croge interferiu.

— Falando pela Agência, posso lhe assegurar, sr. Ferris, que a senhorita Callum, o agente Sackowitz e eu temos acesso autorizado a informações secretas. Estamos autorizados a receber essa informação.

— Desculpe. Nunca vi nenhum de vocês até hoje. Quero isso por escrito do meu chefe, Ed Hoffman, chefe da divisão do Oriente Médio. Do contrário, não tem jeito.

Croge parecia cansado. Callum parecia furiosa. O agente do FBI parecia entediado.

— Continue com as perguntas — disse Croge. — Vou ligar para o quarto andar em um minuto.

— Durante o interrogatório de Sa-mir Na-kib nos dias mencionados anteriormente, o senhor testemunhou o espancamento do prisioneiro?

— Recuso-me a responder.

— Por quê?

— Pela mesma razão. É confidencial. Seria uma violação da lei se eu respondesse sem a verificação adequada das suas qualificações pelo meu superior.

— O senhor testemunhou os membros do serviço de segurança ameaçarem o prisioneiro, Sa-mir Na-kib, com um bastão de críquete, e depois o espancarem com ele? Na cabeça?

— Confidencial. Confidencial.

— O senhor, em algum momento, tentou deter os membros do Muk-ha-ba-rat iemenita para não praticarem essas atividades, como exigem a Ordem Executiva 12333 dos Estados Unidos da América e outras instruções internas relevantes da Agência?

— Confidencial. Confidencial. Confidencial.

Callum lançou um olhar dardejante de puro ódio para Ferris. Para ela, ele era mais um da banda podre; um dos que afastaram suas promoções, impediram-na de avançar, correram riscos que trouxeram confusão para todos, envolveram-se em sujeiras que esperavam que outras pessoas limpassem.

— Sr. Ferris, rejeito sua razão para não responder. Estou *plenamente* autorizada a receber essa informação. O senhor está me insultando e ao gabinete do inspetor-geral ao questionar minhas qualificações, e o senhor está procrastinando. Além de incorrer em uma violação potencial das leis criminais dos Estados Unidos, o senhor é arrogante, e vou me certificar de que o senhor pague por isso.

Ferris olhou para ela e sorriu pela primeira vez desde que entrara na sala. Ele a pegara. Tinha desestabilizado sua confiança de advogada. Já valia alguma coisa.

— Fale com Ed Hoffman — disse Ferris. — Mostre-me uma autorização por escrito do meu chefe dizendo que tenho permissão para discutir esses assuntos, e então falarei com a senhora. Talvez.

Suspenderam a sessão logo depois. Não estavam indo a lugar nenhum, e Croge estava preocupado de que Ferris pudesse estar certo em precisar de uma autorização por escrito para discutir detalhes das atividades dos contatos, que estavam entre os segredos mais bem guardados da Agência. Deram a Ferris um crachá temporário. Quando saiu do Quartel-general, Ferris ligou para Hoffman e pediu-lhe para encontrá-lo no Starbucks do Shopping Center McLean.

24

Washington

O Starbucks estava quase deserto no fim da manhã. A única pessoa por perto era uma estudante de cabelo armado que digitava em um notebook e ouvia música em seu iPod. Ferris estava sentado em um canto escuro comendo um gigantesco bolo de banana com nozes, na esperança de que todas aquelas calorias o fizessem sentir-se melhor. Hoffman tinha pedido um *frappuccino* com amêndoas, que sorvia barulhentamente por um canudo grosso quando se sentou ao lado de Ferris.

— Bem, pelo menos agora sei do que se trata — disse Ferris. — É a minha mulher, Gretchen. Contei-lhe uma vez sobre umas coisas terríveis que aconteceram em Sanaa, enquanto estávamos interrogando um prisioneiro da Al-Qaeda, e de como eu não fiz nada para parar com aquilo e o cara acabou morrendo. Agora ela está usando isso para me imprensar porque pedi o divórcio. Acredite se quiser, a coisa toda é essa.

— Estou impressionado — disse Hoffman, afastando sua bebida para o lado. — Ela deve gostar realmente de você. Mas isso não altera o fato de que você se meteu em uma merda grossa.

— Você não está me dizendo que eles vão levar esse absurdo a sério?!

— Infelizmente vão. Meu espião no gabinete do inspetor-geral diz que o informante deles, sua encantadora esposa, presumivelmente, possui uma grande influência política. Amigos em altos cargos, colados na Casa Branca. Por isso, quando o informante passou a informação adiante, o escritório do inspetor-geral teve de apurar. Meu espião diz que eles não acham que seja um caso importante. Se o pessoal fosse processar todos os caras que presenciaram interrogatórios desagradáveis, metade da turma cairia. Mas eles não têm escolha, a menos que o informante retire a acusação. Por falar nisso, conversei com meu advogado, Mark Sheehan. Ele está plenamente qualificado a ter acesso a esse tipo de informação confidencial, e o Conselho Geral diz que você está autorizado a conversar com ele. Acho mesmo que o CG quer que isso acabe. Sabe que a coisa não cheira bem e que representa confusão. Sheehan vai ver você esta tarde, às cinco ou seis. Esqueci a hora certa. Disse-lhe que precisamos tremendamente de você em um caso e que não podemos perder tempo com toda essa merda legal. Precisamos nos *movimentar*.

Ferris pensou um instante, enquanto ouvia o barulho de Hoffman chupando seu *frappuccino*.

— Então, caso o informante retire a queixa, o escritório do IG acaba com a investigação? É isso o que você está me dizendo?

— É. Talvez. Pergunte a Sheehan. Ele é bom nesse tipo de coisa. O caso é que eles não podem ter um processo se não houver testemunhas. E, se ninguém falar, eles não têm nada. Quer dizer, Deus sabe que os iemenitas não vão falar. Eles mataram o cara. E a vítima não vai falar, porque está completamente morta. Então, o que eles vão conseguir, de fato, no fim do dia? Porra nenhuma. Portanto, fique frio. Esse é um caso sem testemunhas. Você contou a mais alguém sobre isso, além da sua mulher?

— Não. Fiz uma anotação na pasta sobre o cara ter morrido depois do interrogatório. É o que eles devem ter encontrado. Mas não dei detalhes. Não contei nem mesmo a você. Ao menos, espero não ter contado.

— Sem chance — disse Hoffman. — Caso contasse, eu teria de relatar. Agora, saia daqui. Vá ver Sheehan. Um bom advogado pode resolver qualquer coisa. Preciso de você em Amã. O relógio está andando.

O escritório de Mark Sheehan ficava em um elegante edifício na avenida Pennsylvania. Era como entrar em um outro mundo. Uma secretária convidou Ferris a sentar-se em uma sala de espera que poderia receber a realeza. Estava adiantado — acontece que a reunião estava marcada para as seis, não para as cinco, mas para ele isso não tinha importância. Possuía cadeiras confortáveis e revistas de amenidades, e havia quadros de verdade na parede, e não reproduções de segunda, como as da Agência. Sheehan, com o passar dos anos, se tornara um anjo da guarda para os agentes de campo com problemas. Era um dos maiores advogados criminalistas da cidade, e teve sucesso representando empresários criminosos que provavelmente mereciam estar na cadeia. Mas Sheehan era um antigo fuzileiro naval e ficava irritado em ver bons oficiais da CIA sendo perseguidos por comitês do Congresso, advogados exibicionistas e qualquer outra pessoa que sentisse que podia atacá-los. Ele representava os clientes da Agência sem cobrar nada. Ferris relaxou por estar temporariamente sob a proteção de uma firma de advocacia conceituada. A secretária levou-lhe café em uma xícara de porcelana e depois uma Coca-Cola light e alguns biscoitos, e finalmente pediram-lhe que fosse ver Sheehan.

Ferris contou sua história minuciosamente. Descreveu o papel de Gretchen no Departamento de Justiça e sua suspeita de que ela tivesse feito sua parte rascunhando o interrogatório. Também relembrou, com detalhes cruéis, os três dias de interrogatório em uma prisão subterrânea em Sanaa — as ameaças, as ferramentas usadas, o sangue esguichando da cabeça, a poça de sangue no chão. Descreveu do melhor jeito que pôde; ele não sabia que iam usar o bastão de críquete; não percebera a gravidade do ferimento do homem. Mas não podia escapar do fato principal: o homem fora torturado até a morte.

— Havia algum outro cidadão norte-americano presente quando o prisioneiro foi espancado? — perguntou Sheehan. Quando Ferris respondeu que ele era a única pessoa ali da base, o advogado pareceu aliviado. Significava que a única "testemunha" disponível, indiretamente, era sua mulher, Gretchen Ferris. E o testemunho dela poderia ser impugnado.

— O que devo fazer? — perguntou Ferris.

— Seria muito bom se a sua mulher mudasse a história. Se chamasse seja lá com quem falou e dissesse que não está mais tão certa agora. Isso tornaria as coisas mais fáceis para todos, inclusive para ela.

— Olhe, eu sei o que ela quer. Quer que eu desista do divórcio. Mas eu não vou fazer isso.

— Entendi — disse Sheehan. — Mas talvez haja alguma coisa que ela *não* queira. Não estou lhe dando nenhum conselho, obviamente. Mas, às vezes, a informante percebe que não é o melhor, para o interesse dela, prosseguir com um assunto.

— O melhor para o interesse dela — repetiu Ferris. Aquele era um conceito que seguramente Gretchen entendia.

Ferris esperou até as nove da noite e então ligou para o apartamento de Gretchen. Fez a ligação da rua, na frente do prédio. Quando ela atendeu, ele cortou a ligação, subiu as escadas e tocou a campainha. A porta estava com a corrente passada, e ela não o deixou entrar logo. Ferris imaginou que ela pudesse estar com outro homem, mas não era isso: ela estava se maquiando.

— Que surpresa — disse ela, soltando a corrente. — Você já recobrou o juízo?

Vestia um suéter comprido preto sobre a saia e a blusa que usara para trabalhar. Pela inflexão da voz, Ferris desconfiava que ela já tivesse tomado seu martíni. Ela estava tentando acabar com ele. Ele tinha de se lembrar disso ao olhar para a linda mulher que olhava fixamente para ele, com os lábios sempre levemente entreabertos.

— Sei o que você está fazendo — disse ele. — Está tentando me destruir. Mas não vai funcionar.

— Não seja ridículo, Roger. Como eu poderia destruir um homem grande e poderoso da CIA que não tem medo de *ninguém*? Você deve estar delirando. É você quem está tentando me destruir, exigindo o divórcio.

— Estive hoje com o inspetor-geral e depois disso contratei um bom advogado. Sei o que está acontecendo, mas não vai funcionar. Não há provas, não há testemunhas, só a sua palavra contra a minha. E você é uma esposa furiosa, prestes a virar ex-esposa, e assim ninguém vai acreditar em você. Nunca lhe contei nada sobre o Iêmen. Vou jurar isso no tribunal. Você fez isso para se vingar. O caso já está derrotado. O problema é que eu não tenho tempo para passar por todas as manobras legais. Assim, quero que você retire a queixa. Diga que se enganou. Diga que lamenta. Acabe com isso. E então estaremos quites.

Sua risada foi forçada e levemente embriagada.

— Isso é um absurdo. Você é mesmo patético, Roger.

— Acabe com isso — Ferris repetiu. — Não tem graça. — A voz dele era fria e inflexível, e por um instante ela recuou. Mas recuperou-se rapidamente e disse seu preço.

— Eu não vou levantar um dedo para ajudar um homem que está tentando se divorciar de mim. A única pessoa que pode resolver seus problemas é você. Está em suas mãos... querido. Como esposa, possivelmente não poderia testemunhar contra meu marido. Mas, como alguém prestes a virar ex-esposa, como você friamente disse, a história é diferente. Então você tem de decidir.

— Não. Esta é a minha decisão.

— Não o quê?

— Não à sua chantagem. Não vou ficar casado só para poder terminar logo com um assunto que você acha que me ouviu dizer. Se eu concordasse, então na próxima vez em que você se irritasse iria inventar uma outra coisa. De qualquer maneira, não vim aqui para lhe pedir nada. Vim aqui para lhe dizer uma coisa.

— O que é, valentão? — disse ela com sarcasmo, mas com uma nuance de incerteza.

— A menos que você retire sua queixa imediatamente, vou tomar uma atitude para me defender.

Ela riu novamente, ainda menos convincente.

— Como assim? Recrutando um dos seus ridículos agentes da CIA para vir atrás de mim? Estou petrificada.

— Vou me defender contando a verdade. Vou dizer que lhe pedi o divórcio e que você teve um ataque de ciúmes e inventou uma história falsa. E então vou mostrar a todos, e com isso quero dizer mostrar ao seu chefe, como também ao meu, que você é uma irresponsável. Uma pessoa que não é digna de confiança.

Ela olhou para ele e então sacudiu a cabeça.

— Você perdeu o juízo, Roger. Conheço essas pessoas. As pessoas que trabalham na Casa Branca são minha amigas. Faço parte do mundo delas. Não vão acreditar na palavra de alguém como você, da CIA, que eles *odeiam*, contra a de alguém como eu, que é amiga delas. Isso jamais vai acontecer.

— Não será a minha palavra contra a sua. Tenho gravações. Cartas. Fotos. Documentos. Posso tirar você de lá.

Essa ameaça explícita, em vez de assustar Gretchen, aparentemente a enfureceu, e fez aflorar um desdém por ele que já estava lá há muito tempo.

— Você não tem colhão para isso, Roger. É muito educado. Conheço você. Você não é um matador.

— Experimente. Agüentei seus ataques, suas exigências sexuais, e deixei você viver do seu jeito. Mas agora é diferente. Estou lutando pela minha vida. Se você não reverter essa situação, vou destruí-la. Estou falando sério. Espere só.

Ele se virou e saiu pela porta. Ela chamou por ele e depois começou a xingá-lo — gritando seu nome acompanhado de obscenidades. As pessoas no corredor começaram a abrir as portas dos apartamentos. Mas, para ela, já era tarde. A porta do elevador se fechara e Ferris estava a caminho da saída do edifício.

Ferris foi até a casa da mãe na serra, onde tivera a precaução de guardar seus arquivos particulares quando foi para além-mar. Ela tentou acalmá-lo, percebendo que alguma coisa ia mal, mas ele estava em um outro mundo. Juntou o material e começou a examiná-lo cuidadosamente — papéis, antigos e-mails que salvara em disquetes, fotos digitais que jamais imprimira, cartas manuscritas. Trancou-se em seu antigo quarto e passou quase o dia todo percorrendo o registro da sua vida com Gretchen, decidindo o que lhe seria de utilidade agora. Transformou uma pilha grande em uma menor e então selecionou os itens, um a um.

Gretchen fraudara o crédito educativo para a faculdade. Essa era provavelmente a melhor arma dele. Ferris ajudara, e mandara-lhe um e-mail confirmando que estava tudo certo. E obteve um outro mais rápido, quando fez o curso de direito, creditando muito mais horas a seu suposto trabalho no campus do que as que efetivamente prestou. Ela se gabara sobre isso também via e-mail. Aquilo era mesmo problema dela. Confiara demais na decência dele. Também mentira a respeito do uso de drogas, nas entrevistas para o Departamento de Justiça. Ferris podia igualmente provar isso, porque ela lhe mandara um e-mail pedindo conselhos quando se candidatou pela primeira vez a um emprego. Ferris disse a ela, brincando, para dizer a verdade e falar que nunca tinha usado drogas. Então ela mentiu, e deu certo, e ela ficou tão aliviada e agradecida que, quando tudo acabou, ela lhe mandou um e-mail arrebatado. O FBI iria adorar aquilo.

Finalmente, havia seus impostos. No ano antes de se casarem, quando ela ainda declarava em separado, seu imposto a pagar foi extraordinariamente alto. Ela ficou desesperada para arrumar comprovantes e juntou todas as contas de almoços e jantares para fingir que eram refeições e divertimento a trabalho. Chegou até a incluir uma viagem que fizera a Virgin Islands naquele Natal. Ferris guardara cópias dos recibos. Gretchen estava enganada. Ele guardara um pouco de munição desde o início.

A mãe de Ferris podia ver que ele estava preocupado, remexendo seus velhos arquivos. E não o incomodou até que ele terminou, bem depois da meia-noite. Mas depois ela o levou para a cozinha lá embaixo e preparou-lhe uma xícara de chá. Era o começo de dezembro; as folhas cobriam todo o vale do Shenandoah, e os ventos do inverno batiam nas janelas da sua casa grande e vazia.

— Um homem do FBI passou aqui — disse ela. — Ou pelo menos disse que era. Mostrou-me uma espécie de crachá.

— É? O que ele queria?

— Disse que estava atualizando seu certificado de segurança. Queria saber se tínhamos algum arquivo familiar. Gravações antigas, cartas, esse tipo de coisa. Da família do seu pai.

— Você está brincando. Isso é estranho. Você deu alguma coisa a ele?

— Alguns papéis para ele copiar. Eu não tinha muita coisa. Deixei-o dar uma busca por pouco mais de uma hora. Fizeram isso antes, assim que você entrou na Agência. E faziam com seu pai, muitas vezes. Então não achei nada demais.

— Ele achou alguma coisa que não tenha gostado?

— Não. Pareceu bem feliz quando saiu. Disse que estava tudo em ordem e para não me preocupar. A atualização tinha corrido bem.

Ferris deu de ombros. Hoffman deve ter mandado alguém da segurança quando ele se juntou ao Mincemeat Park. Não importava. Ele não tinha segredos. E no momento, ele tinha coisas maiores para se preocupar. Deu boa-noite à mãe e tirou algumas horas de sono antes de voltar à cidade.

Ferris fez dois jogos dos registros. Um ele deixou com seu advogado e o outro levou consigo para o apartamento de Gretchen. Ela estava com um ar abatido quando abriu a porta. Havia círculos profundos sob seus olhos, e Ferris desconfiou que não tivesse dormido muito desde que a vira pela última vez. Ela sabia que ele tinha poder. O que ela nunca imaginou é que ele fosse usá-lo.

Ferris arrumou o material no chão, item por item. Explicou o que era cada um, caso ela tivesse esquecido, mas era óbvio que ela não tinha. Disse que uma cópia já estava com seu advogado, que tinha instruções de entregá-la ao escritório de Responsabilidade Profissional do Departamento de Justiça, às dez horas da manhã seguinte, a menos que ouvisse dele para fazer o contrário. Esperara que ela se defendesse quando ele exibiu as provas — argumentar que era tudo mentira, ou denunciar sua perfídia por guardar aqueles registros particulares durante tantos anos. Imaginara ainda que fosse haver lágrimas. Mas ela permaneceu em silêncio, sacudindo a cabeça de vez em quando. Quando acabou, ela se virou para ele.

— Amei você — disse ela. — Mas não amo mais. Não depois disso. Vá embora. Preciso pensar. — Dirigiu-se ao seu quarto e fechou a porta. Ferris pegou os papéis e saiu do apartamento.

Na manhã do dia seguinte, o escritório do inspetor-geral recebeu um telefonema de um advogado que falava em nome de Gretchen Ferris. Disse que a senhora Ferris descobrira informações adicionais relativas a seu marido. Ela não estava preparada para testemunhar contra o senhor Ferris e estava retirando a alegação de que ele violara qualquer lei ou regulamento federal como funcionário da CIA. O advogado de Gretchen telefonou depois para Sheehan e contou a conversa com o IG. Declarou que a sra. Ferris também lhe dissera que estava preparada para conceder o divórcio a seu marido.

Ferris sentiu-se vazio com a vitória. Sabia que violara a confiança dela. Ela tentara feri-lo, mas fora por amor; ele tentara feri-la de volta para se proteger, e quebrara o encantamento. Agora que o amor tinha acabado, não havia mais razão para Gretchen se incomodar. Ela não era alguém que lutasse por causas perdidas, e em breve estaria cercada de pretendentes. Ela era um prêmio, e sabia disso. Ferris contara com a racionalidade dela, mas não percebeu como ela podia mudar tão rápido.

— Volte ao trabalho — disse Hoffman. Estava ligando do STU-3 com a notícia de que a investigação do IG fora formalmente extinta. Disse a Ferris que um avião da Agência estaria esperando por ele naquela tarde. Não disse para onde estava indo, mas obviamente não era para Amã.

— Quero conhecer Harry Meeker — disse Ferris.

— Harry está esperando por você na sala gelada. Não vai a lugar nenhum, pode confiar em mim. E estamos quase prontos para desová-lo no esconderijo de Suleiman. Mas ainda há alguns detalhes que precisamos preparar. É por isso que lhe arranjei o avião. Estamos quase na hora H. Temos de amarrar esses últimos pontos com muito capricho.

Ferris fez uma pausa. Estava pronto para partir — até mesmo ávido para ir. Mas havia uma pequena questão lá no fundo de sua mente, um dos pequenos redemoinhos de mistério que Hoffman deixara no seu rumo.

— Posso lhe perguntar uma coisa?

— Claro. Pergunte o que quiser. Se vou responder, é uma outra história.

— Por que você precisou de um advogado? O que você fez que Mark Sheehan precisasse desfazer?

Hoffman pareceu-lhe cansado, como se o ato de lembrar drenasse alguma coisa dele.

— Você não vai querer saber — disse ele.

— Quero sim — respondeu Ferris. — É algo que ambos temos em comum, certo?

— Vamos dizer que cruzei uma linha. Uma grande linha vermelha. E Sheehan convenceu as pessoas que seria melhor para todo mundo fingir que não cruzei.

— Que linha você cruzou?

— Essa é a parte que você não quer saber.

— Não me venha com essa, Ed. Vou embora para fazer o trabalho sujo e você está brincando comigo. Que linha você cruzou?

Hoffman suspirou irritado. Era mais fácil para ele explicar do que lutar ainda mais com Ferris.

— Cruzei a linha que diz que não se tem permissão para matar. Ninguém gosta de admitir isso na nossa atividade, mas fazemos o que deve ser feito. E eu fiz. Foi parecido com o que aconteceu com você no Iêmen com o prisioneiro, mas houve mais gente, durante um período de tempo maior. Nunca mais me pergunte sobre isso novamente. Mas não se esqueça: quando se trata das operações, falo sério quando digo que farei tudo o que for preciso.

25

Ancara/Incirlik

Um jato Gulfstream branco transportando Ferris pousou em Ancara dois dias depois. Ele tomou um táxi no aeroporto decadente e foi para o Ancara Hilton, uma torre anti-séptica instalada no meio do quarteirão diplomático. Era um dia de dezembro implacável. O vento açoitava a cidade, vindo da planície da Anatólia; os turcos corriam pelas calçadas, embrulhados em cachecóis e suéteres e curvados contra o frio. Um vapor acinzentado subia dos carros, dos prédios e da boca das pessoas. Há algumas décadas, parecia ser uma cidade com uma centena de mesquitas, mas nenhum muçulmano, tal o aperto com que o exército aplicara o torniquete secular. Mas agora os turcos tinham encontrado o seu Islã, e era raro ver uma mulher fora da área internacional da cidade que não estivesse com a cabeça coberta por um lenço.

Quando Ferris se instalou em seu quarto, ligou para Omar Sadiki, em Amã. Falou com a voz de executivo de Brad Scanlon, mas seu tom era de urgência. Um sério problema tinha surgido. O engenheiro-chefe do Unibank para o Oriente Médio recebera as plantas da Al Fajr para a filial em Abu Dabi e fizera perguntas sobre as especificações de isolamento e da capacidade do prédio de conservar o ar-condicionado com eficiência. O clima em Abu Dabi era escaldante, com temperaturas no verão superiores a 46ºC, e o consultor não tinha certeza se a Al Fajr calculara de maneira adequada. O isolamento que eles tinham especificado podia funcionar na Jordânia, mas não nos Emirados. Muito do frio do ar-condicionado poderia escapar, o que tornaria a operação do prédio muito cara.

Sadiki ficou surpreso.

— O isolamento é bom — insistiu. — É igual ao que usamos na Arábia Saudita. Hafr Al-Batin é ainda mais quente. Não há problemas lá, posso garantir.

— Bem, você precisa explicar isso ao nosso engenheiro regional. Ele está em Ancara comigo. É turco. Deseja vê-lo imediatamente. Do contrário, diz que vai suspender o projeto.

— O que isso quer dizer?

— Que não vamos te pagar. Desculpe. Estou tão desapontado quanto você. Não vai demorar muito. Você pode ir e vir no mesmo dia. Nosso agente de viagens pode providenciar tudo e entregar os bilhetes no seu escritório. — Ferris tentou não parecer ansioso, pois muito dependia do sucesso dessa manobra.

— Quando você quer que eu vá? — Sadiki pareceu mais curioso do que agitado. Os projetos de construção sempre tinham atrasos imprevistos.

— Quarta-feira. Depois de amanhã — disse Ferris. — É o único dia para o engenheiro-chefe. Sinto muito, mas tenho de te pedir para fazer isso. Ele não quer falar com mais ninguém.

— Um instante, por favor. — Sadiki deixou Ferris na espera enquanto conversava com alguém, presumivelmente um de seus superiores. Levou alguns minutos. Ferris começou a ficar preocupado que a resposta fosse negativa. Ele e Azhar tinham um plano alternativo, mas não era tão bom.

Ferris ouviu o ruído da estática quando Sadiki voltou à linha.

— Então estamos combinados? — perguntou ele.

— O senhor vai pagar? — perguntou Sadiki.

— Todas as despesas. Sua passagem é executiva. E vamos autorizar os pagamentos, quando isso se resolver. Lamentamos muito tudo isso.

— Então está tudo certo. Estarei lá na quarta-feira, 21 de dezembro, se for a vontade de Deus.

Ferris passou-lhe os detalhes do local de encontro, em um prédio no velho quarteirão islâmico da cidade. Disse que a passagem de avião seria enviada ao escritório de Sadiki, em Amã, cedo no dia seguinte. Sadiki disse-lhe para não se preocupar, ele entendia. O jordaniano era sempre tão manso. Talvez isso devesse preocupar Ferris, mas não preocupava.

Ferris pegou um helicóptero militar norte-americano no fim daquela tarde para a grande base aérea de Incirlik, cerca de 400 km a sudeste de Ancara, que fora um dos pontos estratégicos para as operações aéreas norte-americanas sobre o Iraque, antes da guerra. Estava escuro quando chegou. Esperando para recebê-lo, no terminal militar caindo aos pedaços, havia um oficial da agência do qual Ferris se lembrava de algum lugar, talvez da própria cafeteria do Quartel-general. Era um homem com uma calvície incipiente, de ombros curvados, quarenta e tantos anos, que se identificou como membro da base de Ancara. A divisão do Oriente

Médio lhe pedira para ajudar com a logística. Conduziu Ferris até a esteira onde puxaram sua mala, e depois para um Humvee que os levou por cerca de oitocentos metros para um barracão Quonset.

Dentro do barracão, descansando os pés na mochila e lendo um exemplar surrado da revista *People*, estava Jim, o oficial do exército que Ferris conhecera em Roma. Jim estava com seus óculos escuros aboletados na testa, embora já fosse noite, e usava uma camisa de algodão com as mangas arregaçadas no frio de meio de dezembro. Pareceu-lhe mais encorpado do que em Roma, como se ele tivesse passado a maior parte das semanas nesse meio tempo na academia.

— Oi, estranho — disse Ferris. — O que você descobriu?

— Não muito, senhor. Só que seus caras da Agência são bem esquisitos.

— Isso é verdade — disse Ferris. — Somos a Agência Central de Esquisitices.

O oficial de Ancara parecia pouco à vontade.

— Bem, vou deixá-los sozinhos — disse ele. — O Humvee está lá fora. Disseram que vocês precisariam de um. Voltarei amanhã de manhã, às seis, para levá-los ao barracão do refeitório. Caso não estejam aqui, vão ter de achá-lo sozinhos. Param de servir às sete e meia. — Desculpou-se e deixou os dois homens mais jovens olhando um para o outro à meia-luz do escritório improvisado. Ferris colocou sua mala no chão e procurou uma bebida na pequena geladeira no fundo do barracão.

— Então, você trouxe as bombas? — perguntou Ferris quando acabou o refrigerante.

— Claro. — Jim apontou com a cabeça na direção de uma mala grande com rodinhas, no canto. — Tenho bastante explosivo plástico ali para nos impelir daqui a Tel-Aviv.

— E conseguiu um carro?

— Um Volkswagen Golf. O mesmo carro que eles usaram em um dos bombardeios em Istambul. Um dos meus caras estacionou-o bem em frente aos alojamentos dos oficiais, como o senhor queria.

— Perfeito — disse Ferris. —Então estamos prontos para a ação.

Jim estava coçando a cabeça. Era óbvio que alguma coisa o incomodava.

— Nós vamos usar mesmo essa merda, senhor?

— Vamos — disse Ferris. — Quase tudo.

— Fechado — disse Jim. — Mas de que jeito? Porque tem um bocado de explosivo. Pode crer.

Ferris revisou o plano da operação antes de Jim ficar ainda mais assustado. Tirou da pasta as especificações operacionais que ele e Azhar tinham preparado e espalhou-as em cima da mesa entre os dois. Conduziu seu parceiro do exército através de cada passo do plano. Levou quase uma hora para resumir de que modo todas as peças se encaixavam.

— E ninguém vai se machucar? — perguntou Jim quando Ferris terminou. Ele possuía uma idéia muito nítida do estrago que toda aquela quantidade de explosivos poderia causar.

— Não se fizermos tudo direito — disse Ferris. — Vai só *parecer* que as pessoas se feriram. Muitas delas.

Ferris olhou para o relógio. Passava das dez.

— Temos seis horas — disse ele.

— Vamos nos preparar para a ação — disse Jim.

Ferris pensou que nunca estivera em uma situação com os militares em que não dissessem, em alguma hora, "preparar para a ação". Diziam isso antes de beber no clube, antes de assistir ao futebol pela TV; talvez dissessem às suas mulheres, antes de fazerem sexo.

Ferris pegou seu equipamento — lanterna, mapas, equipamento de segurança para monitorar a área enquanto trabalhassem. Tirou um par de óculos de visão noturna de um compartimento de sua mala. Jim manobrou cuidadosamente a mala com rodinhas em direção à porta do barracão Quonset. Tinha uma outra mochila sobre os ombros com os fusíveis, cronômetros e equipamentos de comunicação. Arrumaram cuidadosamente os equipamentos na traseira do Humvee. Ferris sentou-se no banco do motorista. Estudou seu mapa durante alguns minutos, para se certificar de que tinha as coordenadas certas.

— O alojamento dos oficiais fica a cerca de dez minutos daqui. Vamos de luz apagada, mas a área já deve estar limpa.

Ferris ajustou seus óculos de visão noturna até que o ar da noite brilhasse com a falsa luminosidade. Engrenou o veículo de frente quadrada e saiu pela estrada de macadame. Virou várias vezes pelo caminho, seguindo o mapa, até que viu uma barreira à frente, controlada por dois soldados norte-americanos. Era a única entrada para um conjunto cercado de arame farpado, mais ou menos do tamanho de um campo de futebol. Era o alojamento masculino dos oficiais de Incirlik, onde a maioria dos pilotos que operava fora da base aérea ficava aquartelada.

Ficava bem próximo da área da base que as pessoas residentes nas cidades e aldeias vizinhas podiam ver, caso alguma coisa desse errado, mas suficientemente distante para que não pudessem vigiar de perto.

Ferris atravessou lentamente a linha em ziguezague das barreiras de concreto que protegiam a entrada. Piscou seus faróis três vezes; um dos guardas piscou de volta duas vezes. Quando chegaram à barreira, Ferris abaixou a janela para os guardas e disse um nome em código. Ambos os saudaram, e um deles apertou um botão arriando a grande borda de metal que bloqueava o caminho à frente.

Ferris dirigiu-se para um prédio de madeira de três andares. Havia outros Humvees e outros veículos civis no estacionamento, como em uma noite normal. As cortinas estavam corridas, mas a maioria das luzes parecia estar acesa. Com toda aquela luz, não iriam precisar dos óculos.

— Aqui está — disse Ferris. — As últimas pessoas saíram há duas horas.

— Por que as malditas luzes continuam acesas, senhor? — perguntou Jim. Obviamente ele preferia trabalhar no breu da escuridão.

— Para fazer as pessoas pensarem que os americanos ainda estão aqui — disse Ferris.

— Ah. Claro. Entendido.

— Onde está o carro?

— Lá atrás. Perto da lixeira.

Dirigiram lentamente até o canto mais afastado do prédio. Lá, envolto nas sombras, estava um Golf vermelho, com placa turca.

— Vamos trabalhar — disse Ferris. Instalou seu equipamento de vigilância eletrônico que os avisaria do movimento dentro da área do conjunto. Então retiraram o resto dos equipamentos da traseira do Humvee e transferiram tudo para o Golf vermelho.

— Você já armou um carro-bomba antes? — perguntou Ferris.

— Negativo, senhor. Mas vamos acabar com essa virgindade.

Jim tirou lentamente os explosivos plásticos da mala de rodinhas e começou a passá-los com cuidado para Ferris, que os colocou na mala do carro. Quando encheram o chão da mala, Jim parou.

— Quanto? — perguntou ele.

— Tudo — disse Ferris.

— Vai derrubar o prédio todo.

— Se fizermos direito.

Ferris percebeu uma certa desconfiança nos olhos do oficial do exército.

— O senhor tem certeza de que nenhum dos nossos companheiros vai estar aqui quando ela detonar?

— A maioria dos rapazes está de licença, mas os turcos não sabem disso. Os que ainda estão na base estão temporariamente alojados nas acomodações para os membros das forças armadas, próximas daqui. De qualquer maneira, esse é o plano. E temos de confiar nele.

— Foi o que nos disseram sobre o Iraque.

Ferris sorriu.

— Apenas faça. E você tem certeza de que trouxe o plástico certo, das marcas certas?

— Ah, claro. Quando o esquadrão de bombas turco investigar essa merda toda depois que acabar, o resíduo e o que restar do fusível e do cronômetro, o endereço apontará para a Al-Qaeda o tempo todo. É o mesmo material que eles usaram nas bombas de Istambul em 2004.

— Belo toque — disse Ferris.

Trabalharam em silêncio. Quando todos os explosivos foram transferidos para a mala, Jim foi trabalhar nos fusíveis e depois no detonador e no cronômetro. Ferris foi até a entrada principal. A porta tinha sido deixada aberta. Desceu até a caixa de fusíveis no porão, que controlava as luzes do prédio. Instalou um cronômetro que iria manter a iluminação nas próximas 72 horas no horário regulamentar, mantendo as luzes ligadas quando os supostos habitantes do prédio normalmente estivessem acordados e desligando-as quando estivessem dormindo.

Ferris voltou para a lateral do prédio, onde Jim ainda estava trabalhando, conferindo de novo os fusíveis e o cronômetro, em busca de defeitos. Então, com uma precisão infinita, ele conectou os últimos fios.

— Para quando devo ajustar o cronômetro? — perguntou Jim quando terminou a instalação.

— Marque para as sete horas da manhã de quinta-feira. E não faça merda.

— Deixamos isso para a Agência, senhor — disse Jim. Ajustou o cronômetro conforme a instrução e depois fechou a mala do carro. Se por acaso alguém, por alguma razão, precisasse passar pelo prédio nos dois dias seguintes, não veria nada de diferente. Ferris recolheu seus sensores e fez uma busca minuciosa na área, para se certificar de que não haviam deixado nada para trás.

Jim continuava rondando o Golf, meio que não querendo ir. Alguma coisa ainda o incomodava.

— Senhor, estou aqui pensando. E se alguns turcos passarem por aqui na quinta de manhã? E se os oficiais que moram aqui voltarem mais cedo da licença de Natal? Dispomos de alguma espécie de sentinela para ficar de olho aberto e enxotar as pessoas se chegarem aqui na hora errada?

— Nenhuma sentinela. Sinto muito.

— Desculpe-me perguntar, senhor, mas por que não?

Ferris fez uma pausa. Fizera a mesma pergunta a Hoffman quando repassaram o plano no Mincemeat Park. Como evitar matar pessoas inocentes por acidente?

— Rezamos — Hoffman respondeu, e, quando Ferris o pressionou, ele o advertiu sobre limitar a informação ao mínimo possível de pessoas. Olhando para Hoffman, Ferris se deu conta de uma coisa: ele quer perder algumas pessoas para a coisa funcionar.

— Segurança da operação — disse Ferris. — Não podemos arriscar ter uma sentinela. Desculpe-me, mas essas são as ordens que recebi.

— Entendido, senhor. — O oficial de exército adquiriu o ar robótico que toma conta dos soldados quando percebem que é hora de parar de fazer perguntas.

Recolocaram o resto do equipamento no Humvee. Dirigiram até a barreira e retornaram ao barracão Quonset. Ferris ofereceu uma cerveja a Jim, e os dois beberam juntos, porém na maior parte do tempo em silêncio. Depois foram para seus catres para tirar umas poucas horas de sono.

O oficial de espionagem de Ancara chegou às seis horas, conforme prometido. Jim já estava comendo uma ração militar com uma aparência nojenta. Ferris disse a seu colega de Ancara que não ia tomar o desjejum e sim o helicóptero para voltar a Ancara. Ao se dirigir para a saída, Jim deu-lhe um soco no ombro — tão forte que doeu.

— Feliz Natal — disse ele.

26

Ancara

O amanhecer de dezembro conferia ao céu do Oriente um tom vermelho-ocre. Pela janela do helicóptero Black Hawk, Ferris podia observar a planície ondulada da Anatólia. Como o vôo tinha registro do exército turco, não havia necessidade de voar tão próximo do solo, mas o piloto estava se divertindo. Seguiam os leitos dos rios que retalhavam o sul da Turquia, fazendo curvas tão apertadas para a esquerda e para a direita que Ferris podia sentir o estômago se contraindo; davam rasantes em rebanhos de carneiros aterrorizados, dispersando os animais em todas as direções sob os rotores; roçavam os campos vazios, revolvendo a grama alta como em uma paisagem de Van Gogh. O piloto se divertia, impelindo subitamente o Black Hawk para cima quando se aproximava das linhas de transmissão de energia, e às vezes mergulhando imprudentemente por baixo delas. Sabia que Ferris nunca o denunciaria, e, se denunciasse, ninguém na companhia aérea se incomodaria.

Ferris tivera um dia agitado em Ancara. Encontrou-se com Bulent Farhat, o agente turco que se passaria pelo engenheiro-chefe do Unibank. Farhat tinha sido um mensageiro afegão há muito tempo; os turcos acabaram com sua paixão pela Jihad assim que voltou, e deixaram-no em liberdade sob a condição de que continuasse a agir como informante deles, a princípio nos círculos salafistas domésticos e depois, quando adquiriram mais confiança, nas mesquitas da Alemanha. A CIA recrutara-o na Alemanha, classificando-o como unilateral, embora ele ainda estivesse nos livros do serviço turco.

Ferris levou Bulent para o escritório onde se encontraria com Omar Sadiki. Situava-se em uma movimentada rua comercial, perto das mesquitas mais antigas da cidade. O escritório em si era moderno, mas indefinido — difícil de lembrar; mais difícil ainda de ser achado novamente. Ferris deu ao agente alguns cartões de visita do Unibank e uma pasta com o logotipo da empresa na lateral.

Repassou o roteiro: Bulent questionaria Sadiki sobre a retenção do frio e a resistência ao calor do isolamento que a Al Fajr especificara; reclamaria que não era espessa o bastante e sugeriria uma mudança nas especificações do projeto. Deveria oferecer um pagamento pelas alterações, caso Sadiki se recusasse. De qualquer maneira, deveria se certificar de que, enquanto falassem, as plantas e os desenhos passassem de um lado para o outro. A câmera e os microfones nas paredes do escritório fariam o resto.

Em seguida, Ferris ligou para Ajit Singh, em Amã, para confirmar uma parte do espaço virtual na operação de 22 de dezembro. Singh descreveu seu kit de truques eletrônicos: enviaria mensagens cifradas do e-mail de Sadiki, que ele controlava, mais tarde naquele dia, insinuando, em linguagem codificada, que uma operação contra um alvo norte-americano estava pronta; preparara um comunicado assumindo a responsabilidade pelo atentado do Natal e anunciando um novo grupo salafista militante, que seria postado em um website verdadeiro da Jihad algumas horas depois de o atentado chegar ao conhecimento público; possuía uma babel de mensagens de congratulações que circulariam entre as redes de contatos; dispunha de postagens prontas para as salas de bate-papo islâmicas no *mySunna.com* e para uma outra dúzia de outros websites da Jihad — explicando as origens e a teologia do novo grupo que plantara a bomba. As postagens iriam explicar que o novo grupo acreditava que a Al-Qaeda estava relaxando — atacando alvos civis na Europa em vez de alvos militares norte-americanos. Algumas mensagens iriam até mesmo acusar os líderes da Al-Qaeda de estarem na folha de pagamentos da CIA.

— Você é um gênio — Ferris disse ao seu jovem assistente.

— Se isso é verdade, por que não posso dormir com alguém?

— Vou levar você para dar uma saída quando eu voltar — disse Ferris. — Achar uma garota para você. O que acha?

— Quero duas, por favor.

Ferris riu. Ficou pensando se seu assistente ainda era mesmo virgem.

— Combinado. Duas garotas.

Sadiki chegou na manhã seguinte. Ferris mandou um carro apanhá-lo no aeroporto. O jordaniano tinha demorado no controle de passaporte, o que significava que seu nome devia constar das listas de observação. Ferris esperava no escritório, com seu disfarce costumeiro, com Bulent. A reunião transcorreu conforme planejado. Depois de cerca de uma hora de discussão, concordaram em uma nova especificação do isolamento. Bulent insistiu em levar Sadiki para um almoço de comemoração em um restaurante da vizinhança. Ferris se desculpou, dizendo ter outros compromissos, e assim os outros dois saíram para um ponto de encontro de políticos e de panfletários islamitas; era um restaurante onde seriam vistos — por muçulmanos piedosos ligados ao submundo e pelos homens do serviço de segurança turco, que os observavam. O carro levou Sadiki de volta ao aeroporto depois do almoço e ele pegou o último vôo daquela noite.

Na manhã seguinte, quinta-feira, 22 de dezembro, uma bomba de grandes proporções detonou na base aérea de Incirlik, no sul da Turquia. A bola de fogo podia ser vista a muitos quilômetros de distância, e o barulho da explosão levou rapidamente uma multidão para o lado de fora da base aérea. Os correspondentes locais das redes de comunicação enviaram boletins trinta minutos depois do atentado à bomba, e a CNN turca gravou um vídeo, feito com lentes teleobjetivas do lado de fora do perímetro da base, que mostrava uma grossa coluna de fumaça subindo do que restara de um prédio. Duas horas depois do atentado, a CNN turca citava fontes também turcas que diziam que o alvo tinha sido alojamentos dos norte-americanos.

Ferris ligou para Hoffman pelo telefone restrito algumas horas depois, para confirmar que tudo saíra conforme o planejado. Estava preocupado, assim como Jim na noite em que armaram os explosivos, de que alguma coisa pudesse ter dado errado.

— Foi quase perfeito — disse Hoffman.

— O que isso quer dizer? — perguntou Ferris.

— Significa que algum recruta idiota foi até o barracão dos oficiais porque ouviu dizer que havia um monte de alojamentos vazios. Conseguiu passar pelos guardas. Identificaram seu corpo trinta minutos atrás.

— Santo Deus! — Ferris deixara que isso acontecesse. Vira a aproximação de seu erro fatal e não fizera nada para evitar. O que estava acontecendo com ele?

— Não se preocupe com isso. Esse cara violou as ordens e entrou em uma área proibida. A culpa não é sua. A culpa não é minha. Por isso não fique todo sentimental e não perca de vista o que é importante. Estamos quase lá agora. Engula isso.

Ferris não respondeu por um instante. Deixou as palavras de Hoffman sumirem.

— Você realmente não se incomoda com a morte desse cara, não é mesmo?

— Não. Acho que não. E você também não deveria.

Ferris nem tentou responder. Apenas se despediu.

Os militares norte-americanos e turcos fizeram o melhor possível para abafar a história, e, como era uma base militar, tiveram algum sucesso. Mas às dez da manhã daquele dia, o gabinete do primeiro-ministro em Ancara concedeu uma entrevista coletiva aos meios de comunicação turcos e disse que tinha acontecido uma grande explosão em Incirlik. Houvera vítimas, mas nenhum dos mortos ou feridos era turco. O porta-voz do primeiro-ministro disse aos repórteres turcos nos bastidores que o alvo das bombas tinha sido os alojamentos dos oficiais norte-americanos na base, onde viviam vários pilotos. O porta-voz ainda disse que a maior parte do prédio tinha sido destruída, mas que os norte-americanos estavam cuidando das vítimas em seu próprio hospital de campanha, que normalmente tratava das evacuações de emergência do Iraque.

As pessoas nos Estados Unidos estavam acabando de acordar quando o Pentágono emitiu um pronunciamento, às duas da tarde, hora de Ancara, e sete da manhã de Washington. O Pentágono confirmou que um carro-bomba destruíra os alojamentos dos oficiais norte-americanos e que as vítimas americanas tinham sido poucas, porque muitos oficiais estavam fora, em licença de Natal. O Pentágono recusou-se a divulgar os nomes dos mortos e feridos, os parentes mais próximos seriam logo notificados, e alguns repórteres foram avisados mais tarde de que talvez não houvesse uma declaração pública sobre as vítimas, porque algumas estavam baseadas em Incirlik em missões secretas. Aquilo não era surpresa. O pessoal da imprensa lotado no Pentágono sabia que Incirlik era uma base para operações especiais no interior do Iraque: instalações "secretas" negadas, sobre a qual todo mundo sabia. As fotos contaram a história: mostraram a devastação — uma grande explosão que destruíra um alvo simbólico: a base usada pelos mesmos pilotos da força aérea norte-americana que jogavam bombas nos iraquianos.

Quando a responsabilidade pelo atentado foi postada no website da rede islâmica, a história adquiriu uma nova dimensão. A declaração criticava outros grupos terroristas, afirmando que estavam vendidos aos norte-americanos. O grupo que assumiu a autoria, a "Brigada de Represália Nasr al-Din Albani", era até então desconhecido. Porém, mais tarde naquele dia, os analistas de Londres e de Washington especulavam que o grupo deveria ser um ramo novo e importante da Al-Qaeda. O homem que dera o nome ao grupo era um fabricante de relógios de Damasco que, antes de morrer, em 2000, se notabilizara por sua interpretação livre das leis do profeta Maomé, conhecidas como "hadith", que desafiava a severa ortodoxia do cânon oficial. Foi um santo moderno para alguns dos mais extremados proponentes do islamismo salafista, pessoas que queriam expurgar a corrupção da vida moderna e recriar o companheirismo puro e instigante dos tempos do Profeta. Os seguidores de Albani espalhavam-se pela Síria, Arábia Saudita e Jordânia; o centro do movimento era uma mesquita em Zarqa, onde muitos seguidores de Albani se refugiaram depois de fugirem da Síria. Os analistas da inteligência sabiam, mas não contaram aos repórteres, que um membro da mesquita de Zarqa era um misterioso arquiteto jordaniano que vinha ganhando importância nos círculos da Jihad.

Havia mais indícios de prova, cortesia de Ajit Singh. Os analistas perceberam semelhanças entre a retórica salafista no comunicado da Brigada de Represália Albani e a dos sites da Jihad nos últimos meses. Havia uma frase em árabe repetida com freqüência, por exemplo, "*Nahnu rijal wa hum rijal*", que se traduzia como "Nós somos homens e eles são homens". Para os adeptos da Jihad, a declaração significava que a corrente tradicional de interpretações do Alcorão e o *hadith* não tinham um valor maior do que os dos salafistas radicais. Essa era a essência do apelo de Albani para uma reinterpretação radical. Uma matéria no *London Daily Telegraph* dizia que os analistas britânicos registraram uma outra citação, de um xeque salafista radical chamado Abdel-Rahim al-Tahhan, que aparecera em inúmeros sites, como parte de um comunicado: "*La khayra fi qur'an bi-ghayri sunna, wa la khayra fi sunna bi-ghayri fahm salafna al-silah.*" Para os muçulmanos sunitas, isso era ressaltado em uma declaração de independência do cânon tradicional conhecido como Sunna: "Não há nenhum bem no Alcorão sem a Sunna, e não há nenhum bem na Sunna sem o nosso correto entendimento salafista sobre ele." Esses eram os novos assassinos, advertia o *Telegraph*, ainda mais perigosos do que os que tinham detonado os carros-bomba em Milão e Frankfurt.

Foram necessárias 24 horas antes de as primeiras notícias vazarem da equipe conjunta da Turquia/FBI que fazia a perícia do lugar da explosão. Seus achados ocuparam as primeiras páginas dos jornais em todo o mundo. As bombas de

Incirlik estavam definitivamente ligadas à rede da Al-Qaeda. Os técnicos tinham comparado os explosivos e o detonador com os usados anteriormente em um atentado à bomba da Al-Qaeda, em Istambul.

Nenhuma operação verdadeira é perfeita. Mas, enquanto Ferris seguia o jogo de aparências dos acontecimentos virtuais, pôde concluir que se podia aperfeiçoar uma mentira, mas não a vida real. Lembrava-se de algumas coisas de seu tempo de jornalista, no início dos anos 1990 — uma observação da severa crítica Janet Malcolm, que disse que só havia um tipo de narrativa em que a exatidão do que está descrito na página impressa não podia ser questionada: a ficção. Assim também aconteceu com a bomba de Incirlik. A verdade que o mundo percebeu foi que um grupo novo e cruel podia atingir os norte-americanos dentro de suas próprias bases. Isso foi um choque — principalmente para os verdadeiros detonadores de carros-bomba.

Ferris recebeu um e-mail de Gretchen. A princípio ficou preocupado quando viu o remetente, mas a mensagem era animadora, ao estilo dela. A linha do assunto dizia: "Você explodiu aquilo." A mensagem propriamente dita era um texto de um artigo publicado naquela manhã na coluna social do *Washington Post*, dizendo que uma advogada do Departamento de Justiça, que logo estaria divorciada, fora vista naqueles feriados nos braços de um assessor da Casa Branca, que era um dos mais atraentes solteiros da cidade. Ferris só pôde sorrir em sinal de admiração; Gretchen era uma força da natureza. Quando um caminho se mostrava obstruído, ela mudava o rumo e escolhia outro. Aquele era um dom dela, não complicar a vida com introspecção. Resolvia o que queria e depois ia à luta e alcançava. Agora o futuro também se abria para Ferris. Estava voltando para casa, em Amã, para estar com a mulher que amava. Havia um único impedimento: no cerne de sua relação com Alice Melville estava uma mentira.

27

Amã

Hani Salaam convocou Ferris no dia em que ele chegou de Ancara. Tudo o que disse ao telefone foi que era urgente e que tinha a ver com Incirlik. O frenesi da mídia sobre o atentado ainda atraía a atenção, e Ferris estava preocupado que Hani pudesse fazer alguma coisa que destruísse a trama que ele se empenhara tanto para funcionar.

Quando Ferris chegou ao quartel-general do GID, percebeu que a administração colocara um novo retrato do rei no saguão de entrada. Em lugar da antiga pintura que mostrava Sua Majestade descontraidamente de mangas curtas, com sua mulher e filhos, tão despreocupados como se estivessem em uma praia, o novo quadro retratava o monarca em um uniforme das Forças Especiais, com o cenho fechado, olhando o inimigo parado a meia distância. "Era um sinal dos tempos", pensou Ferris. Aquela conversa toda sobre reforma e renovação tinha acabado; os líderes árabes agora estavam presos na garrafa junto com os escorpiões.

Hani estava elegante como sempre e impermeável às batalhas à sua volta. Usava uma camisa azul da realeza, com o colarinho aberto, e grossas abotoaduras de ouro. Seu terno cinza tinha um talhe que só podia ter vindo de um alfaiate: as calças terminavam exatamente sobre a gáspea dos sapatos, o paletó era ligeiramente modelado na cintura. Tinha um pequeno enfeite de Natal em forma de bengala na lapela, ou em deferência ao seu visitante norte-americano ou aos seus generosos patrões cristãos, Ferris não sabia dizer.

— Feliz Natal — disse Hani, pegando a mão de Ferris e retendo-a por um instante, enquanto ruminava uma pergunta. — Supondo que você seja cristão. Acho que nunca perguntei, mas vocês, americanos, são bem religiosos hoje em dia. É pior do que na Arábia Saudita. Mas o Natal é para todos, não é? Aqui na Jordânia, até os muçulmanos têm árvores de Natal.

— Não sou praticante — respondeu Ferris. — Gosto de cantar os hinos, mas parei de ir à igreja há muitos anos, quando não consegui dizer o credo. Senti-me um hipócrita, tal como um muçulmano que bebe. Mas agradeço por ter perguntado.

— E como vai a sra. Ferris? — Hani nunca perguntara por Gretchen antes. O comentário não podia ser casual.

— Estamos nos divorciando. Os papéis devem ficar prontos em poucas semanas.

— É, ouvi alguma coisa sobre isso. Espero que tudo esteja indo bem.

— Está tudo bem, Hani. Está tudo indo bem. — O jordaniano estava se exibindo, certificando-se de que Ferris percebera que ele sabia sobre sua vida privada. Provavelmente ouvira sobre a investigação do inspetor-geral, mas, quanto a esse assunto, preferia a discrição.

Ferris não queria manter uma conversa fiada. Estava cansado da atividade intensa na Turquia e ainda perturbado pelo seu último telefonema a Hoffman.

— Você disse no telefone que tinha algo importante, Hani. Como dizemos na América, "sou todo ouvidos".

— É, meu querido, ia chegar lá. Acho que podemos ajudá-lo nesse terrível ataque de Incirlik. Meus profundos sentimentos, por falar nisso. — Puxou uma foto de uma pasta em cima da mesa e exibiu-a diante de Ferris.

A foto mostrava Omar Sadiki. Usava um terno de executivo, com sua barba perfeitamente aparada e seus olhos desconfiados e piedosos. Parecia ser uma ampliação de uma foto do passaporte.

Ferris olhou fixamente para a foto, tentando não mexer nenhum músculo do rosto. Temia esse momento — quando Hani começasse a farejar em torno de Sadiki. Hoffman aconselhara Ferris a negar que tivesse qualquer ligação com o arquiteto.

— Quem é ele? — perguntou Ferris, olhando estupidamente para a foto.

— Seu nome é Omar Sadiki. Um arquiteto com uma firma aqui em Amã que constrói mesquitas na Arábia Saudita. Trabalha para fundações de caridade, aquelas que financiam as *madrassas*. Também é atuante em uma mesquita em Zarqa, que estamos observando há muito tempo. Sabemos um bocado de coisas sobre ele. — Hani fez uma pausa e estudou o rosto do visitante como se desejasse se certificar de alguma coisa.

Ferris continuou em silêncio. Estava consciente de cada respiração. Esperou Hani dizer mais, mas o jordaniano estava ganhando tempo, querendo ser questionado.

— Ele tem alguma ligação com Incirlik? — aventurou-se Ferris.

— Achamos que sim. A prova não é muito consistente, mas nos aponta para aquela direção. Ele voou de Amã para Ancara um dia antes do atentado. Aparentemente a negócios. Mas conversamos com os turcos, que nos contaram que, enquanto esteve em Ancara, esse Omar encontrou-se com um turco que esteve no Afeganistão. Nosso Omar passou algumas horas na Turquia. Suficientes para planejar uma pequena operação. Se é que foi isso. E depois voltou para casa, aqui em Amã.

Ferris parou e pensou por um momento. Meses de trabalho estariam perdidos se não tivesse cuidado.

— Bom material, Hani. O que você vai fazer com ele?

O jordaniano observou-o com curiosidade, depois tirou um cigarro do maço em sua mesa e o acendeu. Reteve a fumaça nos pulmões durante um longo tempo antes de soltá-la.

— Foi por isso que pedi para vê-lo, Roger. Queremos observar esse sr. Sadiki, ver com quem ele fala. Ele é a melhor pista que conseguimos em muito tempo. Não planejo prendê-lo, por enquanto. Espero que você também não tente nada fora do comum. Seria um erro, acho eu.

Ferris afastou-se de Hani e encaminhou-se para o sofá. Estava aliviado, mas tentava disfarçar. Se os jordanianos prendessem Sadiki, as conseqüências poderiam ser desastrosas. O arquiteto ficaria gago com tantos protestos de que não tinha nada a ver com Incirlik; em algumas dolorosas horas ficaria óbvio que ele estava dizendo a verdade e a brincadeira estaria terminada. Voltou-se novamente para Hani, que ainda fumava seu cigarro.

— Acho que você tem razão — disse Ferris. — Não o prenda. Deixe-o quieto.

Os olhos de Hani se estreitaram até formarem uma nesga.

— Está certo. Observar e esperar. Normalmente esse é o caminho certo da ação. Eu sabia que estava certo quanto a você. Mas tem de prometer ficar longe dele. Nenhuma exibição de serviço no meio da noite, porque vou estar de olho. Pode me dar sua palavra quanto a isso?

— Claro que sim. Não vamos chegar perto dele. E você também não. Todos estarão observando e esperando. Certo?

Hani balançou a cabeça concordando e deu um leve sorriso.

— Você deve ligar para Ed Hoffman. Ele vai querer saber disso, acho eu.

— Assim que eu voltar para a embaixada vou contar a ele. Vai ficar muito agitado. Esse é um belo trabalho, Hani. Ninguém poderia solucionar isso, a não ser você. Devemos a você nossos agradecimentos.

Hani apagou a guimba do cigarro. Ainda tinha um ar esquisito no olhar, ou talvez Ferris estivesse apenas imaginando.

— Somos todos aliados. Como podemos deixar de ajudar um ao outro?

Os dois trocaram um aperto de mãos. Ferris perguntou a Hani se ele precisava de alguma ajuda técnica na vigilância de Sadiki. Aquela era uma área em que os americanos sempre tinham algo a oferecer. Mas o chefe do GID disse que estava bem, a menos que Sadiki começasse a se movimentar fora da Jordânia. Ferris perguntou a Hani se ele iria informar aos turcos ou a qualquer outro serviço aliado, e o jordaniano deu um outro meio sorriso.

— Por enquanto não — disse Hani. — Esse será o nosso segredo.

Quando Ferris contou a conversa a Hoffman, após 45 minutos, ele voltou a ficar nervoso. Hoffman dizia "Merda!" como se soubesse que viriam más notícias. Quando Ferris terminou e falou que Hani prometera deixar Sadiki sossegado, a reação de Hoffman foi um aliviado "graças a Deus". Ferris só então percebeu como seu chefe estivera aflito de que a operação desse errado.

— Você acha que ele sabe? — perguntou Hoffman.

— O que você quer dizer com isso?

— Você acha que ele sabe que estamos brincando com Sadiki?

— Pode ser. Ele é esperto. Mas acho que não. A informação paralela está toda ali. Quanto mais ele procurar, mais vai ver a pista que deixei.

— A história está toda ali, com certeza. E Hani não é nenhum gênio, conforme vivo dizendo a você. Acho que estamos bem. Você quer que eu vá aí falar com ele?

— Não, a menos que planeje incluí-lo na operação. Se você aparecer, só vai despertar suspeitas. Pensaria que você está armando alguma confusão para ele, de novo.

— E estou mesmo.

— Certo. Mas não vamos deixar isso muito óbvio.

— Feliz Natal — disse Hoffman. Pois era mesmo véspera de Natal.

Ferris encontrou-se com Alice naquela noite na casa dela. Ela usava um gorro vermelho de Papai Noel, de lado, e pintara as bochechas de vermelho, fazendo com que se parecesse levemente como uma mulher desses anúncios de Natal de uísque escocês ou de máquina de limpar neve. Ferris estivera longe por várias semanas e ficara preocupado de que ela pudesse ter ido para casa em Boston passar o Natal com a mãe. Mas ali estava ela, melhor do que ele imaginava.

Ela passou os braços em torno do pescoço dele, ficou na ponta dos pés para beijá-lo e depois deu-lhe um abraço apertado. Ferris podia sentir as mãos dela contra suas costelas.

— O que aconteceu? Você parou de comer? Parece que perdeu uns cinco quilos.

— Estive ocupado. Perdi muitas refeições.

— Você está pele e osso. Sobrou pouco para hoje à noite. — Dirigiu-lhe um sorriso matreiro.

Levou-o para o andar de cima, para o jardim secreto de seu apartamento. A árvore de Natal estava armada na sala, um cedro vergado que mal sobrevivera à viagem desde o Líbano, mas que cintilava com as luzes e enfeites de vidro e até mesmo ouropel. Onde ela encontrara tudo aquilo em Amã? O coral do King's College cantava canções natalinas no CD, e uma meia dúzia de presentes embrulhados em papel brilhoso estava sob a árvore. Ferris só encontrara tempo para comprar alguma coisa naquela tarde; tirou seus presentes de uma sacola e os depositou ali delicadamente.

Alice foi até a cozinha e voltou com duas taças de vinho. Beberam até se sentirem levemente embriagados, e então Alice começou a passar o dedo sobre a costura da calça dele e depois sobre o zíper.

— Ainda não — disse Ferris. — Ainda estou entrando no espírito de Natal. — Na verdade, ele não estava pronto para fazer sexo. Havia muita coisa que não contara a ela desde que saíra de Amã tão de repente. Em seus poucos telefonemas, não quisera falar muito; agora tinha certeza de que Hani grampeara seus telefones, e assim fora breve e conciso. — Não posso falar agora — dizia. — Explico depois. — Ela entenderia. Ela entrara na vida dele até certo ponto, percebera que ele tinha segredos e que algumas vezes teria de lhe dar espaço e esperar até que ele pudesse contar mais.

Então ele contou. Não tudo, nem mesmo uma fatia inteira de alguma coisa, só uma amostra. Explicou-lhe que tinha ido para casa enfrentar uma investigação legal. Sua mulher o ameaçara de retaliação na primeira vez que lhe pedira o divórcio, e ela se vingara desenterrando certa sujeira de seu posto anterior na embaixada americana no Iêmen. Ele precisou convencê-la a recuar e parar de fazer confusão até que concordou com o divórcio.

— O que você tinha dela? — perguntou Alice.

— Só baixaria. Não importa. A maioria coisas financeiras. Mas acabei com tudo.

— De que jeito? — Ela continuava a querer saber.

— Convencendo-a de que não seria prudente continuar.

— Isso parece chantagem.

— Mais ou menos. Podemos dizer que minha mulher, minha ex-mulher, deixou um monte de fios soltos. Ela sabia que eu tinha conhecimento deles, mas acho que não esperava que fosse usá-los. Muito cavalheiresco.

— Então você a chantageou *mesmo*. Isso é um pouco assustador, não é?

— Não tive escolha. E isso não deve assustá-la. Você é tão limpa quanto a neve do pólo Norte.

Ela serviu outra dose de vinho para os dois. O coral cantava "The Twelve Days of Christmas" no aparelho de som.

— Aonde você foi depois de Washington? Aposto que não foi para o pólo Norte.

— Fui à Turquia — disse Ferris.

— Ah, meu Deus. Espero que você não tenha estado por lá quando houve aquele terrível atentado à bomba. Eles ainda não disseram quantos americanos foram mortos. Deve haver um monte. É por isso que estão tentando encobrir.

Ferris se conteve. Aquela era uma medida do sucesso de sua operação. Ele conseguira enganar sua namorada.

— Eu estava em Ancara. O atentado foi em uma base aérea no sul. Não passei nem perto de lá. Fiz o que tinha de fazer e depois vim para casa. Para a minha garota.

Bebeu mais vinho, mas não caiu bem na sua língua.

— E você? Como foram as coisas em Amã enquanto estive fora? Tudo bem no trabalho?

— Tudo bem. As crianças palestinas deixaram a escola para os feriados de inverno, não se espera que elas digam "Natal". Algumas delas vieram para o escritório.

E recebemos uma nova subvenção da Fundação Malcolm Kerr, que vai ajudar a pagar os computadores. Essa gente simpática da Cisco Systems diz que vai instalar banda larga em todas as escolas. Isso foi ótimo. Devem ter querido colocar isso no cartão de Natal da empresa. A única coisa ruim foi que perdemos alguns dos nossos voluntários jordanianos. Isso me deixou triste.

— Ah, é? Quem? — O corpo de Ferris reagiu, como se um interruptor tivesse sido ligado.

— Aquele grupo do qual você não gostava. A Ikhwan Ihsan. O arquiteto de quem lhe falei apareceu ontem para nos entregar um cheque. Disse que era sua última contribuição. E então hoje recebemos a visita de um homem do Mukhabarat. Disse que sentia muito, mas que não podíamos mais ter contato com os Irmãos. Disse que iam sair do negócio. Novas regras para grupos muçulmanos. Bem ruim para nós. Precisamos do dinheiro.

— Você falou com o Mukhabarat?

— Claro, seu bobo. Aqui é a Jordânia. Todo mundo fala com o Mukhabarat.

Ferris teve uma sensação perversa de alívio. Gostaria que os jordanianos não fossem tão rigorosos com os amigos de Sadiki, mas ficou contente porque Alice não iria mais manter contato com eles. Era muita confusão. As pessoas poderiam ter uma idéia errada se percebessem que Alice conhecia Sadiki e que Alice conhecia Ferris. Poderiam estabelecer uma conexão.

— Talvez seja para melhor — disse ele. — Esses grupos muçulmanos podem ser bem estranhos.

— Esse grupo não. Eles são uns doces. Sadiki até me deu umas idéias para projetos.

Ferris falou com cuidado.

— Ele é perigoso. O GID não teria vindo ver você se ele não fosse. Confie em mim. Você encontrará outros patrocinadores. Há um bocado de peixes no mar.

Ela se afastou do calor do peito dele e sentou-se ereta no sofá.

— O que você não está me contando, Roger? Não minta. Você acha que sou burra? Todas as vezes que esse nome aparece, você fica nervoso.

— Não me pergunte isso. Há algumas perguntas que não posso responder. Você sabe disso. Esqueça que lhe perguntei alguma vez sobre Sadiki. Esqueça tudo isso.

— Diga, Roger. Se você me ama, vai me dizer.

Ferris sentiu uma espécie de vertigem. Queria costurar seus lábios por causa de todas as suas mentiras e para se livrar da confissão. Mas ele sabia que não podia e obrigou-se a voltar para a mentira que a protegeria.

— Desculpe-me. Existem algumas coisas sobre as quais não podemos falar. Seria perigoso.

— O que você quer dizer com isso? Como a verdade pode ser perigosa? As mentiras é que são perigosas.

Ferris passou o braço em volta dela. Ela recuou a princípio, mas ele tentou uma segunda vez e ela deixou que o braço ficasse sobre seu ombro. Ele a reteve delicadamente, até seu corpo relaxar e ela desistir das perguntas, ou ao menos da esperança de que elas fossem respondidas.

— Fique distante dessa guerra, Alice. Por favor. Ela já está destruindo muita gente. Nada de bom pode vir daí, só quando acabar.

Ela foi até o banheiro e quando voltou estava mais quieta e mais cautelosa. Alguma coisa mudara. Ferris percebeu, mas não podia fazer nada a respeito. Abriram os presentes debaixo da árvore naquela noite. Alice comprara para ele uma bonita túnica árabe, bordada a ouro e digna de um príncipe, e um tarbuche vermelho para ele usar na cabeça, tal como os velhos paxás otomanos. Ferris também lhe comprara roupas — um lindo vestido Ferragamo que achara em uma butique no Four Seasons. Mas o presente principal ele guardara por último. Estava em uma caixa pequena, e era um anel de noivado de diamante.

Quando Alice abriu a caixa e viu o que era, começou a chorar. Saiu da sala um instante e se recompôs. Quando voltou, deu um beijo em Ferris e disse que o amava. Em seguida, colocou o anel na caixa e a devolveu a ele.

— Não posso aceitar isso agora, Roger. Não até eu saber quem você é.

28

Berlim

Ferris foi chamado de volta ao Quartel-general no dia seguinte do Natal. Passara o feriado com Alice, permeado de longos silêncios e de frases que começavam mas não terminavam. O que um homem diz a uma mulher que recusou seu pedido de casamento? O que uma mulher diz a um homem que ela sabe que está mentindo? Como é que um homem age se tenta responder às perguntas da mulher e isso piora as coisas para ele? "Por amor à bondade, não posso ser bom", escreveu o poeta Bertolt Brecht. Por amor à verdade, Ferris não podia falar. Alice tentou entrar no espírito da festa, assando um peru que conseguira nos mercados da cidade; usou seu gorro vermelho de Papai Noel até que Ferris fez com que tirasse. E então Hoffman ligou para o seu celular, o que ele nunca fazia, e disse-lhe para voltar para casa o mais rápido possível. Para Ferris, foi um alívio partir. Queria acreditar que Alice ficaria mais segura se ele não estivesse por perto.

A neve caía pesadamente em Washington. Os carros derrapavam ao longo da avenida George Washington, e até mesmo a entrada do Quartel-general da CIA estava lisa com o gelo. Ferris dirigiu seu carro alugado para o estacionamento no lado norte (que os administradores da Agência, com seus códigos coloridos e alegres, tinham rebatizado de "zona verde") e encaminhou-se para a toca de rato high tech de Hoffman. Agora Ferris possuía seu próprio crachá biométrico, que o identificava ao passar pelas portas secretas e descer pelos elevadores que não existiam, e que conduziam a Mincemeat Park. O chefe estava mais enlouquecido que o normal; seu rosto estava vermelho, e Ferris, a princípio, pensou que ele tinha bebido demais nos feriados, mas, na verdade, ele estava era estimulado por alguma outra coisa.

— Ho, ho, ho — disse Hoffman. — Feliz Natal.

— Muito engraçado — falou Ferris, exausto do longo vôo de volta para casa. — É melhor que seja uma notícia boa.

— Boa? Posso dizer que sim. "Chegou a hora", disse a Morsa, "de falar de muitas coisas: de sapatos, de barcos, de ceras para lacres, de repolhos e de reis. E por que o mar está tão quente e borbulhante, e se por acaso os porcos têm asas". Para citar o respeitável Lewis Carroll.

"Ah, Deus", pensou Ferris, "ele enlouqueceu completamente".

— Para ser exato — continuou Hoffman —, estou citando *Alice no país do espelho* e é para lá que estamos prestes a ir, meu amigo, para o outro lado do espelho. Com o nosso cicerone, o sr. Harry Meeker.

Um sorriso despontou no rosto de Ferris, um sorriso de morsa. Tinham chegado. Hoffman o pegou pelo braço e o puxou pelo corredor, passando pelas mesas dos analistas e oficiais que manipulavam os websites imaginários da Jihad e rastreavam seus alvos no mundo todo. Cruzaram a sala até o final, para um conjunto de portas de vidro que, segundo Ferris se lembrava, sempre estiveram fechadas. Hoffman exibiu seu crachá para um detector preso à parede, inseriu um cartão em uma fenda e a porta se abriu. Continuou por um corredor escuro e virou à direita, onde abriu uma outra porta.

Estava gelado dentro dessa última sala, literalmente. Azhar emergiu das sombras, vestindo um casacão e luvas grossas para ficar aquecido. Estava escuro, exceto por um brilho de luz fluorescente em um canto. A luz baixa possuía uma qualidade cristalina, como se eles estivessem vendo através de minúsculas lascas de gelo. Ferris seguiu Hoffman na direção da luz. Lá, em uma mesa, viu o corpo de um homem, rígido como uma tora de madeira, a pele descorada cobrindo os ossos de seu rosto como uma camada de parafina. Vestia roupas informais, um par de calças pregueadas e uma camisa branca.

— Aqui está seu garoto — disse Hoffman.

Ferris tocou a pele fria, cérea. Ele estava bem morto. Era o seu primeiro encontro de verdade com o corpo que incentivara Hoffman a conseguir, e teve a estranha sensação de que ele próprio matara o homem. Ferris pensou em *O homem que nunca existiu*, o manuseado livro da inteligência britânica que inspirara seu plano. Há 65 anos, o nome do morto era major William Martin, dos reais fuzileiros navais, e fora arrastado até uma praia na Espanha. Funcionou na época, mas os alemães eram mais imbecis do que Suleiman.

— Amo este cara — disse Hoffman, batendo nas bochechas do cadáver. — Ele é o tipo do agente que eu gosto. Vai para onde é mandado, não discute. Mantém a boca fechada, permanentemente.

Mas Ferris não estava ouvindo a brincadeira. Olhando para o corpo rígido e sem vida, perguntava-se se iria funcionar — se a série de espelhos que eles tinham instalado iria apontar para as direções certas.

Estava frio demais para ficar muito tempo junto do corpo, então Hoffman e Ferris foram para uma sala de reunião ao lado, deixando Azhar cuidando do morto. Na mesa de reunião, havia uma mala de metal aberta, amassada e desbotada de tanto ser manuseada. Havia também uma corrente presa à alça da mala e, na outra ponta, uma pulseira de metal grossa, como uma algema. Uma série de pastas estava disposta ao lado. Hoffman ficou em pé à cabeceira da mesa.

— Está na hora de preparar a isca. A idéia é sua, Roger. O que você quer nesta mala? O que Harry Meeker, agente de campo extraordinário da CIA, leva consigo quando é atingido, tentando manter contato com um agente que lhe daria acesso à Al-Qaeda? Pode me dizer.

Ferris fechou os olhos e tentou se transportar para o mundo imaginário que eles tiveram tanto trabalho para criar.

— Leva uma mensagem para Suleiman — disse Ferris. — É esse o detonador. Tem uma mensagem da CIA para Suleiman. Quando as outras pessoas a virem, vão pensar que Suleiman está trabalhando para nós. Você tem isso pronto?

Hoffman assentiu com a cabeça.

— Uma mensagem para Suleiman, para ser entregue via um agente no Paquistão.

Ferris continuou:

— Harry vai pedir ajuda a Suleiman para lidar com uma ameaça nova e perigosa. E essa ameaça é Omar Sadiki, cujo dossiê Harry vem montando.

— Exatamente — disse Hoffman. — Sadiki ultrapassou o limite. Suleiman vinha matando só europeus, mas esse novo homem está matando americanos na base aérea da Turquia. Por isso, Harry está contatando sua fonte ultra-secreta na Al-Qaeda. Ele quer que Suleiman detenha o novo grupo dissidente que Sadiki está liderando e que está fora de seu controle.

Ferris balançou a cabeça, maravilhado.

— Só espero que eles acreditem que nós fomos tão ardilosos. E espertos.

— Claro que vão acreditar. Eles acham que somos o Super-homem. É por isso que nos odeiam tanto.

— Os documentos já estão prontos? — perguntou Ferris.

— Já, mas quero que você dê uma olhada, antes de carregarmos o torpedo.

Ferris percorreu a fila de pastas, examinando o conteúdo, e depois voltou a uma delas. Puxou uma foto granulada que mostrava Sadiki encontrando-se com Bulent Farhat em Ancara.

— Vamos usar esta, com certeza. Isso prova que Sadiki estava em contato com um cara da Al-Qaeda na Turquia, pouco antes de Incirlik. Se a Agência estivesse fazendo um dossiê contra Sadiki, esta seria Evidência A.

— Para dentro da pasta — disse Hoffman, colocando a foto dentro dela. — O que mais?

Ferris pegou uma segunda foto de uma das primeiras pastas. Mostrava Sadiki em Abu Dabi, encontrando-se com o advogado que fizera parte do sistema de transferência de valores da Al-Qaeda.

— Precisamos desta. Esta é a prova de Harry de que Sadiki transferiu o dinheiro para a bomba de Incirlik.

— Claro. O que mais?

Ferris pegou um documento com o timbre e a data do FBI daquele dia. Simulava a análise do explosivo plástico usado em Incirlik, comparando-o com o explosivo usado nos atentados do HSBC e do consulado israelense em Istambul, em 2003.

— Harry Meeker iria querer isso. Revela a conexão com a Al-Qaeda.

Hoffman riu ao pegar o documento.

— Isso vai enlouquecer o pessoal de Suleiman. Como eles podem não saber sobre um cara que tem o mesmo estoque de explosivos plásticos que eles usaram nas operações anteriores? Como é que eles podiam estar no escuro? A menos que... a *menos que...* Suleiman os esteja sacaneando. A menos que Suleiman não seja o que parece. A menos que um verme esteja comendo as entranhas deles. Eles não vão saber o que pensar!

Ferris examinou uma terceira foto. Uma legenda dizia que era o escritório usado pelos Irmãos do Conhecimento, em Amã. Ele reconheceu a vizinhança. Era perto do escritório de Alice, na parte antiga da cidade.

— O que é isso? — perguntou Hoffman.

Ferris ainda olhava para a foto, perdido em seus pensamentos.

— Não vamos precisar desta — murmurou, a voz quase inaudível. Colocou a foto de volta na pasta.

— Qual é o problema? A foto não é interessante?

— Não. Deixe esta de fora. Não significa nada para nós.

Ferris acrescentou alguns outros itens. Encontrou um registro do serviço de inteligência dos Emirados Árabes sobre os movimentos de Sadiki em Abu Dabi. Harry Meeker teria examinado aquilo. Acrescentou os recibos dos vôos, da entrada e da saída de Ancara. Esses teriam de estar no dossiê. E também o relatório das autoridades de imigração turca, encaminhado à Agência, pelos contatos turcos, sobre a entrada e a saída de Sadiki em 21 de dezembro. Formavam um conjunto nítido — uma prova de que Sadiki fazia parte de uma nova célula dissidente da Al-Qaeda, que a CIA queria conter urgentemente. Pegou a pasta nas mãos e reteve-a, sentindo seu peso.

— Odeio esses filhos-da-puta — disse Hoffman. — É por isso que gosto desse jogo. Porque vai fazer com que se destruam uns aos outros. As coisas nesta pasta estão encadeadas e vão fazer com que *todos* eles pensem que a CIA controla o principal homem deles. Vamos introduzir essa semente de dúvida na organização, e depois deixar que ela faça seu trabalho. Vão começar a duvidar de tudo. Todo o mundo deles vai virar de cabeça para baixo. Essa é a pílula de veneno. Se a engolirem, estão mortos.

Ferris concordou com a cabeça. A idéia era sua. Queria acreditar nela, mas preocupava-se com o fato de que pudessem ter esquecido alguma coisa.

— Então sou Harry — disse Ferris, segurando a maleta. — Estou trabalhando no caso de Incirlik para a Agência. Reuni todas as provas necessárias para mostrar que Omar Sadiki foi o autor de tudo. Quero a ajuda de Suleiman. Como chego ao Paquistão?

— Aqui está o itinerário — disse Hoffman. — Primeiro, Harry vai a Londres e Paris para informar os aliados. Vamos arrumar para alguém se passar por Harry no escalão intermediário do serviço secreto inglês, SIS, e no francês, DGSE, para reforçar a história. Ele vai voar no mesmo Gulfstream que está levando o cadáver. Arranjamos lixo de bolso de Londres e Paris: notas de jantares em restaurantes, comprovantes de táxi, todas essas porcarias. Harry vai assistir a *Cats*, em Londres, e vai enviar uma mensagem de texto para a namorada pelo celular, contando como é sensacional. Quando os caras da Al-Qaeda acharem o telefone de Harry, vão gostar de saber sobre *Cats*. Tão americano. Só acrescentamos isso ontem.

— Adorável. Mas quando Harry chega ao Paquistão? É só isso que interessa.

— Ele voa de Paris para Islamabad. A primeira coisa é ir até o serviço secreto paquistanês, o ISI. Imaginamos que é possível penetrar no ISI, então vamos mandar o homem disfarçado de Harry. Ele fala com os paquistaneses. Mas depois Harry vira unilateral.

— Vai ver seu contato na Al-Qaeda no Waziristão.

— Exatamente. Ele e o chefe da base em Peshawar e meia dúzia de caras das Forças Especiais vão subir as montanhas, supostamente para se encontrar com um membro da tribo pashtu chamado Azzam, que trabalhou com Suleiman quando estava no Afeganistão. Tivemos alguns encontros de verdade com esse Azzam, demos um dinheiro a ele, tentando recrutá-lo como um agente de acesso. Não funcionou, mas o pessoal lá não sabe disso. E Harry vai estar com a mensagem para Suleiman, endereçada a "Raouf", que sabemos, pelas escutas, que é o nome em código que Suleiman usa com sua gente. E a carta é... bem, vou lê-la, pois foi Sami quem a escreveu. É uma obra de arte.

Hoffman entregou-lhe uma mensagem escrita em árabe, em um papel tão grosso que só podia ter vindo da América. Ferris leu-a em voz alta, traduzindo para o inglês.

"Em nome do Profeta, a paz e as bênçãos estejam sobre ele, etc., envio lhe saudações, Raouf, por intermédio de nosso bom amigo e irmão Azzam. Pedimos seu auxílio quanto ao assunto de um renegado irmão jordaniano cuja foto e dossiê estou entregando ao irmão Azzam. Pedimos que sejam tomadas as medidas apropriadas, como no passado. Paz e bênçãos estejam sobre vós."

— Vamos incluir esta foto. — Hoffman mostrou uma pequena foto de Omar Sadiki. Ferris entregou a carta para Raouf a seu chefe, que anexou a foto com um clipe e a colocou na pasta de metal, preparada para Harry Meeker.

— Ele não vai sangrar — disse Ferris. — Você está certo disso, não é? Quando Harry levar um tiro nessa montanha, ele não vai sangrar.

— É claro que ele não vai sangrar! Ele está morto, pelo amor de Deus. Mas ele vai *transpirar*. Ele vai *exsudar*. Fizemos testes. Tudo vai dar certo.

— Ficamos loucos? — disse Ferris, meio que para si mesmo.

— Talvez, mas sabe do que mais? Quando os amigos de Suleiman virem essa coisa toda e começarem a tentar pensar no que isso significa, vão ficar ainda mais loucos. Isso destrói as pessoas, que ficam sem saber o que é verdade e o que não é. Leva-as a pensar se acreditam mesmo em alguma coisa. Esta é a grande destruidora, a dúvida. Faz o trabalho do diabo para ele. — Ferris concordou com a cabeça. Tentava não pensar sobre as outras formas através das quais a declaração de Hoffman poderia se revelar verdadeira.

29

Washington

Harry Meeker foi submetido a uma lista de verificação final, como se eles fossem detonar uma bala de canhão humana. Azhar percorreu o cadáver com uma prancheta, lendo os itens, enquanto os membros da equipe técnica confirmavam as respostas, dizendo: "Confere!" A primeira preocupação foi com a temperatura do corpo. Tinham elevado alguns graus na última semana, até o nível em que Meeker seria transportado. O patologista da Agência recomendou que a temperatura do corpo fosse elevada gradativamente para que pudesse alcançar a temperatura ambiente algumas horas antes de ser descoberto. Mediram várias vezes, usando o equivalente cirúrgico de um termômetro para carne, antes de Azhar dizer "confere!" e seguir em frente.

Inventariaram cada bolso. Invólucros de chicletes de Londres, Paris e do Paquistão. (Hoffman tinha resolvido que Meeker devia ter um chiclete na boca quando o corpo fosse encontrado — um toque de naturalidade —, e mandara Azhar mastigar antes.) Algum dinheiro trocado: dois euros, uma moeda de duas libras esterlinas e um punhado de rupias paquistanesas. Confere! Depois, dentro da carteira: recibos de cartão de crédito do posto da Exxon na Rota 123 e da lavanderia do Shopping McLean, a carteira de motorista e os cartões de crédito, a foto com a dedicatória da namorada fictícia, "Denise", canhotos, caixas de fósforos e preservativos que contribuíam para formar a identidade de Meeker.

E depois o telefone celular: Azhar já construíra sua lista fictícia de "ligações recebidas" e "ligações efetuadas". Enquanto faziam a revisão final, resolveu que queria acrescentar uma seqüência de três "ligações perdidas" de Denise. Se alguém ficasse curioso e discasse o número dessas ligações perdidas, ouviria a voz sussurrante de uma mulher jovem dizendo: "Oi! Aqui é Denise. Deixe um recado ou o que quiser."

E, finalmente, as roupas de Harry. Usava agora um sobretudo quente; o corpo seria descoberto nas regiões tribais entre Peshawar e a fronteira afegã, no fim de dezembro. Tinham comprado um casaco forrado de lã de carneiro da Lands' End, e parecia de acordo — exceto que ainda estava com cara de nova, mesmo depois de meia dúzia de lavagens a seco. Então Hoffman mandou um e-mail para o grupo de Mincemeat Park que dizia "doação de roupas", pedindo um casaco de inverno masculino usado, tamanho 50, preferencialmente forrado de pêlo. Dois casacos apareceram: um parecia mais novo do que o que já tinham; o outro brilhava de tanto uso, com um pequeno rasgão na manga e um forro manchado de suor. Hoffman achou-o perfeito. No entanto, as calças de lã estavam boas, e também a camisa branca e os sapatos de viagem. Durante a última verificação, antes de depositarem Harry Meeker no contêiner refrigerado para sua última viagem, Hoffman percebeu uma ruga nas calças.

— Meu Deus! — gritou ele. — Quem é que vaga pelos confins da Terra com uma ruga dessas nas calças? O que está acontecendo com vocês, pessoal? — Azhar, que estava preparado para qualquer coisa, tinha um ferro a vapor e rapidamente tirou as rugas das calças de Harry Meeker.

Da sala de operações em Mincemeat Park, Hoffman e sua equipe podiam acompanhar o progresso de Harry Meeker. Monitoraram a aterrissagem do avião em Londres, Paris e, finalmente, em Islamabad. Enquanto Harry permanecia em seu caixão, um agente de campo verdadeiro, da divisão do Oriente Médio, usando um disfarce, saiu do avião em cada escala e dirigiu-se à base local da CIA e de lá aos escritórios dos serviços secretos aliados, onde passou informações aos oficiais sobre o último atentado em Incirlik. Uma nota breve apareceu no *Le Figaro* no dia seguinte à visita de Paris, dizendo que os Estados Unidos possuíam novas informações sobre Incirlik, envolvendo uma célula jordaniana dissidente da Al-Qaeda.

Quando o avião pousou em Islamabad, o engodo de Harry visitou o quartel-general dos serviços de inteligência — ISI — e viajou naquela noite para Peshawar. Retornaria a Islamabad no dia seguinte e então, viajando por uma série de vôos comerciais, voltaria a Washington. O "verdadeiro" Harry, no gelo, tinha ido para Peshawar na véspera, acondicionado na traseira de um caminhão.

Alex Smite, chefe da base de Peshawar, recebeu o caminhão. Sabia o que vinha, mas, mesmo assim, tão logo deu a primeira olhada no corpo, ligou para Hoffman.

— Você tem certeza de que o diretor concordou com isso?

— Relaxe. Vai funcionar, e toda a papelada foi preenchida — disse Hoffman. Não podia condenar seu homem em Islamabad: a vida na Agência consistia em tentar adivinhar as verdadeiras intenções de outrem.

O cadáver foi transferido para o Land Rover de Smite, um veículo sem blindagem e com vidros escuros. Foi colocado no banco traseiro à direita, o lugar de honra para um visitante. Um cinto de segurança apertado manteve o corpo firme. Hoffman ligou pelo telefone restrito, pedindo para conferir a temperatura do corpo. Smite usou um termômetro para carne, que deixou um buraco, mas foi o que ele conseguiu encontrar. O corpo estava quase bom. Alcançaria a temperatura de 35°C em cerca de 12 horas. Mais 12 horas além dessas e começaria a se decompor. A essa hora, Harry deveria estar "morto". Ou, para ser mais preciso, seu corpo morto estaria crivado de buracos de balas e estatelado no banco traseiro do Land Rover.

Smite encontrou-se com sua equipe das Forças Especiais nas montanhas fora de Peshawar, em um acampamento usado durante vários anos como base para os esforços, na maioria das vezes infrutíferos, de capturar os chefes da Al-Qaeda. Não se importava que esse encontro estivesse sob vigilância. Queria mesmo que o vissem. Formaram um pequeno comboio de três carros: um SUV blindado ia à frente do Land Rover e um outro ia na traseira. Cada um dos SUVs levava quatro homens fortemente armados do Socomm, o setor de operações e comunicações especiais. Nos primeiros oitenta quilômetros, uma escolta armada paquistanesa acompanhou os veículos. Mas os batedores se retiraram quando entraram nas terras inóspitas, e os americanos prosseguiram sozinhos em direção a Kosa, uma aldeia bem ao sul de Mingaora, na região a noroeste da fronteira. Um dos agentes pashtu de Smite já passara um rádio para Kosa para avisar a Azzam que os visitantes americanos estavam chegando.

A chegada em Kosa foi cuidadosamente coreografada. Ferris assistiu à grande parte dela em tempo real, graças às imagens de um satélite de reconhecimento sobre o local. Quando o comboio se aproximou da casa de Azzam, canos de armas de fogo projetaram-se pelas janelas dos dois SUVs. Aquele era o procedimento padrão em áreas como aquela — demonstração de força suficiente para intimidar, mas não tanta que provocasse hostilidades. O que não estava visível através da câmera, ou para os pashtus no chão, eram os outros quatro oficiais das Forças Especiais que estavam escondidos nas montanhas e que tinham entrado sorrateiramente na cidade naquela manhã.

Quando Smite chegou à casa de Azzam, seguiu a mesma rotina da sua última visita à aldeia, quatro meses antes. Esperou no Land Rover, enquanto um menino do local ia buscar Azzam, e então, depois de vários minutos, o pashtu apareceu com seus guarda-costas. Smite desceu do Land Rover e acenou para Azzam se aproximar, e então o líder tribal foi, da mesma maneira que acontecera anteriormente. Queria seu dinheiro.

— Calma, calma — disse Hoffman, enquanto observava a imagem no monitor e ouvia a transmissão sonora. Era como estar sentado em cima de uma árvore na aldeia, acompanhando o desenrolar da ação.

Smite falou com Azzam em urdu, alto o bastante para ser ouvido pelos outros líderes da tribo, a uns vinte metros de distância. Disse que tinha um visitante especial de Washington que queria conversar com ele em particular. Percorrera uma longa distância para encontrar o grande líder de Kosa e queria saudá-lo.

Azzam andou de modo lento e cerimonioso em direção ao carro. Podia-se imaginar seu pensamento: por que não tirar o dinheiro desses idiotas da América? Smite segurou a porta para o líder tribal subir no banco traseiro do Land Rover. Quando Azzam se sentou, Smite acionou as travas elétricas que impediam a abertura das portas por quem estivesse dentro do veículo. Depois, andou calmamente em direção ao SUV e entrou nele.

Quando Azzam viu o corpo de Harry Meeker escorado no banco traseiro, deve ter achado que alguma coisa estava errada, mas demorou alguns instantes para perceber. Talvez ele estivesse evitando manter contato visual, mostrando deferência, à maneira do Oriente, com um visitante que estava indo lhe dar dinheiro. Ou talvez eles tivessem feito um trabalho tão bom com o disfarce, que Azzam estivesse esperando o homem de parca dizer alguma coisa. Depois de cerca de cinco segundos, a ficha caiu: um grito agudo foi ouvido em Langley através do circuito transmissor do Land Rover. Mas já era tarde. Azzam não podia sair.

O grupo das Forças Especiais ouviu o grito pelos fones de ouvido. Diante daquele sinal, o comandante gritou para o guarda-costas de Azzam abaixar a arma. O pashtu gritou de volta, e armas apareceram em volta da clareira. Confrontos armados aconteciam o tempo todo nas áreas de fronteira, e normalmente a tensão era dissipada com mais alguns gritos e, de vez em quando, com tiros de advertência para o alto. Mas, dessa vez, houve uma súbita explosão das armas de fogo automáticas, e dois dos guardas pashtus foram derrubados. Os outros guardas atiraram nos SUVs, mas as rajadas de pequeno calibre das AK-47 não conseguiram penetrar na carroceria blindada. Com o aumento das rajadas, a carroceria de metal fino do Land Rover ficou crivada de balas e depois foi metralhada de uma ponta a outra. Para os afegãos pareceu uma batalha feroz, mas tudo tinha sido armado.

Os homens de Azzam não tinham como saber que a rajada de fogo inicial viera do segundo grupo de Forças Especiais, por trás dos SUVs. Os americanos escondidos tinham mantido os guarda-costas debaixo de mira o tempo todo. Um deles levava uma AK-47; concentrou suas rajadas sobre o Land Rover, salpicando alguns tiros no lado em que Harry Meeker estava, para ter certeza de que ele também fosse atingido. O corpo de Azzam ricocheteava dentro do Land Rover enquanto as balas o atravessavam. Aquilo também fazia parte do plano. Queriam Azzam morto, para que os documentos da pasta de Harry Meeker fossem a única explicação para o que tinha acontecido. O corpo de Harry não ricocheteou nem sangrou muito. Mas transpirou.

Smite e os dois SUVs bateram em retirada sob fogo cerrado para a estrada principal; helicópteros de combate chegaram várias horas depois, no que parecia ser uma missão para retirar o corpo do americano do Land Rover — e quaisquer papéis reservados que pudessem estar com ele. Aterrissaram na clareira da aldeia, isolaram a área em volta do Land Rover e deram uma busca no carro durante vinte minutos. Mas, por essa hora, Harry Meeker já tinha sumido. O corpo e a maleta haviam sido levados para as montanhas pelos homens da Al-Qaeda, como Hoffman sabia que aconteceria. Em poucas horas, um dos lugar-tenentes de confiança da organização abriria a pasta de metal e tentaria extrair um sentido do conteúdo. E então eles começariam a pensar.

As agências de notícias mais tarde, naquele dia, confirmaram a emboscada das forças norte-americanas e disseram que um soldado americano tinha sido morto. Não houve menção a um segundo americano, em roupas civis, atingido em seu carro durante um encontro com o líder de uma tribo local, fora dos círculos da Al-Qaeda. Mas não foi preciso nenhuma notícia sobre isso. Naquela noite, o encontro de Azzam com o americano foi o assunto de cada aldeia da região da fronteira, e falava-se abertamente que Azzam devia estar trabalhando para a CIA. O laço estava armado.

Hoffman sabia que estava funcionando. Interceptaram as conversas nos celulares e na Internet. Os homens de Suleiman estavam se esforçando para dar um sentido ao que encontraram, mas eram de um escalão muito baixo para tomar decisões. Os líderes do escalão mais alto da Al-Qaeda teriam de decidir o que fazer. O ISI prendeu um mensageiro que se dirigia a Karachi. A mensagem era uma convocação urgente para um conselho, uma reunião com o ulemá, sobre um assunto tão sério que exigia uma decisão do próprio califa. A NSA começou a captar vozes que não eram ouvidas há vários anos. Os membros da rede foram forçados a quebrar sua costumeira segurança operacional. A pior coisa que podia acontecer estava acontecendo a eles.

A sorte é o que resta a um bom planejamento. Hoffman fizera muito bem esse último e começava a ter um pouco mais de sorte. O identificador de voz de uma interceptação da NSA de um celular em Viena revelou uma voz parecida com uma da lista de alta prioridade da Agência. Havia estática na linha, mas um exame técnico detalhado mostrou ser a voz de um homem de Hama, na Síria, Karim al-Shams, que adotara o nome operacional de Suleiman. O plano principal estava emergindo. Foi difícil entender o significado da chamada porque falaram em código, mas o assunto era o sofrimento de Hussein, que fora vítima de uma cilada de seus rivais invejosos, o que o levara à morte. Os analistas de Hoffman acharam ter entendido a essência do que Suleiman estava dizendo: ele tinha sido vítima de uma cilada.

Com a ajuda da NSA, a polícia austríaca foi informada da área provável de onde partira a chamada do celular. Cercaram a vizinhança naquela noite e vasculharam meia dúzia de prédios de apartamentos. Um pouco antes do amanhecer acharam o aparelho, mas o homem que o estava usando evidentemente tinha sumido.

Ferris queria voltar a Amã para passar a véspera de Ano-Novo com Alice, mas Hoffman pediu-lhe para ficar mais um dia. Ele queria comemorar. O problema era que todos os festeiros, que conheciam o segredo, faziam parte de Mincemeat Park. O próprio fato de que trabalhavam juntos era um segredo. Por isso Hoffman resolveu levar a véspera de Ano-Novo até eles. Contrabandeou bebida e comida para o escritório. Escolheu quem iria preparar os drinques entre os analistas, e para DJ escolheu um agente de campo que sempre sonhara em ser cantor de hip-hop. Ferris tentou se entregar à bebida e à música. Chegou até a dançar com uma moça de porre que trabalhava para Azhar, que se esfregava para cima e para baixo contra seu corpo, como se ele fosse o poste de uma boate de *strip-tease*.

Porém Ferris não estava de fato ali. Sentia-se inútil, agora que a operação terminara. Não poderia controlar, e nem ver, o que iria acontecer agora. A única coisa que preenchia aquele vazio era pensar em Alice. Muitas vezes imaginara, nos anos em que vivera com Gretchen, como seria estar apaixonado. Agora ele sabia. Passou-lhe pela mente que nessa véspera de Ano-Novo precisava tomar uma decisão. Procurou Hoffman, achando que devia lhe dizer alguma coisa, mas ele tinha desaparecido.

Ferris tinha falado com Alice mais cedo naquele dia, enquanto ela se arrumava para uma festa no Four Seasons com alguns amigos jordanianos. Ela não tentou fazer com que ele se sentisse culpado por não estar lá. Passou por cima disso e ficou em silêncio. Ferris ligou para seu celular à meia-noite, hora de Amã, mas ela não atendeu e ele ficou aborrecido por não poder dizer seu nome na virada do ano e nem ao menos beijá-la via telefone. Deixou um recado; o celular dele não pegava dentro do Quartel-general, e assim não podia saber se ela havia tentado retornar a ligação.

Ferris deixou a turma que comemorava o Ano-Novo, entrou em uma sala vazia e discou o número de Alice. Mesmo com a porta fechada, podia se ouvir a batida do amplificador. Alice atendeu no terceiro toque. Parecia sonolenta, até um pouco tonta, como se tivesse tomado um comprimido para dormir.

— Preciso lhe contar uma coisa — disse Ferris. — Tomei uma resolução de Ano-Novo.

— O quê? — respondeu ela. Era óbvio que ela não estava totalmente desperta.

— Estou pronto.

— O quê?

— Estou pronto para vivermos juntos. O resto não importa.

— Tudo importa. Quando você vem para casa? — Sua voz estava longe. Falava como se estivesse perdida.

— Amanhã — disse Ferris. — Embarco no primeiro dia do ano e chego aí no fim do segundo. Vou fazer o jantar para você. Amo você. Vou lhe dar o que você queria.

— Isso é bom. — Agora ela já estava acordando. — O que você quer dizer com isso?

— Vou contar a verdade. Não quero mais viver nenhuma mentira. Não preciso mais. Acabou.

— Não sei do que você está falando, mas estou gostando.

— Tudo bem — disse Ferris. — Eu sei do que estou falando.

Ferris permaneceu mais um pouco no escritório vazio, pensando em Alice e no que iria fazer no novo ano, caso estivesse falando sério sobre sua resolução. Contaria tudo a ela. Significava que teria de se demitir da Agência. Não havia outro jeito. Já era quase meia-noite quando Hoffman empurrou a porta. Levava uma garrafa de champanhe e duas taças.

— Desembucha, seu canalha — grunhiu. — Precisamos conversar. — Estava completamente embriagado, e o álcool embotava sua natural exuberância. Parecia quase melancólico. Sentou-se do outro lado da mesa de Ferris e encheu as taças de champanhe. Ferris esperou que ele levantasse algum brinde ao brilhantismo da proeza, mas ele estava mudo. Por fim, Ferris falou.

— Conseguimos — disse Ferris, erguendo sua taça. — Não achei que fosse possível, mas tivemos sucesso. Penetramos no DNA deles.

— É, talvez — disse Hoffman, abatido.

— Não tem nenhum talvez nisso. Não depois que eles captaram a ligação de Suleiman. Ele está enrascado. Do contrário, jamais teria aparecido. Pegamos tantas ligações novas nos últimos dias que vamos ser capazes de desenrolar as redes desde Londres até Lahore.

Hoffman balançava a cabeça. Não era só a bebedeira. Alguma coisa o incomodava. Ferris não queria se preocupar com os problemas dele, queria pensar nos seus.

— Relaxa, chefe. Dê a volta da vitória.

— Ainda não vencemos.

— Estamos muito mais próximos do que há uma semana. Beba. — Bateu sua taça com a de Hoffman e bebeu a maior parte da sua, mas Hoffman não bebeu.

— Está muito perfeito — disse Hoffman. — Alguma coisa tem de estar errada.

— Do que você está falando? Pelo amor de Deus, por que você não admite um "sim" como resposta? Funcionou. Só Deus sabe como, mas conseguimos. — Ferris não queria ouvir sobre autoconfiança ou pontas soltas. Agora que o seu papel na operação estava cumprido, pensava em uma vida nova. Queria que Hoffman desaparecesse e o deixasse com seu próprio futuro.

— Tem alguma coisa errada. Suleiman não podia ter aparecido tão rápido quanto apareceu. Jamais esperei que isso acontecesse. É quase como se ele estivesse nos testando, tentando descobrir o quanto sabemos.

— O que é isso, Ed, você está sendo paranóico. Está convivendo com essa coisa há muito tempo. Está sofrendo de depressão pós-parto. Deixa disso, homem. Você tem um lindo e pervertido bebê.

— Você acha mesmo? Por que Suleiman larga seu celular para nós o encontrarmos? E com quem ele está falando sobre traição? Ainda não temos nada concreto. Isso está me deixando louco.

Ferris riu e serviu-se de outra taça de champanhe. Estava cansado, e, na verdade, não estava interessado nos problemas de Hoffman. Beijou-o na face, tão perto que pôde sentir os pêlos de sua barba e o cheiro de seu hálito azedo. As pessoas do outro lado da porta estavam gritando, cantando e entoando o nome do chefe: "Hoff-man! Hoff-man!" Era quase meia-noite. Contavam os segundos. Queriam o chefe.

Hoffman saiu da pequena sala. Tinha bastante consciência da sua liderança para não assumir seu lugar. Subiu em uma mesa, ergueu sua taça acima da cabeça e gritou para a multidão: "Feliz Ano-Novo! Obrigado por tanto trabalho duro. Vai ter mais. Amo todos vocês." Terminou poucos segundos antes de o relógio tique-taquear para o zero. Cronometragem perfeita, como sempre. A multidão rugiu; estavam bêbedos, felizes e esgotados. As pessoas estavam cantando e formavam uma fila para dançar a conga atrás de uma mulher voluptuosa que atacava células terroristas. No meio de toda aquela excitação, Ferris foi provavelmente o único que percebeu que Hoffman tinha escapulido para uma sala vazia e fechara a porta.

Omar Sadiki desapareceu no dia de Ano-Novo. Ferris ouviu a notícia enquanto se dirigia ao aeroporto para pegar o vôo de volta a Amã. A base de Amã vinha monitorando os telefones de Sadiki para se certificar de que ele não fizesse nenhuma besteira. Não respondera aos telefonemas no dia de Ano-Novo, e o chefe das operações em Amã, que estava cuidando das coisas na ausência de Ferris, acabou ficando nervoso. Mais tarde naquele dia, hora de Amã, mandou um dos seus agentes jordanianos até a casa de Sadiki procurar por ele. Lá dentro, o agente encontrou uma sala cheia de mulheres e crianças na maior confusão. A mulher de Sadiki disse que o marido tinha saído com algumas visitas naquela manhã e não voltara. Procuraram por ele no escritório, na mesquita e no café onde os membros da Ikhwan Ihsan gostavam de ficar durante as tardes. Mas não havia sinal dele. A mulher disse que o marido estava preocupado com alguma coisa. E agora, fosse lá o que fosse, essa coisa tinha feito com que desaparecesse.

Ferris ligou para Hani pelo telefone restrito depois de falar com a base de Amã. Hani disse que já tinha ouvido as notícias e desculpou-se repetidamente. Não sabia como Sadiki escapara da sua vigilância. A culpa era dele, continuava a dizer. O GID deveria ter vigiado mais de perto. Não deveriam ter deixado que ele desaparecesse. Ferris nunca ouvira Hani parecer tão arrependido.

— Merda — Ferris falou para si mesmo quando terminou a conversa com Hani. Sabia que alguma coisa ruim poderia acabar acontecendo com Sadiki desde o momento que o encontrara em Abu Dabi. Ele era muito vulnerável, um joguete nas mãos de outras pessoas. Ferris gostaria de não se incomodar com as conseqüências; se o cara pensar muito no que pode acontecer com seus agentes, jamais vai conduzir uma operação. Mas Sadiki nem sequer era um agente. Ele era nada. Não sabia de nada. Talvez isso facilitasse as coisas para ele quando seus captores começassem a interrogá-lo. Um medo profundo consumia Ferris. Ele não ousava admitir nem para si mesmo. Não era com Sadiki que ele se preocupava, mas com o fato de que Sadiki conhecia Alice Melville.

— Por que eu não o tirei da Jordânia para protegê-lo? — Ferris perguntou a Hoffman, quando conseguiu achá-lo uma hora depois. — Por que o deixei lá? Ele era uma presa fácil.

— Ele vai se sair bem. Vão sangrá-lo e ele vai dizer o que sabe, ou seja, nada. Vai negar que tenha alguma coisa a ver com Incirlik. Vai dizer que estava na Turquia para um projeto de arquitetura para um banco americano. Vai falar sobre Brad Scanlon. Eles não vão saber no que acreditar. Vão acabar com ele, o que só vai tornar sua confissão mais duvidosa, e no fim vão ficar mais confusos do que quando começaram.

— Vão matá-lo.

— Duvido disso, mas e daí se o matarem? Como sempre digo, merdas acontecem. Se formos nos preocupar com qualquer um que for queimado, jamais conseguiríamos fazer nada.

— Meu Deus. Você é um canalha de sangue-frio.

— E você também — disse Hoffman. — Só não quer admitir.

Hoffman não se incomodava mesmo. Os seres humanos envolvidos poderiam ser muito bem peças de plástico em um tabuleiro de xadrez.

— Vão chegar a *mim* — disse Ferris. — Quando eles interrogarem Sadiki, ele vai me entregar, e eles vão chegar à minha identidade.

— Não, não vão. Vão chegar ao outro, mas e daí? O disfarce estava sensacional. A história estava bem amarrada. Está escorada por todo o caminho. Pare de se preocupar. Omar vai voltar ao trabalho, talvez sem alguns dedos da mão e do pé, mas e daí? Você vai poder contratá-lo para construir uma casa de praia.

— Vão interrogar Sadiki a respeito de outros americanos em Amã. Vão tentar descobrir se ele tinha outros contatos na embaixada, por intermédio de pessoas que possam me conhecer.

Ferris questionou-se sobre contar a Hoffman o segredo ameaçador que guardava em seu coração — que Omar Sadiki conhecia uma mulher americana, que conhecia um americano que trabalhava na embaixada. Cujo nome era Roger Ferris. Mas ele não conseguia se resolver quanto a isso. Foi nesse momento que parou de confiar em Hoffman. Assim que desligou, Ferris começou a ligar para Alice. Ela não atendeu nem em casa, nem no trabalho, nem no celular. Talvez estivesse fora. Talvez estivesse de ressaca. Talvez estivesse viajando. Talvez tivesse um novo amor. Ferris pegou o vôo noturno para Londres em um pânico crescente. Havia forçado o osso até o ponto crítico, e agora ele tinha estalado.

30

Amã

O aeroporto Queen Alia tinha um ar modorrento de pós-feriado quando Ferris chegou no fim da tarde de 2 de janeiro. O funcionário do controle de passaporte mal olhou a listagem de computador ao carimbar seu passaporte, liberando a entrada. As sugestões de presentes de Natal ainda estavam na vitrine do *free shop*, oferecendo bebidas e cigarros aos viajantes muçulmanos, mas a loja estava vazia. Até mesmo os carregadores, que tentavam arrumar uma gorjeta de qualquer maneira empurrando os carrinhos de bagagem por uns poucos metros, pareciam entediados. Do lado de fora, uma tempestade de areia soprava do deserto; Ferris saiu do terminal para uma meia-luz soturna. Os carros eram fantasmas, visíveis apenas no último segundo ao emergirem da poeira cor de tijolo. Quando Ferris respirou profundamente, pôde sentir minúsculos grãos de areia contra seus dentes.

Ferris ligou para Alice quando aterrissou, mas ela não respondeu, e assim ele resolveu ir direto ao seu apartamento na cidade velha. Ele tinha a chave agora, e ela sempre dizia que gostava de surpresas. Tentou permanecer calmo e confiante: se ela não estivesse, ele esperaria por ela, claro — talvez fizesse o jantar, acendesse as velas, e depois a envolveria de amor. Teriam um novo começo — um fim, e então um novo começo. Levariam uma ou duas horas, e provavelmente algumas taças de vinho, para resolverem suas dificuldades. Mas, passado um tempo, ela estaria soltando piadas sobre o pessoal do trabalho e provocando-o sobre a América e os árabes. E, quando estivessem relaxados, ele começaria a desembaraçar as mentiras e a alinhavar algumas coisas reais.

Ferris pediu que o táxi do aeroporto parasse no prédio dela na rua Basman. Tocou a campainha na portaria, mas não houve resposta, então abriu a porta e subiu voando para o apartamento. A porta de Alice estava entreaberta, e, a princípio, Ferris ficou aliviado — pensando que ela pudesse estar em casa. Escancarou a porta e entrou no apartamento chamando por ela. Como não teve resposta, foi até o quarto, esperando que ela pudesse estar lá, e depois ao banheiro, chamando seu nome enquanto andava. O gato de Alice, Elvis, andava de um lado para o outro na cama, mas, exceto por ele, o quarto estava vazio. A porta do banheiro estava fechada, e, quando viu isso, imaginou que ela pudesse estar lá dentro e que, de um instante para outro, fosse ouvi-la cantar um blues de Joni Mitchell. Mas o banheiro também estava vazio, e Ferris começou a ficar seriamente preocupado.

Voltou sobre seus passos, entrando em cada cômodo e chamando por ela como se ela estivesse se escondendo dentro das paredes. Ele não olhara o apartamento detalhadamente na primeira passagem, mas agora percebia algumas coisas que estavam estranhas. O tapete da entrada estava torto. Alice era naturalmente superpreocupada com arrumação; jamais o deixaria daquele jeito. Na sala de visitas, as prateleiras estavam bagunçadas. Alguns livros tinham sido tirados do lugar e deixados sobre a mesa; outros haviam sido colocados de volta nas prateleiras de cabeça para baixo ou com as lombadas voltadas para a parede. Na cozinha, o café-da-manhã estava preparado pela metade — havia uma caixa de cereais aberta e um pacote de leite sobre a bancada. Ferris cheirou o leite; ainda não tinha azedado.

Ferris andou pelo corredor até o pequeno quarto que Alice usava como escritório; as gavetas de sua mesa estavam abertas, com algumas pastas espalhadas sobre o tampo. E seu laptop tinha sumido. Foi nesse momento que começou a sentir medo de verdade — quando percebeu que quem quer que tivesse estado no apartamento, levara seu computador e seus arquivos eletrônicos. Podia ter sido um roubo: Alice saíra apressada para o trabalho naquela manhã, deixara o café-da-manhã pela metade porque estava atrasada, e, depois que saiu, um ladrão invadiu o apartamento. Ferris usou o aparelho da cozinha para ligar para o trabalho dela; o telefone do escritório chamou, mas ninguém atendeu.

Só no instante em que desligou o telefone foi que viu as marcas de sangue no chão, debaixo da bancada. O grito que deu foi quase silencioso, um grito de pura angústia. Viu mais gotas de sangue para além da cozinha, e depois pegadas espaçadas na direção da porta. Ah, Deus. Onde ela estava? Lutou consigo mesmo para não gritar. A pior coisa que ele podia imaginar, a coisa que ele tinha divisado a distância, como um pontinho no horizonte, estava sendo lançada agora contra ele. Sentou-se no sofá e tentou pensar. "Não entre em pânico", disse a si mesmo.

"Certifique-se de que ela realmente desapareceu." Ligou para o número geral do Conselho para Ajuda ao Oriente Médio e perguntou por Hoda, uma palestina que trabalhava como assistente de Alice. Ela também parecia assustada. "Alice não aparecera para trabalhar naquele dia", disse ela. Todos no escritório estavam preocupados porque aquilo não era seu feitio. Mas depois acharam que ela podia estar com seu namorado americano.

— Aqui *é* o namorado americano — disse Ferris, tentando controlar a voz. Disse para Hoda não chamar a polícia ou fazer alguma coisa até que ele ligasse novamente. Tinha de pensar, mas de que maneira? Como Hoffman ou como ele mesmo?

O peso dessa dúvida o oprimia. Ele deixara aquilo acontecer. Alice tinha sido seqüestrada. Alguém entrara em seu apartamento e a levara. Ferris tentava raciocinar. Deveria chamar a segurança da embaixada e permitir que entrassem em contato com a polícia jordaniana? Seria o procedimento padrão para um americano no exterior. Ou chamar a base da CIA e fazer com que seu substituto viesse imediatamente até o apartamento com o homem do FBI na embaixada, para recolher os indícios antes de os jordanianos estragarem todos eles? Ou ligar para Hani e pedir uma ajuda especial? No fim, fez as três coisas. Não se importava mais com a cobertura da operação. Todos os receios tinham desaparecido junto com Alice. O único erro agora era não fazer o máximo para salvá-la.

A equipe da embaixada chegou primeiro. O agente do FBI fez uma rápida varredura no apartamento, recolhendo várias amostras de sangue do chão e espanando em busca de digitais na cozinha, onde a agressão aparentemente começara. Ferris sentou-se no sofá, com a cabeça nas mãos, enquanto recolhiam as provas. O chefe das operações da base, que o estava substituindo, sentou-se ao lado dele. Era mais velho do que Ferris, e muitas vezes mostrara-se irritado no passado, mas não agora.

— É a sua namorada, não é? O que posso fazer? Diga-me. Sem regulamentos nesse caso.

— Não sei — respondeu Ferris. — Temo que alguma coisa terrível possa ter acontecido.

— Você pode falar sobre isso?

— Agora não. É muito complicado. Tem muita coisa que você não sabe, que ninguém sabe. Mas acho que ela foi seqüestrada.

— Hoffman quer falar com você. Liguei para ele logo que você me comunicou o ocorrido. Quer que você ligue para ele assim que puder na linha restrita.

Ferris balançou a cabeça.

— Ainda não. Preciso pensar.

— Como quiser, cara. Ele vai ficar furioso. — O substituto pôs a mão no ombro de Ferris. Ia dizer mais alguma coisa, mas depois parou. Ferris estava certo. Havia muita coisa que ele não sabia.

Hani Salaam chegou alguns minutos depois com uma equipe técnica do GID. Isolaram o local, vestiram luvas de borracha e começaram a trabalhar. Os rádios estalavam com as chamadas para a ajuda adicional. Pelo que Ferris pôde ouvir, eles já estavam armando barreiras nas estradas e postos de fronteira para parar qualquer carro que pudesse estar levando Alice. Pela janela, Ferris podia ver os homens de uniforme azul-escuro das forças especiais jordanianas.

Hani andou na direção de Ferris, que estava em um canto distante da sala, entre os espelhos e jacarandás. O jordaniano beijou o americano em ambos os lados da face. Ferris pôde perceber a preocupação no rosto dele, e pela primeira vez não conseguiu se conter. Seus olhos encheram-se de lágrimas, e ele pousou a cabeça no ombro de Hani, como faria no ombro de seu próprio pai, e Hani bateu em suas costas delicadamente, como se faz com uma criança. "Vai ficar tudo bem", repetiu várias vezes.

Ferris ficou em silêncio por um longo tempo, com os olhos fechados, tentando pensar no que fazer. Quando voltou a abrir os olhos, pediu a Hani para acompanhá-lo até o quarto, onde podiam conversar. Seu substituto e o agente do FBI iriam acompanhá-los, mas Ferris fez um gesto com a mão para não irem. Fechou a porta e foi para o fundo do quarto. Pegou o telefone na cabeceira de Alice, tirou o fone da base e depois a própria base da parede. Ninguém deveria ouvir nem por acaso o que ele estava prestes a dizer. Sentou-se na cama e fez um sinal para Hani sentar-se ao seu lado.

— Preciso de ajuda — disse Ferris, com a voz levemente trêmula. — Você vai me ajudar? Preciso saber disso antes de conversarmos.

O jordaniano assentiu com a cabeça. Estava vestido do jeito elegante de sempre, mas seus modos eram graves.

— Acho que sei o que aconteceu — disse Ferris. — Estou assustado.

— Conte-me. Podemos achá-la, se você nos ajudar.

— Acho que a Al-Qaeda a pegou. Eles a seqüestraram.

Hani balançou a cabeça com benevolência.

— Por que fariam isso? Sua namorada trabalha com assistência social. Trabalha com crianças palestinas. Não é isso? Por que alguém iria querê-la?

Ferris estava entrando em território proibido. Deveria ligar primeiro para Hoffman e traçar um plano. Mas, quando pensou nas regras e exigências da CIA, ele se deparou com um poço de desgosto consigo mesmo. Foi o processo do pensamento que colocou Alice em perigo. Precisava falar com Hani imediatamente e mobilizá-lo, antes que fosse tarde.

— Escute, mas, por favor, tente esquecer as passagens que não ajudam Alice. Seja meu amigo, por favor. Consegue fazer isso?

— Claro, meu querido. Sempre fui seu amigo. Mesmo quando você não foi meu.

— Está bem. O motivo pelo qual pegaram Alice é porque ela conhece um homem com quem vínhamos trabalhando. Ele é o arquiteto jordaniano sobre o qual conversamos, Omar Sadiki.

Os olhos de Hani se arregalaram.

— Ela o conhece? O Sadiki, suspeito da bomba de Incirlik? Mas como é que *vocês* vinham trabalhando com ele? Como pode ser isso, meu querido? Você está me dizendo que ele era seu agente?

— Não pergunte. Agora não. Mas tenho certeza de que, quando Sadiki desapareceu no dia de Ano-Novo, não foi uma fuga. A rede da Al-Qaeda deve tê-lo pegado, para descobrir o que ele sabe. Vão arrancar qualquer ligação que ele tenha com os Estados Unidos. Não verão nosso dedo, está muito bem escondido. Mas vão descobrir que ele era amigo de Alice Melville. Ela o encontrou muitas vezes por causa de seu trabalho de caridade.

— Ah, querido — disse abruptamente —, sinto muito. — Aquela foi a pior coisa que ele podia dizer, pois confirmava a sensação de Ferris sobre o extremo perigo que cercava Alice. O jordaniano ficou em silêncio por um momento, depois voltou a falar. — Ela trabalha para vocês, essa Alice? Usa um disfarce extraoficial?

— Deus, não. Ela odeia a CIA. Trabalha para essa ONG, tentando ajudar as pessoas. Não tem disfarce. É verdade. Ela é exatamente o que parece ser.

— Mas alguém poderia pensar que ela estava trabalhando para a Agência?

Ferris olhou fixamente para Hani.

— Poderia.

— Poderiam pensar assim porque ela conhece esse Sadiki. E porque ela conhece você.

— Poderiam. — Mal se ouvia a voz de Ferris, asfixiada no amargor de sua culpa.

— E agora você precisa achá-la imediatamente. Antes que eles empreguem métodos especiais para extrair informações dela.

Ferris tremeu diante dessas palavras, "métodos especiais". Procurou a mão do jordaniano.

— Por favor, Hani. Por favor, ajude-me. Não posso tirá-la dessa sem a sua ajuda.

— E não tem nenhuma cilada? — Era uma pergunta cruel, mas dado o que tinha acontecido meses antes, não era um despropósito. De certa maneira, Hani ainda estava aborrecido. Ferris sentou-se na cama, novamente com a cabeça nas mãos, o retrato da impotência e do remorso.

— Desculpe-me, Roger. Desculpe-me por ter dito isso. — Passou o braço em volta do ombro de Ferris. — É claro que vou ajudar. Temos uns poucos bons contatos na rede da Al-Qaeda que podemos acionar sem aviso prévio. Só os usamos em emergências, mas esta é uma emergência. Eles podem me dizer se ela foi pega. Tenho certeza disso. Se eles vão saber onde ela está, não posso dizer. Mas deixe-me ir agora para falar com meus homens, e começar.

Puxou Ferris para se levantar.

— Vamos lá. Levante-se. Deus o está testando. Ele tem a força, e você é seu escravo. *Abd-Allah*. O escravo de Deus. É assim que falamos. Ninguém consegue escapar do seu destino. Devemos apenas ter confiança e fé. Por isso, vamos lá para fora conversar com a minha equipe. Vamos começar já. Você deve ser forte. Se as pessoas acharem que você é fraco, vão ficar ainda mais assustadas.

Ferris levantou-se da cama, foi ao banheiro, lavou o rosto, e depois voltou para o grupo que estava reunido na sala.

31

Amã/Washington

O vento soprou a noite toda e a tempestade de areia piorou. Era um vento quente, que soprava da Arábia Saudita e do Sinai, levando as areias árabes em uma grande nuvem que se espalhava por centenas de quilômetros. O tráfego em Amã se arrastava naquela noite. Os carros estavam com os pisca-piscas ligados, mas, ainda assim, mal se conseguia vê-los até que se estivesse em cima deles. O trânsito estava parado nas ruas principais e nos cruzamentos, e a frota espectral de automóveis parados dava a impressão de cargueiros fundeados sob uma névoa espessa. Os poucos pedestres nas ruas enrolavam as cabeças em seus *kaffiyehs* quadriculados e vergavam-se contra o vento; só o que se via de seus rostos eram os olhos, através das estreitas aberturas nos cachecóis. Nada podia escapar, nada podia sair. Era um clima para seqüestradores, um mundo arenoso, vermelho-ocre, no qual quase tudo podia ser encoberto.

Ferris passou a maior parte da noite acordado na embaixada, à espera de informações. Ligou para Hoffman pelo telefone restrito naquela noite, quando finalmente deixou o apartamento de Alice. Hoffman, no início, estava furioso pelo atraso, mas, quando percebeu como Ferris estava nervoso, retrocedeu. Não tentou se desculpar. Disse que a Agência tinha mobilizado todos os trunfos para tentar localizar Alice Melville. A estratégia era conduzir a busca de um jeito que não reforçasse a crença de seus seqüestradores de que ela era, como ele classificou, "uma pessoa de interesse".

— Vamos achá-la — disse Hoffman. Tentava parecer solidário, mas, por alguma razão, suas palavras fizeram Ferris mergulhar em um nível mais profundo de desespero. Precisou tirar o fone do ouvido por um momento, enquanto Hoffman gritava: "Alô, você está me ouvindo?" Quando voltou à linha, Hoffman disse-lhe para dormir um pouco. Ferris respondeu que ia dormir, mas sabia que, quando se deitasse no sofá da sua sala, tudo o que veria eram as imagens de Alice: amarrada e amordaçada na mala de um carro, ou em um porão úmido. Ou, pior ainda, as imagens do seu interrogatório — de um braço sendo torcido até o limite e depois o estalo.

— Você devia ter me contado sobre Alice, meu amigo. Quer dizer, sobre ela conhecer Sadiki. Ela poderia ter ficado temporariamente sob proteção.

Ferris não respondeu. Sabia que era mentira. Hoffman não teria feito nada. Estava só se protegendo agora, depois do acontecido. A voz de Ferris estava trêmula; teve dificuldade de continuar.

— Agora me ouça — disse Hoffman. — A coisa mais importante é deixar as coisas acontecerem normalmente. A embaixada precisa divulgar que sua Alice foi levada. Alguém precisa ligar para essa organização para a qual ela trabalha, seja lá o que for do Oriente Médio, e fazer com que emitam um apelo. E essa pessoa que vai ligar para eles não pode ser você, pelo amor de Deus. Peça para o RP da embaixada fazer isso. Ele deve distribuir um comunicado à imprensa jordaniana sobre Alice. Seu chefe nessa organização também deve entrar em contato com os jornais árabes, e com a Al Jazeera e a Al-Arabiya, e dizer que as pessoas seqüestraram uma mulher que passa o tempo todo ajudando os árabes. É isso que vai libertá-la, está bem? A verdade. A CIA não tem porra nenhuma a ver com ela. Falei com o Departamento de Estado, e o embaixador vai entrar em contato com palestinos proeminentes para ver se podemos abrir alguns canais reservados. Vai dizer que não vamos pagar para libertá-la, mas obviamente que vamos. Todo mundo sabe disso. Portanto, fique firme.

Tudo o que Ferris podia fazer era murmurar sua concordância. Ficou satisfeito nessa hora porque Hoffman, com seu sangue-frio, sabia o que fazer. Os comunicados foram divulgados; as ligações sigilosas terminaram. Na manhã seguinte, o seqüestro de Alice estava na primeira página de todos os jornais da Jordânia e da América. A maioria dos relatos citava o chefe de Alice, o diretor do Conselho de Ajuda ao Oriente Médio, dizendo que Alice Melville era "a melhor amiga do povo árabe que poderíamos ter" e que seu seqüestro era "um erro terrível". A *France-Presse* foi a primeira agência a mencionar que Alice Melville tinha um namorado que trabalhava na área política da embaixada dos Estados Unidos. A matéria da *France-Presse* citava um "diplomata ocidental" anônimo, que devia ser da embaixada da França, especulando que o relacionamento de Alice com o diplomata americano anônimo poderia ser uma possível causa do seu seqüestro.

Os homens do GID de Hani foram eficientes e, sob as circunstâncias, relativamente rápidos. Compararam o sangue do chão da cozinha com fios do cabelo na escova de Alice. Os técnicos do laboratório do Hospital Rei Hussein ficaram acordados até tarde e finalmente concluíram que o DNA conferia: o sangue era de Alice. Encontraram muitas impressões digitais no apartamento, mas a maioria delas pertencia a Roger Ferris. Tiveram esperança de achar impressões digitais na cozinha, onde Alice fora claramente dominada, mas não havia nenhuma boa, e o agente do FBI disse que as pessoas que seqüestraram Alice provavelmente usavam luvas. Elas eram várias; concluíram isso pelas pegadas no chão. Os seqüestradores abriram cuidadosamente a porta de baixo e a do apartamento, com o mínimo de estrago. Eram profissionais habilidosos, e não amadores desajeitados. Ferris não sabia se aquilo tornava as coisas melhores ou piores para Alice.

Hani foi visitar Ferris na embaixada na manhã seguinte. Isso era raro; normalmente o paxá insistia que as pessoas fossem até ele. Mas agora era diferente. Dirigiram-se a uma sala de reuniões segura que a base usava quando recebia os oficiais de ligação do GID. Ferris estava acabado; a pele de seu rosto, normalmente esticada e bronzeada, estava flácida e pálida. Os círculos sob seus olhos pareciam desenhados a carvão. Ele era a imagem da tensão e do sofrimento. Aqueles não eram mais os mesmos olhos que um dia dançaram de curiosidade. Agora eles olhavam para o fundo do poço.

O chefe do GID abraçou Ferris, beijou-o três vezes no rosto e depois uma vez na testa. Podia ver que o homem mais jovem estava sofrendo e que não havia nenhuma forma de alívio até que Alice fosse encontrada. Hani procurava ganhar tempo, devido à sua polidez habitual, ou talvez por sua afeição por Ferris, mas o americano agarrou sua mão, implorando. Agora estava sob a proteção de Hani.

— Conte-me o que ouviu, não importa o quanto seja ruim.

— Conseguimos falar com um dos nossos contatos na rede. Ele está na Síria, mas sabe das operações na Jordânia.

— O que sua fonte disse? — Uma nota de esperança insinuou-se na voz de Ferris. Ele não tinha intenção, mas não podia evitar querer ouvir boas notícias.

— Disse que é verdade. Uma americana foi seqüestrada em Amã. Foi bem como você disse. Eles já a observavam há algum tempo. Queriam entender a ligação que mantinha com Omar Sadiki. Eles não entendem Sadiki. É muito importante para eles. Pegaram-na ontem de manhã e tiraram-na rapidamente da cidade. Colocaram-na na mala de um carro. É uma operação de alto nível. Quem deseja essa informação dela deve estar em uma alta posição. Isso é uma boa notícia.

— Por quê? — Ferris olhava para ele em desespero.

— Porque os chefões vão ser mais cuidadosos do que os subalternos. Eles não são assassinos. Querem informação. Não vão machucá-la sem razão. Portanto, relaxe um pouco suas preocupações, meu amigo. Tudo vai ficar bem.

Ferris enxugou levemente os olhos com a manga da roupa. Ficava constrangido de chorar.

— Onde ela está? — perguntou. — Você sabe?

— Não sei dizer. Nosso contato não responderia. Não acho que saiba. Quando o pressionamos, disse que achava que ela estava na Síria. Suspeito que ela cruzou a fronteira na noite passada, durante a tempestade de areia. Eles não a manteriam na Jordânia. Seria muito perigoso. Acho que eles a levaram para a Síria, para falar com ela.

— E depois o que eles farão?

Hani inclinou-se para o americano. Falou devagar, suavemente.

— Eles vão soltá-la. Quando perceberem que ela não pode lhes dar a informação que querem, vão libertá-la, e tentarão obtê-la de outras maneiras. Essa gente é assassina, mas não é burra. Essa é uma coisa que aprendemos.

— O que posso fazer? — perguntou Ferris. O que lhe pesava mais era a sua impotência. Sentia-se da mesma maneira que um pai se sentiria em relação a um filho que estivesse em perigo mortal: que seja eu, não ela. Leve-me. Deixe que eu sofra. Por que uma pessoa inocente deveria sofrer por algo que teria desdenhado, caso tivesse tido conhecimento do fato?

Hani olhou para ele com simpatia. Queria animá-lo, mas não podia.

— Não há nada que você possa fazer, meu querido. Exceto esperar.

O chefe da base da CIA em Viena chamou-o de "Nokia de Suleiman". Era o celular que a polícia austríaca tinha apreendido, depois que a NSA identificou a voz do principal mentor sírio, depois do alvoroço sobre Harry Meeker no Paquistão. O chefe da inteligência austríaca o enviara para o chefe da base, que o mandou para Langley no primeiro avião. Os peritos de Hoffman examinaram-no minuciosamente, mas não conseguiram encontrar nada de útil. Descobriram que o cartão SIM fora usado para fazer apenas a única ligação que eles conseguiram interceptar. Mas, por precaução, Hoffman colocou o telefone para carregar a fim de mantê-lo ativo.

Em 4 de janeiro, o "Nokia de Suleiman" tocou, apenas uma vez. Não era uma pessoa ligando, mas sim uma mensagem de texto. Quando Hoffman a leu no visor, ficou estarrecido, e depois preocupado. Era como se um cano de esgoto estivesse entupido e a imundície estivesse voltando pelo telefone e caindo direto na sua sala. A mensagem de texto dizia: "*Sr. Ferris, por favor, ligue para a senhorita Alice, 963-5555-8771.*" Era o número de um telefone celular na Síria. A NSA e a Agência poderiam procurar até encontrar na papelada síria quem tinha comprado o cartão telefônico SIM da Síria com aquele número, mas não a pessoa que ligara. O número do telefone era como um bloco de papel velho. Fora usado apenas uma vez e depois descartado. Hoffman pensou bastante sobre o que fazer, e então decidiu que não tinha escolha, operacionalmente. Ligou para Ferris e leu a mensagem para ele.

32

Amã/Damasco

Enquanto Hoffman lia a breve mensagem de texto, tudo o que Ferris conseguia pensar era que ela significava que Alice não estava morta. Quem a detinha sabia da sua ligação com Ferris. Queriam negociá-la, libertá-la, na esperança de poderem atrair seu namorado da CIA. Finalmente tinham percebido que ela não sabia coisa alguma, e assim a usariam como isca. Mas, para salvar Alice, alguém tinha de tomar seu lugar. Ferris anotara o número enquanto Hoffman falava, e agora o olhava fixamente. Estava suando no frio invernal de sua sala.

— Ela está viva — disse Ferris, em voz baixa.

— Provavelmente ela está viva — Hoffman observou. — Pelo menos querem que você pense que ela está viva. Esse é o lado bom.

— Qual é o lado ruim?

— Bem, eles sabem sobre você. Sabem que trabalha para a Agência. Estão lhe mandando uma mensagem pelo telefone de Suleiman, que eles sabem que está conosco. Portanto, isso nos diz duas coisas: que as pessoas que estão com a Alice pertencem ao alto escalão da rede, próximas a Suleiman. E que descobriram o suficiente sobre a "senhorita Alice" para saber que ela é sua companheira. O que significa que eles a interrogaram.

Um arrepio percorreu Ferris. Sua mente percorreu diferentes cenários, cada um mais assustador do que o anterior.

— Tenho de ligar para esse número — disse Ferris. — Tenho de falar com ela.

— Concordo. Você deve ligar. A princípio, achei que não fosse uma boa idéia. Obviamente é uma isca para atrair você. Mas depois pensei melhor. Precisamos dar uma vantagem a eles. Mas primeiro temos de arranjar umas coisas, está bem? Precisamos ter todas as coisas prontas e em seus lugares. Essa pode ser a nossa única chance: para chegarmos a Alice, obviamente, e para conseguirmos informações sobre Suleiman. Essa é a nossa melhor tacada. Portanto, devemos fazê-la direito.

— O que quer dizer isso? Fazer direito? O que me preocupa é Alice.

— Sei que você se preocupa. E, se eu estivesse no seu lugar, seria só o que me importaria também. Mas há tanta coisa dependendo disso. Talvez você não perceba neste instante, e eu compreendo perfeitamente, mas nossa pequena operação está mesmo funcionando. Eles estão confusos; não sabem o que está acontecendo. Foi por isso que pegaram Sadiki. Foi por isso que pegaram Alice. Foi por isso que nos mandaram essa mensagem estranha. Eles não sabem qual é o fio solto. Estamos chegando perto.

— Nada disso me importa mais. Só quero salvar Alice. Se esperarmos, ela pode ser assassinada. — Ferris esperou pela anuência de Hoffman, mas ela não veio. — Pelo amor de Deus, você não compreende? Eu a joguei nesse pesadelo.

— Acalme-se, Roger. Vamos fazer qualquer coisa para salvá-la, menos uma, que é estragar essa operação. Compreendo que você se sinta culpado por arriscar a segurança dela. E tem mesmo de se sentir. Cometeu um erro não me contando que estava envolvido com uma mulher que conhecia Sadiki. Isso expôs sua namorada ao perigo, e a todos nós. Mas não vamos melhorar as coisas nos precipitando. A vida das pessoas está em perigo. Porra, milhões de vidas. O país está em guerra. A situação não envolve só você e a sua namorada. Estamos entendidos?

A cabeça de Ferris latejava. Não disse nada, e o silêncio cresceu no canal restrito da linha telefônica até quase se transformar em uma outra voz. Ferris escutava, não Hoffman, mas essa outra voz. E então ficou claro.

— Estamos — disse Ferris. — Estamos entendidos. Você pode contar comigo.

— Muito bem. Sei como isso deve ser estressante, mas vai funcionar. Você vai ter sua namorada de volta e também uma medalha.

— Uma medalha — Ferris repetiu. Mas ele já estava em outro lugar.

Ferris pegou o número do telefone celular da Síria que anotara e colocou em sua pasta. Disse ao seu assistente que ia até em casa tomar um banho e descansar um pouco. Então saiu da embaixada e tomou o caminho do Quartel-general do GID. Chegou sem avisar e disse ao diretor-geral, que apareceu lá embaixo muito agitado, que precisava ver o paxá Hani imediatamente. O diretor pediu que ele aguardasse, mas apenas alguns minutos, antes de ser acompanhado até a espaçosa sala de Hani.

Hani avaliou Ferris quando ele entrou na sala. Em vez de um beijo, trocaram um aperto de mãos, que, naquele momento, era mais pessoal.

— Você está com um aspecto horrível, Roger — disse ele. — Sinto muito pelo que lhe aconteceu.

— Agradeço muito, mas não se preocupe comigo. A questão não sou eu. Posso ser o problema, mas quero ser a solução. É por isso que estou aqui.

Hani olhou para o americano com o ar curioso, como se estivesse avaliando seu estado mental.

— Do que você está falando, *habibi*? Você não está sendo muito coerente hoje.

Mas Ferris sabia exatamente sobre o que estava falando. Tudo ficara nítido, em um momento de absoluta clareza. A luz desceu sobre sua mente e todos os elementos que ali estavam mudaram levemente suas coordenadas para formar um novo modelo, diferente, mas não menos exato.

— Regra básica — disse Ferris. — Esta conversa não aconteceu. Estou falando apenas em meu nome, não como funcionário do governo dos Estados Unidos. Você não vai informar a ninguém da Agência sobre a minha visita ou sobre o que conversamos. Nunca. Concorda?

— Regras incomuns. Talvez eu possa concordar. Mas você me disse muito pouco.

— "Talvez" não é o bastante. Desta vez tem de ser "sim" ou "não". O que quero fazer não vai ofender a Jordânia, provavelmente vai ajudar. E você terá a vantagem de saber o que estou fazendo e usar isso como quiser. Não me importo. Mas preciso da sua promessa incondicional de que vai me proteger.

Hani inclinou a cabeça para o lado e acendeu um cigarro enquanto considerava o pedido. Olhou para Ferris como se o estivesse avaliando. Deu várias baforadas no cigarro. O jordaniano parecia satisfeito.

— Meu querido Roger, eu sempre disse que você é um de nós. Isso significa que você coloca as pessoas antes das coisas, e que coloca sua honra pessoal acima de tudo. Achei que soubesse isso sobre você, mas até agora não podia ter certeza. Portanto, a resposta é sim. É claro que vou manter o sigilo desta conversa. A sala é toda nossa. Mas agora você tem de me dizer o que pretende.

Ferris aproximou-se de Hani. Sua voz abaixou. Até onde ele sabia, a Agência não tinha escutas na sala de Hani. Mas havia muitas coisas que ele não sabia.

— Você pode fazer com que eu desapareça? De um jeito que ninguém me encontre, inclusive e principalmente o governo dos Estados Unidos. E depois pode me fazer entrar na Síria, de um jeito que ninguém saiba?

— Acho que sim. Isso não é difícil para nós. Controlamos esse espaço. Mas o que você quer fazer lá?

— Quero entrar em contato com as pessoas que seqüestraram Alice Melville. Quero me oferecer em troca. Eles não a querem. Querem a mim.

— *W'Allah*! — Hani espalmou as mãos. — Você enlouqueceu, meu amigo?

— Não. Acabei de me curar, na verdade. Antes, eu estava louco.

— Mas como você vai entrar em contato com eles? Não constam das Páginas Amarelas números da Al-Qaeda. Não são tão fáceis de encontrar. Até mesmo para mim.

— Eles entraram em contato conosco. Mandaram-me uma mensagem, supostamente de Alice, pedindo que eu ligasse para um número de celular da Síria. Hoffman quer que eu espere, para que possa bolar alguma coisa. Alguma coisa que ele pensa que vai ludibriá-los. Mas suas armações são absurdas. Você sabe disso melhor do que eu. Os únicos que fazemos de bobos somos nós mesmos.

— Mas isso é muito perigoso, Roger. Você conhece segredos demais. Eles vão querer todos. Vai ser... desagradável.

Ferris tocou seu bolso e a caixa de plástico que continha a placa dentária e o veneno. Mantivera-a consigo todos aqueles meses, mas jamais imaginara que fosse precisar dela.

— Vou tratar disso. Mas é a única maneira de tirá-la de lá. Não vão soltá-la, a menos que eu me ofereça em troca. Está na cara, não está? Hoffman nunca vai me deixar fazer isso, o que significa que ela vai morrer. Não tenho escolha. Tenho de fazer isso. E vou fazer, independentemente do que você disser. Mas quero que você me ajude. Assim, vou ter uma chance melhor de salvar Alice.

Hani não disse nada. Não era um homem de fazer promessas facilmente. Ferris pegou a mão do jordaniano nas suas e a reteve. Ele teria se ajoelhado e a beijado, se soubesse que traria algum benefício.

— Por favor, ajude-me — disse Ferris. — Estou lhe implorando que me ajude.

Hani olhou para ele e sorriu. Era um sorriso evasivo, um leve traço entre os lábios, impossível de Ferris decifrar, mas ele estava ali.

— Claro, meu querido. É claro que vou ajudá-lo. Você é um homem corajoso e quer se entregar para salvar alguém que ama. Somente um coração morto poderia recusar esse pedido.

Hani mexeu-se rapidamente. Um de seus homens levou o carro de Ferris para a rua Zahran e o estacionou próximo ao Four Seasons. Quando o pessoal de Ferris na embaixada desse por sua falta, iriam perder um tempo precioso procurando por ele no hotel. Hani deu alguns telefonemas e ficou sozinho com seu assistente; depois foi com Ferris para a garagem do GID, onde sua grande limusine BMW estava estacionada. Sentaram-se no banco de trás e Hani fechou as cortinas. Em um país em que a autoridade do GID era inquestionável, eles eram tudo, exceto invisíveis. Ferris bateu levemente em seu bolso outra vez, para se certificar.

Dirigiram-se para o norte de Amã, em direção à fronteira da Síria. Hani abriu a cortina quando estavam na auto-estrada para poder ver a paisagem, mas Ferris deixou a sua fechada. Evitaram a estrada de quatro pistas que passa por Al-Mafraq e pegaram a velha Auto-estrada 15, que cruza a fronteira da Síria a alguns quilômetros a oeste, em Dera'a. Enquanto o grande sedã rumava para o norte, Hani explicou seu plano. Ferris fez algumas perguntas, mas só para se certificar de que entendera. O celular de Ferris tocou uma vez. Era o seu substituto na base. Ferris disse com uma voz grogue que estava tentando dormir e que estaria no escritório na manhã seguinte, depois de passar na academia de ginástica.

Um pouco antes da cidade de Ramtha, na fronteira da Jordânia, Hani mandou seu motorista pegar uma estrada secundária que margeava a fronteira. Quando chegaram a uma aldeia chamada Shajara, entraram em uma estrada de terra e depois em um pequeno conjunto de prédios de concreto cujos telhados eram cobertos por antenas, como se fossem cerdas. Lá estava um táxi Mercedes enferrrujado, com placa da Síria. A fronteira situava-se a menos de dois quilômetros. Hani levou Ferris para um dos prédios. Oficiais do GID, em roupas civis, que aguardavam sua chegada, saudaram o chefe com beijos, uma bandeja de doces e chá. Hani dispensou tudo e perguntou por uma sala reservada no último andar. Fechou a porta e dirigiu-se a Ferris.

— Está na hora de fazer sua ligação — disse Hani.

— Você tem um telefone limpo? — perguntou Ferris.

— Naturalmente. — Hani tirou um telefone Samsung do bolso do paletó e lhe entregou. Ele tinha um fone de ouvido extra, de modo a também poder ouvir. Ferris sorriu debilmente diante da cuidadosa preparação do jordaniano. Pegou sua pasta e achou o número que anotara enquanto Hoffman lia a mensagem de texto. Discou o número cuidadosamente no celular de Hani, 963-5555-8771. Tocou três vezes antes de alguém atender.

— Alô — disse a voz em inglês. Estavam à sua espera. Aquele número só podia ser acessado por uma determinada pessoa.

— Quem fala aqui é Roger Ferris, da CIA. Quero falar com a senhorita Alice.

— Está bem, senhor. Graças a Deus pela sua ligação. Preciso lhe fazer umas perguntas, para ter certeza de que é mesmo o senhor, por favor.

— Está bem. Qual é a pergunta?

— Onde foi que o senhor levou a senhorita Alice para jantar na primeira vez?

Ferris sentiu uma onda de náusea. Arrancaram aquilo dela em um interrogatório. Ou isso ou ele tinha sido vigiado.

— No Hotel Hyatt, em Amã. No restaurante italiano.

— Certo. Obrigado, senhor. E como se chama o gato que a senhorita Alice tem em seu apartamento, por favor?

— Elvis. O nome do gato é Elvis.

— Certo. Acho que é o senhor mesmo, senhor Ferris.

— Está bem. Posso falar agora com a senhorita Alice, por favor?

— Pode, mas sinto muito. A senhorita Alice não está aqui. Mas pediu-me para dar-lhe um recado, caso o senhor ligasse.

— Qual é o recado? — Ferris falou bruscamente. Queria cortar o assunto e ir direto ao que interessava.

— Se o senhor quiser ver a senhorita Alice, deve ir aonde eu disser. Só o senhor. Sem truques, ou a senhorita Alice não ficará viva.

— Aonde devo ir?

— Para a Síria, por favor.

Os olhos de Ferris lampejaram de tensão e desespero.

— Está bem, eu vou, mas onde na Síria?

— Pois não, senhor. Para Hama. É onde a senhorita Alice está.

Hani assentiu com a cabeça quando ouviu o nome do lugar de encontro. Hama era a cidade natal de Suleiman. Era onde aquela história ruinosa começara, com a destruição da Irmandade Muçulmana, em 1982.

— Isso tem de ser uma troca — disse Ferris. — Se eu não vir Alice, não vou até vocês.

— Sim, senhor, sim, senhor. — A voz árabe no fim soou mais forte, como se não pudesse acreditar que o americano estava de fato se entregando. E ele já tinha uma proposta preparada. — O senhor vai ver a senhorita Alice nas *norias*, as rodas-d'água no rio Orontes, no centro de Hama.Vai encontrá-la ali. Verá que ela está segura e livre. Depois vai ligar para um número e nos esperar. Vamos estar observando. Se o senhor fugir, vamos matar a senhorita Alice, e o senhor também.

Ferris fez uma pausa e olhou para Hani. Precisava de uma retaguarda qualquer, para ter certeza de que Alice estaria protegida quando fosse libertada. Parece que Hani leu seus pensamentos. Concordou com a cabeça e murmurou "Vamos estar lá".

— Concordo com a troca — disse Ferris. — Para que número devo ligar quando vir que Alice está livre?

— Ligue, por favor, para 963-5555-5510. Não para mim. Sou apenas um mensageiro. Quando atenderem, diga-lhes, em árabe, que o senhor é Roger Ferris, da CIA, e que está pronto para encontrá-los imediatamente em Hama. Quer o número outra vez?

Hani tinha escrito o número em um pedaço de papel e passou-o a Ferris.

— Vou ler para você, para ter certeza de que anotei certo: 963-5555-5510.

— Sim, senhor.

— E devo dizer a quem atender que sou Roger Ferris, da CIA, e que estou pronto para encontrá-los imediatamente em Hama.

— *Mumtaz*, senhor. Muito bem. Está certo. E quando o senhor vai nos encontrar em Hama, por favor?

Ferris olhou para Hani. O jordaniano escreveu algumas palavras e passou o papel para o americano.

— Estarei em Hama amanhã de manhã, às oito horas, nas velhas rodas-d'água do rio. Se Alice não estiver lá, não tem negócio. Entendeu?

— Sim, senhor. Vou dizer a eles. Sou só o mensageiro. Acho que o senhor está afobado. — Disse isso com um acento curioso, como se não conseguisse entender por que Ferris estava tão ávido para ser torturado.

— Certifique-se de que Alice esteja lá. Depois terá o que quer. Do contrário, nada feito. — Ferris encerrou a ligação.

— *W'Allah*, Roger, você é um homem de coragem — disse Hani, pegando a mão dele. — Seja lá o que acontecer com você, Alice Melville vai saber como você a amou. Vou cuidar disso. Você viverá em seu coração.

O táxi Mercedes estava lá embaixo. O motorista fumava um cigarro, pronto para partir. A vizinhança ao redor do conjunto estava cheia de vida, com os sons de uma aldeia árabe ao entardecer. Crianças de volta da escola, jogando futebol na terra; mães gritando ordens e reclamações enquanto preparavam o jantar. Parecia que o tempo do mundo tinha parado, enquanto as sombras se alongavam, as cores se aprofundavam e a luz do dia gradativamente se apagava.

Estava na hora de ir, disse Hani. Descreveu seu plano para Ferris. O carro o levaria para a Síria, pelo norte, cruzando a fronteira em Dera'a. O motorista era um contrabandista, e o GID já o usara muitas vezes antes. Pagava propinas há muitos anos aos funcionários sírios da alfândega, que eram todos tão corruptos que formavam uma grande e única família. Ferris atravessaria alguns quilômetros da fronteira em um compartimento sob o banco traseiro. O desconforto duraria somente uns trinta minutos; depois ele poderia viajar no banco do passageiro. Hani mandaria dois carros para o norte atrás deles para acompanhar o táxi através de Damasco e depois para Hama. Teriam de dirigir a noite toda. Hani teria uma outra equipe aguardando em Hama. No momento em que Alice fosse libertada, eles a cercariam e a levariam de volta à Jordânia. Haveria armas suficientes, caso alguma coisa desse errado, mas o jordaniano lhe garantiu que nada sairia errado. E então, quando o momento fosse apropriado, os homens de Hani fariam o máximo para resgatar Ferris.

Hani entregou a Ferris um pequeno objeto eletrônico que parecia ser um isqueiro Bic.

— Se você ficar em dificuldades e não puder esperar, aperte o botão — disse ele. — Vamos pegá-lo. — Ferris pegou-o e agradeceu ao amigo. A conversa do resgate era generosa. Mas Ferris sabia que aquela era uma viagem sem volta.

33

Hama, Síria

Ferris desceu sozinho para se encontrar com o taxista sírio. O homem tinha uns quarenta anos, olhos furtivos e um bigode grosso que lhe caía sobre os lábios como um pincel. O motorista abriu a porta traseira do Mercedes vermelho enferrujado, levantou uma lingüeta escondida e puxou o banco traseiro, revelando um compartimento grande o suficiente para caber um corpo. Havia uma esteira de palha, aberta sobre o fundo de metal, e uma garrafa de água mineral. "Classe executiva", Ferris resmungou. O motorista concordou com a cabeça, sem compreender. Ferris entrou e torceu o corpo para caber no espaço exíguo. Cheirava a suor e urina. Evidentemente, Ferris não era o primeiro passageiro clandestino. O motorista disse que daria três pancadinhas assim que ele pudesse sair em segurança. Em seguida, abaixou o assento, e Ferris foi envolvido pela escuridão.

Ferris não era uma pessoa mórbida. Quando criança, preocupara-se com a morte, como a maioria das crianças, tentando compreender a idéia da sua própria não-existência. Era muito complicada e deprimente, e acabou esquecendo-se dela. Houve um período, no meio da adolescência, em que teve medo de que pudesse morrer virgem, mas, depois que Priscilla Warren cuidou do assunto, parou de pensar sobre o nada. Agora, preso na escuridão e no fedor do táxi, estava sendo forçado a contemplar a possibilidade de sua própria não-existência. Não tinha tanto medo da morte, e sim do sofrimento que a precederia. A placa dentária envenenada estava em seu bolso, o que o fez pensar sobre o momento em que deveria usá-la. Se esperasse demais, poderia ser muito tarde; eles a tirariam dele antes de conseguir morder o veneno e salvar-se da agonia. Mas, se a usasse muito cedo, poderia se matar desnecessariamente, um momento antes do resgate ou do adiamento da execução. Estaria desperdiçando a chance de viver uma vida normal, envelhecer ao lado de Alice e ter filhos. Isso foi o que mais o incomodou. Ele teria vivido para nada, no que dizia respeito à espécie. Seria mesmo uma vida improdutiva, muito pior do que morrer virgem.

O táxi reduziu a velocidade quando se aproximaram do posto de fronteira da Jordânia. Ferris ficou tenso, mas a parada foi rápida e indolor. Hani deve ter arranjado as coisas. O carro passou roncando para a terra-de-ninguém, e Ferris voltou a mergulhar em seu negro devaneio. Se vivesse, talvez pudesse ter filhos com Alice; se vivesse, talvez pudesse envelhecer ao lado dela. "Talvez" era tudo o que ele tinha. Sua esperança era a mesma que sustenta um paciente de câncer, ainda que seu corpo definhe e ele não possa comer ou engolir — a idéia de que, de alguma maneira, a sentença de morte será milagrosamente suspensa; que ele vai arrastar seus ossos frágeis até o portão da eternidade e iludir o porteiro por mais algumas horas, dias, anos. Ferris compreendia, teoricamente, que a dor poderia se tornar tão terrível que ele pudesse querer passar para o nada — mas não se houvesse uma chance de voltar para junto de Alice. Poderiam esmagar suas pernas com uma barra de ferro, estilhaçar suas rótulas, triturar sua espinha com uma marreta — mas, em cada instante de agonia, ele estaria pensando em Alice, e em ficar vivo para ela.

A imagem dela era nítida e perfeita, e em um assomo de certeza, Ferris tomou uma atitude impulsiva. Tirou a placa dentária do bolso e colocou-a na esteira imunda do seu compartimento secreto. Se guardasse o veneno, o medo poderia tentá-lo a fazer uso dele; e, se o usasse, estaria abrindo mão não só da vida, mas também do amor. Morreria por nada. Prometera a Hoffman proteger os segredos, matar-se antes de revelar coisas que poderiam matar outras pessoas. Porém, manter essa promessa significaria quebrar uma outra que agora a superava. Empurrou o veneno para ainda mais longe, para mais fundo na escuridão.

O táxi parou repentinamente, e Ferris ouviu um murmúrio de vozes árabes. Seu motorista dirigiu-se a alguém a quem chamou de "capitão". Ferris captou uma ponta de medo na voz do motorista. Ouviu a porta abrir e depois fechar bruscamente e passos em volta do carro. Alguma coisa estava errada. O capitão gritava com o motorista, à maneira dos militares que sabem que o poder que detêm no momento é absoluto. A fronteira estava fechada, disse o capitão; era muito tarde; o motorista conhecia as regras. O motorista permanecia repetindo um nome. Abu Walid disse que estava tudo certo. Abu Walid disse que não havia problema.

Pergunte a Abu Walid. Ferris ouviu o som das botas no calçamento, a voz do motorista protestando que era um engano, e então ambos foram embora.

Ferris permaneceu espremido contra o fundo da carroceria do táxi. Estava assustado, de uma maneira nova. E se ele morresse bem ali — ou, tão ruim quanto isso, fosse levado embora, jogado em uma prisão síria e depois mandado de volta à Jordânia? Alice certamente iria morrer: os seqüestradores estariam esperando por ele em Hama, e, quando ele não chegasse, a matariam. Aquilo era o pior que podia acontecer, Ferris percebeu — não a sua própria morte, mas a de Alice. O único sentido de sua vida agora era a possibilidade de salvá-la. Se isso não pudesse acontecer, então ele se mataria e tudo estaria acabado.

A espera estendeu-se por vários minutos. Ferris ouviu gritos esparsos a distância, que deviam vir do quartel-general do capitão. Sua cabeça doía de respirar a poeira da estrada e dos gases do tanque de gasolina. Suas pernas latejavam por estarem comprimidas há tanto tempo. A dor tinha passado de uma sensação de formigamento para espasmos agudos em suas juntas e músculos. Começou a achar que preferia qualquer coisa — até ser capturado — a essa dor. Mas ele sabia que sua mente estava lhe pregando uma peça. Em comparação com a dor que poderia sentir mais tarde, essa era só um tapinha no rosto.

Ferris esperou. Talvez trinta minutos, talvez uma hora. Na escuridão de sua cripta, perdeu o sentido do tempo. Com o motor desligado, não havia aquecimento no carro, e o ar noturno de janeiro era extremamente frio. Não podia se movimentar para se aquecer, e assim o frio penetrava em seus ossos. Queria morrer, porém, mais do que isso, queria que Alice vivesse. Tateou em busca do veneno e lembrou-se de que se livrara dele, jogara-o nas profundezas de seu esconderijo. Sentiu-se contente por ter-se livrado da tentação.

Ouviu mais gritos, vindos de uma voz que parecia com a do capitão; e depois a voz submissa do seu motorista e passadas fortes aproximando-se do Mercedes. O motorista o entregara. Estava manso como um ratinho agora; Abu Walid não servira como fiador, e, sob a luz ofuscante da sala de interrogatório, resolvera entregar seu passageiro para que pudesse viver de contrabando por mais um dia. As passadas chegaram mais perto, as tachas de metal das botas estalavam contra o calçamento, até que chegaram ao carro. Uma porta se abriu. Deviam estar abrindo a porta traseira; mais um instante e eles estariam puxando-o para fora do compartimento e tudo estaria acabado.

Mas o motorista estava abrindo a porta da frente. Com a voz aduladora, agradecia ao capitão, dizendo-lhe que Abu Walid ficaria muito grato por sua ajuda, e desejando que Deus lhe concedesse vida longa e boa saúde, e aos filhos do capitão, boa saúde para eles também, sim, senhor, graças a Deus. A porta se fechou. A chave girou e a ignição faiscou para a vida. O motorista pôs o Mercedes em movimento e afastou-se do posto da fronteira, lembrando uma suave despedida.

Pararam para o controle da alfândega, mas foi rápido. Ferris assustou-se quando ouviu a mala ser aberta, mas logo foi fechada. Um funcionário agradeceu ao motorista pelo maço de cigarros e acenou para que passasse.

O táxi roncou por mais outros vinte minutos, deslocando-se lentamente através das ruas estreitas de Dera'a e depois mais rápido, quando voltou à auto-estrada principal. Ferris ouvia um silvo todas as vezes que o Mercedes desviava à esquerda para ultrapassar outros carros e caminhões. Preocupava-se com que o motorista pudesse mantê-lo naquela caixa por todo o trajeto para Hama, mas, finalmente, o carro começou a reduzir a velocidade e desviou para a direita. Ferris ouviu o rangido do cascalho por baixo dele quando o táxi entrou no acostamento, deu uma guinada e parou. O motorista abriu a porta traseira, bateu levemente três vezes no banco sobre sua cabeça e depois puxou o banco com firmeza. No início, Ferris não conseguiu se mexer, as pernas e braços estavam muito rígidos. O motorista teve de puxá-lo para fora do compartimento. Entregou-lhe um boné usado para cobrir o rosto e uma jaqueta de lã puída, do tipo que um amigo de um motorista de táxi sírio devia usar, e fez com que se sentasse ao seu lado no banco da frente. Foi só mais tarde que Ferris lembrou que deixara o veneno lá atrás, no compartimento secreto. Não tentou reavê-lo.

Dirigiram a noite toda. Damasco era movimentada e barulhenta, mesmo à meia-noite. Os campos de refugiados palestinos que contornavam a parte sul da cidade cintilavam com a terna camaradagem dos pobres. As cafeterias estavam abertas, os homens sugavam seus narguilés e sopravam nuvens de fumaça; as confeitarias vendiam balas e doces frescos para os que desejavam comer doces tarde da noite. Nos apartamentos de tijolos de cimento das estreitas vielas do acampamento podiam-se ver as bruxuleantes luzes azuladas dos aparelhos de televisão, cada qual com seu disco de satélite privativo, conectando as pessoas a um mundo moderno que elas amavam e odiavam ao mesmo tempo. Quando chegaram ao centro da cidade, as pessoas ainda passeavam pelas ruas. Muitas das mulheres pelas calçadas vestiam-se de forma conservadora, com batas sem forma e véus na cabeça; outras se vestiam como prostitutas, com blusas profundamente decotadas, mesmo na noite fria de inverno. Algumas fizeram contato visual com Ferris. Talvez fossem mesmo prostitutas, mas Ferris sabia que, aos olhos dos muçulmanos, não importava se elas eram ou não pagas por seus serviços. Já estavam corrompidas pelas maneiras do Ocidente.

Depois que saíram de Damasco, Ferris cochilou por alguns minutos. Acordou subitamente com a imagem de Alice amarrada e sangrando em um porão. Aquilo não desaparecia. Pararam para comer e tomar um café em um lugar que o motorista conhecia, bem ao sul de Homs, que ele insistiu que era limpo, mas, quando Ferris foi usar o banheiro, era um buraco no chão que fedia a merda. Eram quase três da manhã. A próxima cidade grande no sentido norte da estrada, depois de Homs, era Hama. Ferris disse ao motorista que queria descansar até as seis e meia no estacionamento do restaurante. A polícia não os incomodaria ali e ele não queria chegar a Hama cedo demais para ter de esperar pelo encontro. Havia outros carros parados no estacionamento; imaginou se alguns deles eram homens de Hani. Ferris cochilou novamente, em intervalos. Acordou com a primeira luz da manhã. A borda cor de laranja irrompeu sobre a paisagem árida a leste, transformando o céu de um rosa-púrpura em um amarelo-esbranquiçado; imaginou se viveria para ver um outro nascer do sol.

Chegaram ao centro de Hama por volta das sete e meia, ainda muito cedo. Ferris disse ao motorista para ir até os subúrbios do lado norte e depois voltar. Enquanto rodavam, observava os prédios ao longo da estrada. Alguns eram fachadas destruídas, e ele se deu conta de que devia ser um dos bairros que foram destruídos quando Hafez al-Assad lançou seus tanques sobre os quarteirões muçulmanos da cidade, cerca de três décadas antes, e atirou à queima-roupa, derrubando as casas e destruindo tudo o que havia dentro. A Irmandade Muçulmana fugira para as grutas e túneis da cidade velha, perto do rio, mas seus membros foram forçados a sair por lança-chamas, gás e balas. Esse era o mundo que criara Suleiman. O ódio que fora gerado ali estava agora direcionado sobre a América, e, naquele dia, sobre Roger Ferris.

O motorista estacionou o táxi no ponto de ônibus perto do rio Orontes. Ferris ficou no carro e esperou por Alice. Eram quase oito horas. Disse ao motorista que ia dar uma volta e que se não voltasse dentro de duas horas deveria retornar sem ele. Entregou-lhe cem dinares, que ele sabia que era muito, mas o que ele iria fazer com o dinheiro quando estivesse morto? Saiu do carro e começou a andar na direção das antigas rodas de madeira que impulsionavam a água do rio para os aquedutos da cidade. Olhou tudo em volta, perguntando-se onde os homens de Hani estariam, caso estivessem mesmo ali. Era melhor não parecer muito curioso. Abaixou a cabeça e levantou a gola do casaco para se proteger do frio. Sua perna doente estava dura do longo percurso, e ele mancava mais do que o habitual.

Era uma manhã sem nuvens. No horizonte, o céu de inverno passava de um azul-claro para um azul profundo. Ferris sentou-se em um banco à margem do Orontes, próximo à entrada da maior das rodas-d'água. O rio era de um azul-escuro sereno, e, na sua imobilidade, podiam-se ver refletidas a velha mesquita Al-Nuri e as outras construções de pedra situadas nas margens; no brilhante sol da manhã, as rodas de madeira tinham um reflexo dourado. Ficou sentado por dez minutos, que passaram a quinze, vasculhando as margens do rio. Havia mais de uma dúzia de rodas-d'água nas duas margens, e ele não podia saber exatamente onde ela estaria. Levantou-se, deu um giro pela área e depois voltou ao banco. Teve a sensação de estar sendo observado, mas não era fácil perceber quem eram os olheiros dos terroristas.

Ferris passeava os olhos semicerrados no sol da manhã quando avistou um grupo de árabes aproximando-se das *norias*, pelo lado esquerdo. Havia uma mulher com eles. Usava um vestido comprido preto e um lenço cobrindo a cabeça, mas havia alguma coisa em seu jeito de andar que o levou a olhar novamente. Levantou-se e moveu-se em direção ao grupo, que agora estava a menos de cem metros. Quando fez isso, o grupo parou e se separou. Um dos homens disse alguma coisa à mulher, como se fosse uma ordem, e então ela tirou o lenço. O homem empurrou-a de leve e depois fugiu com seus companheiros, deixando-a de pé, sozinha, na margem do rio.

Ferris moveu-se rapidamente naquela direção para poder ver o rosto da mulher e ter certeza. Em um instante em que o tempo parou, percebeu que era Alice. O cabelo louro, o corpo gracioso, o sorriso largo quando se deu conta de que estava livre. Deviam ter lhe causado algum mal, mas ele não queria pensar nisso.

Tudo o que sabia é que ela estava livre. Gritou seu nome e começou a correr em sua direção, mas sua perna doente vacilou e ele tropeçou e caiu. Por causa do barulho do vento e da rua, ela não o ouviu, mas não importava. Ela estava livre.

Enquanto Ferris se dirigia até Alice, avistou três homens árabes, não como os outros, e sim bem-vestidos, convergindo na direção dela. Estavam bem próximos de Alice, e Ferris pôde ouvir um deles gritar o nome dela. A princípio, ficou assustado, mas percebeu que reconhecia a voz, e, quando olhou mais atentamente, viu que era Hani. O jordaniano passara a noite viajando para o norte para ele próprio resgatá-la. Ferris gritou de novo o nome dela, mas Hani já a alcançara e passara o braço sobre seus ombros, e, junto com seus homens, conduziu-a para uma caminhonete que estava estacionada lá perto. Ela pareceu aliviada por vê-lo, como se ele fosse um amigo perdido. Ferris gritou enquanto tentava correr com a perna boa, mas um policial sírio foi em sua direção, e achou que, com aquele boné e casaco esfarrapado, ele fosse sírio, e então se acalmou. Ferris gritava, mas ela não conseguia ouvi-lo. Hani agora abria a porta da caminhonete, e Alice sentou-se no banco traseiro, com um guarda de cada lado, e a caminhonete se afastou.

Ferris parou de gritar o nome dela. A caminhonete deslocava-se rapidamente, em direção à auto-estrada de Damasco. Lágrimas vieram-lhe aos olhos. O impossível tinha acontecido. Os seqüestradores cumpriram a palavra. E Hani também, quando prometeu que a protegeria quando fosse libertada. A única parte da barganha que ainda estava incompleta era a de Ferris. Pensou em fugir, mas sabia que Alice estaria vulnerável até sair da Síria. Ele precisava de um estratagema, de um truque, de alguma coisa para ganhar tempo. Esperavam sua ligação. Pegou o celular e depois colocou-o de volta no bolso. Vou deixá-los esperar. Sentiu um contentamento sombrio, pois agora sabia que Alice iria sobreviver, independentemente de qualquer coisa.

34

Hama/Aleppo

O telefone celular tocou cinco vezes antes de Ferris atender. Uma voz árabe perguntou se ele era o sr. Roger Ferris, e ele respondeu que sim.

— Estamos esperando-o, senhor. Por que não telefonou, por favor? — Ferris pediu desculpas e depois desligou. Não queria morrer se não houvesse necessidade. Levantou-se do banco e começou a se afastar, imaginando para que direção poderia correr. Mas, ao dar os primeiros passos, viu dois homens barbados encapotados andando em sua direção.

Ferris tocou no *pager* eletrônico que Hani lhe dera; estava no bolso onde, até poucas horas atrás, guardara o veneno. Apertou o botão do isqueiro falso uma vez, e depois outra. Os dois homens agora se postaram um de cada lado. Sentiu o cano de uma arma contra suas costelas. O homem que segurava a arma tinha os olhos brilhantes e um rosto cinzelado a ouro, a cor do mel silvestre. Parecia egípcio. Ferris achou que reconhecia o rosto, por causa das fotos dos agentes operacionais da Al-Qaeda tiradas pela Agência, mas não tinha certeza.

— Você é Ferris? — perguntou o egípcio.

— Sou. — A arma penetrou mais fundo em suas costelas diante da confirmação.

— Isso não é uma armação?

Ferris balançou a cabeça.

— Não. Não é armação. Vocês cumpriram o que prometeram. Vou cumprir o que prometi.

— E o que é? O que você vai fazer por nós? — perguntou o egípcio. Tinha um sorriso estranho e um ar de crueldade nos olhos. Tentava esconder toda uma existência de ódio.

— Espere e verá — disse Ferris. Procurou os homens de Hani com o canto dos olhos, mas não viu ninguém. Estavam cuidando de Alice. Foi só o que pedira que fizessem; ele podia ser sacrificado. O trato fora aquele. Mas Ferris agora estava assustado de verdade, sentindo o hálito acre de alho dos dois homens e sabendo que estava sob o controle deles. Queria gritar, ou fugir, ou correr, mas sabia que isso só apressaria sua morte, e ele resolvera agarrar-se à vida o máximo que pudesse.

— Desculpe-nos por tratá-lo como prisioneiro — disse o egípcio baixinho em seu ouvido. — Não sabemos se você diz a verdade ou mentiras, então temos de tratá-lo dessa maneira. Desculpe.

Ferris olhou espantado para seus captores. Com quem estavam brincando? É claro que ele era um prisioneiro. Questionou-se se deveria mesmo ter jogado fora o veneno e teve certeza que sim, a tentação para usá-lo teria sido muito grande. Ele já podia estar morto.

Os dois homens conduziram-no a um Hyundai amarelo, parado depois de uma esquina da praça principal. Havia um motorista no volante; ao lado dele, sentava-se um segurança barbado, embalando uma arma atravessada no colo. Daquele ponto não havia mais retorno. Ferris procurou mais uma vez o bolso no casaco e apertou o *pager* de Hani, mas o homem com a arma afastou sua mão. Apalpou os bolsos de Ferris.

— O que é isso? — perguntou ele, tirando o objeto de seu bolso. Parecia um isqueiro, mas não funcionava. Apertou-o mais de uma vez esperando pela chama, e depois resmungou e jogou-o fora.

— Você está aprontando alguma coisa? — falou o egípcio, com o cenho fechado. Ferris começou a protestar, mas a mão de um deles rapidamente tapou sua boca, e depois o amordaçaram. Apalparam-no até embaixo, agora energicamente, e descobriram o celular enfiado no bolso da calça. O egípcio também ficou com ele. O outro homem armado tirou sua carteira e seu passaporte do bolso e guardou-os no bolso de seu casaco. Empurraram-no para o banco traseiro do pequeno Hyundai e cada um entrou de um lado. O carro roncou devagar por algumas centenas de metros, virou em uma entrada de terra e distanciou-se até um ponto em que não podiam ser vistos da estrada principal; então, passaram uma venda em seus olhos, amarraram suas mãos e pés, e empurraram-no para o chão do banco traseiro.

— Pedimos desculpas — disse o egípcio novamente para a trouxa que Ferris era agora. Ele e o outro captor passaram para um outro carro que estava ali à espera e o comboio partiu. Por que estavam se desculpando? Ele era um homem morto.

Viajaram por várias horas. Ferris não sabia dizer quantas — a venda estava tão apertada que ele não conseguia ter a sensação de claro e escuro —, mas sentiu a temperatura esfriar e percebeu que já era noite. Presumiu que os carros se dirigiam para o norte, no sentido de Aleppo, ou para leste, em direção ao Iraque. O comboio finalmente parou. Deixaram-no lá no chão, amarrado como um animal, enquanto seus captores subiram umas escadas. Depois de alguns minutos, voltaram e abriram a porta traseira do carro. Puxaram-no pela cabeça e carregaram-no como um tapete enrolado, pelo pescoço e pelos pés, subindo as escadas de um prédio e depois descendo, para o que Ferris achava que era um porão. "Então, é aqui que tudo termina", pensou.

Mas não era. Dois homens desceram correndo pelas escadas, grunhindo aforismos do Corão um para o outro. Deixaram a venda de Ferris no lugar, mas desamarraram seus pés e mãos; deram-lhe água e comida, e deixaram que usasse um banheiro fedorento. Depois voltaram a amarrá-lo, jogaram-no sobre um colchão imundo e disseram-lhe para dormir. E ele dormiu, um sono intermitente, quebrado por cada barulho do andar acima.

Carregaram-no novamente na manhã seguinte. A venda tinha se afrouxado com o suor e a pressão. A viagem agora não foi tão longa — não mais do que meia hora. Ferris presumiu que o estavam levando de um esconderijo para outro — provavelmente em Aleppo. O Iraque era um lugar muito movimentado para se esconder, até para eles. Seguiram a mesma rotina, carregando-o como um tapete enrolado, para cima e para baixo. Nesse segundo esconderijo, recebeu novamente comida, água e permissão para usar o banheiro. Esse já não cheirava tão mal, e a privada tinha até um assento. Ferris precisou evacuar. Fizeram-no sentar-se e viraram as costas. Depois amarraram de novo suas mãos e deixaram-no sentado em uma cadeira, mas não por muito tempo. Havia barulho no andar de cima, o som de vários carros chegando, de vozes abafadas dando as boas-vindas, o som das preces.

Ferris ficava apavorado cada vez que alguém ia até lá embaixo, achando que a tortura iria começar. Então, quando ouviu as tábuas da escada estalando, seu estômago se contraiu. Mas a voz que se dirigiu a ele dessa vez não foi tão ríspida. Desatou suas amarras, dos pés e das mãos, depois tirou sua mordaça, e então, para assombro de Ferris, sua venda. Era a mesma cara cor de mel que se aproximara dele em Hama e colocara uma pistola em seu flanco. O egípcio lhe entregou um aparelho e um creme de barbear, uma toalha, e encaminhou-o ao banheiro. Ferris pôde ver agora que havia um chuveiro.

— Limpe-se — disse ele. — Você é nosso convidado.

Eles o estavam amaciando. Ferris não sabia o que aquilo significava, mas não podia ser boa coisa. Fechou a porta do banheiro, abriu o chuveiro e deixou a água escorrer por seu corpo. Ele estava imundo, dos esconderijos em compartimentos secretos, do chão do carro e da cama muito suja; observou a sujeira escorrer pelo ralo, e, por um momento, imaginou que todo seu corpo também podia se dissolver por aquele buraco no chão. Era bom estar limpo, e, melhor ainda, limpo e barbeado. Olhou para seus olhos no espelho. Estavam fundos, rodeados por sombras escuras. A centelha tinha sumido; o que restava era duro, lúgubre e implacável. Pensou se Alice poderia amar um rosto como aquele, caso conseguisse sobreviver para vê-la novamente. Mas ela também poderia ter mudado com o pesadelo que vivera. Eles já não eram as mesmas pessoas. Ferris enxugou-se, penteou o cabelo e preparou-se para encontrar-se com o que quer que o estivesse esperando-o no andar de cima.

Apareceram no meio da manhã, depois da chegada de um outro carro. Foi vendado outra vez, mas levemente, e então o levaram por dois lances de escadas até um salão nos fundos do prédio. O salão estava escuro, com as cortinas fechadas, mas acenderam uma luz ofuscante, sentaram-no em uma cadeira e disseram que aguardasse. Por trás de sua cabeça, alguém tirou a venda e deixou-a cair. Nas sombras de um canto da sala, Ferris viu o que parecia ser uma câmera de vídeo sobre um tripé. "Ah, meu Deus", pensou: "eles vão me filmar sendo degolado, do mesmo jeito que fizeram com os outros". Uma onda de medo atravessou-lhe o corpo. Fechou os olhos tentando se acalmar. Pelo menos a morte seria rápida, quando finalmente chegasse. Esperava poder encontrá-la em silêncio.

Passados vinte minutos, um homem entrou na sala e sentou-se em uma cadeira na sua frente. Ferris encarou-o fixamente durante um bom tempo. As palavras "Meu Deus!" formaram-se em seus lábios, mas nenhum som saiu. Queria falar, porém, mais do que isso, queria entender.

Era Suleiman. Seu cabelo estava mais claro, sua barba tinha sido aparada, mas, inegavelmente, era o mesmo homem que ele vira tantas vezes nos relatórios, arquivos e fotos pregadas nas paredes da Agência. Parecia muito mais inteligente em pessoa do que nas fotos. Seus olhos eram mais como lagos que atraíam a pessoa do que apenas contas que refletiam a luz. Tinha pés-de-galinha nos cantos dos olhos e um ligeiro ângulo ascendente nos cantos da boca, de modo que, estranhamente, parecia que ele estava sorrindo. Havia algo curioso em seu rosto, e também uma dureza fria como pedra. Suleiman parecia esperar que Ferris dissesse alguma coisa, como se ele fosse um papagaio valioso comprado em uma feira. Talvez quisesse ser exaltado.

— Conheço você — disse Ferris. — Você é um homem famoso para mim, mas nunca pensei que veria seu rosto, exceto em fotos. Sinto-me honrado por ter vindo me encontrar.

— Ah, mas eu tinha de vê-lo pessoalmente, sr. Ferris. Teria sido um erro deixar esse encontro para alguém que não sabe de nada.

Ferris não compreendeu.

— Mas por que isso? O senhor poderia ter designado qualquer um dos seus homens para me interrogar.

— Eles não estariam à altura. Porque o senhor é o primeiro.

— O primeiro — repetiu Ferris. Não queria descartar nenhuma hipótese, mas não tinha a menor idéia do que Suleiman falava. O primeiro capturado da CIA? O primeiro prisioneiro norte-americano? Ele estava falando por enigmas.

— Ah, sim. O senhor é o nosso primeiro desertor. — Suleiman sorriu. Seus olhos escuros faiscavam. — O primeiro. E vindo da famosa CIA! Tive de vir encontrá-lo pessoalmente, para poder conferir se o senhor é mesmo o que diz ser. O que o senhor traz para nós é tão bom que pensamos que pode ser ruim. Mas acho que é um grande dia. E, como vê, estamos prontos para recebê-lo. Tenho uma câmera de vídeo para registrar esse momento e mandar para a Al Jazeera, para toda a *umma* muçulmana, para que possam rejubilar-se conosco. E com o senhor. Estamos fazendo um filme, o senhor e eu. Um filme para o mundo.

Ferris estreitou os olhos, mas não disse nada. Oferecera-se em troca da vida de Alice, era verdade, mas não era um desertor. Se a câmera de vídeo não estava ali para registrar o interrogatório e a decapitação, então qual era o propósito? O instinto lhe disse que devia falar o mínimo possível e deixar Suleiman estabelecer os contornos da conversa.

— Obrigado — disse Ferris. — Estou em suas mãos agora.

— Que Deus o cumule de boa saúde. Aceitaria um chá? Ou um café? Talvez um pouco de água?

— Café — disse Ferris. — E um pouco de água mineral.

Suleiman gritou algumas ordens para o menino do café. Até mesmo naquele esconderijo terrorista eles tinham serviçais. Então voltou a Ferris.

— Tenho uma primeira pergunta a lhe fazer. Sou muito curioso. Não consigo esperar. Quando foi que o senhor percebeu que era um muçulmano? Quando o senhor ouviu *al-dawa*, o chamado?

— Desculpe-me — disse Ferris. Meteu um dedo na orelha, como se estivesse tirando uma camada de cera. Queria ouvir a pergunta novamente.

— Quando é que o senhor soube que o seu avô foi do Líbano para a Bósnia antes de ir para a América do Norte? Foi antes de entrar na Agência? Imaginei, veja só, se eles deixariam um verdadeiro muçulmano entrar na CIA, onde pudesse aprender os segredos dos judeus e dos cruzados.

Ferris tentava clarear a cabeça para poder pensar — tentava identificar, em sua mente, as peças desse quebra-cabeça. Aparentemente, Suleiman pensava que ele se oferecera como voluntário para ir até o covil deles porque era um muçulmano. Imaginou qual seria a melhor resposta para a pergunta, a que lhe daria maior flexibilidade. Lembrou-se de sua curiosidade de menino sobre suas raízes — nunca sabendo bem de que país seu avô saíra, nunca entendendo o segredo por baixo daqueles grunhidos e resmungos. Será que seu avô não era mesmo católico, como se declarava, e sim muçulmano? Era possível, com certeza. Lembrou-se da conversa que tivera com a mãe poucas semanas atrás, e isso o levou a elaborar uma resposta.

— Foi mais tarde. Depois que ingressei na CIA. Minha mãe encontrou alguns documentos da família. Foi quando eu soube.

— *Al hamdu l'Illah.* Acho que vimos esses documentos. Foram os que você nos enviou por seu intermediário.

Ferris assentiu, mas sua cabeça girava rapidamente. Que documentos? Que intermediário? Quem fora o autor daquele jogo complicado que estava se desenvolvendo? Na cilada de quem ele caíra?

— A princípio, pensamos que os papéis deviam ser forjados — prosseguiu Suleiman —, até que os checamos pessoalmente no Líbano, nos registros da vila de Trípoli. E eram verdadeiros. Registram o nascimento do seu avô. Existe até mesmo um registro em Trípoli do nascimento do seu pai na América do Norte. Os outros continuaram a pensar que você era mentiroso, mas eu comecei a duvidar.

— Obrigado — disse Ferris.

— Portanto, vou chamá-lo pelo seu verdadeiro nome de família, Fares. É o certo, agora que você está conosco e tão perto da terra dos seus ancestrais. Sabia disso? Os sunistas de Trípoli estão apenas a alguns quilômetros de distância, do outro lado da fronteira. Isso é um presente para você, Fares. Talvez o deixemos voltar para casa, quando terminarmos. Gostaria disso? Primeiro vamos levá-lo a Damasco, para dar a fita do seu testemunho de fé para a Al Jazeera, para toda a *umma* assistir. Estão esperando uma palavra minha. E depois vamos a Trípoli, ao lar dos seus ancestrais. Essa viagem o agrada?

— Gostaria muito mesmo. — Um leve sorriso esboçou-se no rosto de Ferris. Percebeu os contornos da história, mesmo que ainda não tivesse entendido quem a construíra ou por quê. — Gostaria de ir para casa. Foi uma longa viagem para mim, para chegar até aqui.

— Sei disso. *Allah u akhbar.* Deus é o maior. Graças a Deus.

— *Allah u akhbar* — falou Ferris. — *La ilaha ill-Allah, Muhammad-ur-rasoolullah.* — Ele acabara de fazer sua declaração de fé, as palavras que faziam de um muçulmano um muçulmano: não há nenhum deus a não ser Deus, e Maomé é o seu profeta.

Agora foi a vez de Suleiman sorrir. Colocou a mão sobre o coração, inclinou-se na direção de Ferris e beijou-o três vezes na face.

— Suas informações têm sido muito boas, Fares. Os números de nossos telefones que estavam em sua lista de observação. Os sites da web que não eram seguros. As artimanhas que fez conosco, para que nós nos revelássemos. O fato de conhecer nossos códigos, até o nome em código que uso com meus mensageiros, Raouf. No início, muitos de nós pensamos que fosse uma cilada, como todas as outras ciladas da CIA. Não fazia sentido. Por que um homem da CIA forneceria esse tipo de informação para a Al-Qaeda, a não ser para nos enganar? Mas a informação era muito boa. E depois, quando o senhor nos mandou o recado de que era realmente um muçulmano e nós checamos os registros da sua família, pensamos que talvez pudesse ser verdade. Essa era uma razão que podíamos entender. O que é pior do que ser um muçulmano na terrra dos *kufr* e dos *jahil*, os infiéis e os ignorantes? — Parou e olhou para Ferris, examinando-o com aqueles olhos negros.

— Estou só — disse Ferris. Ia dizer mais, mas parou. Ainda não sabia quais eram as melhores respostas, mas suas palavras, com certeza, eram verdadeiras: ele estava só.

— E então, quando o senhor disse, através do seu intermediário, que desejava vir até aqui, e ser parte de nós, pensamos ou esse homem é louco ou tudo é verdade. Ele é o que diz ser. O único teste é encontrá-lo e ver o que tem para nós. Só então poderemos saber se esse ouro é de verdade.

Ferris ficou em silêncio. Não queria dar um passo em falso e achou que o silêncio era mais favorável a ele do que muita conversa.

— É verdade — disse finalmente. — Eu sou o que disse a vocês.

— Ah, claro — disse Suleiman. — Estou certo disso. — Mas Ferris podia afirmar, pela voz dele, que o sírio não tinha a mínima certeza da sua sinceridade.

Ferris precisava de mais informação. Ainda se sentia no escuro. Era óbvio que as amabilidades estavam no fim e o verdadeiro interrogatório logo iria começar. Tentava pensar como poderia saber mais sem se trair. Precisava saber como a versão de Suleiman fora construída. Ferris estava só nas suposições. Precisava saber mais.

— Estou contente que o senhor tenha ouvido meu intermediário — disse Ferris. — Ele foi uma peça importante do meu plano.

— Ah, é. Confiamos no senhor Sadiki. Nós o conhecemos há muito tempo. Ele é amigo dos nossos amigos. E quando ele começou a nos passar suas mensagens, ficamos interessados. E entendemos o jogo duplo que o senhor tinha de fazer, para que seus encontros com o hajji Omar não despertassem suspeitas.

— E o atentado em Incirlik? — perguntou Ferris, ainda testando para ver o quanto Suleiman sabia.

— Aquilo foi muito bom. A bomba de mentira. E levou todo mundo a pensar que hajji Omar tinha feito aquilo, para encobrir as suas pegadas. Muito bom. Demoramos alguns dias para entender. — Seus olhos estreitaram-se até formar uma fenda, seus lábios formaram um sorriso fino, dúbio. — Quer dizer, eu acho que nós entendemos. Mas vamos descobrir isso mais tarde, não é? Você é um amigo, Fares. É parte da *umma*, o *Dar al Islam*. Vai nos ajudar.

Ferris ajeitou-se na cadeira. Conseguia enxergar mais peças agora. Alguém vinha mandando mensagens para Sadiki passar à rede da Al-Qaeda, depois de cada um de seus encontros com Ferris. Alguém criara a ilusão de que Ferris estava usando Sadiki como um canal secreto para a Al-Qaeda — o que, de certa maneira, era verdade, mas tinham invertido a história. E agora ficara claro que Omar Sadiki não fora seqüestrado pela Al-Qaeda, como Ferris acreditara, mas por quem quer que estivesse manipulando os cordões do show de marionetes. Mas, se Sadiki nunca fora seqüestrado, por que tinham levado Alice? Tudo ainda era muito complicado para Ferris entender. Só o que sabia era que Alice estava livre. Voltou a esse eixo. Ela estava viva. Era só o que importava.

— Obrigado por deixar Alice Melville partir — disse Ferris. As palavras saltaram da sua boca. Era a única emoção que não era inventada, a única peça desse quebra-cabeça que ele achava que entendia. — Ela não é muçulmana, mas eu a amo muito.

Suleiman empinou a cabeça de repente, como um animal que ouve um barulho do qual não gosta.

— Desculpe-me. O que você está dizendo? Quem é Alice?

— Estou lhe agradecendo, só isso. Por permitir que Alice Melville fosse libertada em Hama, nas rodas-d'água. Fiquei muito agradecido. Só isso.

Suleiman espalmou as mãos na direção de Ferris, em um gesto de inocência.

— Mas Fares, nós não libertamos essa pessoa, Alice. Como poderíamos? Em primeiro lugar, nós não a levamos. Para falar a verdade, nem sei quem é. Alice? Agora estou ficando preocupado. Estou pensando se você está armando alguma cilada para cima de mim.

— Meu Deus — disse Ferris. Mal se ouviu sua voz. Percebeu imediatamente. Estava na cara. Só havia um homem que conhecia suficientemente o segredo mais bem guardado da inteligência da CIA para enviar dicas embaralhadas sobre ele para Suleiman. Só havia um homem que sabia tanto sobre Omar Sadiki a ponto de reprogramá-lo, reverter sua polaridade para que, aos olhos dos outros, desse a impressão de estar desempenhando uma missão secreta completamente diferente. Só havia um homem que podia saber tanto sobre Alice Melville para simular seu seqüestro, como uma maneira de Ferris se comprometer. Só podia ser Ed Hoffman. Enredara Ferris com uma isca reluzente, um reflexo bruxuleante na sala de espelhos. Ferris odiava Hoffman agora, de um modo que jamais odiara ninguém.

— Você está confuso sobre alguma coisa, Fares, e eu lhe pergunto: por quê? — disse Suleiman. Ele também esteve pensando, no instante de silêncio em que os acontecimentos se reordenaram na cabeça de cada um. Aproximou sua cadeira da de Ferris e colocou a mão em sua garganta. Não apertou muito, mas o suficiente para lembrá-lo de que detinha o poder absoluto sobre ele.

— Deixe-me olhar nos seus olhos — o sírio continuou. — Olhe para mim e diga-me que você está me dizendo a verdade. Este aqui é o meu detector de mentiras. Ponho minha mão na sua garganta e olho nos seus olhos. Fale agora.

— Estou lhe dizendo a verdade — disse Ferris. Tentava fazer com que suas emoções se reduzissem a nada. E quase conseguiu. Mas houve uma vibração em sua pálpebra, não exatamente uma piscadela, mas quase. Estava se esforçando muito, mas Suleiman conseguiu perceber que alguma coisa estava errada.

— Acho que você mente, Fares. Alguma coisa em você é falsa. Será que é só um pouquinho? Ou será que é tudo? Não sei, e isso me deixa inquieto. Mas é bom que eu esteja aqui com você, está vendo? Porque logo vou descobrir onde estão as mentiras. Que Deus me perdoe, mas você não é mais meu convidado, estou mandando-o embora, no meu coração.

— O que eu sou então?

— Meu prisioneiro.

Suleiman gritou um nome e o egípcio entrou correndo na sala, junto com um segundo homem que usava uma máscara preta de esqui. Suleiman disse aos dois, em árabe, que estava na hora de interrogar o homem da CIA. Eles gravariam o vídeo para a Al Jazeera depois, quando soubessem qual a história a ser contada. Então ficou de pé, inclinou-se sobre Ferris, esbofeteou-o e saiu da sala.

Fizeram com que Ferris sentasse em uma cadeira de madeira com braços, entre os quais encaixaram uma grande chapa de compensado com buracos perfurados. Ataram as mãos e os braços de Ferris à cadeira, usando fita isolante larga e arame grosso, e depois prenderam suas duas mãos na chapa, amarrando cada dedo separadamente, de forma que cada um se constituísse um alvo distinto. Quando terminaram, o egípcio levou um grande martelo de metal e colocou-o sobre a tábua, entre os braços e dedos imobilizados de Ferris.

— Bem-vindo a Guantánamo — disse ele.

Deixaram-no lá por vinte minutos. Pela conversa na sala ao lado, parecia que os homens estavam comendo. Ferris sentiu os dedos latejando, antecipando a dor. Será que usaria seu veneno naquele instante, se ainda o tivesse? A dor que se descortinava à sua frente não tinha sentido. Ele fora lá para morrer, na crença de que, fazendo isso, poderia salvar Alice. Mas ela nunca precisara ser salva, porque nunca fora prisioneira da Al-Qaeda. Alguém fizera com que ele arriscasse sua vida por nada. Ferris lembrou-se de uma cena de um romance de André Malraux que lera na faculdade. Dois comunistas militantes estão sendo torturados, e um deles, em um *beau geste* de heróico altruísmo, resolve dar a pílula com veneno que estava guardando para o outro homem, que é mais fraco. Entrega a cápsula a seu frágil camarada — que a deixa cair e escorregar por um buraco no chão, o que a torna inútil para ambos. Para Ferris, essa cena tinha sido a medida de uma morte sem sentido, até agora.

Suleiman entrou na sala, seguido do egípcio e do homem com a máscara preta. Sentou-se na cadeira na frente de Ferris, enquanto os dois posicionavam-se de cada lado do prisioneiro. Suleiman tinha calçado um par de luvas, para segurar melhor o martelo e poupar suas mãos macias do sangue.

— Não somos muito bons nisso — disse Suleiman, avaliando o peso do martelo na mão enluvada. — Não temos tantos prisioneiros nos quais praticar, mas aprendemos com vocês. Vocês nos ensinaram. Por que os americanos não enxergam, quando nos torturam, que algum dia nós vamos usar a mesma tortura neles? Devem ser muito burros para não perceberem que, quando quebram as regras da guerra, vão ser os maiores a sofrer. Talvez lhes falte imaginação. Acho que é isso. Não conseguem imaginar que aquilo pode ser feito a vocês; então não pensam quando fazem com os outros.

Levantou o martelo bem alto e depois desceu-o pesadamente sobre o compensado, bem ao lado da mão direita de Ferris. Ele gritou, ainda que o martelo não o tivesse atingido. Os homens de cada lado riram, mas não seu líder.

— O movimento na prática — disse Suleiman. — Vamos fazer o seguinte. Você tem dez dedos. Vou lhe fazer dez perguntas, depois mais dez, depois mais dez. De cada vez que você não disser a verdade, vou quebrar um dos seus dedos. Quando acabarmos com os dedos, então passaremos para as pernas, e para seus olhos, e sua língua e seus dentes. Quando o martelo quebrar por causa de tantos golpes, arrumaremos outro.

— E se eu disser a verdade? — perguntou Ferris.

— Mas você é um mentiroso — explodiu Suleiman. Levantou o martelo, manteve-o suspenso no ar por um instante e então descarregou-o, com uma força terrível, no dedo mínimo da mão direita de Ferris. Pegou na junta do meio, esmagando o osso e a pele, e deixando-o bem rente à madeira. A dor foi tão forte que Ferris rompeu o arame que prendia o dedo com seus estertores. Mas deixou escapar um único grito.

— Muito alto — disse Suleiman. — Alguém vai ouvir. — Virou-se e olhou para o egípcio. Foi até a janela e abriu a cortina pesada. — Quem achou esta casa? Há pessoas na vizinhança. Posso vê-las, bem ali, pela janela. Este lugar é ruim. Antes do próximo dedo, coloquem uma mordaça nele, assim ninguém vai ouvir. — O egípcio concordou com a cabeça.

Ferris continuava a gemer. Olhou para a panqueca de carne que antes fora seu dedo mínimo. Logo as duas mãos estariam destruídas, para nunca mais segurarem nada, tocarem em nada, sentirem nada.

— Por favor, cale a boca — disse Suleiman. Os gemidos de Ferris passaram a uma lamúria. — Obrigado. Acho que agora começamos. Faço a pergunta, você responde a pergunta. A cada mentira, chamo meu amigo, o sr. Martelo. Entendido?

Ferris grunhiu sua concordância.

— Vamos lá, primeira pergunta. Quem era Harry Meeker, da CIA? Por que ele levava aqueles documentos, por favor?

— Ele não existiu — disse Ferris. Enquanto ele falava, Suleiman começou a suspender o martelo e Ferris gritou: — Pare! Por favor, pare. É verdade. Harry Meeker era uma tapeação. Foi um cadáver que encontramos. Providenciamos tudo para que ele parecesse um homem da CIA indo visitar um agente da Al-Qaeda.

— Mas ele estava levando uma mensagem para mim, esse Harry Meeker.

É, mas também era falsa. Para que as pessoas na Al-Qaeda pudessem pensar que você trabalhava para nós.

— *W'Allah*! — Foi um grito bruto de raiva, gutural. O rosto de Suleiman ficou vermelho, e, em um reflexo de raiva, ele levantou de novo o martelo e o arremeteu contra o dedo ao lado do que tinha sido esmagado. Não foi um golpe tão forte;

aparentemente, recuara no último instante, ao perceber que Ferris ainda não estava amordaçado. Ferris gritou, tanto de medo quanto de dor. Dessa vez, ele não parou de gritar.

— Ponham uma mordaça nele — ordenou Suleiman.

O egípcio agarrou uns trapos e os enfiou na boca de Ferris. O homem da máscara preta estava tentando cobri-la com um pedaço de fita isolante quando, de repente, ouviu um barulho do lado de fora da sala e virou a cabeça com um estalo. Todos viraram, e lá embaixo houve uma súbita rajada de armas automáticas, e tudo o que Ferris pensou foi: Pode ser que eu morra rápido.

Tudo aconteceu ao mesmo tempo: o som do estilhaçar dos vidros quebrados, em seguida o estampido de uma explosão, uma súbita entrada de luz que cegou Ferris, o barulho das portas sendo arrombadas e das pessoas gritando, e a rajada de mais armas automáticas. A sala encheu-se de fumaça, e todos ofegavam e sufocavam. Ferris pôde ouvir os homens invadindo a sala. Um Suleiman cego gritava imprecações e tateava em busca da janela, mas foi derrubado pelos homens, assim como os outros dois capangas. O tiroteio continuava lá embaixo, mas, depois de 15 segundos, parou. Todos os guardas estavam mortos. A fumaça começou a clarear, e a visão de Ferris voltou lentamente. Viu Suleiman no chão, amarrado e amordaçado. Homens vestidos em uniformes pretos meteram-no em um grande saco de plástico para transporte de cadáveres e depois o carregaram porta afora. Outros homens com vestes pretas fizeram o mesmo com os outros dois, colocando-os em sacos para cadáveres e arrastando-os dali.

Um momento depois, quando os três homens da Al-Qaeda já tinham sido levados, uma pessoa foi até Ferris. Vestia-se também de preto, como um ninja, mas aparentava ser médico. Libertou delicadamente os dedos de Ferris da mesa de tortura e começou a cuidar dos dois esmagados.

— Você vai perder o dedo mínimo — disse ele. — Talvez consigamos salvar o outro. — Falava inglês com um acento árabe, Ferris percebeu. Teve um medo terrível de passar de um inferno para o outro, trocando o cativeiro em um esconderijo da Al-Qaeda pela mesma coisa em uma prisão síria. O médico limpou o braço de Ferris com uma gaze com álcool, depois espetou-lhe uma agulha hipodérmica. Momentos depois, Ferris resvalou para uma semiconsciência etérea, e então não viu mais nada.

35

Trípoli, Líbano

Ferris acordou na cama de uma instituição, com lençóis brancos limpos e grades de metal, como um berço. Não sabia se estava em uma prisão ou em um hospital. Baixou os olhos em direção à sua mão direita e viu uma tala no dedo. O dedo mínimo tinha sumido; fora amputado, evidentemente. Tentou se mover, mas havia uma tira de couro sobre seu peito como um freio. Virou a cabeça e viu um elaborado arranjo de flores em um vaso na mesa-de-cabeceira. Aspirou o perfume e percebeu que, se havia flores no quarto, aquilo não podia ser uma prisão.

Estava acordado há mais ou menos dez minutos quando uma enfermeira entrou. Falava em árabe com um colega parado no corredor. Ferris virou a cabeça e viu, pela abertura da porta, que ela estava falando com um soldado de tez escura que guardava sua porta; soube então que, onde quer que estivesse, ainda devia estar no mundo árabe. Quando ela viu que ele estava acordado, tirou o freio de couro de seu peito e ajeitou-o na cama. Perguntou-lhe se estava confortável e ele respondeu que sim. Verificou o curativo no dedo com a tala e o outro no toco e disse-lhe que estava se recuperando bem.

— Alguém gostaria de vê-lo, se o senhor estiver se sentindo bem — disse ela. Ajudou-o a se levantar. Embora estivesse fraco por causa de sua provação, Ferris foi capaz de andar pelo quarto. A enfermeira entregou-lhe algumas roupas. Quando olhou para elas, percebeu que eram mesmo suas, tiradas do armário de seu apartamento em Amã. Achou interessante, mas não tinha idéia do que aquilo significava.

— Onde estou? — perguntou Ferris.

— Em Trípoli — respondeu a enfermeira. — No Líbano.

Será que estava sonhando? A enfermeira disse-lhe para vestir as roupas e que estaria de volta em cinco minutos para levá-lo até seu visitante. Voltou, como prometido, e acompanhou-o por um longo corredor até uma grande porta de carvalho. Ela bateu e chamou:

— *Ya*, paxá. — Uma voz respondeu em árabe, e ela abriu a porta.

Hani Salaam esperava por ele em uma das duas poltronas no fundo da sala. Fumava um charuto, e havia em seu rosto uma imensa satisfação. Na verdade, olhando para ele, Ferris não podia assegurar se alguma vez vira um homem mais contente. O jogo tinha acabado. Diante dele estava o Árabe Próspero que havia evocado o mar, o céu e o vento, levado os adversários a entrar em ação, criado monstros e fantasias — cuja mão invisível dirigira cada instante da peça que outros imaginavam estar dirigindo, que havia transformado o branco em preto e o preto novamente em branco.

— Meu querido Roger — disse ele, levantando-se e abraçando Ferris. — Você me parece quase bom, considerando o que passou. Quer um charuto? Por favor. Fume um charuto. Você é um herói. Salvou mais vidas do que possa imaginar, talvez mais do que jamais saibamos.

Ferris olhou para Hani. Apesar da raiva que estava sentindo, não conseguiu deixar de sorrir ao observar o paxá: seu bigode estava impecavelmente aparado. Seu cabelo tinha sido cortado e pintado recentemente, e brilhava tanto que parecia com o dos artistas de cinema. Usava um casaco esporte novo, de caxemira azul com uma listra amarela fininha, e exibia um par de sapatos estalando de novos.

— Quero, vou fumar um charuto — disse Ferris. Hani passou-lhe um Romeo y Julieta, longo e robusto, conhecido como Churchill. Assim que Ferris o colocou nos lábios, Hani acendeu um fósforo comprido e manteve a chama até o fim, até a brasa pulsar, a cada aspirada de Ferris.

Ferris tirou umas baforadas e esticou os pés sobre uma banqueta estofada que estava entre eles.

— Você me deve um dedo — disse ele.

— É mesmo. Isso e muito mais. Mas vamos compensá-lo, posso lhe garantir. Tenho você como meu próprio filho. Sempre tive. Isso tornou tudo mais penoso para mim, a necessidade de enganá-lo. Mas, como vocês americanos gostam de dizer, foi por uma boa causa. É o que me consola. Mas isso não vai trazer seu dedo de volta. Sinto muito mesmo pelo acontecido. Pensei que os meus homens fossem conseguir chegar a tempo. Não imaginei que o interrogatório fosse começar tão cedo. Não para o "desertor". Mas, assim que o ouvimos gritar, nós invadimos.

— Você armou tudo — disse Ferris, com um misto de surpresa e raiva na voz. — O show foi todo seu. Hoffman não tinha a menor idéia.

— É, o show foi meu. — O jordaniano deu uma baforada. — Este é o meu mundo. Quem entende dele sou eu. Vocês americanos são visitas. Tentam compreendê-lo, mas é mesmo quase impossível. Só cometem erros. E são arrogantes, desculpe-me falar isso. Vocês ignoram aquilo que não conhecem. Quando me dei conta disso, depois daquele lamentável episódio em Berlim, percebi que tinha de tomar as rédeas.

Ferris concordou com a cabeça. Era verdade o que ele disse. Ferris não podia negar.

— E eu, o que era? — perguntou. — Seu joguete?

— Nem tanto, meu querido. Você era agente meu. A minha penetração na CIA. Pus o olho em você na hora que chegou. Só que eu não podia recrutá-lo. Você jamais concordaria. Assim, você foi meu agente virtual.

Ferris deu uma sonora risada.

— Era isso o que eu e Hoffman estávamos fazendo com Sadiki. Pensávamos em pegar Suleiman usando Sadiki como um "agente virtual". Usei as mesmas palavras.

— Mas isso era bem ridículo, não acha? A Jordânia é minha. Posso controlar todas as coisas e qualquer um dentro dela. Venho usando Sadiki há alguns anos. Será que Ed Hoffman realmente achou que podia brincar no meu quintal desse jeito, sem o meu conhecimento?

— Como você disse, nós americanos não sabemos tanto quanto achamos que sabemos.

— Graças a Deus que vocês ainda têm amigos. Embora eu não tenha certeza por que ainda exista quem queira ajudar vocês, a não ser pelo fato de vocês serem muito ricos. Como era natural, descobri que os homens de Ed Hoffman estavam vigiando Sadiki e o irmão dele por alguma razão. Então decidi que as coisas tinham ido longe demais. E tive em você um florete perfeito, Roger. Um homem que eu podia balançar na frente da Al-Qaeda. Um homem que podia passar por um desertor da CIA. Um muçulmano na CIA, com bons antecedentes para comprovar.

— Como você soube que eu era um muçulmano? Presumindo que seja verdade, que você não tenha feito Sadiki alimentá-los com um monte de falsificações.

— Porque fiz minha pesquisa. Vocês, americanos, acham que são os únicos no mundo capazes de fazer um trabalho meticuloso, mas estão completamente enganados. Tive um palpite e fiz minhas checagens. Na verdade, um monte de checagens. Botei meu pessoal pesquisando os censos demográficos dos Estados Unidos e os manifestos dos navios que chegaram à ilha de Ellis. Mandei pesquisadores à Bósnia para visitarem parentes seus que você nem imagina que tem. Cheguei até a mandar um dos meus homens conversarem com a sua mãe, para ver se ela tinha alguma coisa. E depois mandei uma equipe aqui para Trípoli, para consultar os antigos registros otomanos. Precisávamos de documentos, e sabíamos que os homens de Suleiman também iriam checá-los. Eles não são idiotas, meu amigo. Então tinha de ser tudo verdadeiro. E era. O nome de nascimento de seu avô era Muhammad Fares. Manteve-o no maior segredo na América. Contudo, meu querido, esta é a terra dos segredos. Chamamos a isso *taqiyya*.

— Peguei emprestada essa palavra de você — disse Ferris. — Achei que a entendia.

— Mas, meu querido, *taqiyya* não é algo que você possa tirar de uma caixa de mágicas. Para um muçulmano, é um meio de sobrevivência. Seu avô compreendia *taqiyya*. Graças à *taqiyya*, você hoje está aqui. É como a entendemos no deserto. A única coisa que importa é a sobrevivência. Não arriscamos nosso tesouro por mais nada.

Ferris pensou em todo o esforço que ele e Hoffman tinham dedicado à fraude que armaram — as reuniões em Abu Dabi, Beirute e Ancara, as fotos e as gravações. Tinham trabalhado duro e a coisa funcionara — a favor de Hani. Ferris estava furioso com Hani, mas não conseguia deixar de sorrir da maneira como o jordaniano passara completamente a perna neles.

— Quando construímos a história em torno de Sadiki, tornamos seu trabalho muito mais fácil, não foi?

— Muito mais. Pegamos uma carona com vocês. Assim que vocês colocaram Sadiki no circuito, também coloquei. Fiz com que ele ligasse para seu contato verdadeiro na Al-Qaeda, pois é, ele já tinha um, e dissesse que um oficial descontente com a CIA estava lhe oferecendo informações sigilosas. Eles não acreditaram, mas ficaram curiosos. Depois daquele primeiro encontro de vocês, ele lhes passou informações verdadeiras, fornecidas por mim, naturalmente. A maior parte não servia para nada, antigos números de telefones celulares, operações fracassadas. Mandei para eles uma linda história sobre o recrutamento em Berlim e todos os seus planos com Amary. Foi quando eles começaram a pensar que você era mesmo um traidor, por transmitir-lhes essa informação. Cada vez que você pedia uma reunião com Sadiki, eu tinha mais material para eles. Durante todo o tempo, meu querido, você estava dando seu pequeno show e fazendo a minha história se encaixar. Foi bem conveniente a vigilância ter tirado fotos de Sadiki passeando por Abu Dabi, Beirute e Istambul, para não mencionar Londres e Paris. Foi mesmo muita sorte.

— Você nos fez de idiotas.

— Nada disso. Só fiz o jogo de vocês. Segui seus planos. Vocês são uma superpotência e criam muita turbulência quando se movimentam, mesmo quando acham que estão agindo em silêncio e com sabedoria; de modo que, às vezes, se tivermos sorte, podemos entrar de mansinho e pegar uma carona.

— E a ligação de Suleiman que localizamos? E a mensagem de texto para mim no telefone dele? Foi coisa de vocês também?

— Foi, sinto dizer. Tínhamos de deixar tudo bem amarrado para ter certeza de que poderíamos empurrá-lo para o encontro final. Você tinha de acreditar que o seu joguinho estava funcionando. Tínhamos uma interceptação antiga de Suleiman em nosso banco de dados. Desculpe, mas não é muito difícil manipular você.

Ferris juntou as mãos e aplaudiu gentilmente, como se a cortina estivesse sendo baixada em uma peça teatral.

— Bem impressionante. A única coisa pela qual não posso perdoá-lo foi ter manipulado Alice. Ela possuía a vida dela na Jordânia. Adorava Amã. Você destruiu tudo isso. Jamais poderá voltar lá. Vão achar que ela trabalha para você.

— Meu querido Roger, todo mundo na Jordânia trabalha para mim. Por que ela seria diferente? Mas preciso lhe dizer, honestamente, que você está se iludindo se acha que fui o único a colocá-la em perigo. Você também fez isso. A Al-Qaeda poderia tê-la seqüestrado, se não a tivéssemos posto, podemos dizer, "sob nossa custódia". Não fique zangado comigo. Tenho todas as peças na mão. — Deu uma grande baforada no charuto e soltou um anel de fumaça perfeito, mas Ferris não estava olhando.

— Tive muito medo por ela, Hani. Estava pronto para morrer para salvá-la. Você usou isso. Contou com isso. Se não fosse assim, seu plano não teria funcionado. Você transformou meu amor por ela em uma arma. Como posso perdoá-lo?

Hani ficou em silêncio. Olhou na direção da janela da sala ensolarada do hospital e da água azul do Mediterrâneo e depois voltou seu olhar para Ferris. Pela primeira vez, houve um leve sinal de remorso em seus olhos, diminuindo ligeiramente o brilho de contentamento.

— Desculpe-me por isso, Roger. Contei mesmo com a sua nobreza, mas, na verdade, você estava fazendo o que qualquer homem faria. Não me dei conta do quanto você a amava até o momento em que nós dois estivemos juntos no apartamento dela. Mas vou lhe contar a verdade: aquilo só fez com que eu me empenhasse ainda mais para que tudo desse certo. Seguimos você a cada minuto. Colocamos um pó nos seus sapatos que fazia uma marca que podíamos seguir; havia sinalizadores trançados nas fibras da jaqueta que o motorista lhe deu. Tínhamos a promessa da ajuda pessoal do presidente da Síria, caso alguma coisa desse errado.

Ferris balançou a cabeça, mas estava pensando em Alice. Sua face ficou vermelha de raiva.

— Você bateu nela quando a seqüestrou no apartamento e a levou para Hama. Vi o sangue.

— Em primeiro lugar, meu querido, ela não foi seqüestrada. E nós não batemos nela, pelo amor de Deus. Ela havia doado sangue há um mês para o Crescente Vermelho, uma organização humanitária da Palestina, e me ocorreu que isso poderia ser útil mais tarde. Nós nem invadimos a sua casa. Ela veio até nós espontaneamente, pela simples razão de pensar que poderia ajudar você.

— Você não teve de forçá-la?

— De jeito nenhum. Alice é uma mulher muito mais complicada do que aparentemente você acha. Leva uma vida que parece que você não entende. Você acha que uma pessoa assim poderia trabalhar na Jordânia, entrar e sair dos campos palestinos e não ter contato com o Mukhabarat? Não estou dizendo isso para o aborrecer, e sim para agradá-lo. Tal como qualquer coisa preciosa, ela é dissimulada. Preocupa-se com você há muito tempo, meu querido. E, por uma razão cruel qualquer, ela ama você tanto quanto você a ama.

Ferris piscou, e, ao fazer isso, seus olhos ficaram úmidos. Será que ele tinha entendido direito?

— Preciso vê-la. Onde ela está?

— Está por perto. Sabe que você está bem. As flores do seu quarto foram mandadas por ela.

— Posso vê-la?

— Claro, meu querido. Você é um homem livre. Mas, antes, acho que precisamos conversar sobre Ed Hoffman.

Ferris sentou-se de repente. Deu-se conta do quanto ele se transformara com a sucessão de acontecimentos, pois mal havia pensado em Hoffman desde que acordara na cama do hospital.

— Ele sabe o que aconteceu?

— Ah, claro, grande parte. Um pouco. Ele está em Amã. Foi por isso mesmo que eu o trouxe para cá. Além de ser sua cidade natal, aqui você pode ficar invisível até resolver o que fazer sobre Ed.

— Ele deve estar louco. Isso vai acabar com ele.

— Nem tanto. Deve estar vivendo seu melhor momento. Ou, pelo menos, seus vários chefes em Washington vão ver dessa maneira. Juntos, vamos explorar as informações secretas de Suleiman no Paquistão, Iraque, Síria, Europa. Não acho que esteja me gabando ao dizer que esse é o maior sucesso que tivemos contra a Al-Qaeda. Suleiman era o homem no centro de tudo. Agora que o destruímos, vai levar anos para a Al-Qaeda se recuperar.

— E o mundo vai achar que foi a operação de Hoffman que fez isso?

— Claro. As verdadeiras operações da Inteligência permanecem secretas para sempre. Vocês, americanos, não conseguem entender isso. São incapazes de manter sigilo, porque são uma democracia. Mas nós não temos esse problema. Quando se trata de glória, *ahlan wa sahlan*, ela pertence inteiramente a vocês. Ou a Ed, devo dizer. Você não passa de um pequeno problema.

— Por que devo ser um problema? Fui a pessoa que fez isso acontecer. Com a sua ajuda, é claro, paxá Hani.

— Você não está raciocinando, meu querido. Ed Hoffman vai pensar que você estava trabalhando para mim o tempo todo. Você pode ter sido meu agente virtual, mas ele vai achar que era de verdade. Existem detalhes embaraçosos. Você vem de uma família muçulmana e seu avô veio da cidade sunita de Trípoli, Líbano, e você nunca disse nada sobre isso à CIA. Temo que pareça estranho.

— Mas nem eu sabia. Foi você quem descobriu.

— É. Mas, honestamente falando, Ed Hoffman vai acreditar em você? E, mesmo que acredite, será que a contra-inteligência da CIA, o inspetor-geral e os presidentes das comissões da Inteligência do Senado e da Câmara vão acreditar? Vão ter muitas perguntas a fazer. E essas perguntas vão tornar difícil que você permaneça na CIA. As pessoas vão achar que você era meu agente. E elas estarão certas.

Ferris fechou os olhos e levou a mão boa à cabeça, para massagear as têmporas. Precisava pensar. Onde é que ele estava, realmente? Para onde queria ir? Tinha percorrido uma longa distância, mas não para ficar sentado naquela sala ensolarada em Trípoli, com o paxá.

Hani deu uma última baforada no charuto e colocou-o de lado. O longo charuto estava quase no fim.

— Na sua cabeça, você não acredita que foi um agente da inteligência jordaniana. Mas, em termos objetivos, você foi, de fato, meu agente: esteve sob meu controle, minha mira, minha orientação. O fato de não ter percebido isso conscientemente é um ponto secundário, acho. Não importa o que você disser, não importa por quantos exames de polígrafo você passar, Hoffman e seus amigos sempre terão uma suspeita. Desculpe-me, mas a situação é essa.

— Isso é um disparate, Hani. Mas, supondo que seja verdade, o que você acha que eu devo fazer?

— O caso é que você venceu. Pode fazer o que quiser.

Ferris olhou para a luz clara e límpida que atravessava as janelas, iluminando tantos lugares sombrios. O que Hani dissera era verdade, ao menos em parte. Ferris transpusera uma porta pela qual não podia voltar. Ainda assim, tinha a sensação de que havia algo incompleto. Ele sobrevivera, mas tantas outras pessoas morreram, e assassinos demais ainda estavam à solta. Sentiu-se como um fantoche. Saíra-se habilmente, mas a história ainda não estava terminada. Sabia disso melhor do que ninguém. Ele tinha sido o primeiro a saber da existência de Suleiman, por intermédio de um agente iraquiano em um barraco imundo ao sul de Tikrit. Aquele caso era dele. Pertencia a ele, não a Hoffman, nem mesmo a Hani. E não estava terminado. Hani estava errado: não tinha vencido, ainda não.

Ferris fechou os olhos e viu o rosto do seu adversário. Permitiu-se lembrar da sala em Aleppo, da cadeira, da prancha de compensado na qual seus dedos foram amarrados, da câmera de vídeo ao fundo, da certeza diabólica nos olhos de

Suleiman por achar que controlava a situação. Estavam fazendo um filme, foi o que ele disse, um filme que iria ao ar na Al Jazeera. Mas qual era o filme de Suleiman? Enquanto a pergunta girava em sua cabeça, Ferris percebeu, subitamente, o que deveria fazer. Voltou-se para o jordaniano, tão impecável em sua vestimenta e tapeação.

— Está bem, Hani. Vamos fazer do seu jeito. Sou seu agente. "Objetivamente falando." Ninguém jamais vai acreditar que não fui. Mas, agora que sou seu homem, você tem de me dar uma missão final.

— O que é, meu querido Roger? — Hani exibia um sorriso de profunda satisfação. Em sua mente, a peça estava terminada. Não lhe ocorrera que Ferris pudesse querer escrever o ato final.

— Quero destruir a rede de Suleiman — disse Ferris.

Hani riu. Achou que ele estava provocando.

— Não seja ganancioso, meu amigo. Essa é uma outra falha americana. Temos Suleiman. Logo teremos muitos do seu povo. Não basta? Do que mais precisamos?

— Precisamos destruir a idéia dele. Nós o capturamos e alguns do seu povo, mas eles vão encontrar outros tão inteligentes e furiosos. Porra, eles têm a maioria do território do Iraque como campo de recrutamento. Ainda não terminamos. Quando eu trabalhava com Hoffman, queria criar um veneno que pudesse destruir tudo o que Suleiman tocasse. Algo que pudesse contaminá-lo, suas idéias, sua gente. Torná-los radioativos por centenas de anos. É disso que ainda precisamos: uma pílula de veneno. E eu posso ser esse veneno.

— Do que é que você está falando, Roger? Você está todo enfaixado e doente. Mal pode andar.

— Posso *pensar*. Posso parar de ser tão imbecil e tentar ser inteligente. E você pode me ajudar, paxá Hani. É o que estou lhe pedindo, em troca do que lhe dei. Quero terminar isso.

Hani mexeu-se na cadeira meio incomodado. Estava claro agora que Ferris falava sério.

— E Alice? — perguntou.

— Ela nunca vai me amar, a menos que tudo isso esteja terminado. É por isso que tenho de colocar um ponto final.

— Muito bem. Estou ouvindo, meu querido Roger. Contanto que você não queira desfazer o que conquistamos.

— Preciso lhe fazer uma pergunta: você encontrou uma câmera de vídeo no esconderijo de Suleiman, em Aleppo?

— Claro que sim. Estava na sala em que você foi interrogado, se essa é a palavra certa para o que lhe fizeram. Meus homens a trouxeram de Aleppo, para o caso de ter alguma coisa aproveitável. Acho que ela está na outra sala.

— Ótimo. Então estamos no jogo. Agora ouça-me, *ustaaz* Hani. Você é o mestre e eu sou o aluno. Mas tenho uma idéia para você.

Então Hani ouviu Ferris falar. Como não poderia? Ferris pensava em voz alta, costurando um plano, juntando os fios de Hoffman, de Hani e mesmo do próprio Suleiman, até que chegou a algo que parecia coerente. O jordaniano era cauteloso. Não era um jogador afoito. Sabia o bastante para embolsar seus ganhos e deixar a mesa. Mas nesse cassino, Ferris ainda tinha uma grande jogada a fazer. Hani não tentou dissuadi-lo do plano. Sabia que Ferris tentaria, não importava o que ele dissesse. E, nesse sentido, agora era Ferris quem tinha o poder. Ele podia ser agente de Hani, "objetivamente falando", mas agora era Ferris quem comandava a operação.

36

Nicósia/Damasco

O rosto de Suleiman era visível através da lâmina de vidro grosso da porta de sua cela. Havia bolsas sob seus olhos e marcas do estresse e da insônia. Porém, mesmo no cativeiro, na prisão secreta em Chipre, onde Hani o enfiara depois do ataque de surpresa, ainda parecia um homem que estava no controle da situação. Tinham removido seu imaculado gorro de oração de tricô e a túnica impecável que usava em Aleppo. Agora vestia o uniforme da prisão — não um macacão cor de laranja, mas o algodão cinzento simples de um prisioneiro cipriota. Usava-o com seu estilo próprio de colérica dignidade. Ele não se abateria facilmente. Teriam de torturá-lo até os ossos antes que falasse, e mesmo que Hani estivesse preparado para isso, teria de tirar as vísceras do homem que podia, efetivamente, lhes contar segredos de grande utilidade. Hani estava preparado para esperar o tempo que fosse — o bastante para encontrar os ganchos psicológicos que ele pudesse remover para produzir o efeito desejado. Mas ele seria um caso difícil.

— Deixe-o se acabar sozinho — Ferris propôs em Trípoli. Nesse momento, Hani percebeu que Ferris era mesmo uma outra pessoa. Tinha compreendido que não se pode quebrar uma rocha com outra rocha. Ela deve se quebrar ao longo das fissuras que já estão lá. Uma vez encontradas, basta pressioná-las do jeito mais delicado possível. Ferris, em relação a isso, se tornara um homem do Oriente, usando a técnica de espionagem que estava em seu sangue.

Hani e Ferris tinham ido de Trípoli para Chipre de helicóptero, imediatamente naquela mesma tarde, para não perderem tempo. Hoffman aguardava em Amã, sem se dar conta do que estava acontecendo, desfrutando do seu crédito imerecido. Alice esperava no Líbano. Ferris não queria vê-la até que fosse completamente dela e estivesse completamente liberto do seu jugo de mentiras. Agora era só Ferris e Hani. Tinham dado a volta completa desde aquele lúgubre apartamento em Berlim. Agora estavam juntos do lado de fora da cela da sua presa, e do lado de fora de sua mente.

Hani levou Ferris para uma cela vazia mais abaixo no corredor. O americano vestia as roupas sujas que usara em Hama: as calças grosseiras, a camisa marcada com seu suor. Tinha lanhos vermelhos no rosto; insistira para que os homens de Hani o espancassem como se ele fosse um informante de rua malsucedido. Também retirou a bandagem do dedo, o que deixava à mostra o toco em carne viva, de onde saía pus. Ferris disse a Hani que estava pronto para começar o interrogatório. Mas, por enquanto, não era Suleiman que seria interrogado. Era Roger Ferris.

Ferris sentou-se em uma cadeira tosca de madeira e esperou, enquanto os homens de Hani amarravam suas mãos e seus pés. A sala de interrogatório era pequena e úmida; as paredes pingavam com a umidade condensada, oriunda da podridão daquele lugar. Na frente de Ferris, estava a câmera de vídeo de Suleiman, em cima do mesmo tripé em que estava em Aleppo. Hani sentou-se na frente de Ferris, usando uma máscara preta de esqui.

— Rodem — disse Ferris. Houve uma pausa enquanto Hani ligava a câmera e então Ferris começou a falar na cadência hesitante e gutural de um homem que tinha sido espancado até sucumbir.

— Meu nome é Roger Ferris. — As palavras soavam bruscas e deformadas, como se tivessem sido arrancadas de suas entranhas. — Trabalho para a Agência Central de Inteligência, a CIA.

Ferris olhava fixamente para o chão. Abrigava o toco do dedo na mão boa, como se temesse que alguém fosse decepar um outro. Hani ordenou-lhe rispidamente que falasse em árabe e acabasse com sua história. Ferris recomeçou devagar em um árabe maçante, aprendido na escola.

— Sou Roger Ferris. Trabalho para a CIA. Esta é a minha confissão. Durante muitos anos, participei de uma operação para penetrar na Al-Qaeda. Tentamos enganar o povo muçulmano para seguir nosso agente. Pedimos desculpas a todo o povo muçulmano.

Ferris fez uma pausa e desviou timidamente o olhar da câmera, em direção a Hani. Nesse momento, o jordaniano o esbofeteou duramente no rosto. Ferris gemeu, e não só para a câmera. Hani o atingira com uma força considerável. Seu rosto estava ficando vermelho com a dor do golpe.

— Diga o nome — gritou Hani. — Quem era o seu agente?

Ferris lutou para encontrar as palavras. Seus olhos iam de um lado para o outro. Levou a mão mutilada ao rosto.

— Nosso agente era um sírio. Seu nome é Karim al-Shams. Chama a si mesmo de Suleiman, o Magnífico. Fingia ser o planejador das operações da Al-Qaeda. Mas o tempo todo ele estava trabalhando para a CIA. Pedimos desculpas a todo o povo muçulmano. Fazemos mesmo o trabalho do diabo. Pedimos desculpas a todo o povo muçulmano.

A mão esbofeteou Ferris novamente. Dessa vez, Hani bateu tão forte que Ferris foi ao chão. Ficou ali gemendo até Hani desligar a câmera.

— Santo Deus — disse Ferris, massageando o ferimento no rosto depois de Hani desamarrar seus pulsos e sentá-lo novamente na cadeira. — Isso saiu melhor que a encomenda.

Um médico cipriota foi chamado para atender Ferris. Hani insistiu. Entendera que era necessário usar de brutalidade diante da câmera, mas ficou mortificado por ter batido tão forte que chegou a tirar sangue. Pediu que Ferris descansasse por uma hora para se recuperar, e alimentou-o com *kebabs* e arroz. Também lhe ofereceu *arak*, mas Ferris recusou. A parte mais importante do plano estava se aproximando, e ele precisava ter uma cabeça boa, embora machucada.

Ferris mudou de roupa e vestiu o uniforme da prisão: calça e túnica cinza. Caminhou com Hani até uma grande sala de interrogatório com três cadeiras. Ferris sentou-se em uma e esperou para ser novamente amarrado, nas mãos e nos pés. Depois foi deixado sozinho na sala. Não podia ver a câmera de vídeo, mas sabia que ela estava por trás do espelho de dupla face, focalizada diretamente na cadeira ao lado da sua.

Suleiman chegou dez minutos depois, cambaleando entre dois guardas. Tinha algemas nas mãos e nos pés, e os guardas o empurraram rudemente para a cadeira do lado de Ferris. Não reconheceu o americano à primeira vista, mas, quando percebeu quem era, resmungou uma praga. Ferris levantou a cabeça, com seu rosto muito mais machucado do que o de Suleiman.

— Você é Fares, o homem da CIA — disse Suleiman. — O que está fazendo aqui, maldito?

Ferris balbuciou umas palavras, como se estivesse sentindo dor. Só precisava arrancar algumas frases de Suleiman, apenas uma dúzia de expressões, e a coisa estaria feita.

— Você se enganou comigo — falou com voz rouca. Depois deixou cair a cabeça, como se fosse de exaustão. Não falava, exceto por um gemido baixo ocasional, enquanto esperava que Suleiman puxasse o fio por ele. Passaram-se trinta segundos, um minuto. Ferris começava a se preocupar de que Suleiman não mordesse a isca, mas finalmente ele falou de novo.

— Por que você está aqui? — repetiu Suleiman.

— Eles me pegaram — disse Ferris. — Fizeram com que eu confessasse.

— Então é verdade? Você é muçulmano? Estava mesmo trabalhando conosco?

— O quê? — Ferris fez um esforço, como se não tivesse entendido, por causa da dor.

— Você é um cara da CIA, mas estava trabalhando conosco?

— Juntos? — Ferris grunhiu como se fosse.

— É. Juntos. Você estava trabalhando conosco, Fares?

— Sim. O tempo todo.

— E todos os relatórios da CIA eram verdade?

— Sim, tudo verdade. Você estava dentro da CIA.

— *W'Allah*! — disse Suleiman com um sorriso. — Eu estava dentro da CIA. É uma satisfação para mim. Graças sejam dadas a Deus.

— Graças a Deus — repetiu Ferris.

— Poderíamos ter feito grandes coisas juntos, pela *umma*. Tantas coisas.

Ferris grunhiu e deixou a cabeça cair outra vez sobre o peito. Já tinha o suficiente agora. Não queria mais abusar da sua jogada. Suleiman fez-lhe outra pergunta, mas ele apenas gemeu.

Dez minutos depois, Hani entrou na sala usando a máscara, sentou-se na terceira cadeira e gritou para Ferris e Suleiman prestarem atenção. Hani falou um rude dialeto árabe, não com sua voz elegante costumeira, mas do jeito que um agente operacional da Al-Qaeda devia usar ao interrogar seu antigo chefe que traíra a causa.

— Olhe para mim, Karim al-Shams. O grande "Suleiman". Você recebia informações do homem da CIA, Roger Ferris?

Suleiman riu. Era uma demonstração de independência. Hani o esbofeteou de um jeito muito mais forte do que fizera com Ferris. Depois o chutou duramente na canela, no joelho e no quadril. A câmera oculta captou a mão e a perna de Hani, mas não seu rosto.

— Você recebia informações do homem da CIA, Roger Ferris? — repetiu Hani.

— Sim — grunhiu Suleiman. — E fico feliz por isso. Graças a Deus. Essa é a nossa vitória.

— Por que você fez essa coisa terrível? — rosnou Hani.

— Temos orgulho disso. Temos orgulho dessa operação com o americano.

— Você insultou o povo muçulmano. Ponho meu sapato na sua boca. Você trouxe vergonha para a *umma*.

— Não estou envergonhado. Estou orgulhoso. Foi uma grande coisa que fizemos para o povo muçulmano, essa operação com o americano. Mostra que podemos fazer qualquer coisa.

Hani deu um soco no meio da cara de Suleiman, como se não pudesse controlar sua raiva. O sangue esguichou-lhe do nariz. Hani o amaldiçoou, levantou-se e saiu. Por trás do espelho de dupla face, o operador desligou a câmera de vídeo. Tinham conseguido tudo o que precisavam.

Um dos homens de Hani foi desamarrar Ferris. Quando seus braços e pernas ficaram livres, aproximou-se por cima de Suleiman e sorriu para ele de cima para baixo. Foi o que bastou para Suleiman perceber o que tinha acontecido. Um ar de completo desespero assomou em seu rosto. Subitamente, ele percebeu.

— Você perdeu — disse Ferris.

Suleiman soltou um grito de angústia, o uivo de um espírito dilacerado. Eles o pegaram. Ele tinha trabalhado com um homem da CIA. Isso era pior do que a morte.

Ferris alugou um táxi em Beirute e disse ao motorista que queria ir a Damasco, a três horas de distância sobre o topo do monte Líbano. Era um Subaru, um carro bastante confortável. Pretendera pegar um *serveece* de táxi com outras pessoas, mas Hani foi contra. Seria estranho um americano viajar junto com operários turcos e camareiras sudanesas. Ferris deveria encontrar um bom carro e sentar-se no banco de trás, como era adequado a um americano. Na verdade, Hani não queria que Ferris fosse a Damasco de jeito nenhum. Devia deixar que outra pessoa entregasse a fita para a Al Jazeera. Mas Ferris insistiu. Se houvesse confusão, ele seria o único que poderia explicá-la. Sua presença era um certificado da procedência da fita — a prova de sua autenticidade. Hani sabia que ele estava certo, mas ainda assim protestou. Ofereceu-se para enviar uma equipe das Forças Especiais como guarda-costas, mas Ferris recusou. Isso, na verdade, tornaria a viagem ainda mais perigosa. Hani admitiu que Ferris tinha razão, porém não estava feliz. Não queria que a bomba que Ferris carregava explodisse na mão dele.

O Subaru deixou a costa de Beirute e começou a subida íngreme pelas encostas das cidades de Aley e Bhamdoun, em direção ao topo da montanha. Havia neve pesada no cume do monte Líbano, e as estradas próximas estavam cheias de gelo, mesmo nesse dia ensolarado. Serpentearam pelos picos mais altos, passaram pelas barreiras do exército libanês e depois desceram no sentido da cidade de Chtaura e do vale do Bekaa. Ferris começou a sentir o estômago embrulhar de medo ao se aproximar da fronteira síria. Dali não haveria mais retorno. Do outro lado, ficava-se à mercê de mãos misteriosas.

Hani lhe dera um passaporte diplomático jordaniano. Teoricamente, isso deveria facilitar as coisas. Mas os sírios eram curiosos. Por que esse homem "Fares" estava viajando em nome da Jordânia? Os sistemas de informação do país ainda eram bem primitivos para fazer uma pesquisa séria sobre uma outra identidade, mas, mesmo assim, ficaram desconfiados. Perguntaram-lhe quanto tempo ficaria na Síria, e ele respondeu que esperava que fossem apenas algumas horas. Precisava fazer uma entrega e depois voltaria ao Líbano. Parece que isso tranqüilizou o chefe da polícia da fronteira. Ferris podia representar dificuldades, mas não seria por muito tempo.

O carro atravessou a barricada contra o Líbano ao longo da fronteira síria, e em trinta minutos estavam nos arredores de Damasco. A cidade se espalhava por quilômetros pela planície síria, uma jóia do Oriente que perdera seu brilho. Ferris deu ao motorista o endereço da sede da Al Jazeera em Abu Rummaneh, perto da embaixada da França. A sede ficava em um prédio sem graça de concreto, sem adornos. Como a maioria de Damasco, ele parecia que tinha saído dos anos 1960, de uma cápsula do tempo. Quando chegaram, Ferris mandou o motorista esperar: entraria apenas por alguns minutos e depois voltariam a Beirute.

Ferris agarrou seu pequeno pacote com a fita original embrulhada em papel pardo. Levava uma cópia no bolso do paletó. Apertou a campainha marcada com "Al Jazeera" e, quando uma secretária abriu a porta, perguntou pelo diretor. Apareceu um homem atarracado, usando um paletó transpassado e uma gravata manchada. O diretor examinou Ferris com um ar duvidoso.

Ferris limpou a garganta. Não queria demonstrar nervosismo, mas não pôde evitar. Aquele era o final de uma longa estrada.

— Tenho uma fita para lhe entregar, da parte de Raouf — disse Ferris.

— De quem? — perguntou o diretor da estação, recuando.

— De Raouf. Esse é o nome que ele usa. Disse-me que você estaria esperando uma fita da parte dele. Uma fita especial, que seria de grande interesse para os seus espectadores.

O diretor da estação ficou cinza. Voltou rapidamente para sua sala, e Ferris ouviu-o falando ao telefone. Sua voz soava submissa. Ferris ouviu-o repetir o nome "Raouf" várias vezes, mas não pôde apreender mais nada. Finalmente o homem voltou. Parecia aliviado, e logo ficou claro por quê. Ele estava se livrando da sua visita embaraçosa. Entregou a Ferris um pedaço de papel onde tinha escrito um endereço na Cidade Velha.

— Vá ver Hassan, se você está com uma fita de Raouf — disse ele. — Não aqui. Neste endereço. — Fez um gesto com as mãos, como se estivesse enxotando Ferris porta afora.

— Vou lhe deixar uma cópia — disse Ferris, tirando a fita do paletó e colocando-a em cima da mesa. — Se alguma coisa acontecer comigo e eu não conseguir fazer minha entrega, você vai querer assistir a isso. Ela é muito importante, para todos os árabes. É um presente especial de Raouf.

O diretor não pareceu muito satisfeito por ter ficado com aquele presente importante. Mas não tentou devolvê-lo.

O endereço, em meio a tantos lugares, era em Bab Touma, no quarteirão cristão da Cidade Velha. Talvez fosse uma outra forma de *taqiyya*. O motorista atravessou o movimentado tráfego em meio a buzinas ao longo da rua Baghdad, até chegar ao retorno para Bab Touma. Percorreram lentamente uma rua antiga, remanescente da antiga muralha da cidade. Finalmente chegaram a uma rua calçada de pedra que era muito estreita para o táxi. O motorista fez um gesto com o punho. O endereço ficava em algum lugar por ali, próximo às carroças puxadas por burros e ruelas escuras. Ferris mandou que esperasse; voltaria em alguns minutos.

Ferris saiu a pé. Sua perna latejava por causa dos ferimentos causados pelos estilhaços de granada, mas ele decidiu que a dor passaria. Havia um grande fluxo de sírios na rua estreita, fazendo suas compras. Um açougueiro cortava um grande pedaço de carneiro ao ar livre; algumas portas abaixo, dois rapazes em uma barbearia folheavam uma revista síria com fotos de mulheres nuas, enquanto esperavam a vez de cortar o cabelo. Um casal escolhia uma aliança de casamento em uma joalheria. Crianças de olhos escuros saíam do pátio de uma escola armênia mais abaixo. Ferris sentia como se estivesse desaparecendo na multidão anônima dessa cidade árabe, mas sabia que não era assim. Sobressaía como o tecido de uma cicatriz. Em todas as janelas, Ferris via uma grande quantidade de imagens de Jesus, um Jesus escuro do Oriente, alguém que sabia realmente o que era sofrer.

Viu o endereço logo adiante. Havia uma pequena loja no térreo, que vendia música e videocassetes sob um toldo colorido. Ao lado, ficava a escada para subir ao apartamento. Havia uma luz fraca no andar de cima, sobre a loja de vídeos. Ferris parou e olhou a rua para cima e para baixo. A multidão alvoroçada parecia ter diminuído. As pessoas estavam voltando às suas lojas e às suas casas. Talvez soubessem. Essa era uma característica de um lugar como Damasco: tinha uma linguagem secreta. Na hora em que acontecia alguma coisa, ou que ia acontecer, todos sabiam instantaneamente. Era assim que as pessoas sobreviviam.

Ferris enfiou a cabeça na porta. Lá dentro estava escuro, então ele apertou o botão para acender a luz. Uma mulher em uma porta nos fundos recuou para a escuridão.

— Onde Hassan mora?

A mulher moveu a cabeça, apontando com os olhos para cima, e depois fechou a porta. Ferris subiu a escada desconjuntada. Cada tábua do degrau parecia estar solta sob os pés, e o corrimão de madeira balançava. Estava escuro no alto da escada, e Ferris não conseguiu achar a luz. Tateou em volta, com a palma buscando um interruptor pela parede, quando uma porta se abriu. Um rosto de homem barbado apareceu na contraluz.

— Você é Hassan? — perguntou Ferris. — Tenho algo para Hassan.

O homem barbado não respondeu. Fez sinal para Ferris acompanhá-lo na sala mal-iluminada. Ferris não gostou nada daquele ambiente, mas agora não tinha escolha. Tudo desembocava ali. Precisava fazer a entrega; bastava isso. A fita faria o resto. Ouviu o clique do trinco da porta às suas costas.

Dentro do apartamento havia um outro homem. Tal como o primeiro, tinha uma barba cerrada. Usava um gorro de oração de tricô. Pela intensidade e frieza dos olhos, devia ser irmão de Suleiman.

— Eu sou Hassan — disse ele. — Quem é você?

— Tenho uma fita para você, de Raouf — disse Ferris. — Raouf pediu-me para entregá-la a você, para a Al Jazeera. Foi seu último desejo. Disse-me que eu deveria entregá-la a você e que você estaria à espera.

— Você é o americano? Aquele que Raouf estava esperando?

— Sou — respondeu Ferris. Ele estava sendo levado a se aprofundar, mas não tinha importância. Tudo o que importava é que eles pegassem a fita.

Hassan fez um sinal afirmativo com a cabeça. Sabia quem era Ferris — foi por isso que abriu a porta —, mas não estava contente.

— Ficamos esperando essa fita alguns dias atrás. Mas depois perdemos contato. Onde está Raouf? Por que não ouvimos falar dele?

— Não sei — respondeu Ferris. — Só sei que ele queria que vocês recebessem isto. — Estendeu-lhe o embrulho de papel pardo. Hassan desembrulhou-o cuidadosamente e depois olhou para a fita. Verificou algumas marcas escritas em árabe do lado. Deviam ser palavras em código. Hassan leu-as duas vezes e então assentiu com a cabeça.

Graças a Deus disse ele.

— Graças a Deus — repetiu Ferris. — Preciso ir agora. Raouf disse-me que partisse quando lhe entregasse a fita.

— Não — disse Hassan. — Primeiro vamos ver a fita.

Uma onda de calor se apossou de Ferris. Parecia que as dimensões da sala tinham encolhido. Tinha de empurrar a sala de volta para o lugar, antes que ela o esmagasse.

— Preciso ir — disse Ferris, dirigindo-se para a porta. — Quando assistir à fita, vai entender. Deve ser mostrada na Al Jazeera.

— Vamos decidir isso — disse Hassan. Entregou a fita ao outro homem, que ligou a televisão na pequena sala de visitas. Possuía uma entrada para o aparelho de videocassete. Em alguns minutos eles colocariam a fita no aparelho e as imagens estariam na tela. Ferris sabia que o tempo estava se esgotando.

— Preciso ir — repetiu ele. — Já.

Hassan moveu-se para trás de Ferris para bloquear a porta. "Pronto", pensou Ferris. Deu uma olhada furtiva pela janela e lembrou-se da loja embaixo. Achava que lembrava que ela possuía um toldo.

— Rode a fita — disse Hassan. Seu assistente inseriu-a na abertura, e uma imagem começou a tremer na tela.

Ferris moveu-se instintivamente, ignorando sua perna doente, seus músculos contundidos, o medo que lhe paralisava membros e juntas. Virou-se de tal modo que suas costas ficaram contra a janela, e se atirou com toda a força contra o caixilho, protegendo a cabeça da melhor forma possível. Ouviu a madeira da janela estalar e quebrar com a força do seu corpo, e sentiu os cacos de vidro cortarem sua pele como mil cortes feitos por papel. E então ele estava flutuando no ar, sem saber se seu corpo iria bater nas pedras do calçamento da rua ou no tecido macio do toldo. Demorou só um instante, mas o que sentiu a seguir foi uma pancada contra a moldura do toldo, o suficiente para amortecer sua queda, e então ele estava no chão.

As pessoas na rua gritavam, apontando para ele. Ferris não tinha percebido a razão até que pôs a mão atrás da cabeça e a tirou coberta de sangue. Ele só dispunha de alguns segundos antes de Hassan e seu homem descerem a rua atrás dele. Tentou se levantar e cambaleou por um instante para recuperar o equilíbrio. E então começou a correr pela rua, tão rápido quanto sua perna permitia. As pessoas continuavam gritando, mas ele não se incomodou. A melhor coisa que podia acontecer a ele era que a polícia síria o prendesse. Mas deixaram-no sozinho.

Quando se aproximava da entrada de Bab Touma, Ferris percebeu que Hassan e seu assecla não o seguiram. Onde eles estavam? E então ficou claro. Tinham começado a ver a fita bem na hora que ele dera seu pulo. Deviam estar petrificados com a imagem de Suleiman: trêmulo, aturdido, paralisado. A pílula de veneno atingira o primeiro nó. Agora ela iria continuar e continuar, percorrendo cada nervo e sinapse até alcançar o centro de tudo. E então as luzes iriam começar a se apagar e o sistema começaria a recuar e a secar, e a pele iria se descascar até se desintegrar.

O motorista esperava bem no lugar em que ele o deixara. Tinha uma toalha na mala, e Ferris usou-a para limpar o sangue. O instinto lhe dizia para ficar longe de um hospital sírio ou da embaixada americana. Mandou o motorista para a embaixada da França, a melhor e mais moderna da cidade. Explicou ao militar francês no portão de entrada que ele precisava ver o comandante da base local do DGSE. Talvez tenha sido o sangue, talvez o ar de absoluta determinação no olhar de Ferris, mas o soldado francês convidou-o a entrar, por trás da pesada porta da embaixada, enquanto dava um telefonema. O homem do DGSE chegou um minuto depois com um enfermeiro, que limpou os ferimentos na clínica da embaixada e chamou um médico. Tinha quebrado duas costelas na queda, e precisava levar mais de quarenta pontos para fechar todos os cortes, mas teve sorte. Ferris explicou por alto o que tinha feito — não muito, mas o suficiente para que o homem do DGSE não parecesse ridículo ao preencher seu telegrama. Quando o francês perguntou por que ele não se dirigira à embaixada americana, Ferris respondeu "me aposentei", e o francês sorriu com simpatia.

O oficial francês ofereceu um carro diplomático e um motorista para a viagem de volta a Beirute, e Ferris aceitou feliz. Estava terminado. Agora ele só tinha um propósito: encontrar Alice.

O vídeo foi ao ar na Al Jazeera 24 horas depois. O locutor anunciou-o como "a confissão de um traidor". Era como assistir a uma execução pública. Podia ser aterradora, mas não se conseguia tirar os olhos dela.

Na hora em que o vídeo foi ao ar, Ferris já estava de volta aos cuidados e à proteção de Hani. Nem quis assistir. Deixou a "confissão" de Suleiman fazer seu trabalho — fazer a vergonha e a recriminação repercutirem pelo mundo muçulmano, fazer os desmentidos e os contra-ataques se multiplicarem, fazer os porta-vozes esbravejarem, se irritarem ou simplesmente não transmitirem as informações. Não era uma história para alguns dias e algumas semanas. Levaria anos até que a rede se recobrasse desse veneno. Pois, se o movimento não podia confiar em Suleiman, o sublime arquiteto da Jihad, então não podia confiar em nada.

37

Os primeiros dias foram embaraçosos. Nenhum dos dois queria falar muito, com medo de desencadearem uma cascata de emoções violentas que pudesse destruir qualquer chance de felicidade. Tratavam-se com cautela, tal como um casal que tem o bom senso de não perguntar sobre os amores do passado. Ferris tinha prometido que revelaria todas as mentiras e só viveria com a verdade, mas não era fácil. Levara uma vida na qual quase tudo acabava sendo mentira. Era mais uma questão de recomeçar desde o princípio do que de reescrever os acontecimentos do passado, e parecia que Alice entendia isso bem. E também havia os segredos dela — mistérios de sua vida na Jordânia que ela não podia explicar integralmente a Ferris, nem a si mesma.

Encontraram-se no hospital em Trípoli, onde Alice permaneceu durante a ausência dele. Quando ela entrou na sala ensolarada pela primeira vez, Ferris chorou. Não queria, mas não conseguiu se conter. Tentou contar a ela o que tinha acontecido, mas depois desistiu, e ela ficou abraçada a ele. Viu as equimoses que enchiam seu rosto e o pescoço; fez um gesto para segurar a mão enfaixada nas dela, mas percebeu, de repente, que ele tinha perdido um dedo, e ela pôde imaginar o resto. Ferris nem se preocupou em contar sua batalha final em Damasco. Aquilo podia esperar, se fosse o caso.

Hani providenciou um carro e um motorista, e os dois saíram pela porta do hospital para o radiante sol do inverno do norte do Líbano. Havia neve na montanha por trás deles e o mais puro azul nas águas cintilantes. Parecia que a pureza do sol e do mar tinha levado embora parte da sujeira, no momento em que puseram os pés no lado de fora. Ferris foi até a mesquita, em Trípoli, onde, segundo Hani, seu bisavô tinha sido um xeque. Queria vê-la. Mostrou a Alice a casa de pedra onde seu avô nascera, e ela simplesmente sorriu, como se também sempre tivesse sabido que ele era um muçulmano.

Dirigiram-se naquela tarde para o sul, margeando a costa para a esmeralda embaçada que era Beirute. Hani reservara uma suíte para eles no Phoenicia, com vista para a curva do porto e para a neve da montanha a distância. Alice pendurou o aviso de "Não perturbe", e os dois despiram lentamente um ao outro, e Alice tomou bastante cuidado com os ferimentos. Ela o levou para a cama, mas não fizeram amor durante um longo tempo; só se tocaram e se lembraram, e deixaram o amor e o desejo voltarem. Ele esperou por ela: não cabia a ele a iniciativa, e sim ela é que deveria se apossar dele. E ela o fez.

Ficaram na cama durante toda a noite e todo o dia seguinte, pedindo as refeições no quarto e sentando-se na varanda da suíte com vista para o mar. Tinham agora um tempo infinito, sem precisar estar em lugar nenhum, sem nenhuma mentira para contar. Ferris estava meio adormecido naquela tarde quando ouviu Alice embalá-lo com uma canção de ninar. Parou quando ele despertou, e depois recomeçou, mexendo em seu cabelo preto espetado no alto da cabeça. Ferris deixou sua mente retroceder no tempo. Reviveu sua história, de certa maneira, mas será que entendia o que viria à frente? Achava que sim.

— Você foi parte dela — disse ele.

— No final, fui sim. — Ela havia parado de cantar, mas continuava a mexer no cabelo dele. — Estive na Síria antes. Eu sabia o que estava fazendo.

— Por Hani?

— É. Ele me ajudou a ficar na Jordânia e eu o ajudei algumas vezes. Mas, dessa última vez, fiz por sua causa. Ele garantiu que seria seguro. Ou, do contrário, você jamais se libertaria.

— Há alguma coisa que você precise me contar?

Ela pensou por um longo momento.

— Não — respondeu. Tocou em seu rosto e sorriu, e depois de um tempo adormeceu ao lado dele.

Voaram de volta a Amã no avião particular de Hani. Hoffman estava esperando, e, embora pudesse estar furioso, não demonstrou. Estava levando o crédito por tudo o que tinha acontecido, conforme Hani predisse, até mesmo sobre a fita de vídeo da Al Jazeera. Hoffman queria um relatório completo, e Ferris fez. Não deixou nada de fora, e a história demorou quase três horas, do início ao fim.

— Quero pedir demissão da Agência — disse Ferris quando terminou de contá-la. Hoffman não tentou dissuadi-lo. Resmungou alguma coisa sobre como entendia completamente. Obviamente ficou aliviado. Ferris era o único americano que conhecia todos os fatos. Por causa disso, ele era a última pessoa que Hoffman queria ver na CIA.

Hoffman ofereceu-lhe um generoso pacote de despedida, não exatamente um pacote de ouro, mas, pelo menos, de prata. Haveria uma pensão vitalícia por invalidez, uma indenização especial pela aposentadoria antecipada por ferimento em serviço, uma recompensa especial do "Fundo de Desempenho" do diretor, do qual Hoffman não precisava prestar contas, mais o pagamento acumulado de todas as folgas e férias que Ferris nunca gozara, e mais horas extras e adicional por risco de vida que ele não recebera. Não era uma fortuna, mas era bem interessante. Hoffman disse que eles queriam lhe dar uma medalha, em sigilo, e pediu que ele voltasse ao Quartel-general para o diretor poder entregá-la. Mas Ferris disse que não, eles poderiam guardar a medalha para ele em um cofre, junto da outra do Iraque.

Roger Fares e Alice Melville casaram-se em Amã naquele mês de junho. Ele disfarçara um pouco sua aparência, deixara o cabelo crescer e usava barba. Alice disse que ele até tinha ficado mais bonito. Fora uma cerimônia simples. Ferris não tinha virado muçulmano, mas havia um xeque sunita no casamento, junto com o pastor da igreja episcopal que proferiu os votos. A família de Alice voou para lá, junto com a mãe dele. Ele não tinha um padrinho, e resolveu convidar Hani, que exultou diante dessa confirmação de que fora desculpado pela manipulação que armara. Depois do casamento, Alice continuou seu trabalho com os filhos dos refugiados palestinos. Ferris juntou-se a ela, e as pessoas nos acampamentos ficaram felizes com a sua presença. Ele falava a língua delas e ouvia o que diziam. Trabalharam felizes durante todo o outono, morando no apartamento de Alice, no quarteirão antigo, e ensinando um ao outro a cozinhar.

Um dia, em setembro, pouco mais de um ano depois que se conheceram, receberam uma visita de Hani. Pediu para falar com Ferris sozinho, mas ele recusou uma conversa em particular, dizendo que tudo tinha acabado. Então Hani falou com os dois: ele recebera um pedido de informação de um jornalista britânico do *Sunday Times* sobre um tiroteio em Aleppo envolvendo um diplomata americano recém-aposentado, baseado em Amã, chamado Roger Ferris. Hani respondeu-lhe que podia descartar a história — quanto a isso, ele também possuía amigos suficientes em Londres, Beirute, Paris e Tel-Aviv, caso a história vazasse nesses lugares. Mas os rumores tinham começado. Significava que ele e Alice não estavam mais seguros em Amã. Hani iria protegê-los, mas queria que eles soubessem.

Mudaram-se no começo de outubro para uma outra cidade do mundo árabe, onde havia uma organização para auxílio aos refugiados que precisava de voluntários. Não contaram nem aos amigos para onde estavam indo. Antes de deixarem Amã, Alice descobriu que estava grávida. A criança nasceu no mundo árabe, e, nesse sentido, Roger e Alice passaram a ser parte daquela terra, foram penetrados por ela, derramaram sangue em suas veias. Não puderam escapar da cultura fascinante e sofrida que os atraíra para seus braços, e também não queriam. Assim viveram.

Este livro foi composto em Minion
10,5/15,1 e impresso pela Ediouro
Gráfica sobre papel pólen soft 80g
para a Agir em novembro de 2008.